醉如烟华，不为他嫁

盛世清歌／著

壹 one

金城出版社
GOLD WALL PRESS

图书在版编目（CIP）数据

醉如烟华，不为他嫁 / 盛世清歌著. —北京：金城出版社，2014.10
ISBN 978-7-5155-1156-6

Ⅰ.①醉… Ⅱ.①盛… Ⅲ.①长篇小说—中国—当代 Ⅳ.①I247.5

中国版本图书馆CIP数据核字（2014）第210579号

醉如烟华，不为他嫁

作　　者	盛世清歌
责　　编	雷燕青
排版设计	刘碧微
开　　本	700毫米×980毫米　1/16
印　　张	54
字　　数	1083千字
版次印次	2014年11月第1版　2014年11月第1次印刷
印　　刷	三河市祥达印刷包装有限公司
书　　号	ISBN 978-7-5155-1156-6
定　　价	74.00元（全3册）

出版发行	**金城出版社**　北京市朝阳区广泽路2号院东14号楼　邮编：100102
发 行 部	（010）84254364
编 辑 部	（010）84250838
总 编 室	（010）64228516
网　　址	http://www.jccb.com.cn
电子邮箱	jinchengchuban@163.com
法律顾问	陈鹰律师事务所（010）64970501

如发现图书质量问题，可联系调换。
质量投诉电话：010-82069336

目录

目录

001

重新回来

“娘娘，该用膳了！”一道略显怯懦的女声响起，身着粉衣的小宫女战战兢兢地走进了宫殿。她的手里捧着个食盒，始终低着头，瞧不清面上的神色。

过了片刻，从宫殿里间走出一个身穿青色宫装的宫女，正是这座灵犀宫的管事姑姑——明心。

“娘娘还在歇息，给我吧！”明心快走了几步，接过食盒，低声说了一句，便挥手让她离开了。

待那小宫女走了，她才轻轻眯起眼眸，瞧了瞧这偌大的宫殿。周围的摆设并不算奢华，相反还给人一种寡淡的感觉。谁能想到，这座宫殿的女主人，从入宫开始，就一直是皇上最宠爱的女人。

“明心！”一声略显娇弱的呼唤从里头传来。

明心连忙收敛了心神，捧着食盒走了进去。她习惯性地掏出银针，挨个将菜品试了一下，没想到刚过了头一道小菜，针尖就已经发黑了。

绣床上躺着一个面色有些苍白的娇俏美人，她一直盯着看。此刻见到发黑的针尖，也只是轻挑了一下眉头，脸上并无惊诧之色。

“主子，奴婢亲自去御膳房给您做！”明心眼眶一红，努力忍着心头的哀痛，近乎哽咽地说道。这已经是第几回明目张胆地投毒了，显然数不清了。欺人太甚!

“罢了，明心。整个后宫都在等着我变成死人，明眸她们不都已经走在前头了吗？”沈妩从锦被中伸出手来，原本细腻白皙的柔荑，现如今变得干瘦异常。她口中的明眸，便是先前伺候的宫女，可惜都已经被旁人找了借口，折磨死了。

“娘娘，您是皇上最爱的宠妃，皇上很快就班师回朝了，马上就会替您撑腰的！

还有王爷和王妃，也会替您做主的！”明心被她这般直白的话给吓到了，一下子跪倒在地，轻轻地哭喊着，似乎想要给沈妩活下去的希望一般。

沈妩轻轻摇了摇头，掀开锦被下了床。让人惊诧的是，她的小腹高高隆起，显然是怀了孩子并且有些月份了。

“皇上还朝之日，便是我归天之时！”她赤着脚走到铜镜前，拿起眉黛轻轻地描画，口中冷厉的话语像是自嘲。

铜镜里的女子，有一张极其娇艳的脸，只是苍白的面色，让这张脸失了些光彩。

“娘娘，您莫说丧气话！”明心还想再劝，只是沈妩神色淡淡，到了嘴边的话又咽了下去。

偌大的宫殿，偏偏内殿之中，就仅有她们主仆二人。一时之间，整个宫殿似乎都陷入了死一般的寂静。

忽然，殿外传来一阵细碎而略显凌乱的脚步声，显然来了许多人。主仆俩不由得对视了一眼，明心连忙跑了几步出去看，原本还像是被荒置的宫殿，数十个宫女包围了过来。

几道莺声燕语紧接着传来，甜腻腻的娇笑声由远及近，像是要把这安静的灵犀宫给点燃一般。明心悄悄抬眼看过去，就看见一众美人远远地走过来，她连忙往回跑。

“娘娘！”明心有些惊慌失措地喊了一句，脚下的步伐不由得加快，似乎想要靠近沈妩，却是直接摔倒在地，整个人匍匐在地上。

沈妩蹲下身，轻轻竖起一根食指抵住明心将要说的话，低声道：“嘘，她们来了！替我梳妆吧！”

她轻轻搀扶起明心，两人的手都没闲着，珠钗步摇、锦衣华裳。可惜大秦皇上最宠的佳昭仪娘娘，素来便以清雅质朴闻名，无论是绫罗绸缎还是夹袄裙衫，几乎尽是素淡的色彩。衬上她现如今难看的面色，更加显得病态。只是她面貌出挑，并不会觉得憔悴难看。

当那些笑声在内殿里回响的时候，一众数十个美人已经走了进来，顿时香风阵阵。沈妩轻轻抬眸一扫，嘴角便露出几分嘲讽的笑容。后宫之中排得上位份的女人，几乎悉数到场。

“好妹妹，太后她老人家凤体违和，就不来看你了！”其中一位貌似领头的妃嫔站了出来，细瞧之下，眉眼间和沈妩还有几分相似。此人便是沈妩的嫡姐姐——沈娇。

“不来便罢了，嫔妾只怕，太后她不亲眼看着我死，日后会寝食难安！”沈妩慢悠悠地坐到了主位上，手里捧着茶盏轻抿了几口。

大殿之上，那些嬉笑的美人们都安静了下来，眸光统一投向沈妩。

对于沈妩这般变化，沈娇并不觉得诧异。她这个妹妹一向心机深沉，为了让沈妩死，后宫里的众人头一回这般团结，可谓费尽心力。

“阿妩，你一向心思灵敏，不然父亲也不会让你入宫了。可惜，自你侍寝之后，皇上只专宠你一人。后宫之中，最怕的就是真心真意，皇上对你的情意，让全天下的人都害怕！所以，你必须死！”沈娇挑了挑眉头，她背对着阳光站在殿门附近，身上的金丝银线晃得人眼睛发疼。

沈妩沉默了，她有些出神地盯着手中的茶盏。过了片刻，忽然仰头大笑起来，一下子摔碎了茶盏。

“想我沈妩，只因样貌好进宫，本想给姐姐你做助力。不想皇上竟是偏宠于我，后宫之中，谁出头谁先死。所以我处处忍让，宫殿我挑最不好、离皇上最远的，衣服我穿最素净的，就连这个昭仪的位置我都用了整整六年才得到。皇上每每待在灵犀宫超过三日，我就劝他雨露均沾，往别宫走走！这回我的皇儿就快生下了，你们却都容不下了！为了让孩子活命，我连皇上的妃位都拒绝了，没想到还是躲不过！”沈妩下意识地摩挲着隆起的小腹，显然这么一长串的话语说出来之后，心情有些激动，整个人都跟着颤抖。

想起她战战兢兢、小心谨慎的六年，明明顶着皇上无数的宠爱，却偏生谨小慎微，盼望能够活得长久些，却还是遭遇如此境地。

听着沈妩此刻将那些事实直白地说出来，在场的妃嫔们面色都极其难看。沈娇也是面上一僵，勉强保持镇定。

“是的，这些你说得都对！但是在场的人，没有人会感谢你的施舍。至于你肚子里的孩子——”沈娇说到这里，故意停顿了一下，眸光下意识地投射到沈妩隆起的小腹上，带着几分怨恨。

“姐姐，大秦后宫的第一条准则，想必你十分清楚。日后哪位皇子被选为太子，并且成功登基，那么他的亲生母亲将被赐死。也就是所谓的留子去母。我腹中的孩儿，可是带着沈家的血，只要你……”沈妩秀气的眉头挑起，她轻声细语地说着。只是放在背后的手却在发抖，她在做最后的努力和挣扎。盼望着沈娇能让她生下孩子，也好过现如今的一尸两命。

“昭仪姐姐还是莫要多说的好，您腹中这孩子是个妖孽！”还不待沈妩说完，另一位美人已经从队伍中走了出来，正是新近得宠的舒贵人。她上挑着眼角，嘴角挂着几分嘲讽而戏谑的笑容。

沈妩有一瞬间的失神，下意识地看向舒贵人，似乎在询问她。

“佳姐姐还不知道吧？昨儿晚上清风师太夜观天象，知晓我大秦即将有一妖孽降生，位置便处在这灵犀宫之中。请师太进殿！”舒贵人素手一挥，围在外面的宫女就让开一条道来，一位年过半百的尼姑走了进来。

沈妩自然认得她，朗月庵中德高望重的师太，太后和诸多世家夫人姑娘都十分信奉她。

“沈妩施主，别来无恙。”清风师太单手放在胸前，对着她轻轻施礼。

沈妩站起身来，她的目光一一扫过大殿中的人，那些人皆把目光投射在她的身上，恨不得她现在就死去。她却忽然仰头大笑起来。

“师太不必多费唇舌，我只知道您惯会坑蒙拐骗，没想到连夜观天象这种事儿，您也敢胡编出口？你们竟是用了这法子，妖孽？这妖孽可是皇上的骨血，你们也真敢陷害！”沈妩有些吃力地蹲下身，捡起地上茶盏的碎片，脸上的表情渐渐变得阴冷。

众位美人瞧见她这副模样，下意识地后退了一步。沈娇的心里也变得忐忑起来，脸上却是强作镇定，她挥了挥手，招来一个宫女，手里端着一碗药。

“妹妹既然通晓事理，就莫再让旁人多费周章了。来人，把药给佳昭仪喝了，让她好上路！”她冲着那个宫女使了个眼神，宫女便端着药慢慢地走了过来。

“站在那里别动！”沈妩冷声开口，她的柔荑往上移，茶盏的碎片就抵在白皙的脖颈上。

顿时，大殿内的气氛似乎都顿了一下，那个宫女的脚步顿住了，她端着药碗的手在轻微地颤抖，却还是努力稳住了。

“我从入宫之时，娘亲就教导我，隐忍低调，宠辱不惊。皇上宠我识时务、懂局势，体贴入微，就连你们要害我，也只能使这种法子，唯恐旁人不信。最后的结局还是死，我终究是错了！错在不该知道你们是贱人，却还要以礼相待！错在还没捏住你们的生死，就让皇上爱上了我。错在没当上皇后，就有皇后之贤德，雨露均沾？做梦！若有来世，我定不会如此识得大体，我要你们眼睁睁地看着我一枝独秀、宠冠后宫！”沈妩拼尽全力说完了这些话，她回头看了一眼身后满脸担忧的明心，留给她一抹淡笑，便猛地用肚子撞向了桌角。

腹中即将足月的孩子，被那尖锐的桌角猛力撞击到，疼痛异常。沈妩深吸了一口气，眼瞧着那些宫女似乎要冲上来拦住她，她忍着涌入四肢的疼痛，举起手上的茶盏碎片，用力地刺进自己的喉管。

黏稠而甜腻的血，一下子喷涌而出，她纤细的脖颈上被红色的血液覆盖，身下也是一片狼藉，腥臭的红色几乎将她淹没。没人再敢上前触碰她，她摔倒在地，怒瞪着双眸看向宫殿的屋顶，死不瞑目！

“四姑娘，该到您了！”一道略显沉闷的声音传来，唤回了沈妩放空的神志。

她连忙收敛起心神，慢条斯理地迈出步伐，莲步轻移，端的是大家闺秀的风范。刚走了几步，她便再次失神了，只是下意识地进行着走路的动作。她明明应该死了，喉咙上那么大的洞，但是眼睛再次睁开的时候，就已经回到了自己做姑娘的时候。

“四姐姐，小心！”忽然身边传来一道惊慌失措的呼唤声。

沈妩一怔，才发觉自己踩在台阶上，脚已经迈了出去，显然要踩空。

“四姐姐，你究竟在想什么呢？这会儿都出凉亭了，还在发呆！”胳膊被人挽住了，那人用了几分力气，显然是害怕她再次摔下去。

沈妩偏过头，首先就看到一张带点婴儿肥的瓜子脸，瞪大了一双黑白分明的眼睛，有些紧张地看着她。此人正是沈王府的五姑娘——沈韵。

“没事儿。”沈妩不由得抬起手捏了捏她的脸，嘴角露出一抹安抚的笑容。

“四姑娘、五姑娘！”身后传来教养嬷嬷轻轻扬高的呼唤声，显然夹杂着几分恼怒。

沈韵下意识地缩了缩脖子，连忙松开沈妩的胳膊，轻轻昂起头，有些僵硬地迈着小碎步。

出了凉亭，视线逐渐开阔，王府后花园别致的景象一点点映入眼帘。沈妩已经回来有几日了，一觉醒来她还是沈王府那位相貌最出类拔萃的四姑娘，前头的三位姐姐，两位已经进宫，还有一位嫁给了当今圣上的胞弟——九王爷。

沈家统共六位姑娘，其中有两位是王妃所出的嫡姑娘。沈娇乃嫡长女，现在宫中已经是到了妃位。嫡次女沈清便是九王爷的正妃，至于三姑娘沈婉入宫两年半，荣宠正盛，现如今已是婕妤。最后一位六姑娘则年岁过小，现如今并没有进入众人的视线里。

“啪！”一声脆响，戒尺敲击石桌发出的动静，成功地让两位姑娘停下了脚步。

两位教养嬷嬷走了过来，脸上的神色都十分严肃，皱拧的眉头显示着她们心情的不悦。

“今日两位姑娘明显状态不佳，已然练习好久的规矩，竟是错漏百出。幸好今日王妃没有查验，否则奴婢和姑娘们都说不过去！”其中一个年纪大些的嬷嬷沉声开口，她的目光一一扫过面前的两位姑娘，在沈妩的脸上停留了片刻，又飞快地掠过。

“罢了，姑娘年纪大了，心思也多了，奴婢们自然是无法理解。今日想来都有些累了，就到这里吧，希望明日两位姑娘能振奋精神！”另一个嬷嬷倒是语气柔软些，不过面上的神色依然十分严肃。

直等到两位教养嬷嬷先行离开了，沈妩二人才算是松下一口气。等在不远处的丫头纷纷涌了上来，沈韵直接耷拉着肩膀，随手指了个丫头让捏肩。

“四姐姐，你这几日都很不对劲，总是精神蔫蔫的。两个嬷嬷的面色也越发难看，原本她们就都指望着你呢，你可千万要振奋精神，否则我也得跟着遭殃！”沈韵撅着红唇，直接找了张石凳便坐了上去，语气里带着几分夸张。

她说这话的时候，目光十分自然地扫过沈妩的面庞。沈妩的相貌，在沈王府里是公认的最娇艳的，所以几乎从她开始长身体的时候，沈王妃就有意无意地培养她。

“你还好意思说这话，王府这门槛摆着，你如何能低就了。赶紧多用些心思学规矩，日后才挑不出错来！”沈妩轻笑着嗔怪了几句，就像往常一样半真半假地说着。

这位五姑娘沈韵和沈妩年纪最相仿，几乎是一起长大。再加上沈韵性子娇憨，沈妩也乐得和这个妹妹一处玩儿。所以在沈家姐妹中，沈妩和沈韵的关系最为要好。

两姐妹就坐在石凳上，悄声说着话。忽然一位年过半百的嬷嬷走了过来，二人瞧见之后，都连忙起身。来人正是沈老夫人的贴身嬷嬷，和老夫人的感情极其亲近。虽是个下人，但在沈王府却无人敢轻慢她。

“齐嬷嬷。”那老嬷嬷冲着她二人行了礼，沈妩姐妹俩也连忙还了半礼。

“最近这规矩是不是教授得有些多了，让两位姑娘劳累了？”齐嬷嬷慢慢走近，脸上带着清淡的笑容，声音也十分柔和，就像是一位慈祥的老人在关心她们一般。

沈妩二人却是不敢掉以轻心，悄悄对望了一下彼此，都轻轻地摇头。

“这几日天气燥热，我颇有些心绪不宁，恐怕是给两位教养嬷嬷带来了些许不快。让齐嬷嬷费心了！”沈妩脸上带着一抹歉意的笑容，话语也十分温和。

齐嬷嬷脸上的笑意收了些，打量了她们二人片刻，才缓声道：“宫里头来消息了，老夫人让二位姑娘过去呢！”

沈妩二人微微一怔，不由得看了一眼齐嬷嬷，转而心底又有了几分了然。选秀的日子快到了，兴许是宫里头的两位娘娘有什么口信传来。

待到了老夫人的院子，进了里间，周围的下人全部退下了。老夫人跪在蒲团上，正对着一尊玉观音像，香炉里冒着阵阵青烟。

两位姑娘显然十分熟悉这幅场景，平静地跪坐到墙边放好的蒲团上，轻轻低着头沉默地等着。

“宫里头娇儿传出话来，说是婉儿有喜了。”老夫人似乎是跪拜完毕了，慢慢地转回身，轻扫了她们一眼，低声说了一句。

沈妩微微一怔，转而才镇定下心神来。是了，入宫之前一个月，婉婕妤得知有了身孕。

“皇上今年二十有五了，后宫盛宠的妃嫔是换了一茬又一茬，后宫之中却没有一个活着的皇子。婉儿现如今还看不出月份来，娇儿就想先瞒着，断不能再像前一次那般，不明不白地就滑了胎！”老夫人的声音十分沉稳，颇有几分压迫的意味。

沈王府上下，皆畏惧这位手段了得的老夫人。例如此刻，这位众所周知的信菩萨的老夫人，偏偏就喜欢在菩萨跟前，讲这些后宫杀伐之事，神色间稀松平常，丝毫没有什么别扭的。

沈妩姐妹俩安静地跪坐在那里，认真地听着，时不时地点头无声附和着。老夫人说话喜欢一次说完，把其中的条条道道都理清楚了，往往最后才把要分配给她们的任务说出来。

“这样的话，婉儿就不能在皇上跟前争宠了，娇儿需要其他助力。这次的选秀，就得看你们姐妹二人了。无论是哪一个，都得尽快在皇上面前露脸！”老夫人轻轻抬起头，目光灼灼地看着她二人。

“谨遵祖母教诲！”沈妩二人连忙弯腰俯身，头碰地行了个大礼。

老夫人分别瞧了瞧她们，沈妩长得娇媚，举手投足间都带着一股子勾人的气息。一旁的沈韵跟她一比，自然是寡淡了些，不过好在沈韵性子活泼，由内而外也透着讨喜的感觉。姐妹俩一静一动，倒真的是相得益彰。老夫人越瞧越满意，又轻声叮嘱了几句，便让她们退下了。

刚出了老夫人的院子，姐妹俩就分道扬镳，各自去了姨娘处。沈妩的亲娘是沈王爷第三位抬进府的妾室，不过却是王府里唯一的侧妃，府上人都唤她为元侧妃。这位元侧妃其实出自世家高门嫡女，偏生向往着才子佳人，不想遇到了多情种，待想回头却已怀了孩子，才有了这段纠缠不休的孽缘。

站在元侧妃的住所栖梧院门前，沈妩的脚步微顿。院门打开了，隐隐的花香传来，沁人心脾。她抬脚迈进，偌大的院落里别有洞天，花鸟虫鱼，样样不少，处处都体现着主人不俗的品味。

早有丫鬟等在那里，见到沈妩进来便急忙迎了上来。

“四姑娘来了，侧妃方才还念叨着呢！药都没敢喝特地等着见过您再喝，免得到时候犯困睡过去了。”过来迎接的是元侧妃身边的大丫鬟巧兰，她口齿伶俐，三言两语便把话说清楚了。

沈妩不由得失笑，低声道：“好你个丫头，现如今胆子大了倒是会埋汰我了。如何不劝着娘先喝药？”

两人边走边说，巧兰挑起门帘让沈妩进去，她便守在外头。

元侧妃最近有些咳喘，大夫便开了方子让她服，里头掺了些容易犯困的药材。此刻元侧妃着了一件浅绿色的罗裙，头发也只是随便挽了一个发髻，插了根碧玉簪子，悠闲地歪在榻上。此刻瞧见沈妩进来，娇俏的脸上露出一抹恬淡的笑意，柔声道：“老夫人又留着说话了？”

沈妩轻笑着点了点头，眼光停留在元侧妃手中把玩的玉佩上。那玉佩是个半圆的形状，另一个半圆自然在沈王爷那里。这么些年，即使有妇之夫的沈王爷从一开始就许诺了一个谎言，要让元侧妃当王妃，可是元侧妃也没有半点责怪的意思。

“娘，您还念着他的好呢！您的亲姑姑是当今太后，您的亲爹是国丈，您的表兄弟是当今皇上。您姓许，许氏一门贵为世家之首，您可是许家的嫡长女啊！”屋子里只有她们母女二人，沈妩轻轻眯起眼眸，看着元侧妃温柔地抚摸着那块玉佩的表情，心里头突然冒出无名之火。

元侧妃知书达理，身段一流，原本就是名门闺秀中出类拔萃的。沈妩是被元侧妃一手带大的，自然也像极了自己的亲娘，体贴乖巧。可惜上辈子，她就是被懂事、大方给害死的。所以，此刻看到自己的娘亲，仍然心心念着那个毁了元侧妃所有荣华富贵的爹，她就不由得发了火。

元侧妃整个人都怔住了，身体僵直着，一脸难以置信地看着沈妩。沈妩从小到大，还从来没说过如此重的话。

“妩儿，你怎么了？忽然提起这些，当初我跟你爹的时候，皇上还没登基呢。许家也没这么显赫，这不能怨你爹。况且当初我进沈王府的时候，许家已经放弃我了，这么些年基本上不联系，没什么瓜葛。在外人面前可不能这么说，你的外祖应该是王妃的……”元侧妃哆哆嗦嗦地似乎想从榻上起来，她的面色有些苍白，显然是被此刻的沈妩给吓到了。

沈妩听见她这样说，曾经的不甘和恐慌一下子又回来了。成日里只想着安守本分，慢慢地熬，不把命握在自己手中的人，是不会得到胜利的。

“娘，您不要再说了。”沈妩深吸了一口，将方才激动的心情平复下来，她的口气放缓了，同时又带着几分无助和恳求。

屋子里一片寂静，母女俩对视着。沈妩的脸上带着几分疲惫，元侧妃则有些失望。

“娘，我知道爹让府里的人唤你元侧妃，是念着些许的情意，一元复始是好的寓意。您常教导我，隐忍低调、宠辱不惊。王府里是这副光景，我注定要入宫侍奉。娘，我只问您一句，您当真愿意让我走您的老路？躲在这小院子里，种花遛鸟，安心当旁人贤惠的妾室？”沈妩忽然跪了下来，慢慢地跪行到塌边，拉住元侧妃的柔荑，眼泪夺眶而出，声音里透着哽咽。

无论是王府里的侧妃，还是后宫里的妃嫔，好听的也不过是名头罢了，说到底都是妾，男人闲来无事儿调情的玩物罢了！

元侧妃依然没回过神来，眼眸里失了焦距，她完全没想到自己教养长大的姑娘，会这样直白地说出这番话来。最亲近的人，才最能抓住她的痛处，轻而易举地就让她这半辈子成了个笑话，让她成了一个懦弱无能的傻女人。

“好孩子。”过了片刻，元侧妃才回过神来，她抬手摸了摸沈妩的耳侧，柔声念叨了这一句，只是尾调却带着几分哽咽。

“我总想着你还小，以后可以慢慢教。身为庶女，偏生长了这么一张娇俏的脸，日后入宫太引人注目总归会吃亏，想尽一切办法磨合你的性子，此刻才发觉这样不对。我这样的娘亲只能教会你如何做妾，我们阿妩自然是不会做妾的！”元侧妃像是下定了什么决心一般，越到最后她的声音就越发坚定。轻轻抚摸她的耳侧，也渐渐地加重了力道。

沈妩的眼眸里闪出些许期盼的目光。元侧妃慢慢起身，穿上鞋从床底下拿出一个不起眼的木匣子。她慢慢打开，从里面拿出一封封已经拆开的信笺。

“自古没有娘亲舍得下自己儿女的，你外祖母自然也一样。这么些年，许家虽然不再理会我，你外祖母却是每个月都会托人递信来，我想着你日后说不准会求到许家，便一直没有扔。待会儿我就修书一封过去，求你外祖母无论如何都得给你寻个好人家，不必高官厚禄闻达诸侯，只求能做当家主母，是明媒正娶的嫡妻！”元侧妃轻轻握住她的柔荑，掌心却是冰冷的。

沈妩有些担忧地看过去，只见元侧妃的面色苍白，嘴唇上也没有太多的血色。此刻虽然努力笑着，但是却能察觉到她整个人都在轻颤。

“娘，我嫁走了，您怎么办？这事儿无论成不成，都必定会和王府撕破脸皮。我已经定下来要参加一个月之后的选秀，您若是让许家从中作梗，到时候您如何自处？”沈妩反握住她的手，心里难受异常。

最是无情帝王家，最是无奈为人妾。

元侧妃动了动嘴唇，却是一句话都说不出，她无法反驳。让沈妩不进宫，实在太难太难，王妃早就盯上了沈妩，只希望这位相貌出众的四姑娘，能在后宫里盛宠上一段时日，好让其他两位姑娘省些心力。

“娘，我虽做不成旁人明媒正娶的妻子，但是外祖母依然有能帮助我的地方。”沈妩慢慢地起身坐在榻上，拿起上面的信笺，粗略地扫了一眼。内容大多是些家常话，不过却处处透着担忧和关怀。

元侧妃抬起头，认真地看着她，对上沈妩那双明亮的眼眸，轻轻叹了一口气。知女莫若母，沈妩要动的心思，自然离不开许家这国舅府的高门。

“阿妩，你可要想清楚，如果走这条路，注定你从进宫开始，就成了众矢之的。”元侧妃抬手理了理沈妩额前的碎发，声音里透着十足的温柔。

沈妩直视着她的眼眸，坚定地点了点头。

母女俩商量了片刻，直接就把要送去许家的信笺写好。待沈妩出来的时候，已经到了要用午膳的时辰了。她匆匆回了自己院子换了身衣裳，便去前厅陪着王妃用午膳。

距离前厅还有一段距离，便瞧见沈韵在原地来回踱步，显然是等得有些着急了。

“四姐姐，你怎么才来？最近你可总是出错，多亏了我打掩护啊！”沈韵瞧见她的身影，便连忙冲了过去，一把拉住她的胳膊，脸上带着几分不满的神情。

沈妩自知理亏，连忙低声告饶道：“好妹妹，你就再饶过我这一回吧！”

姐妹俩不敢再磨蹭，连忙加快脚步走进了前厅。果不其然，沈王妃已经坐在主位了，六姑娘沈灵也到了，却是乖巧地站在墙边，显然是在等她们二人。

“王妃，我们来晚了，还请您责罚！”沈妩轻声开口认错，二人皆俯身行礼。

“罢了，快坐下吧，免得饭菜凉了。今儿王爷不回来，几位少爷也在外面吃，就咱们四个！”沈王妃一身正红色，上身是云霏妆花缎织的海棠锦衣，配上累珠叠纱茜裙，端的是雍容华贵的气度。

三位姑娘连忙坐到了自己的位置上，待沈王妃举起筷子之后，她们才谨慎地举起筷子。饭桌上是一片寂静，除了偶尔微弱的碗筷声传来，每个人都是细嚼慢咽，动作优雅。

沈王妃刚放下筷子，其他三人也十分乖巧地放下了碗筷。漱口、净手，那些丫鬟们又奉上了香茗，准备告辞的三位姑娘就乖乖地坐在椅子上不动弹了。每回沈王妃若是有话说，就会在用膳后让人奉茶来。

“选秀的日子不远了，你们两姐妹这阵子就好好准备。外祖家也会有几位表姐妹进宫，到时候多帮衬着些，总归都是代表了世家的利益，不到万不得已不能闹得窝里斗！”沈王妃肃着一张脸，眉头轻轻挑起，或许是在老夫人身边待久了，语气里同样带了几分压迫。

沈妧二人连忙点头应承，她轻轻抬起眼眸扫了一下沈王妃。沈王妃是这个府上最尊贵的女主人，可惜相比那些妾室，她也是年龄最长的。即使脸上盖着一层厚厚的脂粉，也遮不住眼角的细纹。而且沈王妃素来喜好板着脸示人，所以这张脸的表情就显得有些僵硬。

“宫里头的规矩想来你们都知晓了，不用我再一一叮嘱。切记那么几点就够了，你们是世家出来的庶姑娘，万不可动了旁的心思！如果做了什么对不起王府的事情，就莫怪我无情，家里头的姨娘还指望着你们风光盛宠呢！”沈王妃轻轻眯起双眸，语气里带着警告的意味。

屋子里陷入了一片寂静之中，沈妧二人轻轻地点头表示知晓了。

现如今大秦的后宫，可以算是三分天下，皇后之位空缺。虽说后宫不得干政，但是却又与前殿紧紧相关联。皇上扶持的新贵为一方势力，太后所依仗的许家也霸占一隅，剩下的百年世家自然是最后一方。三股势力相互联系，又相互争斗，各不相让。

后宫之中最重要的规则便是，太子登基之时，亲母必先身死。所谓的去母留子，也不过是怕太子偏向外戚，让外戚把持朝政。所以一般世家都会把嫡女送进去当高位份的妃嫔，努力争取皇后之位，而把庶女送进去争宠，同时也充当生养孩子的机器。到时候好一箭双雕，以一个庶女的命，换来一个世家之首自然十分值得。

当今的皇上，乃是太后的庶妹所生。若当真论起来，皇上还是她的舅舅。沈妧这么细想，才发觉她竟是与皇上隔着辈儿的，不由得好笑。皇上的亲母在许家那一辈的姑娘中年纪最小，所以进宫晚，导致皇上也不过只比沈妧大十岁。曾经她根本没奢求过太后和许家，直接以世家姑娘的身份进了后宫，之后就更不可能有这样认亲的时候。

待三位姑娘退出来之后，沈灵便长长地松了一口气，显然她十分畏惧这位嫡母。

“两位姐姐好事将近，我在这里先恭贺二位了。姨娘那里还有些事儿，告辞！”年仅十岁的沈灵十分知书达理地冲着她二人行礼退下，虽还是半大的孩子，但是在这王府浸淫已久，俨然一副大人模样，进退得宜。

002

临别进宫

因着选秀的日子临近，沈王府都变得忙碌起来，各路打点。沈妩倒是清闲下来了，没事儿的时候就躲在屋子里绣花。她虽然面上平静，其实心底颇有些忐忑不安，毕竟元侧妃写给许老夫人的信，已经递出去有几日了。

这日，沈妩依然坐在院子里刺绣，却见沈王妃身边的大丫鬟匆匆走了进来。沈妩抬起头瞧了她一眼，见她神色匆匆，便放下了手中的针线。

“四姑娘，宫里头来了太后懿旨，您赶紧着去前厅听宣吧！”那个丫鬟草草地行了一礼，语气急迫地催促着她。

沈妩面上露出几分惊愕的神色，心底却是定了下来，她撩了撩发髻，便提起裙角去了前厅。

厅内，沈王妃正陪着一位太监坐在椅子上喝茶。一抬眼瞧见沈妩进来，沈王妃轻声介绍道：“这就是我家四姑娘，劳烦公公特地跑一趟了！”

那位公公至少有三十多岁了，面皮倒是白净得很，只是一双眼睛甚是锐利。他抬眼毫不客气地上下打量了一番沈妩，片刻才点了点头。

“哎哟，好标致的姑娘。若是真进了宫，想来很快便能步步高升了！”尖细而略显阴气的嗓音传出来，带着几分怪异的腔调，听着让人头皮发麻。

沈妩俯下身，轻轻行了一礼，柔声道：“公公谬赞了，后宫之中的娘娘们皆是样貌出众，多才多艺，沈妩也不过是小丫头一个罢了！”

那位公公难得地扯着嘴角笑了笑，只是僵硬的表情越发显得诡异，显然是不常笑的人。

“难怪太后娘娘心心念念着沈王府的四姑娘，特地让咱家来宣懿旨。选秀将近，因沈王府四姑娘沈妩端庄淑惠，太后特召入宫侍奉。”公公念完了旨意，便前倾着身体，再次捏着嗓音道，“四姑娘，这是太后娘娘让您先入宫侍奉她老人家。您赶紧收拾，明日宫里头就派轿子来接您！”

沈妩连忙俯身行礼，低声道：“谢太后恩典！”

沈王妃见那个太监要走，连忙快走了几步，从袖中摸出一张银票塞进他的手中。

“公公，您是太后身边的得力人儿，不妨给我个准话。这次太后召进宫的有几位姑娘？”沈王妃一挥手便让四周的下人们退下了，她压低了声音问道。

那个太监见厅内只剩下他还有沈家母女俩，便将银票塞进衣袖里，冲着沈王妃竖起了三个手指。

沈王妃轻笑着点了点头，让人送这公公出府了。沈妩自然是立刻回房收拾东西，看着明心带人忙里忙外，沈妩颇有些恍惚。明心这个时候同她一般大，正是娇俏可人的年纪。之前她自杀之后，估计明心也是被人折磨致死。跟在她身边的丫头，无论是从王府带进宫的，还是入宫之后调教的，都没有好下场，死得一个不剩。

待收拾得差不多的时候，沈妩遣走了其他下人，独留了明心一人。

“姑娘，您也不用太紧张，先入宫还是利大于弊的！”明心自小便跟着她，沈妩方才的心不在焉，自然逃不过明心的眼。她也只认为沈妩是有些情怯，便柔声安抚她。

沈妩摇了摇头，轻皱着眉头思索了片刻，才道：“我并不是怕，宫里不比王府。明心，你若是不想随我入宫，我便向王妃求个恩典，把你许个好人家！”

明心稍微愣了一下，手里正整理着沈妩的新裙衫，此刻也没停下，只是低声回道：“奴婢自小就伺候姑娘，说句托大的话，姑娘若是带着旁人去，也不能全心信任。姑娘过得好了，奴婢自然也能好！”

沈妩知道她的心意，见她连头都没抬，态度坚决，便也不再强求。

主仆俩正说着话，王妃那边又来人召见她。沈妩也没换衣裳，进了主屋才瞧见整日不归家的沈王爷，竟也露面了。男人明明已经年近四十岁了，偏生还是气度不凡，身姿挺拔，根本瞧不出中年人的颓败来。他瞧见沈妩进来，脸上自然地露出了几分温和的笑意，眼角微微上扬，带着几分蛊惑的意味。

“王爷，请您清醒一点，这里是王府不是香飘阁！”沈王妃捧着茶盏，一抬眼便瞧见沈王爷这副似笑非笑的模样，肃着一张脸，毫不客气地冷声提醒。

沈王爷颇觉尴尬，轻咳了一声，便端起桌上另一杯茶，轻抿了一口。

“妩儿，坐吧！”沈王妃指了指下首的一张椅子，示意她坐下。

“你爹打听了一下，太后召进宫的三位姑娘，一位是许家的远亲，一位是皇上新提拔的大理寺少卿家的姑娘，还有一位便是你。太后的娘家、皇上的新贵以及世家，不偏不倚，每家一位。不过入宫后是去太后那里，她自然会有些偏颇，许家那位姑娘在皇上面前肯定是露脸最多，你要努力争取，在选秀前就要得到皇上垂怜，成功晋位。”沈王妃也不绕圈子，言简意赅地直奔主题。

沈妩点头应承着，她挺直了腰背，坐姿规矩，自然就有一股气度流露出来。

“老夫人那边用不着去了，她老人家也是这个意思。进宫之后多和娇儿、婉儿走动，我和王爷在王府里，等着你们的好消息！”沈王妃偏过头瞧了一眼沈王爷，见他没什么反应，便又说了几句话叮嘱。

三个人坐在屋子里，却是陷入了一片寂静。沈妩面上沉着冷静，实则心底冷笑连连。一入宫门深似海，她还记得当初沈娇要入宫前夕，沈王妃整日红着一双眼，不知流了多少眼泪，拿了许多银子出去打点。而对待她这位庶女，王爷和王妃竟是除了正事儿之外，无话可说。

“王爷有什么要叮嘱的吗？”沈王妃放下手中的茶盏，偏过头瞪了沈王爷一眼。

沈王爷似乎正在出神，猛地被王妃这么一叫唤，手腕竟是一抖，茶盏险些摔出来。

“啊，该说的王妃都已经说了，你进宫之前和陵哥儿见上一面吧！”沈王爷抬手摸了摸后脑，脸上露出几分讨好的笑意，声音仍然还是那样温润。

只是当“和陵哥儿见面”这个提议说出来的时候，屋子里另外两个女人都怔了一下。紧接着沈妩的脸上露出欣喜的神色，而沈王妃的面色却是极其僵硬难看。

沈妩得到了意外的惊喜，此刻也顾不上沈王妃沉郁的面色，起身匆匆行了一礼便快步走开了。只是她的前脚还没跨出院门，就已经听见屋子里女人尖锐的质问声。

“沈章，你什么意思？要让他们兄妹见面，不是要先过问我的意思吗？我才是安陵的母亲！”沈王妃显然比较激动，她根本就没有在意沈妩是否离开了。

沈王爷柔声安抚的声音紧接着传来：“再怎么说他们也是亲兄妹，妹妹要进宫了，兄长临别见上一面怎么了？你不要如此……”

她已经出了院子，后面的话就有些听不清了。心底虽是有些微词，脸上的笑意却是如何都遮不住。沈王爷纵身花丛数十载，偏偏子嗣单薄，存活下来的少爷实在是少之又少，而沈王妃并没有为沈王爷诞下小世子。

元侧妃头胎便是一位少爷，当许家间接放弃她的时候，沈王妃便以各种借口把孩子抢走了。这位少爷便是沈安陵，沈妩的亲哥哥。不过沈王妃看管得严格，所以沈安陵甚少能和元侧妃以及沈妩交流，每次只是匆匆地点头就离开了。

沈妩回了自己院子，便动作麻利地换了一身新的衣裳，她派人去请元侧妃，顺带着一起见见安陵哥儿。不过元侧妃却以身子不适为由推辞了，沈妩坐在椅子上，也只是沉默地点了点头。这个结果她早就预料到了，若不是如此贤德的元侧妃，当初沈王妃又如何会轻易地便夺走了沈安陵。

沈安陵进屋的时候，便瞧见一位样貌姣好的女子，一只手撑着下巴，双眉紧蹙，似乎在思索着什么。

“敢问姑娘在忧愁什么？可否是为了相思？”沈安陵没有急着走近，而是也学她的模样，一手虚扶着下巴，脸上的笑意带了几分调侃的意味。

沈妧回过神来，抬起头便对上一双明亮的眼睛，嘴角也不由自主地扯起一抹微笑。

“自然是为了相思，不知下回见面又待何时？”她轻声回复着，半真半假的话语像是一把钥匙，将两人平日里积累的遗憾都打开了。

顿时屋子里一片寂静，两个人沉默地对望着。沈安陵慢慢地走近，挑了一张靠近她的椅子坐下，端起小桌上的茶盏，有些心不在焉地用手指描画着上面的图纹。

“这回太后召进宫的另两位，你要特别注意许家那位远亲姑娘。”沈安陵率先打破了沉默，他轻轻抬眼扫了一圈，见屋外面并没有人，便压低了声音道。

沈妧微微愣了一下，才回过神来，沈安陵竟是知晓了这消息。此刻如此警告她，显然是特地打听过了。

“京都之内，你和她都是好名声在外的姑娘。只是你出众于容貌，她闻名在气度。至于皇上喜欢哪一位，就得看那难以捉摸的圣意了！”沈安陵轻声解释着，话音刚落便举起茶盏轻抿了一口，眸光中透出隐隐的担忧。

听了沈安陵的话，沈妧轻轻地笑出了声。皇上喜欢什么样儿的，她最是清楚，否则也不可能自她进宫，就一直盛宠，并且把她给宠死了。

“说不准，皇上都不喜欢！”她耸了耸肩，脸上露出几分淘气而顽皮的神色。

倒是沈安陵愣了一下，血浓于水。虽然兄妹俩平时只是短暂的眼神交流，但是彼此牵挂的心意还是一清二楚的。不过这样鲜活而调皮的沈妧，他还是头一回见到，心里带着几分莫名的欢喜。

“胡说，我妹妹一定会是最受宠的那一个！”男人清透的嗓音传来，此刻眼神停留在她那张娇艳的脸蛋上，嘴角带着几分自满而骄傲的笑容。

沈妧偏过头看着他，因着他这一声“妹妹”而感到了些许的暖意，脸上露出了温和的浅笑，脸颊上浮现出清浅的梨涡。

“最受宠的不一定，但我一定会是最耀眼的那一个！”她像是许诺一般，语气坚定地说出了这句话。

沈安陵眯起眼睛笑着，显然十分满意她的自信。

沈妧进宫，最不放心的自然是近乎孤身一人的元侧妃，她轻声地道：“入宫之后，还望哥哥能多看顾一下母亲。虽然她可能不常和你说话，但是……”

沈安陵一下子抬手按住了她的柔荑，制止了她未说完的话。沈妧正诧异着，便瞧见对面的男人缩回了手，眼神却往外示意了一下。

“姑娘，王妃那边派了人过来！”一个二等丫头走了进来，对着沈妧行了一礼，低声通报了一句。

沈妩轻轻眯起眼，便瞧见从院子里走进来一位相貌姣好、打扮齐整的丫头。沈安陵只匆匆扫了一眼，英气的眉头便已经紧蹙起来。这丫头长得过于娇俏了！

“奴婢见过大少爷、四姑娘，王妃给奴婢取了个名字，叫明蕊。她安排奴婢明日随姑娘一起进宫！”那丫头低身行了一礼，声音娇脆悦耳，倒颇有几分气度。

沈妩的脸上露出一抹冷笑，这丫头横看竖看都不像是进宫伺候她的，倒像是为了勾引人的。前世她进宫之前，沈王爷并没提出让她见沈安陵，看样子王妃此刻是带了几分赌气的意味了。

“明心去哪儿了？”沈妩并没有理会明蕊，而是偏过头问方才先进屋的二等丫头。

“回姑娘的话，明心姐姐被王妃叫过去了，方才走得急就没打扰您跟大少爷说话！”丫头低声回复道。

沈妩点了点头，只是端起一旁的茶盏轻抿着，并没有要和明蕊说话的架势。

倒是一直悄悄抬眼打量着他二人的明蕊先开口，她先是行了一个大礼，低声道：“王妃让奴婢禀告大少爷一声，让您过去，她有话要说！”

沈安陵轻轻扬了扬眉毛，直接站起身，柔声对沈妩道：“你的意思我都明白，用不着害怕。宫里头还有两位姐妹担待着，总归不会让你吃亏的！”

他说完这两句话之后，便转身离开了。直到男人的身影消失在院子门外，明蕊才明显地松了一口气。

“成了，你也下去吧！明日就要进宫了，好好收拾一番！”沈妩捏了捏眉头，伸手一挥便让明蕊下去。心里不由得生起了几分不耐烦，沈王妃出自世家，嫁进沈王府里里外外也算是收拾得齐整，偏生对沈安陵的事儿，如此小气，让人心生厌烦。

她和沈安陵不过说几句话而已，还要塞个人给她来犯恶心，并且急匆匆地让沈安陵回去。

明心赶回来的时候，沈妩已经歪在榻上，手里拿着本诗词看着。她房里一向最多的书册便是诗词歌赋，沈王妃基本上不允许其他的东西混进来。倒是沈娇未进宫的时候，沈妩曾去看过她的书柜，里面竟是摆满了兵法、地方见闻杂谈，颇具几分男人的气息。还有几本账册摊开在沈娇的小桌上，足以见得，沈王妃从一开始，就是要养废了沈妩，雕磨出沈娇。

明心一进门，就开始喘着粗气，显然是小跑着回来的。

“方才来唤奴婢过去的人，只说有几句话，一会子就回来。没承想王妃记挂着姑娘，里里外外地想着叮嘱，就耗费了些时辰！”明心低声说了几句，便走过去帮着沈妩捏腿。

主仆俩沉默了片刻，明心轻轻抬头瞧了一眼门外，才压低了嗓音道：“王妃调过来的丫头，原先便是伺候王妃的。因为样貌长得好，才单独调教的，不过奴婢估摸着这丫头原先不是预备给姑娘的！”

沈妩轻轻笑了起来，伸出柔荑拍了一下明心的肩膀，柔声道：“这丫头身段不错，刚拿出手倒是能唬人，估计也是个空架子。至于王妃原先的打算，不妨猜猜看。”她换了个姿势，脸上露出几分戏谑的神色，继续开口道，“我猜这丫头不是给王爷预备的，就是给兄长预备的！现在倒好，一转眼便想着飞上枝头了！”

当日晚上，元侧妃也不顾沈王妃的脸色，直接拉着沈妩留宿了。母女俩睡在一床锦被里，头靠头说着悄悄话。感受着元侧妃的体温，熟悉的香气萦绕鼻尖，沈妩仿佛回到了儿时，每回午睡就窝在母亲的怀中小憩，从来不会有噩梦侵扰，更不会有那些恶人欺侮。

一夜好眠，寅时刚到，元侧妃便推醒了她，拿起桃木梳亲自替她束发。

“娘，女儿走了，您自己多保重！”沈妩梳妆完毕，拉着元侧妃的手，低低地说了最后一句，算是话别，便转身离开了。

宫里的马车到了，沈王妃站在院门处看着她上了马车。沈妩坐在车上，轻轻撩起车帘，明心和明蕊各拿着包袱上了后一辆马车。整个沈王府都十分安静，似乎还沉浸在安睡之中。

马蹄声响起，沈妩再次阔别了沈王府，心底却早没了曾经的激动和紧张，唯有几分跃跃欲试。后宫，她沈妩又来了！

沈王府坐落在京都中心处，距离皇宫并不十分远。天刚亮，马车便到了宫门处，领头的太监递了宫牌，马车便从侧门进入了。

待换过软轿，后宫里巍峨的宫殿已经渐渐进入视线之中，那一抹熟悉的肃杀和奢华感也扑面而来。大秦的后宫宫规甚少，上位者压制下位者，如此而已。只是它时时刻刻存在的潜规则，却让这红墙青瓦之下，无数鲜活的生命逝去。

前世的沈妩，曾看过无数位妃嫔在这里香消玉殒，当然里面也包括被家族重点培养的嫡女。嫡庶为争一条命活，为争皇上的宠幸，为争一个子嗣，无所不用其极。

“沈姑娘，这位是寿康宫的执掌姑姑穆姑姑。”前头引路的宫女将她领到了寿康宫的偏门，自有一位面色沉静的姑姑站在那里等候。

沈妩连忙低身行礼，她压下心头涌起的怒火，低垂着眼睑做恭顺状。看样子太后是想派人掂量一下她的分量了。这位穆姑姑是太后身边的得力人儿，在后宫之中，即使妃嫔遇上她都要给几分薄面。穆姑姑因着有一双看人的利眼而讨太后欢心，传闻只要是人在她面前站了片刻，她就能辨别出那人的心思来。

传闻虽不尽信，不过沈妩在她手中栽过几次，倒是真的。

“早听闻沈家四姑娘长得标致，今日一见有过之而无不及。沈家两位娘娘入宫之时，都得到皇上无上的荣宠，看样子四姑娘也差不了！”穆姑姑上下打量了她片刻，才沉着声音说道。

语调虽是波澜不惊，听不出喜怒，眉头却是轻轻蹙起。

“姑姑谬赞了，民女得太后垂青入宫侍奉，不敢有其他思虑！”沈妩依然微低着头，脸上的表情也十分谦恭。

“进来吧！”穆姑姑再次打量了她片刻，才转过身领着她往宫殿里面走。

只是当穆姑姑转过身之后，面色却是极其不好看。太后让她出马，自然是为了观察三位姑娘的情况，除了头一位少卿家的姑娘，显得有些拘束之外，后两位都十分坦然。特别是这位最后到的沈家四姑娘，一句多余的话没有，莲步轻移、体态优雅，就好像是在宫中生活了许久的人一般，根本挑不出一丝错处来。

沈妩跟在后面慢慢地走，眼前的景色渐渐变得熟悉起来。死之前的记忆像潮水般涌进脑海里，对于当初得宠到刺眼的她来说，寿康宫便一直都相当于禁地。

到了一间厅堂前，穆姑姑停下脚步，转过身冷声道：“其他两位姑娘已经到了，就在里面休整。沈姑娘也快进去吧，奴婢在这里提醒一句，待会儿太后娘娘用早膳，会请三位姑娘过来伺候！”

穆姑姑丢下这句话，根本不给沈妩反应的机会，转身便走了。明心和明蕊早在进寿康宫之后，就被旁的宫女领走去别处休息了。沈妩站在门外冷静了片刻，才推门走了进去。

厅堂里延承了寿康宫的风格，色彩都有些暗沉，不是十分浓烈，但是其中的摆设皆是大气奢华，给人一种视觉冲击。

厅内此刻坐了两位年龄相仿的少女，看起来和沈妩一般大。见到沈妩进来，都不由自主地站起身，似乎是为了迎接她。

三人先沉默地互相行了礼，目光流连着，都在打量对方的样貌气度。坐在靠近门的少女，身穿粉色的宫装，比宫女的服饰更加娇艳一些，甚至比秀女的还要繁复，可见太后是真的动了心思的。此刻她瞪大了一双杏眸，带着好奇十足的目光瞧向沈妩，待瞧仔细沈妩那张脸时，不由得撇了撇嘴，带着几分审视的意味。

另一位少女则嘴角带笑，衣裳的样式相同，只是换成了湖蓝色。眸光礼貌性地停留在沈妩的脸上，并没有过多打探的意味，冲着她友好地点了点头。

沈妩轻笑着回礼，脸上的表情不变，心里却是冷笑连连。还真是巧遇，前世她们那一届秀女之中爬得最快的三人，此刻都被太后选中了。那个粉色宫装的少女，便是前阶段刚被皇上提拔的少卿家的姑娘，名唤阮玉。另一位就是许家的远房姑娘——许晴。

“你的衣裳在后屋，快进去换吧，待会儿太后就要起身了！”阮玉轻轻扬高了音调开口，她的声音清脆悦耳，只是语气算不上客气。

沈妩也不以为意，快步走进了里间，见绣床上只剩下一件墨绿色的同款宫装，便连忙脱了自己的外衣，动作麻利地换上了。

她刚换好了衣裳准备出来的时候，外屋就传来一道娇脆的女声："晴姐姐，人人都说她长得好，这宫装我们三个是一样的样式，只是颜色不一样，方才我俩挑剩下的那件墨绿色，根本就不是我们这个年纪穿的。待会儿她出来，我倒要瞧瞧不靠衣裳钗环，她能美到哪里去！"

沈妩的嘴角勾起一抹淡笑，她抬手轻轻撩了撩发髻，并不急着出去。

"玉妹妹快别这么说，好歹我们三人日后都是要伺候太后的，大家应该和睦相处！"许晴温和的劝慰声传来，始终端着名门闺秀的气度。

"晴姐姐，你就是好心。瞧瞧她方才进来的样子，明明是最晚到的，还偏生一副气定神闲的模样！"阮玉倒是一副天不怕地不怕的模样，高高扬起了下巴。

沈妩轻咳了一声，脸上挂着清浅的笑意，款款踱步而出。只是刚开始而已，有些人已经开始迫不及待地要拉帮结派了。

外间的声音一下子消失了，沈妩刚一出现，那两人的目光就都十分默契地黏在了她的身上。诧异、惊艳、愤恨和嫉妒，复杂的情绪一一从她们的脸上滑过。

以姿色名满京都的沈家四姑娘，果然不负众望。明明显得老气的墨绿色，穿在她的身上，却衬得肤白如雪，眉眼间自有一股风流，显得更加有气度。

"沈姑娘果然是长得好，穿什么都姿色出众！"许晴先开口夸赞，脸上露出几分真心赞赏的笑意。

"过奖！"沈妩慢悠悠地走到她们对面的空位置，悠闲地坐了下来。桌上放着招待她们的茶水，她也不顾忌，直接端起茶壶给自己沏了一杯。

阮玉似乎对她这样简短的回答十分不满，不由得皱起了眉头，像是在思索着对策一般。过了片刻，她露出几分笑意，微微伸长了脖子冲着沈妩道："沈姑娘，你可知道人们常把漂亮的姑娘形容成什么吗？"

沈妩举起茶盏轻抿了一口，听到她的问话才偏过头看着阮玉，嘴角噙着一抹不咸不淡的笑意，轻轻歪着头道："沉鱼落雁、闭月羞花，抑或是貌若天仙？其实这张脸不过是老天爷恩赐的，不值当拿出来显摆的！"

对着沈妩如此的回答，阮玉只觉得一口气憋在胸口，险些没喘上来。好一个厚颜无耻的沈妩！

她气红了一张脸，偏偏此刻不能直接撕破脸皮，否则谁都不好看。唯有忍下心头的恼恨，娇声道："我常听那些金贵的夫人们说起，无非是狐狸精或者狐媚子。我年龄小不大懂这些，若是说错了沈姑娘可千万别怪罪！"

她的话音刚落，沈妩就冷哼了一声，轻轻挑起眼角，脸上带着几分嘲讽的笑意，道："阮姑娘这话还是莫要多说的好。我们皆是出自名门世家的姑娘，从小就受到教养嬷嬷的指点。这些话当初嬷嬷怕府上姐妹学坏，也曾教导过，都是一些小妇养的说出来的糙话。你这是在哪些金贵夫人面前听到的，尽管告诉你娘，让她去撕那些人的嘴！怎可教坏你一个姑娘家？"

阮玉好几回张开口，却是一个字都说不出来。她被沈妩弄得哑口无言，沈妩的这段话之中，没有一个地方是骂人的，偏偏处处都透着贬低她的意味。

气氛一下子陷入了僵持之中，方才她俩说话的时候，旁边的许晴一声未吭，显然是悠闲地当个旁观者。此刻瞧见阮玉气白了一张脸，红着眼眶像是要哭了一般，不由得伸手悄悄拉了拉她的衣袖，塞给她一块锦帕。

对面陷入了一阵姐妹情深的模样，被孤立的沈妩倒是不以为意，依然悠然地品着茶水。

三人从初见，就弥漫着一股硝烟战火的意味。当然从某种层面上说，是二对一，沈妩算是孤军奋战的那一个。

等了片刻，总算是有人来传唤她们三人过去伺候，这回领路的是常在太后身边伺候的宫女春风，她绝对是个伶俐人儿。一路上低声提醒着她们三位太后的忌讳，免得头一回伺候就触了霉头。

三人都仔细地听着，待到了内殿门口，春风先进去通报，留她们三人在外面守着。

"哦，人都到了？那就快让她们进来，外面怪冷的！"太后温和的声音从殿内传出来，她们三人皆轻轻低着头，迈着标准的步子走了进去。

"民女沈妩、许晴、阮玉见过太后，太后娘娘福寿安康！"三人极其有条理地行礼参拜，动作整齐划一，像是提前操练过一般，声音娇脆动听。

坐在椅子上的太后，轻轻眯起眼眸，一一扫过三人。目光在沈妩的脸上停留了片刻，又快速地转移。

"好，好啊，真是花骨朵一般的年纪，许久未曾见到这样娇艳的面孔了！每每看到你们，就像是回到几十年前哀家进宫的时候，现在真是老了！"太后连说了两个好字，轻叹了一口气，像是在感叹着什么一般。

太后的话音刚落，就有一位上了些岁数的老嬷嬷走出来。

"太后，您何必如此说，您现在的脸色好看得很，虽说没有这些姑娘们娇嫩，但是奴才们瞧着也觉得您才二十多岁！"那个老嬷嬷脸上带着笑意，只是脸颊上的纹路就显得越发明显。

太后摆了摆手，让她们三人坐下。沈妩轻轻抬起眼睑扫了一下，眼前的太后要比记忆中的年轻。她初进宫时，太后已经四十多岁了，只因为保养得好，才看不大出来，虽说没有方才嬷嬷所说的那么夸张，也绝对看不出有四十岁了。

而这个脸上带着皱纹的嬷嬷则是太后身边的亲信，从太后进宫就一直跟随左右的下人，因着伺候这么多年，太后对她也亲近，便赐了她许姓，宫里头的人都唤她一声“许嬷嬷”。

许嬷嬷已经被太后赏赐可以出宫颐养天年，不过这位老嬷嬷是个念主的，去了宫外操持一下为数不多的亲戚，便又求了恩典进宫跟着伺候。太后现如今身边大大小小的宫女，几乎都是许嬷嬷调教出来的。

桌上已经摆满了膳食，各色精致的菜肴让人垂涎欲滴。后面的许嬷嬷轻轻使了个眼色，太后身旁伺候的几个宫女，就十分有眼色地退开了，特地留出了空儿给她们。

沈妩三人都已经做好了心理准备，在家就已经伺候过长辈用膳，此刻也不算手生。阮玉眼疾手快地抢着摆箸，许晴则选了盛饭，只还剩下布菜这一项最重要也是最困难的活计给沈妩。一路上春风只讲了太后的忌讳，却没说她老人家爱吃什么不爱吃什么，这头一回布菜若是挑了个不讨喜的，当真是得不偿失的。

太后把阮玉方才猴急的模样看在眼里，却是一句多余的话都没说。只沉默地等着看沈妩如何表现，沈妩并没有惊慌。伺候太后用膳，对于她来说实在是小事一桩。曾经太后为了惩罚她，在她伺候用膳的时候，太后故意弄洒了三碗汤，摔了两道小菜，最后责骂沈妩笨手笨脚。

如此刁难的事情都遇到过，更何况是现在，她们只是初次见面。沈妩不是当初那个得宠到威胁整个后宫的昭仪，太后也不是视她为眼中钉、肉中刺的人。她们所拥有的只是审视考察的一方，还有恭敬讨喜的一方。

003 出类拔萃

沈妩并没有犹豫，粗略地扫了一眼桌上的膳食，大概的菜式和味道就在心底有了计较。她拿起一旁的银筷子，先是夹了一块鱼香茄子，直接放到自己的嘴里。周围等着看好戏的人都微微惊诧了一下，瞪大了眼睛瞧着这位不知天高地厚的沈姑娘。只是太后不出声，也没人敢多说什么。

只见沈妩细细咀嚼了片刻，脸上的神情一松，似乎并没有察觉到什么异样。便放下了手中的筷子，又换了一双干净的筷子，再夹了一块茄子放进了太后面前的碗中。

太后盯着她瞧了片刻，脸上的神情放缓了些，拿起手边未用过的筷子夹起菜放进嘴里。整个内殿的人都屏住了呼吸，虽然不敢明目张胆地看着太后，但都打起十二分的精神观察着太后的表情。

太后还没吃完，沈妩就已经换了一道菜，再次送进自己的口中咀嚼，尝过之后没有问题才换了筷子夹到太后的碗里。来回往复，太后不仅没有责怪，相反对于沈妩所夹进碗里的菜，一个不剩地都送进了自己的嘴里，显然这些菜式都很合太后的胃口。

一旁的许嬷嬷一直默不作声地瞧着，待瞧见沈妩把菜自己尝过才给太后吃，猜到这是沈妩在试菜。一般试菜都是宫女做的活，怕菜里面有毒，可是这位沈姑娘却毫不犹豫地亲身上阵。虽说敢在寿康宫下毒的少之又少，但是这位沈姑娘算是千金贵体了，此刻的大胆颇有几分气度。

再者，沈妩夹的几筷子菜，都是太后爱吃的。许嬷嬷也只是暗自揣测着是沈妩的运气太好，但是这一顿早膳吃得七七八八了，沈妩夹的所有菜式都是按着太后的喜好来的，就不由得让许嬷嬷心底计较起来。

这后宫之中，主子们的喜好往往都会遮掩起来，免得被有心人记下。太后的吃食习惯自然也是守得严密，更何况沈家前头两位姑娘也伺候过太后用膳，却没有一个像这位四姑娘般乖巧的。

太后用了一碗百合粥，小菜几乎没断过。她挥了挥手，表示自己已经饱了，沈妩便立刻放下筷子，慢慢地起身退到一边去。

早就等在一旁的阮玉和许晴立刻动作起来，又是端着茶盏让她漱口的，又是拿着锦帕替她擦嘴的。

一系列动作完毕之后，三个人都退到了一边跪坐着，立刻有小宫女进来收拾碗碟。

可能是早膳用得十分舒心，太后整个人的面色都呈现一种好看的模样，对着她们也略微有了笑意。

“沈家的姑娘是叫什么名儿？”太后轻轻抬起手，春风便十分有眼色地走了过去搀扶着她起身。刚走了几步，太后便停了下来，转过身低声问了一句。

沈妩轻轻俯下身，以额触地，柔声回道：“回太后的话，民女单名一个‘妩’字。”

太后继续往躺椅那边走，边走边点头，像是对这个名字的肯定一般。

在春风的搀扶之下，太后慢悠悠地躺在躺椅上，脸上露出几分舒适的表情，悠悠地问道：“谁帮你取的？”

“是民女的生母，元侧妃。”沈妩再次低声开口，语调波澜不惊，并没有因为太后对她的特别关注而露出欣喜的神色。

太后沉默了片刻，轻闭上眼睛似乎已经熟睡了，过了片刻才道：“好名字啊，不愧是血脉相连的亲生母亲，从你一出生，就已经预见了你有一张妩媚娇俏的脸！”

内殿里依然是静悄悄的一片，伺候的宫女们都在心底暗暗惊诧今日太后的不寻常。明明有个姓许的姑娘在，偏生要拉着世家出身的姑娘说话。

“成了，阮家姑娘留下，其余两位先回去休息吧！”太后一挥手，便已经做了决定。

正在心底暗恨的阮玉，忽然被太后提到名字，脸上恼怒的神色还来不及收，就变成了错愕的神情。直到身旁有宫女走过来提醒一声，她才站起身一步步走向太后。

另外两位姑娘则由春风领了出去，带她们去后殿和自己的丫鬟会合。三人一路，脚步匆匆，却是无人开口说话。沉默着到了她们住的地方，三间屋子连在一起，无论是外表还是内里，都收拾得十分妥帖，显然早就备下了。

沈妩和许晴匆匆话别之后，便走进了属于自己的屋子。脚刚迈进去，才发现这屋子里别有洞天，有好几扇小门，显然是诸多隔间。最外面这间摆设华贵，甚至还有书架和藏宝阁，书桌、绣床等一样不落，装饰得十分有模样。

这个时候明心听见有动静，便从一个小隔间里推门走了出来。

“姑娘，方才有位姑姑过来说，为了方便传唤，就把这最外间当作你们的房间。奴婢四处看了一下，这屋子里就属外面这间最宽敞、最舒适，而且其他隔间也靠得近，您若是有什么事儿，随时叫唤奴婢就成！”明心的手里捧着一件颜色艳丽的宫装，显然是给沈妧准备的。

明蕊从另一个隔间推门走了出来，瞧见沈妧的身影，眸光就十分自然地在她的脸上停留了片刻，似乎在仔细打量她的神情。

明心轻轻蹙起眉头，不过沈妧一直没发话，她也不便多说。直接推开门又进了自己的隔间收拾衣裳去，索性眼不见心不烦。

“姑娘，一切可还顺利？”明蕊假装没瞧见方才明心难看的面色，相反还一脸关怀的表情看向沈妧。

沈妧也没多说什么，直接挥了挥手道：“顺利与否不是现在就能说的！你多管好自己的眼睛、耳朵和嘴巴，不该你看的就别看，不该打听的也别乱打听，至于不该说的，你若是多嘴了，到时候神仙也救不了你！”

明蕊听着沈妧此刻毫不留情面的警告，不由得白了一张脸，匆匆行了一礼，也躲到隔间里去了。

只余下沈妧一人待在最外面这个房间，倒是落得一身清闲。她慢悠悠地晃到书架旁，仔细地瞧着上面陈列的书册。显然太后没有沈王妃那般心胸狭隘，书架上的书册虽不算很多，倒是种类繁多，够她琢磨上一阵儿的。

整个屋子里，就只有她偶尔翻书的“沙沙”声，直到有人走了进来，沈妧才把头抬起来。视线偶然接触到门口投射进来的光线，她有些不习惯地眯起了眼眸。

“春风姐姐让奴婢向沈姑娘告罪，今儿早上也没问一声您是否用过膳了。这是午膳，如果有什么不合您胃口的，还望您下回跟奴婢提出来！”一个小宫女手里提着食盒，她的身材娇小，倒是显得有些吃力。

明心听见动静，便立刻走了出来，一起帮着她把食盒搬了进来。刚打开盒盖，一股米饭香味就蹿了出来。

“上面三层是姑娘用的，下面两层是两位姐姐的膳食。用完了之后，食盒放在门外就成，奴婢送晚膳的时候来取走！”那个小宫女倒是口齿伶俐，三言两语便说清楚了，冲着沈妧一福身，就转身离开了。

午膳都送到屋子里来了，显然太后那边不用她们伺候了。沈妧也不以为意，在明心和明蕊的伺候下用膳。睡了午觉，起来之后再次沉浸在书册之中。

直到晚膳，才有人来传唤她们几个。沈妧一出门，便瞧见阮玉亲热地挽着许晴的手臂，扬起一张笑脸，不知在说些什么话。一瞧见沈妧出来，阮玉竟是毫不客气地冲着她白了一眼，弄得沈妧有些莫名其妙。

来传唤的宫女，显然是个聪慧的人儿，此刻距离她们两米远在前面带路，显然是留着地方给她们说话。

阮玉也毫不客气地利用了这么点儿机会，只见她挽着许晴的手臂就一直没松开过。

“晴姐姐，我方才从太后那里回来，便瞧见那个宫女把你领走了。太后她也传唤你说话了吧？”阮玉的声音不高不低，刚好够她们三个听清楚。

她的话音刚落，便一脸期盼地看着许晴。

许晴似乎有些不好意思，她抬眼瞧了瞧和她们略微有些距离的沈妩，轻轻点了点头算是应答。

阮玉得到她想要的答案之后，似乎整个人都舒爽了。她挑起眉头，略有些骄傲地看向沈妩，眼中的嘚瑟任谁都能瞧得出。

不过沈妩却是目视前方，像是没听到她二人的对话一样，根本不为所动。

太后用晚膳的时候，阮玉和许晴这回学聪明了，都先待在原地没动。沈妩等了片刻便直接走上前去跪坐在太后的身旁，摆箸、盛饭、布菜，还不待别人反应过来，沈妩已经一一做了一遍。她举着筷子，再次开始试菜、夹菜，完全没有要让开给另外两人发挥的意思。

整个内殿死一般的寂静，不少宫女的眼神纷纷流连在跪坐在原地的二人身上，显然许晴二人十分尴尬，站在原地不是，就这么凑上去也不是，似乎无论怎么做都是错一般。

一直冷眼旁观的许嬷嬷轻轻在心底叹了一口气，真是老天爷赏饭吃，不认命都不行。瞧瞧沈家姑娘伺候长辈这风度这身段，一看便知是长年累月练出来的。想不在太后面前露脸都不可能。再有旁边这二位姑娘对比，高低立显。

太后用完了膳，沈妩便退回了一边，这回阮玉二人变得精乖了，连忙上前伺候太后漱口、净手。也不知是因为方才尴尬的气氛，还是二人心底恐慌，阮玉端着茶盏竟是频频出错，险些把漱口的茶水洒到太后的身上。导致一旁配合她的许晴也跟着手忙脚乱起来。

“外人皆道沈家四姑娘样貌姣好，依哀家看，你这丫头连心思都十分聪敏。今儿让你伺候的两顿膳食，哀家都很满意！”太后没有责怪她二人，依然坐在软垫上，不过嘴里夸奖的话，就完全代表了她此刻的心情。

两顿膳食的伺候，竟全部归功到沈妩一人身上，另外两人连个陪衬都不够格，显然是有些凄凉了。

听到这样直白的夸赞，沈妩的脸上露出几分淡淡的笑意，显然还是高兴的。上辈子勤勤恳恳服侍太后六年，都没听到过一句夸赞的话。这一次刚开始，就得了这样大的夸奖，沈妩的心底露出几分嘲讽。

“多谢太后夸赞，民女在王府时，就常被教导要孝敬长辈。平日里也会钻研医书，想着给民女的祖母补身子。这回见到太后，仿佛看见了民女的亲人一般，民女唯有竭尽所能伺候好太后，才能让自己心安。”沈妩轻轻俯身行了个大礼，她的声音带着几分虔诚，仿佛真的见到了自己亲人一般。

太后点了点头，便扶着春风的手站起身，往内间走去。

“今儿哀家累了，都先回吧！”太后挥了挥手，便直接让她们回去，似乎已经对她们失去了兴趣一般。

原本还心有忐忑的阮玉，待听到太后这句话的时候，仿佛莫大的恩赐一般，脸上露出几分舒爽的笑意。她有些得意地看向沈妩，又偏过头悄悄冲着许晴挤了挤眼眸。

回去的路上，阮玉自然是少不得要奚落沈妩的。

“方才那么能干，我还以为太后娘娘要留沈家姐姐说话呢！没承想太后娘娘累了，沈姐姐的好福气一下子就没了！”她边说还边带着几分幸灾乐祸的笑意，说到最后甚至还扬起头冲着天空吹了一口气，仿佛要把沈妩的福气吹没了一般。

沈妩依然安之若素，根本不理会阮玉。

待沈妩回了院子，那个引路的宫女轻声叮嘱她们三人道：“姑娘们进屋之后，就不要再出来了，即使听见外面有动静也莫要声张。后宫之中，鬼怪传说最多，姑娘们还是管好自己为好！”

一听那个宫女讲什么鬼怪传说，阮玉就已经被吓到了，她连忙转身冲进了自己的屋子里，门被“啪”的一声关上了。许晴转过头冲着沈妩笑了笑，便也转身回了屋子。

沈妩轻舒了一口气，不由得暗自好笑。鬼怪传说？那些都只是骗骗小孩子的玩意儿，真正可怕的是这后宫的女人心！

沈妩快要跨进门的时候，忽然身后传来一声压低的呼唤。

“四姑娘，奴婢是婉婕妤身边的人，她想见您一面！”那个领路的宫女竟是没有走，相反快走了几步拉住沈妩的衣袖，脸上带着几分恳求的表情。

沈妩微微愣了一下，心底暗自发笑。这唱的是哪一出？

沈家的几个庶姐妹被沈王妃教育得有些目光短浅，但都不是蠢笨的。这大晚上，沈妩刚入宫，沈婉就让放在寿康宫的眼线来勾搭她？根本就不可能！

“你若真是婕妤身边的人，不妨告诉姐姐一声，日后自有见面的机会。若只是在跟沈妩玩闹的话，我觉得这句话一点都不好笑。你还是请回吧，夜色渐渐黑了，待会儿说不准穆姑姑就要寻你了！”沈妩用力甩掉她的手，转身便走进屋子里，直接把门摔上了。

倒是那个宫女眼疾手快地抵住了门，不让沈妩关起来。

“沈姑娘，您误会了，其实是太后让您过去说说话！”她依然压低了嗓音，似乎生怕旁人听到一般。

沈妩越瞧见她这副小心谨慎的模样，就越不敢再相信她，相反更加用力地推搡着她想要把门关起来。

“那就替我给太后告罪，时辰已晚，妩儿生怕打扰太后歇息，遂明日再去谢罪！”沈妩急声回答着，语调不由得扬高了些。

在隔间的明心和明蕊也听到外头的动静，连忙冲了出来帮忙，眼看着三人合力就要把这个宫女推出去了。

哪知院子里忽然又有了别的亮光，沈妩眯起眼睛瞧过去，便见穆姑姑提着灯笼站在院子中央，目光深沉地看向这边。

沈妩连忙让她们松开手，打开门也不再瞧旁边筋疲力尽的小宫女，快步走到了穆姑姑这边。

“沈姑娘去披件衣裳吧，太后的确是传召你去寿康宫，方才只是个误会！”穆姑姑抬起手上的灯笼照了照她的脸，便站到了一边安静地等候着。

此刻沈妩也顾不得其他，只有赶回屋子里，让明心给她穿了件披风，便走了出来。那个宫女就站在穆姑姑的身后，瞧见沈妩走近，下意识地后退两步，始终低着头，似乎有些畏惧沈妩一般。

一路上，三人都没有开口说话。沈妩心底虽憋了诸多疑问，但是穆姑姑不说，她自然不能问。不过依着她对太后的了解，估摸着这又是一回无聊的试探。

那宫女根本就不是沈婉的人，只是太后吩咐她探探沈妩的底，才来了这么一出。

沈妩进入内殿的时候，早有宫女等在那里，帮她脱了披风才领着她进去。太后根本没有睡，依然衣衫齐整地歪在躺椅上。

“来，妩儿，替哀家捏捏腿。”似乎是察觉到沈妩的到来，太后冲着她的方向招了招手，毫不客气地指使她做事情。根本就没有要解释方才宫女的事儿。

沈妩也不多说，接过宫女递过来的软垫，跪坐在躺椅的旁边。伸出手不轻不重地替她捏着腿。前世的沈妩，后宫六年生涯，几乎有一半的时间是在太后的折磨中度过的，所以对这位难伺候的老妖婆，她自然是十分熟悉。

不过片刻，歪在躺椅上的人竟是呼吸平稳，似乎陷入了睡眠之中。守在一旁的穆姑姑露出几分惊诧的神情，不知道该叫醒她，还是就这么让沈妩按着，好让太后睡个好觉。

过了一炷香的时间，太后还没有醒过来的预兆，沈妩也一直跪坐在一旁认真地揉捏着，丝毫不因为太后睡着了而偷工减料。

最后还是穆姑姑走上前，轻声唤了几句：“太后，太后，您若是要歇息，奴婢扶您去床上吧！”

太后这才睁开眼，似乎刚听见穆姑姑说话的声音，不由得摆了摆手，道："不能让妩儿白来这么一趟，这丫头按得比你都舒服，倒像是整日在哀家跟前伺候一般！"

太后轻声感叹了一句，便伸出手臂来，沈妩十分乖巧地站起身，轻轻搀扶着她站起来。

两人进了内间，太后赏了她在对面坐下，沈妩立刻推辞。笑话，太后把她在后宫的地位看得比什么都重要，若是她一个连秀女都不是的丫头，不懂得察言观色，直接一屁股跟太后面对面平起平坐，那不是找死吗？

太后似乎十分满意她的表现，让人搬了一把矮了一截的凳子放在腿边，这回沈妩大大方方地坐下了。

太后抬起手挥退了左右，只留下她们二人说话。

"这么些年欣儿过得可好？"太后也没兜圈子，第一个问题便直接停留在了元侧妃身上。许欣，便是元侧妃的闺名。从沈妩出生到现在，王府里几乎没人提过这个名字。

"娘亲性情豁达，她认为自己过得挺好的，守着我这个姑娘，似乎就有了盼头！"沈妩也不兜圈子，实话实说，直来直往。

若是前世的她，必定不会说得这么不情不愿，一定毫不犹豫地告诉太后，许侧妃过得很好。那么，就不会让太后她老人家感到舒心。

人总是奇怪的，相熟相知的人，仿佛知道对方离开自己或者家族，过得不好的时候，才会感到痛快和理所应当。

所以沈妩此刻的回答，完全愉悦了太后。她的脸上露出几分怅惘的表情，长叹了一口气，道："你娘的性子，哀家自然知晓，苦中作乐也要强撑着。还好她对你真的是用了心，求到许夫人那边，哀家才想法子让你先进宫。哀家毕竟是她的嫡亲姑姑，不顾着她顾着谁？"

沈妩连连点头表示赞同，并且轻声开口道："民女知道太后宅心仁厚，这回能进宫伺候您，民女深感欣慰！"

太后脸上的笑意越发明显，低下头瞧了一眼沈妩，再次问道："今儿两顿膳食，哀家瞧着你布的菜都是哀家爱吃的，可是你爹花了银子求来的消息？"

沈妩轻轻摇头，对于太后此刻所表现出的仁慈暗自发笑。她低声道："若真能求得您的膳食喜好，当初娇妃娘娘入宫的时候，就去求了，何苦便宜民女这个庶出的姑娘？这些都是民女入宫之时，娘亲细细叮嘱的。她知道有愧于许家，没脸进宫来伺候您，特地让妩儿多费些心思，把她的那份孝心也传达到！"

沈妩边说边抬起头，眼眶竟是红了，还带着几分遗憾的表情。

太后的心底自然是舒坦的，竟是伸出手来摸了摸她的发髻，柔声道："都是好孩子，这几日妃嫔过来请安，哀家就让你们三个也出来见见，恰好和你那两个姐姐说说话！"

沈妩低下头，掏出锦帕细细地擦了一下润湿的眼角，暗自在心底骂太后老狐狸。她们三个现如今连秀女的身份都不是，顶多算个在太后身边伺候的奴婢。若是幸运被皇上宠幸兴许飞上枝头，若是错了一步便踏进了泥里面，连各宫娘娘身边得力的宫女都不如。

“民女身份卑微，不足以见到诸位娘娘，唯恐吓着她们！恳请太后开恩，让民女伺候在您的身旁，民女便心满意足了！”沈妩从凳子上直接跪倒在地上，声音里透着几分急促。

太后沉默了片刻，低垂着眼睑细细打量着沈妩，似乎在辨别她这几句话的真假。过了片刻，才道：“哀家知道你难做，不过你这样的恳求，哀家是万万不能答应的。不说你爹娘对你的期盼，单说就你这么标致的人儿，哀家若是藏在寿康宫里，不让皇上见到。日后若是皇上知道了，指不定得怪哀家不解风情了！”

沈妩听到这些话，若是往常她早就羞红了脸，此刻却是神色寻常。

“民女几世修来的福气能伺候太后，至于皇上，民女唯恐伺候不周，惹来众怒。民女也怕王爷、王妃失望，更怕府上的娘亲为难。民女只求平平安安，不卑贱也不显赫！”沈妩以额触地行了个大礼，声音里透着几分无奈和期盼。

她的话音刚落，太后的脸上便露出了真心的笑容，甚至还有些欣喜，似乎终于发现了她要找的至宝一般。

“好孩子，这后宫之中，没有不卑贱也不显赫的人。你先起来，日后哀家自会多照顾着你！”太后亲自俯下身搀扶着她起来，脸上欣喜的笑容毫不掩饰，甚至还抬起手轻轻地拍了拍她的柔荑，表示对她的赞赏。

待沈妩再次穿上披风，准备回去的时候，外面的天色已经伸手不见五指了。穆姑姑打着灯笼在前面带路，沈妩裹紧了披风，却依然抵不住冷风的吹拂，后背早被冷汗沁湿了，即使她有着之前的记忆，对待太后这种快修成仙的老人精，依然得打起十二分的精神应付。

寿康宫内殿之中，太后仍然坐在方才的椅子上，她轻轻闭着凤眸，脸上是毫不遮掩的疲态。从帘幕后面悄悄走出一位嬷嬷，自然是许嬷嬷。她慢慢地走近太后，伸出手轻轻替她按摩头的两侧。

“沈王府里倒真的飞出了个聪颖讨人喜的，可惜了，不姓许！注定成不了金凤凰！”太后轻叹了一口气，依然轻闭着眼睛，安然地享受着许嬷嬷的伺候，语气里带着几分感叹和嘲讽。

许嬷嬷神色不变，低声应和道：“太后也不用着急，皇上现在还年轻，慢慢挑来得及。况且许氏一族人丁兴旺，定能走出一位合皇上心意的。这回的晴姑娘，奴婢瞧着就不错，她在外是和沈家姑娘齐名的，可见差不了！”

许嬷嬷的话音刚落，太后就不由得冷哼了一声，显然有些不高兴。

“你这是偏袒她了，只要姓许的姑娘几乎都被弄到京都来了，这位许晴是嫂子挑出来的。模样、身段都能瞧得过去，可是一和沈妩对比，就明显软了几分。当初欣儿若是找个寒门子弟也好，偏偏嫁了个沈王爷！这下倒好，兄嫂白白浪费了这么个外孙女！”太后再次感叹起来，她的心底也甚是纠结。

沈妩根本没有少女刚入宫时的手足无措，那抹淡然沉静是学不来的。即使京都盛传气度出众的许晴，在此刻也比不过她。

许嬷嬷这回没有再接话，她手上的力道依然轻重适宜。太后还没说出来的话，她自然也知晓。与历届进宫的秀女相比，许晴算是上等了。毕竟许家耗费了巨大的人力、物力和财力来教养她，甚至是让她的闺名流传到京都中。可以说沈妩的容貌出众完全是靠她自己，而许晴的气度上佳流传出去，许家占了大半功劳。所以此刻许晴的表现敌不过沈妩，就让太后有些失望了。

“不过这种出类拔萃万事皆好的，也不见得都是好事儿。你待会儿派人带几句话给许晴！”太后沉默了片刻，似乎在深思着什么，过了一会子才冒出了这么一句话。

“这是自然，沈家姑娘还是太年轻了些，不明白这后宫里的条条道道。新入宫的人若是不吃些苦头，估摸着整个后宫里的人都不会同意的！”许嬷嬷再次附和道，她陪着太后在后宫也有将近三十年了，什么样儿的乖巧人都见过。不过这跟头都得摔一回，不论大小，只是时间问题。

太后招了招手，许嬷嬷便轻轻俯下身，主仆俩说了几句悄悄话，许嬷嬷才告退了出来。她推门而出之后，也不敢再耽搁，连忙找来一个小宫女，让她把话带去给许晴。

第二日一早，便有人来传唤她们。明心先起来了，此刻听到敲门声直接披了件外衣便去开门。沈妩坐在铜镜前，手里拿着木梳轻轻地梳理着满头的青丝。

知道有人进来，沈妩便转过身，瞧见竟是穆姑姑亲自过来，不由得脸上一怔。

“姑姑怎的亲自过来了？明心，看茶！”沈妩也顾不得自己披头散发的模样，随手用一旁的发带束了一下，便站起身想要过来招呼穆姑姑。

穆姑姑从进门来之后，就一直盯着沈妩看，目光根本没有转移过。不得不说，沈妩的容貌的确是老天爷恩赐的，即使没上妆，依然肤如凝脂、明清目秀。不提男人，就连女人瞧着偶尔都会失神。此刻瞧见沈妩走了过来，穆姑姑似乎才回了神，连忙冲着她摆手。

“太后那边离不开人，奴婢亲自过来，只是提醒一下姑娘要好好准备一番。待会儿各宫娘娘一起来寿康宫请安的时候，太后准备让三位姑娘露面！”穆姑姑并没有兜圈子，直接说出此次的目的，连茶水都没顾上喝，便转身走了。

明蕊听见动静了，也从隔间里走了出来。穆姑姑方才的话，她自然是听得清清楚楚。此刻脸上就带了几分讨好的笑意，柔声道：“姑娘，奴婢在王府里经常替王妃梳头发，学会了许多漂亮的发髻。要不要让奴婢伺候您梳头，到时候便可以艳压群芳了？”

明心一瞧见她那副讨好的嘴脸，便心里不痛快。方才姑娘起身的时候，跟个死人似的没动静，现在又来献什么殷勤？明心不爱搭理她，转身推开自己隔间的门走了进去。

沈妩听见明蕊的话，不由得冷笑了一声，虽然脸上的神色不大好看，不过却没怪罪她，只是冷冷地说道：“不必了，就昨日那个样式就行了。一个伺候人的丫头而已，再怎么艳压群芳也飞不上高枝！”

沈妩说话的语气虽是不悲不喜，但是在一旁听着的明蕊，心里头就不停地打寒战。姑娘是否在用这句话敲打她？

明心再出来的时候，手里捧着两套宫装，依然是跟昨日相同的样式。一件是鲜艳的嫩黄色，另一件是有些暗沉的深蓝色。沈妩轻轻抬眼扫了一下，随手指了那件深蓝色的。

给太后请安，从来都是各妃嫔争奇斗艳的时候。她一个伺候太后的人，穿得再艳丽也讨不来好处，相反更容易引来妒恨。

待沈妩出来的时候，院子里已经站了一个小宫女在等候。只不过另外两位姑娘还没出来，显然是要费些时辰了。

当许晴匆匆出来的时候，她一抬眼便瞧见沈妩的妆容，整个人都愣住了，显然是没料到沈妩会这般素净。

“沈姐姐，方才穆姑姑特地来提醒了，要我们三个好好准备一番。你怎么穿得这么简单，趁着玉妹妹没出来，你还是赶紧回去换一件吧！”许晴连忙走到她的身边，轻声劝慰着，脸上尽是担忧的神色。

沈妩轻轻偏过头，许晴整个人与昨日相比，要娇俏了不少。脸上的妆容很精致，沈妩只瞧了这么一眼，心里就有了数。这许家远房的亲戚也算是财大气粗了，许晴脸上的细粉胭脂都是京都名店出产的。沈韵当初曾比喻过，多抠了一指尖的胭脂，她能心疼得吃不下饭。

许晴见沈妩只偏头看了她一眼之后，便不再理会她，连句回答的话都没有。心底不由得气急，好个自命清高的沈妩！她就算是好脾气，也不会再多说一句话。

候在院子里的宫女，一点也不惊慌。沈妩秀气的眉头却是越皱越紧，这请安的时辰眼看着就要到了。阮玉却还没来，甚至这个宫女都没有要去催促的意思。

倒是许晴显得有些心神不宁，平日里若是阮玉在的话，她们两个早就开始说话了。现在沉默地站在这里，还要忍受一旁沈妩那种高贵冷艳的模样，她早就有些忍受不了了。

沈妩虽然一直目视前方，面无表情，看起一副心无杂念的模样。其实好几回许晴有意无意地打量她，沈妩都清楚，只是没有点明罢了。心中暗自发笑，她还没做什么，许晴就一副受苦受难的模样，若是日后她变本加厉地折磨，许晴是不是直接就缴械投降了？

004 莺声燕语

沈妩正出神间，最右边屋子的大门总算是打开了，阮玉披金戴银地走了出来。沈妩一个眼神扫过去，险些没憋住冷哼出声来。若说许晴是内敛地收拾自己，衣裳头饰都没有逾矩的地方。那么阮玉就算是明目张胆的了，她头上斜插的那支金累丝红宝石步摇，太阳光一照，红光几乎要闪瞎人的眼了。

沈妩抬头望天，憋下心底的嘲讽，真敢戴啊！

“好了，三位姑娘已经到齐了，这就走吧！”那个宫女看了一眼面露得意色的阮玉，并没有给她炫耀的机会，便直接说了这么一句话，带头先走了。

阮玉哪是憋得住的人，沈妩不理会，她便拉着许晴嘀咕了很长时间。直到接近寿康宫的主殿了，她才意犹未尽地闭上了嘴巴。

果然她们三人到的时候，已经迟了许久。太后已经坐在外殿，由众妃嫔陪着说话了。

穆姑姑先见到她们，眼神一一扫过三人，心底再次叹了一口气。沈妩的妆容最挑不出差错，段数太高，其他二位与她根本不在一个层面上。

“三位姑娘先在这里稍等片刻，奴婢去跟太后禀报一声。”穆姑姑冲着她们行了一礼，便转身去了外殿。

只听外殿一阵阵莺声笑语，忽然停顿了一下，显然是被人打断了。穆姑姑轻轻俯下身，在太后的耳边低语了几句。

“传她们进来！”太后挥了挥手，脸上始终挂着一抹淡笑。

此刻满殿的妃嫔们都看向太后，脸上带着几分疑惑的表情。

“不知太后又要给我们看什么新鲜的，竟是搞得这样神秘！”殿内响起一道娇脆的声音，语调轻轻上扬，带着几分讨喜的意味。

站在后殿等候的沈妩，忽然瞳孔缩了一下。这声音可真熟悉，熟悉到让她的心底自然产生一股恨意。

殿外再次响起一阵阵娇脆的笑声，显然是逗得众人开怀。穆姑姑也走了过来，抬起手对着她们招了招，示意她们过去。

三人成一竖排，往外殿走去。沈妩就这样伴随着众位美人的笑声，一步步往外走。脸上的冷意渐渐收起，嘴角慢慢露出轻柔而内敛的笑意。

她曾经在这么多美人的笑声和期盼中含恨死去，此刻她就要再次踏过这样的笑声，慢慢地走进来。这一次，看谁能笑到最后！

三人走入外殿，先对着太后行了大礼，又转身向众位娘娘行了礼。妃嫔们的笑声渐渐消失不见了，神态各异。

“这就是让你们昨儿念叨着哀家不公的三位姑娘，哀家可没打算要藏着掖着。这不，人来的第二日，就都让你们瞧瞧！”太后轻轻点了点头，她的目光一一扫过三人。

见到许晴按着她昨日所说的做了，一切穿戴居于其中，论过于华贵有阮玉打头，若论清素寡淡又有沈妩撑着。脸上便多了几分满意的神色，挥手示意她们起身。

原本在太后身后的宫女，都十分自觉地往后退了一步，沈妩三人便十分有眼色地补了空缺。

“太后，瞧瞧这三位，进了您的寿康宫之后，怎的都变得这样美？臣妾可都不敢再往您跟前杵了，免得您嫌弃呢！”坐在左手边第一位的妃嫔先开了口，显然她在一众嫔妃之中，年纪算是比较大的，即使有脂粉遮住，也比不过其他人的娇嫩。

沈妩低着头正替太后换新茶，不用回头她都知道是谁在说话——因着嘴巴厉害爱凑趣，在后宫里存在感一直很强的瑞妃。这位瑞妃是从皇上还是太子的时候，就侍候左右了，感情还算不错。

瑞妃的话音刚落，就有人跟着附和起来。沈妩悄悄站回自己的位置，虽然低着头，不过眼睛却是没闲下来。

殿内的妃嫔，有几个已经印象模糊了，前世的时候，还没和她交手便已经殁了。大约有一半的人，她都是印象深刻的。此刻大秦的后宫已经颇具规模，虽然一直后位空悬，连位皇贵妃都没人爬上去，不过几位妃级娘娘都是势力角逐的热门人物。

沈妩的眼神扫了一圈，最后就自然而然地停在了右手边第二位女子身上。现在已经成为娇妃的沈娇，那张脸比记忆中的要年轻些许，不过与瑞妃一样，她也算是妃嫔里头的老人儿了，美则美矣，却失了几分颜色。

“其中应该还有娇妃和婉婕妤的妹妹吧？不知是哪一个？”坐在右手边第一位的是庄妃，她的声音温柔，姿态典雅，即使只是安静地坐在那里，也是名门闺秀的典范。

沈妩的眸光暗了暗，可惜这位庄妃红颜薄命，若不然中宫之争，以她的贤德倒是可以搏一把。

殿内的人渐渐安静下来，眼神开始往太后身后的三人扫去。这三位比同批秀女先进宫的姑娘，自然早就得到诸位妃嫔的关注了。此刻这后宫之中，地位最稳的庄妃问话，她们恰好也跟着一探究竟。

沈妩并没有急着出列，而是征询意味地看了太后一眼，待太后点头，她才轻轻低身冲着对面的人福了福身。

“民女沈妩见过诸位娘娘！”她的声音压得有些低，不过殿上安静，倒是足够人听清的。

再加上她始终低着头，并不曾露出她的全貌，远远地看去倒像是有些怯懦。

娇妃轻轻眯起眼睛看着沈妩，从沈妩进来之后，她的目光就经常停留在这位庶妹的身上。沈娇入宫的时候，沈妩不过十岁大，却已经被沈王妃选中了。隔了五年再看，沈妩出落得越发亭亭玉立了，即使她刻意低调，也遮不住那清秀的眉眼。

不过众人的眼光却很快被别人吸走了，毕竟阮玉的妆容实在是太过艳丽了，想让人不注意都难。

“哎哟，瑞姐姐，您瞧瞧那位姑娘戴的步摇，上头的红宝石瞧着可是比你的亮啊！”坐在瑞妃身边的丽妃先行发难，她的眉头轻皱，声音高扬着，语调有些怪异，透着几分阴阳怪气。丽妃也姓许，进宫时日不算短，可惜并不讨皇上的喜欢，若不是有太后在，估计她也挤不进四妃的行列。

现如今的后宫，占着妃位的共有四人。坐在右边的庄妃和娇妃都是出自世家，丽妃是太后这边的，而瑞妃的家族则是当初皇上登基之时的功臣，一直是力挺皇上的纯臣，所以瑞妃算是皇上那边的势力。

光以妃位来看，世家显然要略胜一筹。

瑞妃是出了名的爱显摆的主儿，她今儿专门挑了漂亮的首饰，没想到被一个连秀女都不是的丫头压了一头，如何能咽得下这口气？

“妹妹说的是，那位姑娘姓甚名谁？何以头一回见面，就给我难堪！”瑞妃的口气有些倨傲，显然并不准备轻易放过这件事儿。

阮玉微微惊了一下，脸上的神色泛着苍白，显然有些后悔。她轻轻上前了半步，微微俯身行了一礼，低声道：“民女阮玉，刚进宫不知其中规矩，还请瑞妃娘娘恕罪！”

整个内殿里都安静了片刻，众人的目光一下子投射到她的身上，带着几分审视和挑剔的意味。“阮”这个姓氏一出口，众妃嫔便明白她是谁了。皇上加封的新贵家送进来的姑娘，这副样子估摸着也是个中看不中用的，头一次就犯了这样大的错！

原本还准备发火的瑞妃，讷讷地闭上了嘴巴。还想着要给这批新人一个下马威，偏偏她和阮玉都代表了支持皇上的新贵势力，一时之间竟有些进退两难。

瑞妃的不出声，旁人自是瞧得清楚，心里难免有些鄙夷。

“瑞姐姐今儿仁慈得很，阮姑娘真是积福了！”丽妃轻轻扬起了声音，毫不顾忌地大笑起来。其中的讥诮不言而喻，丽妃的皮肤很白，此刻剧烈的大笑引起了两片红晕来，更加显得娇俏可人。

再对比身边彻底阴沉着脸的瑞妃，简直是熠熠生辉了。

瑞妃被气得刷白了一张脸，偏偏源头在阮玉那里，她又不能真的发火，只能生生忍着。

坐在对面的庄妃二人自然是乐得看好戏，而其他位份低的几乎没怎么跟三位姑娘说话。毕竟位份这东西说不准，得了皇上的宠幸，太后也不怎么厌恶的话，这位置爬得便快。说不准今日还是在太后身边伺候的，明日就成了婕妤。

“那一位便是许家姑娘了吗？传言不假，果然气度不凡。臣妾瞧着倒像是三位姑娘中最得体的，不骄奢也不暗沉，恰到好处！还是太后调教得好啊！”内殿里的气氛沉寂了片刻，庄妃首先打破了尴尬，将话题引到许晴身上。

瑞妃明显松了一口气，不过心底对于阮玉的怨恨算是记下了。她是后宫里出了名的记仇，若是阮玉不得皇上宠了，估摸着瑞妃会是头一个整治她的人。

庄妃的话音刚落，众人纷纷应和。始终低着头一副事不关己模样的沈妩，不由得在心底为庄妃竖起了大拇指。就这么简单的几句话，已经把许晴推到了风口浪尖上。

沈妩她们三个这种身份的人，若是得知要见宫中妃嫔。一般有两种心态，一种就像阮玉那般拼了命地装扮，要吸引人眼球，同时也成为众矢之的；另一种就像沈妩这样，想要遮住原先的光芒。而许晴这样的则十分少见，不偏不倚，让人挑不出错来。

众妃嫔嘴上一律都是夸赞的话，不过眼神里却都带着几分警醒。许晴是太后那边的人儿，皇上来寿康宫，太后自然会极力举荐自家人，这位许晴很可能是上位最快的。

太后的面色则越发难看，她看着右手边笑得一脸淡然的庄妃，暗暗咬了咬牙。原本是为了让人把注意力放在沈妩和阮玉的身上，偏生就是有人不让她安生。

“庄妃这话说得不对，她们三个都是教养嬷嬷带出来的，如何就成了哀家的功劳？哀家瞧着，这三位姑娘自然还是妩儿最懂事，哀家的心思她全都能猜到。爱吃什么不爱吃什么弄得一清二楚！”太后挥了挥手，金光闪闪的护甲似乎要闪瞎旁人的眼。

沈妩的眼眸轻轻眯起，嘴角不由得滑过一丝冷笑。瞧，为了转移视线，还是得拖她下水！

太后这话说完，却是无人接茬。庄妃稳稳地坐在椅子上，手里捧着茶盏悠然地品着，并没有要接话的意思。殿内的气氛更加尴尬，太后弄得一脸暗沉。

沈妩脸上还是面无表情，心底却在为庄妃喝彩。世家女的风采，她完全展现出来了。太后又怎样，弄得不高兴了照旧不搭理！想起前世，庄妃没离世之前，世家在后宫之中就一直略占优势，显然这位领导者做得很好。不过之后庄妃逝去，就一直由娇妃带领着，才会走下坡路。

最终这次的见面，弄得不欢而散。直到妃嫔们陆陆续续走完了，太后脸上的神色依然没缓过来。

“哀家累了，你们都下去吧！”太后挥了挥手，口气蔫蔫地说着。她的手按住额头，脸上疲态尽显。

待沈妩三人的身影消失了，她才拿下手，露出一张因生气而略显狰狞的脸。

“好个庄妃，话都埋汰到哀家的头上了，真是长了狗胆！”她的声音像是从牙齿缝里挤出来一般，有些晦涩难听。

“太后您消消气，何苦与这些人一般见识。百年世家，根基沉稳，况且人口众多，进宫的名额自然也多，所以才会稍微出众一些。”许嬷嬷递了杯热茶过去，抬起手轻轻捏着她的肩膀，语气里带着几分安抚。

太后轻抿了一口热茶，长舒了一口气，不过火气倒是没消多少。

“丽妃也是个没用的，就连瑞妃那种粗人都能入皇上的眼，她倒好，光靠哀家撑着才没倒。方才庄妃说得一套一套的时候，她连句话都不会搭！”太后紧皱着眉头，暗自回想着方才内殿里发生的事情，继续开始发牢骚。

许嬷嬷依然轻声劝慰道：“您也不用太着急，晴姑娘也进宫来了，到时候好帮衬着些，自然会好的！”

太后长叹了几口气，手捧着进贡的大红袍慢慢地品着，眼睛却是轻轻眯起，像是有些心不在焉。

“依哀家看，许晴也斗不过这些世家出来的妖精！改日你派人递个口信给嫂子，让她进宫来。哀家有话要跟她商量！”太后深锁着眉头沉思了片刻，像是下定了什么决心一般，轻声吩咐道。

许嬷嬷的眸光一暗，低声应承下来。每回太后召见许老夫人，都是有重要的话要说，看样子这回许府又得忙上一阵子了。

兴许是那日的见面，给太后的心里留下了阴影。往后几日，妃嫔们请安的时候，就再也没让她们三人露过面。这几日，许晴二人也熟悉了伺候太后用膳的流程，虽说有时候猜不准她爱吃什么，但是规矩上还是过得去。

这日从早膳到午膳，内殿里都无人来传唤。沈妩也乐得清闲，索性捧着书看个够。正看到重要部分，外头来了宫女传唤。

“沈姑娘，太后吩咐您穿得鲜亮一些，是许老夫人要见您！”那个小宫女轻声汇报了一句，便远远地站到门外候着。

伺候在一旁的明心和明蕊自然也听见了，当下也不敢耽搁，立刻开始翻箱倒柜找衣裳。沈妩挑了件湖绿色的罗裙，头上挽的发髻样式还是简单，只插了一根玉簪。

前头有宫女领路，沈妩慢悠悠地跟在后面。只是半路上竟遇见了许晴，显然她刚从内殿里出来。许晴一脸颓败的神色，低垂着头显得无精打采。

“许（沈）姑娘。”倒是双方领路的宫女行礼时，轻声呼唤的一句话，让许晴回过神来。

她一抬头便瞧见沈妩，脸上颓败的神情还来不及收，便都愣在脸上。

见惯了沈妩穿着暗色的裙衫，此刻偶然瞧见她一身鲜亮，更加衬得沈妩风姿绰约，难免会失神。原来她们在容貌上，差得真的不是一星半点！

沈妩没有理会她的愣神，而是轻轻点了点头，便擦肩而过。

到了内殿，经由通禀之后，沈妩便低着头慢慢走了进去。只是还未到殿中央，她就已经被人拥入怀中。

“我的儿啊，你只低着头，我瞧着就像足了你母亲啊！”许老夫人的个头要比沈妩矮，却丝毫不影响她此刻激动的心情。

老者略带颤抖的声音传来，丝毫没有贵妇圈里流传的名门典范的气度，相反还失了分寸。她见到沈妩，是真的激动！

“你们都下去吧！”坐在主位上的太后，眼瞧着在殿内上演祖孙情深的场景，不由得在心底叹了一口气。这殿内尽是伺候的人，许老夫人就这般动感情，和坊间流传的许家雷霆万钧的当家主母相差甚远。她轻轻抬了抬手，让周围的宫女都退下。

许老夫人有个众所周知的特点，那就是对旁人心狠得似豺狼，对自家人简直护到了骨子里。传说中的护短，而元侧妃许欣作为许老夫人的嫡长女，更是娇宠得无法无天，才会闹到那步田地。

沈妩没有开口，却是抬起双臂轻轻回拥住这位外祖母。曾经，在后宫之中，几乎所有的女人见到她都要双眼冒出妒火，恨不得烧死她。却只有偶尔能进宫的许老夫人，见到她会真心疼惜她。即使沈妩恨许家恨太后恨到骨子里，但是对于许老夫人，她一直心存感激。

两人似乎抱得够久了，许老夫人才松开她的后背。却是一直紧紧攥住她的柔荑，把她拉到椅子上，两人挨在一起坐着。

“你那作死鬼的外祖父脾气倔得很，我几番要把你们母女接回来，他硬是不肯！我的儿，你受苦了！”许老夫人一边轻轻摩挲着她的手背，一边专注地看着她的脸颊，眼神里尽是怜惜的神色，仿佛沈妩遭受了多大的酷刑一般。

太后轻咳了一声，当着她的面就说许老侯爷是作死鬼，这也太过分了！虽然她和许老夫人的姑嫂关系极好，但是也禁不得这样作践他们许侯府的当家人！

许老夫人似乎才察觉到方才一时激动，就说了逾矩的话，也顾不得跟太后解释，依然死拉着沈妩的手不松开。

“外祖母，没有的事儿。妩儿过得挺好的，娘也挺好的。总归后面还有许家撑着，其他人也不敢把我们怎么着！”沈妩轻轻扯出一抹笑容，眼睛眯成了月牙状，这笑容好像春风拂面一般，让人一阵舒心。

许老夫人听她口气熟稔，不曾有拘谨的地方，并且直接叫她“外祖母”，再次心情激动起来。又哭又笑的，让殿内另外两个人有些压力巨大。

“好什么好，你这丫头也被欣儿带的这副性子，如此知足怎么成？可怜陵哥儿不就给人抢走了！你说什么好听话，许家——”许老夫人从怀里掏出一块锦帕，细细地擦拭着眼角，话语忽然停顿了一下，似乎在想着措辞，过了片刻才道，“没有帮到什么啊！”

太后自然是不耐烦听这些话，明明是许欣自己蠢，要扒着个骗子，才弄得毁了终身。这不能怨许家，许家只是审时度势才做出了这番反应。

“好了，妩儿。这回就是让你见见外祖母，不过出了这内殿，许家跟你没有一文钱关系！”太后显然是受不了长嫂在她面前贬低许侯府了，肃着一张脸，语气里带着几分警告的意味。

许老夫人虽然心里头不顺畅，倒也不会跟她反驳。依然拉着沈妩的手，却不再开口，双眼专注地盯着她瞧，细细打量，似乎怎么都看不够一般。

“来人，送沈姑娘回去，哀家和许侯夫人还有话要说！”太后显然是不想光瞧着她们祖孙二人腻歪着，况且后宫之中皆是耳目，现在召沈妩入内殿与许老夫人见面，已经实属违规。若是让有心人利用了，这世家和许家是定要计较的。她轻轻扬高了声音，亲自开口传唤候在门外的宫女。

沈妩不敢多耽搁，只是紧了紧许老夫人攥住的手，慢慢抽了手回来。站起身冲着她们二位行了一礼，便转身出了内殿。

直到少女娇俏的身姿消失在门外，许老夫人的眸光才缩回来，脸上还是一副遗憾的表情。

“嫂子，你也看到这位沈姑娘有多厉害了，周身挑不出一丝错处来！”殿内皆是亲信，太后便放松下来，语气里自然带了几分亲昵。

许老夫人点点头，轻声道：“是个好孩子，跟欣儿一样，万里挑一！”

她的话音刚落，太后就被气到了，面色暗了暗。轻轻偏过头看向她，只见许老夫人一副心不在焉的模样，似乎在回想着什么一般，脸上尽是缅怀的神色。不用猜，太后都知道这位长嫂，又在思念那丢了大脸的嫡长女了。

“成，姑且揭过吧！哀家不跟你谈沈妩的事儿，就说说方才提到的事儿。衿儿今年也快十五了吧？人家也没定下来，这次的许晴不怎么样，不如让衿儿也入宫，正好帮衬着哀家一把。只要她入宫，皇上定会另眼相待！”太后换了一个话题，脸上带着几分严肃。

她所提到的衿儿，全名是许衿。许侯府现如今的嫡长姑娘，京都里对这位姑娘的传言不多。不过身为许家荣辱的领航者，太后却是一清二楚。这位许衿才真正是万里挑一，琴棋书画、样貌气度，完全就是照着一国之母培养的。

并且许衿从小便聪颖有加，深得许侯府上下人的心。一大家子也是真心疼爱她，所以早就决定不让她入宫，只想着寻个门当户对的人家嫁了过安生日子。偏生许衿的亲事门槛高，许老夫人看谁家的儿郎都配不上，这才有些耽搁了。

太后的话音刚落，许老夫人的脸色就有些不好看，不过她紧蹙着眉头先是思索了片刻，才道：“你知道对于衿儿，全侯府上下都看得跟眼珠子似的，就连一向站在你这边的侯爷，都没有同意让衿儿入宫。”

许老夫人的声音极其平静，她肃着一张脸。显然面对这个问题，她也打起了十二分的精神。

“嫂子，丽妃是个没胆色的，这个许晴看样子也被沈妩给比下去了。许家看着风光，实则在后宫之中已经显得势单力薄了。待到哀家这个太后，两腿一蹬就这么去了，这后宫之中还能找得出说得上话的许家人吗？”太后显然明白她所说的也是事实，不过面对现如今的局势，太后的语气就显得异常激动。

许老夫人的眉头越皱越紧，最终才叹了一口气，道：“你尽力吧，衿儿也是你看着长大的。许家送进后宫的姑娘已经快数不清了，皇上就是看不上。许家总有一位姑娘要过得高兴一些，所以……”

她的话没说完，看着太后已经有了皱纹的脸，许老夫人就不好再开口了。最终她长叹了一口气，状似妥协一般道：“看这回皇上先宠幸谁吧！真希望许家有一位姑娘能堂堂正正地幸福，不用在这后宫里心惊胆战，也不用一时鬼迷心窍去做旁人的妾室！”

许老夫人说完之后，便起身似乎准备告退了。

太后倒是被她说得一愣一愣的，大秦的后宫制度，导致无数的世家大族，愿意把女儿往里面送，只为了争那世家之首的位置。一旦争到了，巨大的权力，无数人的巴结和艳羡，荣华富贵数不清，却也毁了无数年华正好的少女。

正如许老夫人所说，真正幸福的官家女子很少，特别是姓许的。

“嫂子，你可以放心。哀家一定会尽最大的努力，让皇上第一个宠幸许晴。衿儿还是找个好人家的儿郎吧！”就在许老夫人要跨出殿门的时候，身后传来太后有些急促的话语。

许老夫人轻轻点了点头，便出去了。脸上露出几分无奈的淡笑，连铁石心肠的太后都难得一见地软下心来，看样子这后宫真是个吃人不吐骨头的地方，让人想着赶快逃离。

转眼便到了这个月的十五，太后直到快用晚膳了才让人来传唤她们。沈妩今日倒是花了工夫打扮，藕荷色的宫装，脸上抹了一层薄粉，粉嫩的胭脂涂上，俏红的面颊与衣裳的颜色相映衬，显得更加明媚鲜妍。发髻上戴着金海棠珠花步摇，一颦一笑皆是风情。

她远远地走过去，许晴二人直接愣在了原地。沈妩莲步轻移，目光有些空灵，仿佛目空一切的感觉，让人有种脱俗仙子的错觉。

许晴显然也是特意装扮的，身上的宫装竟是有些逾矩的浅红色，朱唇轻点，本也是大家闺秀的风范，可惜与沈妩站到一处，顿时黯然失色。

三人默默地跟在领路的宫女身后，阮玉心里有些气恼。自那日被丽妃找茬之后，她再也不敢逾矩穿戴，只是今日另外两人倒像是说好了似的打扮得异常漂亮，唯独她一人显得有些寒酸。走在精心装扮的两人身旁，她像个宫女一样。

许晴的面色有些僵硬，步伐也显得十分机械。她的手心里沁满了冷汗，还没上战场气场已经输给了对手！

沈妩的脸上始终带着几分淡淡的笑意，她最是清楚，大秦后宫规矩，每月的初一、十五，帝后要同用晚膳同寝。只不过现如今后宫没有皇后，皇上为显得孝顺，便在这两日留膳寿康宫，陪太后说说话。

今晚，将是太后推出她们给皇上挑选的最佳时日！

三人还没进殿，便已经听到殿内隐隐传来男子略显低沉的说笑声，在这繁花盛开的后宫，这种声音显得极其清晰而挠人。

宫女进去通禀了一声，三人便呈竖列慢慢地走了进去。

齐钰正坐在檀木桌旁，和太后相对而坐。听见方才宫女的通传，他便下意识地抬起头，眸光轻轻扫过走进宫门的三位女子。

男人脸上的笑意加深了些，三个人中有两个悄悄抬起头，和他对上视线，然后低下头去脸红羞涩。女人，果然还是那般有趣。

他的眸光收回来之前，不着痕迹地打量了一下那个始终半低着头的女子。英气的眉头轻挑，光看侧脸便知道，是一个极其漂亮的女人！

“见到皇上怎么还不行礼？”太后一直不动声色地观察着他的反应，只是齐钰的脸上始终带着半真半假的笑意，根本捉摸不透他的心思。

她收敛起不耐的心思，轻声提醒了一句。

那三人便立刻俯身行了大礼，阮玉的脸早就红透了。方才与男人对上眼的那一刻，她的心都快要跳出来了。皇上长得真好看，比那些自以为是的世家公子都要英俊。

许晴的面色也是绯红一片，那是一种成熟男人的气息。不是很专注的眼神，甚至带了几分轻挑，偏偏挑动了她的心弦，让她的心一直加速跳动着。

沈妩有些出神，时隔这么久再次听到男人熟悉的声音，当初的那份心动早就消失不见了，只剩下一片克制的平静。

后宫之中，一个“爱”字最廉价。她沈妧即使到临死前，都不肯承认她爱上了那个九五之尊，所以才会被他的宠爱蒙蔽双眼，忘记了身边的危机。这一次，他们平起平坐，谁都不爱谁！

“母后，这几日很少见到您出去散步，原来是宫里头藏着美人儿啊！”齐钰先开了口，脸上带着几分调侃的笑意，仿佛一个长不大的孩子一般。

对于他这句话，太后似乎很受用，有些无奈地挥了挥手，道：“别没个正形儿，瞧瞧这三位，有没有中意的？让伺候着用膳。”

太后的话十分直接，根本没有什么拐弯抹角的地方。坐在她对面的皇上，眉头都不挑一下，笑眯眯地侧过头，眼睛轻轻眯起，似乎才认真打量起来。

倒是听候安排的三位女子轻轻一怔，脸上的表情各异。但都沉默地低着头，静候皇上的回答。

“就穿得最素净的那一个吧！”齐钰食指一伸，冲着阮玉勾了勾，带着几分吊儿郎当的意味，嘴角上的笑意越发明显。

太后明显是愣了一下，面色沉郁地看着阮玉俏红了一张脸慢慢挪到皇上身边，轻轻地跪坐下来，准备侍候他用膳。

“皇上往日都爱惜美人，怎么今日倒是挑了个容貌次等的？”太后状似不经意地问了一句，脸上难看的神色总算是收敛了些。

齐钰听了她的问话，脸上的笑容更甚，直接偏过头去看向阮玉，肆无忌惮地打量着她，像是获得了一件珍宝般。阮玉的面色则有些僵硬，毕竟太后的话太过直接，让她颇有几分委屈，却也不敢表现出来。

“虽然很想跟母后说平日里油腻的肉食吃惯了，想换个口味。不过美人，朕还是爱的。只是这丫头瞧着顺眼，也不知怎的，朕觉得她最得眼缘！”皇上说这话的时候，眼神就没离开过阮玉的脸，显然一副很满意的表情。

不过弄得太后的脸色就越发难看，皇上这话摆明了就是说，他虽然爱美人，不过这三个中，他看自己这边势力的姑娘最顺眼。

“皇上还是公平些好，莫要这般偏颇，君主当以明理治天下，后宫也正是如此！”太后沉默了片刻，似乎在想着对策，斟酌了一番才开口道。

皇上也不恼，只是轻轻歪着头，脸上换了几分略带认真的表情道：“要不母后替朕选一个？”

殿内陷入了死一般的安静，太后阴沉着脸和皇上对视着。她脸上的表情一片僵硬，不是从自己肚子里爬出来的亲儿子，永远都是这样，想方设法跟她对着干！

005

侍寝封位

“罢了，皇上喜欢就好。那晴儿就过来伺候哀家，妩儿坐到中间去伺候吧！”太后半是妥协道，她挥了挥手，吩咐剩下二人的任务。

沈妩按照她的指示，慢慢走到桌子的侧边，轻轻跪坐了下来。宫里头用膳的桌子都十分奢华，不过寿康宫的桌子却是例外，似乎是想要拉近皇上和太后的关系，长桌被改成了方形桌。沈妩坐在桌子的侧边，正好两边都可以顾及到。

“儿臣谢母后赏了！”皇上再次恢复喜笑颜开的模样，直接伸出食指指了一道菜，阮玉便拿起筷子夹了起来，有些犹豫地放到了自己的嘴里试菜。

沈妩的眸光暗了暗，她的余光一直在观察着皇上的表情。此刻果然瞧见他轻轻挑起了眉头。不过待他瞧见许晴也是如此伺候太后的时候，便又收敛了情绪。

沈妩低着头，她也拿起桌上的筷子，又放了两个小碗到手边。分别挑了两半碗小菜，沉默着给一边送了一个。里头的菜色，自然都是太后和皇上爱吃的。

皇上的眼睛一亮，喜滋滋地拿起桌上干净的筷子，径自取过沈妩递过来的小碗，慢慢地吃着。阮玉夹在另一个碗中的菜，他连瞧都没瞧上一眼。

沈妩在心底轻轻舒了一口气，人人皆道后宫的女人最擅长演戏，其实这宫里的男主人才真是天生戏子。皇上有洁癖，一般试菜都是贴身伺候的人来，阮玉是头一回见面，就在他面前试菜，反而不讨好。

寿康宫里伺候的人，自然也知道这位君主的洁癖，所以每回只要是他来这边用膳的时候，这膳食在外殿试菜之后端进来，沈妩才敢就这样夹菜送到皇上和太后面前。

皇上这种表现，明眼人一下子便知道他对阮玉的第一印象要打了折扣。坐在对面的太后在心底冷哼了一声，明明是一粒沙，偏要当成颗珍珠，那这罪就慢慢受着吧！

阮玉有些进退两难，踌躇了片刻，才学着沈妩不再试菜，换了双新筷子，直接挑了菜送进皇上的碗里。皇上的面色这才好看了些，桌上的气氛明显缓和了几分。

皇上即使心情变好了，也只跟阮玉一人说话，声音温柔低沉，完全没有平日的威仪，就像是在逗小妹妹玩儿似的。倒是太后的表情越发僵硬，阮玉虽极力压制着，但是偶尔忍不住还是会发出清脆的笑声，这在殿内其他几人的耳中，就显得极其刺耳。

太后只用了半碗粥，就摆手不要了。倒是对面而坐的人根本不受影响，相反说得越发开心。

沈妩见后来不需要她插手，便一直安安静静地坐着，充当空气。倒是许晴有些心不在焉，险些把端上来的汤洒到太后身上。

“母后，儿臣饱了。不知这三位可否让儿臣挑一位走？”皇上总算是放下了筷子，他一边享受着阮玉替他净手，一边眨巴着一双大眼睛，满怀期待地看向太后，语气里虽然十分客气，话语中却是直接开口要人。

太后冷淡地抬起眼睑，轻轻扫了他一下。这三人即使现在不给皇上带出去，再过上半个月也是要参加选秀的。依照着方才的情形，这回皇上定是要带着阮玉回去的，同批进宫的女子，第一个受到宠幸的人，一般都会比较受重视，这种便宜自然不能给阮玉这种货色。

太后心底慢慢打起了算盘，她的眼神下意识地在沈妩她们三人身上流转。看着阮玉羞红了一张脸低着头，浑身透着一股子显摆张扬的神色，太后就忍不住想翻白眼。而许晴，十分明显，皇上对她最没有兴趣。

“成啊，这回就由母后给你挑一个吧！”太后脸上的神色缓了缓，轻声开口道，语气中透着几分不容置疑。

皇上轻轻挑了挑眉头，伸出一只手来撑着下巴，淡淡地“哦”了一声，语调上扬似乎带着几分不赞同的意思。

“母后最疼儿臣了，想来一定能挑个顺心的，不然朕可是得留宿寿康宫的！”皇上换上一张笑脸，竟是耍起了无赖。

太后心里略微松了一口气，脸上也露出几分浅浅的笑意。

“放心吧，你的心思哀家还能不知晓？沈家四姑娘以容貌气度闻名于京都，哀家知道皇上日理万机，定会挑个顺心顺意的，也好舒缓一下！”太后抬起手指向了一直沉默不语的沈妩，目光里带着几分鼓励。

皇上明显是愣了一下，眼神下意识地飘到沈妩的脸上，转而勾起了嘴角，轻声道：“那儿臣就不拂母后的好意了。”

双方各退一步，让世家出身的沈妩作为这届秀女中第一个侍寝的女子，意料之中。相比于增长别方的势力，显然太后和皇上都宁愿世家依然强势一些。

“李怀恩，回宫！”皇上既然接受了这个安排，便也不愿多停留陪着太后了。他轻轻扬起声音唤了一句，便站起身准备离开。

立刻就有宫女过来替他穿披风，沈妩既然要侍寝，自然也要跟着去。太后眼神一扫，一旁的春风便已经会意，拿起沈妩原先的披风替她穿上。

皇上带头走了出去，沈妩俯身冲着太后行了一礼，轻轻抬起头和太后交换了一个眼神，才慢慢地起身跟着出去。

出了内殿，便瞧见外面亮起了一串灯笼。那个身穿黑色裘衣的男人，面容冷峻地站在原地，旁边是打灯笼的内监总管李怀恩，显然是在等她。

沈妩快走了几步，她的身后跟着两个宫女，都是伺候皇上的。夜风拂过，吹起她额前的碎发，有些迷蒙了双眼。想起方才和太后对视的场景，只觉得心里好笑。若是以前太后听闻她侍寝，恨不得千刀万剐了她。这一世，却是太后亲自把她送到皇上的龙床上。

当然临走之时，她也不忘看一眼许晴二人，她们脸上那副惊讶而不甘的模样，足够她高兴上一阵的。沈妩轻轻翘起了嘴角，这真的只是刚开始而已！

在去龙乾宫的路上，两人一开始并没有乘轿辇，前后的宫女太监距离隔得都有些远。也只有李怀恩一人提着灯笼引路离得近一些，显然皇上是有话要说。

“你见过许老夫人了？”侧前方的男人忽然开口，声音有些冷，语调也是波澜不惊，丝毫没有在面对太后时那种吊儿郎当的模样。

“回皇上的话，见过了。”沈妩不慌不忙地开口，并没有要遮掩的意思。

“哦？”男人的声音一顿，似乎有些惊诧于她的直白，接着道，“这么说，你很有可能会帮助许家？既是世家的姑娘，又与许家有渊源，到头来就是不会倾向于朕了？”

皇上的脚步微顿，轻轻侧过脸，挑起英气的眉头，带着几分质问的口气，面有不善地看向她。

沈妩轻轻抬起眼睑看了他一下，四目相对，她的眼神里带着几分笑意。

“皇上，这话是从何而来？在王府中爹娘给了民女生命和教养，所以才说民女是世家女。到了后宫之中，民女自然只能依仗着皇上，也只会倾向于皇上！”她的声音压得有点低，被风带起送进男人的耳中，显得轻轻柔柔的。

男人扭回头去，便陷入了沉默。这女人好生奇怪，像一杯温开水，不温不火。原本是为了试探她，无非两种表现，要么唯唯诺诺，要么慷慨激昂地表忠心。沈妩的表现却十分平静，仿佛一拳头打在棉花上，没地方疼却让他浑身不舒服。

李怀恩见二人不再说话，便冲后面的内监招了招手，片刻后便有人抬了龙辇过来。

齐钰二话没说先上了龙辇，却是没让人抬起来，而是稳坐着冲她勾了勾食指，抬起头看向她，似乎等着她的应对。沈妩的眉头轻轻皱了皱，以她现在的身份，莫说龙辇，在后宫中连配轿都没有。若是坐了这龙辇，估摸着明日就有人找她的茬了。

“依照大秦后宫宫规，以民女现如今的身份，没有资格坐龙辇。不过民女斗胆问一句，皇上是要民女此刻坐上去吗？”沈妩轻轻俯下身，冲着皇上行了一礼，声音里带了几分专注，不过依然没有紧张惶恐的意思。

齐钰眉头一挑，冷峻的脸上难得勾出了一丝笑意，不过却有几分诡异的味道。世家再出妖精了，他提出个难题，沈妩又把问题推回给他。

“是。”他的声音不变，语调里甚至还带了几分胁迫的意味。

沈妩慢慢地站起身，没有任何犹豫，轻轻提起裙摆往龙辇走去。周围侍立的两个宫女连忙走上前去，小心翼翼地搀扶着她稳当地坐到了皇上的身边。

“起，回龙乾宫！”李怀恩尖细的唱喏声，在这个安静的夜晚，显得有些阴森。不过坐在龙辇上的两个人，却都直接忽视了。

方才夜色深沉，她是被宫女搀扶着上了龙辇，所以也没在乎位置。没想到当龙辇被抬起来的时候，她才发现和皇上挨得太近。她的左手搭在了皇上的右手手背上，独属于男人偏高的温度一阵阵袭来，并且伴随着轿辇的移动，两只紧靠一起的手还在不停地摩擦着。

沈妩这个时候心里才有些忐忑，毕竟皇上是出了名的洁癖成狂。依照她对皇上的了解，她方才的表现并不能深得龙心，相反还会惹得皇上心里不舒坦。不过她也不敢主动缩回来，就这么硬着头皮搭在上面，手心里都生出冷汗来了。

寿康宫离龙乾宫并不算远，齐钰一直保持着这个动作，根本没有要抽回手的意思。其实他压根没想到，只是暗自琢磨着方才和太后的交锋里，他有没有露出不妥的地方。

直到下了龙辇，两只手自然分开的时候，夜风一吹，齐钰察觉到右手背上有点冷，这才意识到方才沈妩的手心贴在他的手背上。

“李怀恩！”齐钰下了轿辇站定，便冲着身旁的内监喊了一句，对着沈妩的方向使了个眼色。

李怀恩自是明白，手指着身侧的两个宫女道：“伺候沈姑娘沐浴净身！”

他尖细的嗓音微微顿了一下，显然是有些犹豫该如何称呼沈妩。毕竟沈妩连秀女都不是，便胡乱地叫了一句。

好在也没人在意，沈妩在那两个宫女的搀扶下，慢慢向旁边的侧殿走去。张开双臂，让宫女伺候着褪了衣裳裙衫，放下满头的青丝，迈着步伐慢慢地绕过屏风，后面是一个巨大的方形汤池。

里面的水还冒着些许的热气，无数的花瓣漂在上面，隐隐透着几分好闻的香气，香炉里也冒着几缕青烟，那里面燃的多是一些催情的香。这一切的场景都十分熟悉，前世皇上若要宠幸她，每回必来龙乾宫，而且总是会有花瓣浴在等着。

其实齐钰有洁癖，在妃嫔侍寝的时候也能看出来。他很少接妃嫔到龙乾宫来，总认为这里若是沾了女人身上的香气，处理起来会很麻烦。当然前世的沈妩算是例外，这一世则算是她捡了个大便宜，即使皇上再嫌弃她，沈妩没有自己的宫殿，难不成九五之尊还会把她拖到草丛里办了？

她轻轻闭上眼，享受着宫女替她捏肩解乏，想到这里的时候，嘴角慢慢地上扬起来。

一旁等候的宫女，瞧着时辰差不多了，便轻声恭请她起身。待她莹白的玉体从水中出来的时候，自有宫女拿出毯子细细替她擦干了身子。另一个宫女手里捧着轻薄的纱衣，轻手轻脚地替她穿上。

那纱衣是后宫之中司制房特地为妃嫔侍寝时所制的，纱衣基本上是透明的。只在重点部位绣上几朵梅花，遮得恰到好处，但若是迈开步子走，纱衣随风而动，自又是另一番风景。

那个等候的大宫女抖开厚实的披风，轻轻替沈妩穿上。立刻又有人呈上了一双精致的绣鞋，鞋面上是鸳鸯戏水，大红的锦缎，显得十分喜庆。妃嫔们皆以来龙乾宫侍寝为荣，这双绣鞋也是其中的原因之一。耀眼的大红色，只有正宫皇后才能穿，不过只要到这里侍寝，这样的绣鞋是必须要穿的。心底自欺欺人地过把瘾也是好的。

沈妩轻轻抬起玉足，慢慢地伸进了绣鞋里。这鞋子还是如此舒适，鞋底自然也是精致的刺绣，只是夹层里却塞了不少棉花，踩在地上十分柔软舒服。

最后一道顺序，便是戴上皇上挑的头饰。一个宫女手捧着玉盘呈了上来，里面放着一支晶莹剔透的碧玉玲珑簪，在烛光的映射下，显得十分夺目。自有人拿起来小心翼翼地插入沈妩的发间，戴上披风帽，便有内监在前引路。

因着后宫无皇后，尚宫局等六局二十四司无人统领，皇上便命人打散了分给四位妃级娘娘掌管，不过侍寝这一块儿倒是交给了皇上身边的内监总管。

这侍寝的规矩自然是全部按照皇上的喜好来，老祖宗曾有让侍寝的妃嫔从皇上的脚头爬进锦被里的规矩，不过齐钰嫌弃那样太像女鬼附身的过程，便直接废除了，重新立了这套规矩。

走到内殿门口，沈妩才发现自己有些出神。这场景十分熟悉，站在殿门外，心情忐忑想着待会儿要和大秦最尊贵的男人行鱼水之欢。她的脑海里竟涌现出，前世皇上解释为什么要改侍寝规矩的场景。

“女人只有动的、活的才好看，慢慢地从脚头爬进锦被的，那不是女人，而是女鬼！”

“皇上，沈姑娘到了！”李怀恩禀报的声音隐隐传来，紧接着便是男人让她进去的声音。

李怀恩小跑着走了出来，冲着沈妩行了个礼，便请她进去。她的两只脚刚跨进去，门就被慢慢地关上了。齐钰召妃嫔来侍寝时，也不喜欢有旁人在。不过依他这副挑剔的性格，快要结束的时候连喊都不喊一声，规定李怀恩必须警觉地进来。所以当皇上在逍遥的时候，李怀恩必须竖起耳朵全程听，还得分清楚皇上是兴尽了还是歇一会儿再准备继续，否则瞅错了时机，自是少不得一顿板子。

沈妩进入内室之后，便见皇上已经褪去了龙袍，只穿着一身中衣，坐在软垫上把玩着一块砚台。听见响动，他慢慢地抬起头，便对上了沈妩那双明亮的眼眸。

昏黄的灯光投射下，沈妩的五官带着几分柔和的光，远远地瞧着竟有几分不真切的感觉。像是仙子踏云而来，随时会乘风归去一般。齐钰被自己这难得的文雅兴致逗乐了，他撑着下巴，带着几分兴味的眼神看向她。

沈妩抬手脱下了身上的披风，直接扔在了地上，却是站在原地不动。少女美好的胴体，在纱衣的遮掩下，半隐半现，透着致命的诱惑。

齐钰的眸光一暗，喉结动了动，伸出食指冲着她勾了勾："过来！"

男人的声音带着几分喑哑，显然已是情动的预兆。他轻轻眯起眼眸，心里暗自讥笑，这女人当真是长得俏，全身上下没有一处让他瞧着不舒服的地方。就连自诩为情场老手的九五之尊，都有猴急的时候。

沈妩的嘴角浮现出几分淡笑，她慢慢走到男人的身边，跪坐在他的腿边。也不等齐钰开口，便十分自觉地伸手替他脱衣裳。皇上一直喜欢善解人意的女人，沈妩想要通过这第一次侍寝博得个好位份，自然要使尽浑身解数。

她的柔荑慢慢地从他的胸膛划过，上面的中衣便已经脱下了。齐钰依然坐在软垫上，脸上的表情虽没有什么大变化，但是却慢慢屏住了呼吸，显然是认真感受来自身体的挑逗。

男人的身体总是最诚实的，待沈妩的柔荑慢慢地摸向他中裤里面的时候，立刻感到他的裆部慢慢变硬变大。

"呵，你可是朕第一个抱上龙床的女人了！"齐钰没再给她挑逗的机会，直接站起身一把拉起她，便打横抱起了她。不过在情事上，皇上又岂是轻易认输之人，他慢慢低下头靠近沈妩的耳边轻声呢喃了一句。

沈妩的后背刚接触到柔软的锦被，男人已经压到了她的身上。宽厚的手掌隔着纱衣准确地找到了女子酥胸所在的地方，轻轻地揉捏了两把，男人脸上的表情显然十分愉悦。

还不待沈妩做出其他反应，胸口处感到一凉，身上的纱衣已经被撕开了。司制房在这方面显然很会讨好皇上，这纱衣穿的时候就是套头进去的，缝合得死死的，根本没有衣带要解开，专门就是让皇上来撕的，体会撕了美人儿的衣裳，再与她欢好的快感。

齐钰今年二十有五，正是如狼似虎的年纪，还没怎么折腾，身下已经傲然挺立了。他的眼光下意识地扫了一下沈妩的身体下方，颇有几分直接进入的想法。

“皇上，会很疼吗？”沈妩被他的眼神吓得手心冒汗，连忙抬起一只柔荑轻轻握住他有力的臂膀，声音里带着几分怯懦。

齐钰的眸光一闪，这是他见到沈妩之后，第一次她示弱的时候。美人儿楚楚可怜的模样，自是另一番美景，他的喉头一动，不由得俯下身轻轻啄吻了一下她的红唇。

“朕不会让你痛的！”他的话音刚落，长臂一伸便从床头旁的小桌上摸出一个小瓶子。里面是一种淡黄色的油状物体，沈妩不由得在心底松了一口气，她自然是认得这东西的，为了让皇上能更容易进入妃嫔的身体，司饰房弄出来的玫瑰露。

男人直接拔了盖子，将里面的液体倒出些许在掌心，慢慢地将她的两条腿分开，自己挪坐到沈妩的腿间。只是他拿着手掌对比了一下，颇有几分不得其解的感觉，显然他甚少用这东西。

沈妩深吸了几口气，暗暗想着对策。曾经她的第一次侍寝，可谓痛得要死，齐钰当然还不会怜惜她，只管自己龙腾虎跃的。直到后来为了她，才慢慢琢磨熟悉了这玫瑰露。

正当她踌躇着是否要拐弯抹角指点一下的时候，下体忽然传来一阵沁凉的感觉，惊得她浑身打了个寒战。齐钰伸手按住她一条腿，另一只手则握紧了瓶子，慢慢地将里面的液体滴进她的体内。

如此敏感的地方，接触到有些凉的液体，自是一阵剧烈地收缩。齐钰一直紧盯着观察，瞧见这副光景，不由得“啧”了一声，似乎不甚满意的模样。

他低头瞧了瞧自己发胀发热的硬物，不由得皱了皱眉头。难得没有失了耐心，试探性地伸出一根手指插进她的体内，沈妩轻哼了一声，好在并没有那么困难，虽然还是有些难受，还在能承受的范围。

听到耳边那声犹如猫叫一般的轻哼，齐钰觉得心里一阵痒痒。下意识地抬起头看向沈妩，便见她羞红了脸，甚至整个莹白的玉体都呈现一种粉红色，不由得心情大好。

齐钰有个习惯，那就是他看中的东西，越美好的他的耐心越久，计谋越周全。而若是他第一眼就不喜欢的，注定终身弃之如敝屣，鲜少有回头的可能。现在躺在床上等待他临幸的沈妩，就十分有幸地成为了前者，一个他看上并且想上的女人！

男人的手指在慢慢增加，进进出出时带出了些许的玫瑰油，还混杂着其他东西。齐钰看着这些温热的液体，眸光更加暗了暗，坚持到三根手指进出自如的时候，他已经到了极限，便双手按住她的腿分开，挺着腰肢将自己的热烫送了进去。

虽然有之前的扩张，但是沈妩还是痛得哼出声来。她自是不敢又撕又咬让这人滚下去，只有紧咬着下唇防止自己失态，脸上还要呈现一种半是疼痛半是享受的表情。

对于她的极力表现，齐钰自然是满意的。男人的有力的腰肢很快便运动了起来，过不了片刻，肉体撞击的“啪啪”声便在内室响起，让人一阵阵脸红。沈妩无力地躺在龙床上，整个人都想方设法放松，让皇上能和她结合得更紧密。

男人身体的每一处都是她所熟悉的，该紧的时候紧该松的时候松。她只管双手挂在他的脖颈上，身体陪着他腰肢的冲刺而扭动，嘴里的呻吟声十分绵软。沈妩发间那支碧玉玲珑簪，早就在男人用力冲撞的时候滑了出来，满头青丝披散在金丝黄缎的龙床上，显得十分妖媚。

这可苦了齐钰，头一次险些立刻就泄了。他心底暗恨道：果然是个磨死人的妖精，这个要比后宫任何一个他所见过的女人都要厉害！

当然，他的念头没持续多久，皇上便彻底陷入了情欲之中。全身的感官，都想要在沈妩的身上找到快感。

龙乾宫这边春宵一刻值千金，这后宫里却有不少人今夜睡不了安稳觉。太后自然是首当其冲，当沈妩跟着皇上踏出了这寿康宫，她几乎就立刻后悔了。

前几日招来许老夫人，就是为了商讨压制沈妩的，结果现如今她竟亲手把她推给了皇上。

许嬷嬷见太后虽然拦住了阮玉，但终究没有得偿所愿，许晴还是得乖乖地等候着。她不由得轻叹了一口气，让人把许晴二人送了回去，方才坐在桌边的五个人，恐怕只有沈妩一人如愿以偿了。至于皇上的心情，得看今晚上沈姑娘的床上表现了。

“太后，奴婢方才瞧着晚膳您没用多少，便让御膳房备了一碗银耳粥。怕太晚用积了食，特地让厨子煮的稀一些，您要不用一些？”穆姑姑端着一碗粥走了过来，俯下身压低了嗓音问道。

太后轻闭着眼眸，脸上的疲态尽显，她轻轻摆了摆手，显然没什么胃口。许嬷嬷走上前，接过穆姑姑手中的瓷碗，眼神示意了让她退下。

“太后，粥还是用一些吧，免得半夜里饿，找不着热的！”许嬷嬷边轻声劝慰着，边把粥碗放在了太后的手边。

太后垂着眼睑瞧了一眼，还是摆了摆手，道：“你说，哀家把沈妩推过去究竟是对是错？阮玉那丫头就是个外强中干的，要收拾她易如反掌。可是沈家这位四姑娘可不容小觑，到时候若是想把她给撸下来，估计要困难得很哪！”

太后的声音里带着几分犹豫和后悔，若是时光可以倒流，兴许她就宁愿让阮玉去陪着了。

“太后，您这是思虑过多了。放眼望去，沈家姑娘这姿色，在整个后宫里都是数一数二的，您现在拦着，日后她该得宠还是得宠。不如您此刻顺水推舟送她一个人情，日后说不准就有用得上的地方。况且您若真是让皇上带着阮姑娘走了，那可不是侍寝的问题，而是在与皇上的角逐中，您妥协了。到时候这宫里头传出的话，指不定得多难听呢！”许嬷嬷毕竟是太后身边的老人儿，知道太后这心里头左右为难了。

其实当时那场景，即使真的有第二次选择的机会，太后的决定也不会改变。这后宫中，说起来每个妃嫔娘娘都是主子，不过若是当真论起来，还是太后和皇上在把持着。世家的姑娘再得宠，也还是要找人依附着。

太后似乎又想通了，便点了点头。许嬷嬷适时地端起粥，一口口喂着。

龙乾宫这边，李怀恩站在殿门外，弓着腰侧着头轻轻靠着门，认真辨听着里面的动静。不时地掏出锦帕擦拭着额角的汗水，这万岁爷今日兴致可真足，已经将近一个半时辰了，至少兴起三回了。每次稍作歇息的时候，李怀恩总是心里松一口气，想着推门而入的时候，里头又传来男人重整旗鼓的声音。

直到时辰真的不能再拖了，李怀恩才大着胆子道：“皇上，时辰到了！”

齐钰总算还是知道节制，最后冲刺了一回，便从沈妩的身上下来了。他的身上带着一层薄汗，在灯光的映射下，更能瞧出后背的结实有力。他回头看了一眼躺在床上的沈妩，眸光顺着她那凹凸有致的曲线一路向下，待看到女人腿间斑驳的血迹时，眸光再次暗了暗，顺手抓起一旁的锦被替她盖上。

李怀恩自是知道里头结束了，连忙带人进去。轻轻抬头一瞧，皇上光着身子，倒是沈家姑娘盖得严严实实，皇上还一副餍足的表情，显然是这位姑娘真的伺候得好。李怀恩是宫里的老人儿，自然知道这后宫又要多出一位不同凡响的贵人来了。

“待会儿替沈姑娘沐浴之后，就让她在西侧殿歇下吧！若是寿康宫派人来问，就说明日封位，也不值当再多跑这一趟谢恩的！”皇上有条不紊地吩咐着，随手捡了一件外衣披上，也不要人跟着便去了东侧殿沐浴了。

沈妩躺在床上，累得一根指头都不想动。第一次侍寝，就如此大活动量，她可谓是拼了小命儿伺候皇上，只为了一鸣惊人！

自然她在心底也没少问候回来后再见到的皇上，还是如此的生龙活虎，没被旁人压榨干了真不错！

几位宫女上前，好容易才搀扶着她起身，整个人软绵绵的。走路的时候完全靠身后的宫女搀扶着，几乎快要摔倒了，两条腿都在打战，脚好像踩在云端上，随时都有跌倒的可能。

好容易进了西侧殿，洗净了身子，又让宫女揉捏了一会儿，她才换上干净衣裳，去了侧殿歇息，几乎倒头就睡。

皇上这边自然也有些劳累，像是打了一场酣畅淋漓的大胜仗一般，心里面浓浓的都是满足。上朝之前，他就安排李怀恩拟好了旨意，想起昨日的那场欢好，他一直都是满意的。

对于沈妩的第一次侍寝，皇上留下了极其深刻的印象。沈妩长得的确好看，动情的时候更好看！沈妩的声音很动听，呻吟的声音更动听！沈妩的身体很柔软顺滑，兴致高涨的时候更柔软顺滑。

所以他大笔一挥，那位份十足的金光闪闪。

第二日清晨，她的封赏就到了。

“沈王府四姑娘沈妩，恭顺贤良，知书达理，深得朕心。特封从四品婉仪赐号‘姝’，住锦颜殿，钦此！”太监的唱喏声响彻了整个大殿，沈妩一身嫩黄色的裙衫俯首跪拜接旨，殿内伺候的人自然也是跪了满地，众人都在恭贺这位一跃成为从四品的婉仪。

的确够一鸣惊人了，一般美人侍寝后，皇上十分满意的也至多封个正五品嫔位，这位连秀女都没做过的沈姑娘一跃升为从四品，并且直接到从四品的巅峰婉仪了。

沈妩微微愣了一下，她前世的封号为“佳”，这世却变成了“姝”。静女其姝，世外仙姝，带有“姝”字的成语大多形容女子的美丽娇媚，宛若仙子一般。可见她这第一次侍寝，在皇上的心目中占据了很高的地位！

“嫔妾谢主隆恩！”沈妩轻轻俯下身行礼，微低着头遮掩住嘴角淡淡的笑意。

只是一夜侍寝而已，她就直接从无品阶的民女到从四品的婉仪。心里却暗自带着几分自嘲的意味，距离超品的皇后，也算不上太远了。

“姝婉仪，奴才先在这里恭贺您哪，待会儿司衣司便会把婉仪的衣裳首饰等送过来。”那个太监毕恭毕敬地对着沈妩行礼，沈妩淡淡地点了点头，便让人送他离开。

“婉仪，皇上让奴婢们伺候您梳妆，过会子还要去寿康宫请安！”一个大宫女打扮的女子走过来，她低着头柔声对沈妩说了一句，便让她坐到铜镜前。

沈妩的身上还穿着昨日的衣裳，发髻也不敢挽得太过繁复。她刚坐下来，就有宫女走上前来，伸手拆下她头上的珠钗，顿时青丝便散开了。

描眉画黛，朱唇粉腮，一张芙蓉面让殿内不少的宫女都呆上了片刻。上身是云霏妆花缎织的海棠锦衣，配上一条累珠叠纱粉霞茜裙。阳光投射在上面，整条裙子都散发出夺目的光彩。最后替她挽发的宫女手极巧，几个来回翻转，飞仙髻已经出来了。玉盘呈上来，赫然是昨晚皇上挑的碧玉玲珑簪，轻轻插于发间，又以几朵细小的绢花做点缀。

006

费尽心思

沈妩梳妆完毕起身的时候，嘴角噙着一抹淡笑，美人倾国。莲步轻移，裙摆上的累珠和金丝也跟着摆动，发出耀眼的光。她依然对着铜镜，看着镜中那个娇媚的女子，唇边扬起一抹自信的笑容。

身后几个宫女都悄悄打量着她，心中暗赞，现如今的大秦后宫美人众多，环肥燕瘦样样不缺，但是一瞧见沈妩这般好模样的，还是颇有几分惊为天人的感觉。

“姝婉仪，她二人是皇上特地赏下来伺候您的，还望您给取个名字！”方才那位大宫女走上前来，伸手指了指冲着沈妩行礼的两个宫女，声音里不由得带了几分敬意。

相貌好的人天生就有优势，让人在未深入接触之时，就已经带了几分欢喜之意。

“明语、明音。”沈妩轻轻扫了一眼那两个宫女，依然沿用了“明”字。

皇上当真是贴心，她还没到自己的宫里头瞧瞧，赏赐的宫女倒先用上了。

因为封位领旨，再加上梳洗打扮，请安的时辰就有些迟了。待沈妩主仆到达寿康宫的时候，内殿里已经是衣香鬓影一片了。

沈妩迈着小碎步走进，殿内的目光自然全部集中到她的身上，艳羡、嫉妒和嘲讽，各不相同。

“嫔妾来迟，还请太后和众位姐妹责罚！”她冲着太后行了一礼，低头时发间那支碧玉玲珑簪微微亮了一下。

太后轻轻眯起眼眸，细细打量着她的全身。最终停在那张妆容细致的脸上，即使她也曾获得先帝无数宠爱，此刻看见沈妩，也不得不暗赞一声“美”。还好她算是沈妩的婆婆，否则一定日夜难寐，就想着如何把这个女人撕成碎片了！

坐在右手边第一个的庄妃，目光则停留在沈妩发间的那支簪子上。皇上的心思很少有人能猜得中，不过就她所知，每回侍寝之时，皇上挑选的珠钗中很少出现玉质的，经常是一些金银簪。

出自世家的姑娘，大多从小就在各种稀罕的首饰堆里长大的。沈妩头上的那支玉簪，庄妃仔细一瞧，便清楚那是上好的碧玉制得，质地清透碧绿，可见皇上昨晚真的是抱了期待的。

“姝婉仪这话说的，你昨晚上伺候皇上，劳苦功高。哀家如何会治你的罪？快去坐吧！”太后不轻不重地回了一句，语气里波澜不惊，倒是听不出喜怒。

沈妩也只做不知，低声应承道：“谢太后。”

她转过身，轻轻扫了一眼世家这边，婉婕妤旁边有个空位，显然是特地为她留的。她自然没有犹豫，直接坐了过去。

“太后，您就是太过于仁慈。这些妹妹们新进宫，可正是立规矩的时候，免得到时候养出了一身的娇弱病来！”沈妩还没坐稳，爱掐尖的瑞妃便已经打头阵刁难了。

瑞妃这话十分直白，若是平时新进宫宠幸的妃嫔，肯定早就面红耳赤，更有胆小的估计直接开始告罪了。可惜她遇上的是沈妩，注定这拳头打在棉花上，只能自己难受。

沈妩翘起兰花指，慢悠悠地端起茶盏，轻抿了一口。当真是摆的一副弱柳扶风的姿态，偏偏她的动作姿势又挑不出一丝错来，让人发作不得。

瑞妃不由得冷哼了一声，轻轻偏过头看了一眼丽妃，悄悄地使了个眼色。

丽妃愣了一下，连忙看向坐在上位的太后，见她没什么特别的表情，心中瞧沈妩也不顺眼，便附和着瑞妃的话道：“瑞姐姐说的是，太后心慈免了责罚，至少自己要谨记在心，下次切不可再犯！”

两位妃级娘娘都开口了，显然是真的要跟这位姝婉仪过不去了。偏生沈妩就是一句话都不说，任凭众人的眼光打量她，脸上也丝毫没有异样的神色。

瑞妃和丽妃二人直接被打了脸面，难免有些坐不住，眼瞧着就要撕破脸皮了，还是庄妃开口制止道：“两位姐姐说的是，规矩自是破不得。只是凡事都讲个缘由，姝婉仪来晚了究竟是为何，你我皆知，何苦拿出来说事儿呢？况且太后都不追究了，二位紧紧相逼，也是没有意思！”

不过她这几句话颇有些火上浇油的意味，对面的两位娘娘面色更加沉郁，却又发作不得。庄妃方才那段话中，已经把皇上和太后都搬出来了，她们如何再敢往下接？

因着这么一个激烈的言语来回，殿内的气氛就显得有些诡异，十分沉寂。只偶尔能听到端起茶盏的细微声音，僵持得有些可怕。

太后冷眼瞧着底下坐着的两排美人，心里冷哼了一声。一个个在皇上面前千娇百媚，风姿绰约。一到她寿康宫，就丑态毕露，不懂得收敛。她泄恨似的在心里暗自诋毁着，眼神一一扫过那些人，最终停留在气定神闲的沈妩身上。

太后的脸上露出几分不易察觉的笑意，其中夹杂着几抹讥诮。世家女再如何好，身上都无可避免地带了几分傲气，仿佛天生高人一等。而沈妩的身上，更是傲气十足，甚至比那些所谓的嫡女都要有过之而无不及。方才那种不把妃级娘娘放在眼中的行为，实在是过于扎眼。这样有致命缺点的女人，在后宫里不足为惧！

太后的心里快速地打着算盘，越看沈妩那张轻轻扬起的漂亮脸蛋，就越发确定了几分。昨晚上的担忧和疑虑，似乎一下子消散了大半，整个人都变得轻松了不少。

沈妩眼角的余光一直在扫视着，将那些人脸上的表情一一暗记在心底。她始终轻轻扬起尖尖的下巴，那种仿佛目空一切的神态一览无余。这寿康宫的内殿少说也坐了有十几位排得上号的美人，不过任谁这么一打量，目光都会被沈妩吸引去。

明明只是个婉仪，却如此嚣张，当真要引犯众怒了！

倒是坐在世家之首的庄妃和娇妃，自始至终都没有什么愤怒的神色。后宫里的美人多了，皇上难免会挑花了眼，说不准就偏爱上这一款最夺目的！沈妩现如今的一切表现都还在观望之中，她们自然不会做出自相残杀的事情，甚至日后还要推举着沈妩，成为她的后台！

这些自然都是后话，不过姝婉仪册封当日的情景，足够这些妃嫔们记上一段时日。不仅十分不客气地给了两位娘娘冷板凳坐，还让寿康宫后来的气氛一直僵持着。不得不承认，这是来太后这里请安最难熬的一次！

直到最后，似乎连太后都看够了这些妃嫔的阴沉脸色，不耐烦地挥手让她们退下。沈妩的眼神再次仔细扫过太后身边伺候的人，依然没有瞧见许晴二人。

她轻轻低着头跟在众妃嫔身后离开，嘴角却是露出几分嘲讽的笑意。无论是太后有意为之，还是许晴二人自身要避开她另谋出路，她沈妩都是这届秀女中最大的赢家！

早有轿辇等在外头，按着各自的品级上了轿，几乎都行色匆匆地直奔自己的宫殿。沈妩轻舒了一口气，从四品所配的轿辇已经足够舒适了，慢悠悠地进了她这辈子所拥有的第一个宫殿——锦颜殿。

今早上皇上赏赐的明音、明语二人，慢慢搀扶着她下轿，紧紧地跟在她身后。刚跨进殿门，就见中央跪着大大小小的奴才。

“恭迎姝婉仪！”那些人全部匍匐在地上，头碰地行了大礼。

“平身。”沈妩的眼神只是大概扫了一下，便收了回来，低声让他们起来。

“奴婢是锦颜殿掌事姑姑，兰卉。”

“奴才是锦颜殿总管太监，张成。”

一个领头的大宫女和太监弓着腰走了出来，再次冲着沈妩行礼。

沈妩只是轻轻点了点头，连一句训话都没有。不是她不想立规矩，而是这锦颜殿里的宫女太监，估计大半数都是其他宫的主子派人混杂进来的。当然像皇上这种明着塞人的是少数，她此刻竖威也没多大用处。

“本嫔还有两个伺候的人留在了寿康宫，待会儿烦请兰卉跑一趟，把她二人领来。”沈妧的语气始终不咸不淡的，即使这话里带着十足的客气，身旁听着吩咐的兰卉却一动不敢动，这位姝婉仪刚来，她还未摸清主子的脾性，自然不敢造次。

沈妧总算是进入内殿，由着明音和明语搀扶着她坐下，一人替她垂肩，一人帮她捏脚。侍寝是个体力活，更何况现如今的皇上正值壮年，她又极度配合，那鱼水之欢似乎总也享受不尽，却苦了她这副初侍寝的身子，诸多不习惯，浑身酸疼。

她还来不及欣赏这内殿的摆设装饰，各宫的贺礼已经送到了。兰卉带着两个宫女边检查边列单子入库，沈妧轻闭着眼睛，心不在焉地听着兰卉报出的贺礼。就连今早上被她彻底得罪的瑞妃和丽妃二人都送来了丰厚的贺礼。

沈妧的嘴角露出一抹嘲讽的笑意，都说宰相肚里能撑船，这句话用在后妃身上，依然贴切。不过若是有人失势的时候，被折磨也不会少。

明心和明蕊很快便被领了过来，依照着沈妧的意思，兰卉给她二人各自派了差使。

待午休过后，锦颜殿才算是真的热闹起来。第一个来拜访她的，自然是婉婕妤。

“恭迎婉婕妤！”沈妧早就听到有人通传沈婉来了，瞧见她的身影便俯下身冲着沈婉规矩地行了一礼。

沈婉身边的大宫女连忙搀扶她起来，沈婉毕竟是有了身孕的人，虽未公开却也十分谨慎小心。她慢悠悠地走了过来，轻轻拉住沈妧的柔荑，细细打量着她。

过了片刻，才道：“当真是一年比一年漂亮！”

沈婉的脸上带着几分轻柔的笑意，边说边拉着她的手坐到了一旁的椅子上。

姐妹俩紧挨着坐，心底自然就涌起一股熟悉的感觉。

“哪有三姐姐漂亮？日后若能心想事成，会更漂亮！”沈妧反握住她的手，隐晦地开口。

毕竟刚入住锦颜殿，沈婉和她是亲姐妹，总不能刚一见面就把别的宫女都撵出去，那也太惹人怀疑了。

沈婉轻笑着没有接话，倒是眉头一挑，似乎想起什么，才道：“你方才对着我，毕恭毕敬地行礼。今儿早上在寿康宫，如何不能服个软，非要弄得鸡飞狗跳！”

沈妧“扑哧”笑开了，脸上带着几分不好意思，低声道：“姐姐惯会埋汰人，谁鸡飞狗跳，大殿上的人可是瞧得清清楚楚！总之妧儿可没给世家丢脸！”

沈婉有些无可奈何地抬手戳了一下她的鼻尖，顺带冲着她使了个眼色。沈妧会意，挥挥手让明蕊领着几个宫女下去。

“阿姐的意思，是让你拿出浑身的本事，讨皇上的欢心。最好让皇上无暇去宠幸寿康宫里剩下的两位！”内殿里除了她们姐妹，只留了两个心腹宫女，沈婉便开门见山，说出此行的最主要目的。

这批秀女之中，沈妩自然是获得了第一个侍寝的机会，不过这寿康宫里头还有两个人等着。太后一定会找机会让许晴争气，更何况皇上自己恐怕也不愿意让阮玉白来一趟。所以沈婉这回是充当传话人的角色，把沈娇的意思告诉沈妩。

这句话正中沈妩的下怀，不过她的脸上却是流露出几分为难的神色。

“姐姐，你也瞧见了，瑞妃和丽妃都容不下爱掐尖的妃嫔。莫说皇上是否真能连续宠幸我，就说现如今这个样子，我已经招来如此多的妒恨，若我真的霸占着皇上，最起码再有十日有余，恐怕整个后宫就翻了天！”沈妩轻轻压低了嗓音，脸上的神色也透着几分严肃。

沈婉似乎早料到她如此说，却还是不忘调侃她：“现在晓得怕了，我以为王府里要出个天不怕地不怕的女将军呢！”

沈婉轻轻笑出了声，顿了片刻才慢慢抓紧了她的手，缓声道：“你就放宽心好了，这段时日，庄妃和阿姐都会护着你的！至于能霸占皇上几日，就得看你的本事了！”

沈婉轻轻斜着瞥了她一眼，脸上露出几分拭目以待的表情，话语里不自觉地带了几分挑衅。正因为是一处长大的姐妹，才会更加深入地了解到，沈妩因为这张俏脸而得到的好处。

以前在沈王府的时候，只要是沈妩有的衣裳，其他几位姑娘是不会有同样的，免得穿出来做了陪衬。所以每回裁缝师傅来，都得耗尽心思，挑选不同的花样来取悦几位姑娘。

正是这种偏差的心理，让沈婉也有一种略微不甘心的感觉。如此饱受期待的沈妩，究竟能把皇上迷到什么程度？

沈妩只轻轻笑着不说话，心底早就盘算开了。她对皇上的喜好，足足琢磨了好几年，才渐渐摸透了那男人的诡异性格。这回，她自然是早有准备。

姐妹俩又说了几句话，沈婉便离开了。她入宫两年半，对于皇上那略显难搞的脾性，自然是能瞧出些。无论是世家女、许家女还是新贵女，到了龙床上，都是一样要讨好皇上。后宫曾有传闻，当初丽妃新入宫时，正与皇上欢好的时候，因为说错了一句话，就被他踢下了龙床。导致现在，皇上都厌恶丽妃，甚少召幸她。

沈婉就不信，沈妩光靠一张脸，就能摆平皇上。

不过沈婉这不相信还没延迟到晚上，那边沈妩就被皇上派人招去伺候用膳了。这消息自然很快便传了出来，几家欢喜几家愁。皇上有洁癖，所以甚少让只侍寝过一回的女人在他面前用膳。他对于接触少的女人，要求十分苛刻，除了必要的欢好之外，皇上根本不允许那些女人在他面前做出旁的动作。

所以在大秦的后宫之中，邀宠实在是比登天还难。计划永远赶不上变化快，说不准打扮得漂亮只为了见君颜，却在距离龙乾宫五里的时候，就有太监来阻拦。

沈妩没换衣裳，就穿着今日司衣司送来的那套，当她走进龙乾宫内殿的时候，皇上已经坐在花梨木桌旁。一旁的宫女太监皆端着盘碟鱼贯而入，一道道精致的小菜摆满了膳桌。

“嫔妾见过皇上。”沈妩轻轻行了一礼。

齐钰听见女子娇脆的声音，慢慢地抬起头扫了她一眼，依然是一副面无表情的模样，手撑着下巴倒是有些无所事事专等吃的感觉。

“坐吧！”男人只低声开口吐出了两个字，一副了无兴致的模样。

沈妩倒是做好了非常充分的心理准备，若是其他妃嫔，恐怕早就撑不住露出胆怯的神情。方才来传口信的太监，明明一副快点快点，皇上在等着的模样。待真见到了正主，却是一副爱理不理的模样。

沈妩慢慢地吸了一口气，一切都得从头来，慢慢接受皇上挑剔的调教。她迈着步子走过来，并没有走到齐钰身边去，相反倒是停在了他的对面。

齐钰的眉头轻轻挑起，怎么，这女人胆大包天到要跟他对面而坐？

他的眸光里带着几分阴冷，食指轻轻抚上嘴唇，眼睛一直盯着沈妩看。却见女子在他斜对面的桌角跪坐下来，神色间十分坦然。即使她一个从四品的婉仪，用膳都快上不了桌，显得极其寒酸，她也依然镇定自若。

齐钰的眉头轻轻松开了，眸光十分自然地打量着眼前的梨木桌。他曾经招过不少妃嫔来陪着用膳，心情不好的时候，无数次地用这种方式，给那些妃嫔难堪以缓解心头的压力。至今为止，沈妩是第一个让他挑不出错来的人。

沈妩那样的座位看着卑微，实则拿捏得恰到好处。首先皇上是一个洁癖狂，若是他真有心刁难人，还没走到他面前，估计已经被羞辱了。所以皇上身边临近的两个桌边是不能坐的。而以她的身份，自然不够格坐他的对面，也只有桌角能容她安生了。

“起筷！”齐钰的声音不再像原先那般冷若冰霜，语气里稍微带了几分趣味，似乎在等着看她如何应对。

沈妩再次深吸了一口气，她轻轻扭过脸，冲着一旁的宫女要了一杯热水。拿起桌上的筷子一一放在热水里浸了一遍，又将碗也冲了一遍，来回用了三杯热水。

齐钰一直略带好奇地看着她，沈妩冲洗碗筷的动作十分娴熟，脸上也根本没有尴尬的神色。这些本该由奴才们做的事情，她就这样一板一眼地快速完成了。

看着面前干净到发亮的碗筷，沈妩才略微松了一口气。拿起筷子夹了小半碗的菜，拿起放在桌旁的锦帕包在碗底，轻轻地往前推送了些，刚好到皇上能够得着的地方。

齐钰的心底不由得暗赞，任他想鸡蛋里挑骨头，都找不出一丝错来。他略微满意地点了点头，总算是放下撑着下巴的手，将碗端到自己面前来，拿起筷子吃了第一口。

这顿晚膳足足用了将近一个时辰，沈妩自然是先服侍着皇上用得舒坦了，之后才挨到她自己吃了几口。

李怀恩站在一旁，始终低着头，不过脸上惊讶的神情就没断过。姝婉仪方才那一套把式，可比宫女伺候得还齐全，瞧着皇上那没发火的脸，就已经知道姝婉仪成功地在膳桌上俘获了皇上的胃。

“吃好了？”齐钰看向跟着他放下筷子的沈妩，轻声问了一句，待得到肯定的答案后，他却轻轻地笑出了声。

“就吃这么少？待会儿爱嫔的任务可是十分艰巨。若是朕不尽兴了，可是会翻脸的！”皇上一改方才冷峻的模样，轻笑着说了这么一句话，便举起手边的茶盏，扬起脖子一饮而尽。

沈妩轻轻愣了一下，并没有太多的反应，而是把手放在锦帕上细细地擦拭干净。她自然知道皇上方才指的任务艰巨是什么，不过皇上一反常态嬉笑着说这句话，显然是存了戏弄她的心思。

齐钰见她不像其他妃嫔那般脸红，心头似梗了一块东西似的，委实不舒服。

“送姝婉仪去沐浴！”他挥了挥手，声音又恢复到原先的冷漠森然，语气里甚至还透着几分不快。

沈妩低下头轻轻站起身冲着他行了一礼，便转身跟着引路的宫女出了内殿。脚刚踏出高高的门槛，呼吸到外头偏冷的气息，她便长长地舒了一口气。她自然知道方才的表现，会惹来皇上心中的不快，只是她刚入宫根基不稳，她与皇上的关系最好还是只建立于肉体间的欢愉较好。

当她沐浴完毕，穿上赤红色的软底绣鞋，宫女托着玉盘呈了上来，里面竟然是一根细长的银筷子，正是方才膳桌上所用的那一种。伺候她穿衣的大宫女，看到里面的东西也是微微一愣，她悄悄看了一眼沈妩。

一般妃嫔侍寝第二次，皇上就不会再挑珠钗了，偶尔兴致好的时候才会破例。这回还是头一次看见挑了筷子进来的，姝婉仪又不是小菜！

沈妩秀气的眉头轻轻挑起，虽然早就知道皇上定会借机发泄心头不快，却没想到是用一根筷子。那个大宫女见她没什么异常的神色，态度越发恭敬地替她将那根银筷子插进发间。

她迈进内室的时候，屋内除了侍立的两个宫女之外，并没有见到那道明黄色的身影。沈妩的心脏猛地跳了一下，不会是皇上怒摔殿门走了，把她晾在这里难堪吧？这事儿，齐钰绝对能干得出来！

正在她愣在原地不知如何是好的时候，便感到身后有人走近。

“都下去吧！”男人有些慵懒的声音在她身后响起，显然是让内室的宫女退下。

还不待沈妩回转过身行礼，腰间一紧，男人的手臂已经搭了上来，一股潮湿的热气袭来，还夹杂着几分清幽的龙涎香，显然男人也是刚沐浴完。

“皇——”她张开红唇刚吐出一个字，就感到整个人都腾空了，她直接被男人扛到了肩膀上。幸好她及时闭上了嘴巴，否则一定是惊得大喊起来，那估计真的会被男人直接摔到地上。

她的腹部顶在男人的肩膀上，察觉到他突出的骨头。柔荑下意识地挥舞了一下，便摸到了他半干的长发。

齐钰的力气很大，就这么扛着沈妩，丝毫没有停顿地走到了龙床边，双手上抬抓到她的腰肢，猛地用力便把她丢到了床上。

“方才便说好了，今儿晚上有的磨，爱嫔可不要半途昏过去！朕最讨厌那样没出息的女人！”皇上轻轻骑坐在她的腿根处，狭长的眼眸微微眯起，脸上带着几分阴冷的笑意，似乎在诉说着要沈妩好看一般。

看着眼前男人俊脸上那略显狰狞的面色，沈妩的心里不由得打了个突。皇上的性子最是阴晴不定，在侍寝方面经常让妃嫔难堪，往往是欢天喜地过来，却是梨花带落雨地回去。

“皇上原本便是生龙活虎，昨晚说过不会让嫔妾痛的，嫔妾便——”她的脑子里在苦苦思索着该如何应对此刻的场景，如果她再不服软哄劝，估摸着皇上来个没轻没重的手段，直接就要了她半条命，吃亏的还是她自己。

只是她的话还没说完，身上的纱衣便被男人直接撕成了两半。齐钰半低下头，脸上的笑意慢慢恢复平稳而无害，就像当日在太后面前耍宝那般。可是正视着沈妩的那双眼睛，却是异常的明亮，带着某种蠢蠢欲动的兴奋感，让沈妩的全身都发凉。

皇上并没有给她多少反应的时间，便抽过那撕成两半的纱衣，随意地凑在一起拉直。将沈妩的双手拽了过来，直接绑了上去，甚至还心情甚好地打了个漂亮的结。

沈妩微微愣了一下，心底便渐渐有了谱。皇上这的确是要玩儿得尽兴的节奏，而往往各种不同寻常的姿势，或者欢好时皇上所说出的略显粗俗的话语，都会让承恩的妃嫔感到心里紧张，导致身体不放松。皇上若还在兴头上，一般是躺在他身下的人越害怕，他就越兴奋。若是恰恰相反，他心情不大好，看见扫兴的女人都直接踢下床。

齐钰专心地打好了死结，确定沈妩无法挣脱开，便低下头去认真地打量着她的表情。他并没有看到预想中惊讶或者害怕的神情，相反这个躺在他身下的女人十分镇定，嘴角带着几分淡淡的笑意，似乎十分愿意配合他接下来的动作。

就在他愣神的时候，沈妩轻咬着下唇有些吃力地抬起双臂，慢慢举到他的面前，努力协调着上身配合手上的动作。她右手的手背轻轻贴在了男人的侧脸上，慢慢地摩挲着，带着几分暧昧的挑逗。

齐钰冷哼了一声，抬起一只手抓住她不老实的手腕，轻轻推举到她的头顶，按在床上。另一只手熟练地从小桌上摸来玫瑰露，轻轻瞥了她一眼。这一眼便瞧见女子头上所插的银筷子，微微愣了一下，脸上便露出几分略带诡异的神色。

沈妩脸上的神色不变，男人松开手去拧玫瑰露的盖子。

“难得有人如此听话的，朕自然会有赏！”他的话音刚落，沁凉的液体已经滴到了沈妩的大腿之间，并且有源源不断的趋势。

太过敏感的刺激，让她的身体不由得抖了抖，还是有些不习惯。

难得的是，齐钰这回竟是顺着她的腿根慢慢揉捏着，显然是想让她放松下来。沈妩轻轻松了一口气，只要皇上没有丧心病狂，她就能及时挽救自己。

沈妩呻吟的声音很动听，她丝毫不收敛自己的媚态。白皙的双腿纠缠着男人有力挺动的腰肢，藕臂也攀附着他的脖颈，整个后背向后仰，露出纤细而脆弱的脖颈。

齐钰十分激动，看着女子那近在眼前的咽喉，似乎双手攀上去就能轻而易举地杀死她。沈妩将最脆弱的地方暴露在触手可及的地方，那是一种女人对男人的示弱，高高在上的九五之尊显然很受用。彻底沉沦而臣服的姿态，伴随着沈妩娇俏的呻吟声、柔软无骨的炙热身体，这一切的一切，都让全力冲刺的皇上欲罢不能，从而变得更加凶猛。

沈妩的手腕上还绑着纱衣，所以动作有些受限制，导致她攀附着男人脖颈的两条藕臂之间，缝隙很小，也更轻而易举地将他禁锢在她的身上。更加紧密地贴合，男人显然很满意这种束缚，似乎为了享受这样的触碰，他的嘴唇从沈妩的额头开始，一点点下滑地吻着，动作十分轻柔。

这样温柔的举动，却丝毫不影响他腰肢冲刺的力度，温柔与强硬的结合，带来感官上不同的刺激，让沈妩跟着一阵阵眩晕。男人的舌头已经伸进了她的嘴里，淡淡的茶香萦绕在口腔里，在舌尖的带动下不停地翻转、回味。

她的两条手臂，就随着男人一步步往下的亲吻而移动，束缚给了他们更想要彼此的念头，顿时春光无限。

李怀恩悄悄站在殿门外头，不停地用布巾擦着额角的汗水。

时辰显然是不早了，里面的声音却依然亢奋十足，李怀恩这回是真的不敢催了。听了皇上这么多次欢好之事，他自然知晓这回是不同的，若真的叫唤了一句，把皇上的兴致弄没了，吃亏倒霉的自然是他。皇上的能耐大得很，可不只有踢妃嫔下床这样的！

待到二人结束的时候，皇上显然是尽了兴，他在沈妩的身体里射出最后一股，便浑身一软直接趴倒在她的身上。埋在她体内的热物也没有退出，虽然没有当初那么硬了，却还是无法忽视的存在。

沈妩娇喘连连，甚至连呼吸都感到疲惫。她在心中暗自嘲讽：前世在后宫六年，估计练就的也只有这一身床上媚功罢了！瞧瞧皇上这势如猛虎的模样，想来之前的那些妃嫔一定都让他感到不满意，甚至是恶心！

齐钰在她的身上趴了片刻，便慢慢地退了出来，屈起左胳膊撑着上身，却没着急起身，而是低着头仔细地看着沈妩。

女子那张娇媚的脸近在眼前，带着欢好过后的餍足和疲惫的神色，丝毫没有遮掩，眼角眉梢还是收不住的媚态。男人显然很满意他所看到的，不由得伸出手捏了捏她的面颊。

“不错，方才那番表现对得起你这张脸！朕勉强算你过关，期待爱嫔日后更精彩的一面！”皇上的声音里透着几分暗哑，往日的冷淡或者故作无赖全部消散干净，带着一种漫不经心的蛊惑。

007

连连破例

沈妩也顾不上答话，只是回过神对上了他那双异常明亮的眼眸。她轻而易举地就看到了男人眼神中的兴奋和期待，似乎是一匹野狼看到了美味的食物一般。

男人瞧着她这副疲惫的模样，十分满意自己的体力，慢慢地从她的身上下来了。赤着脚稳稳当当地站在地上，健硕的后背对着沈妩，散发着一种男人的阳刚气息。

他伸脚钩起了一件方才被扔在地上的中衣，随意披在肩头上。回转过身打量着她，眉头轻轻蹙起，似乎在苦思冥想着什么。

沈妩察觉到他的目光在龙床上犹疑，猜想着是不是皇上的洁癖病症又严重了，嫌弃她躺在上面弄脏了他的床。不过此刻的她连一根手指都动不了，若是硬要她下床，估计也得找力气大的宫女抱她下去了。

皇上并没有犹豫太久，外面的天色不早了，若是再耽搁估计连一个时辰都睡不到了。他跨了几步走过去，只见沈妩轻闭着眼眸，似乎陷入了浅眠之中。他也没有要叫醒她的意思，伸手拉过一旁的锦被，直接将沈妩裹在里头双手把她抱了起来。

沈妩感到身子一轻，便连忙睁开眼，对上皇上那张恢复阴冷神情的脸，心底暗自揣摩着，难不成是要把她扔出去？

殿门外等候到险些肝肠寸断的李怀恩，听见里头终于结束了，几乎是热泪盈眶。

“李怀恩！”还不待李怀恩在心底感谢自己八辈儿祖宗，内殿便传来男人略显烦躁的声音。

他不由得颤了一下，连忙招呼人进去收拾。心里头直犯嘀咕：皇上方才明明一副开心的模样，怎么此刻倒是像发火的模样？难不成最后一刻，姝婉仪功亏一篑了？

他自然不敢大意，连忙躬身进入内殿。待瞧清楚内殿的景象时，整个人都愣住了，脚步都停了下来。皇上披着的中衣已经从肩头滑落，勉强遮住一小半的后背，不过他怀里抱着的姝婉仪倒是用锦被裹得严严实实的。

此刻沈妩正窝在他的怀里，闭着眼睛小憩。她心里的惊讶几乎和李怀恩如出一辙，皇上今儿转性了，竟然亲自动手抱着她？

“愣着做什么，还不快收拾床铺！”齐钰经过那样剧烈的欢好运动，浑身也是劳累得很，显然没法子长久坚持，即使沈妩的身子并不重。

李怀恩连忙回过神，捏着嗓子催促那几个宫女赶紧着收拾。待换过一床干净的铺被，皇上才抱着沈妩慢慢地走近龙床边，那几个宫女连忙后退让出地方。齐钰将她平放到床上，便挥了挥手道：“李怀恩留下来守夜，其他人都散了！”

皇上一声令下，自然没有违抗的道理，徒留李怀恩一人守着。

男人连看都没看他一眼，直接上了床钻进了沈妩身旁摆着的锦被里，眼睛一闭便不再搭理任何人了。

李怀恩一直弓着腰，小心翼翼地等在旁边，连呼吸都生怕打扰了床上的人。过了片刻，听见内室里没有其他动静，他才大着胆子慢慢直起腰，轻轻抬头瞧了一眼。

这一瞧不要紧，脸上的神色再次惊愕万分。皇上和姝婉仪并排躺在龙床上，李怀恩虽瞧不见睡在床里面沈妩的表情，不过瞧这架势，两个人都已经累极睡熟了。

这龙乾宫的内殿，头一回有妃嫔欢好之后，能够继续躺在龙床上安寝的。而且还是和皇上一起！显然自从有了姝婉仪，李怀恩对于皇上的印象一次又一次刷新了纪录。

原来一向挑剔难伺候的皇上，也有如此善解人意温柔多情的一面！

李怀恩的心底已经把所有美好的形容词都放在皇上的身上了，曾经的九五之尊胸怀天下，却忍受不了妃嫔身上刺鼻的香气！现在有了姝婉仪，他再也不用担心皇上的床第之事了！

沈妩自再次回到及笄后，一向浅眠，不过今日实在累得很。当她窝在皇上的怀里时，就有些迷迷糊糊的，待平躺在龙床上的时候，神志便不清醒了。接下来就直接睡熟了，这也算是她睡的一个难得的好眠。

第二日唤醒她的是明音，沈妩打了个哈欠，显然还是一副没睡醒的模样。

“主子，起吧！去给太后请安的时辰马上就到了！”明音见她没有动静，便轻声劝了一句。

沈妩勉强睁开双眼打量了一下周围的环境，才意识到自己还躺在龙乾宫的龙床上。她的脸上露出几分讥诮的笑意，除了欢好之外，齐钰能让妃嫔跟他同床共枕，那真是太过荣幸了。想当初她耗费了多少的心力才得来这样的恩宠，此刻只不过是一夜纵情的侍奉。男人最先看重的，果然还是女人的床上功夫！

“皇上呢？”她轻声开口，哪知刚出声才发现自己过于沙哑的嗓音，显然是昨晚叫床太过用力了！

“皇上已经上朝去了，他吩咐奴婢到了时辰得叫醒婉仪，免得又要和其他妃嫔们闹冲突！”明音上前轻轻扶着她坐起身来，明心和明语带着几个宫女已经走了进来，手里都捧着伺候她梳洗的物什。

明音将皇上的原话说完之后，就有些忐忑地看了她一眼。毕竟皇上那语气听起来像是在责怪姝婉仪一般。

不过沈妩却是轻轻勾起唇角，她轻轻扫了一眼明音，低声问了一句：“昨个儿是不是有妃嫔娘娘来龙乾宫求见？”

明音微微愣了一下，似乎踌躇了片刻，才点头应道：“是。”

沈妩的脸上露出几分满意的神色，她也不再刨根问底，拽着明语的手臂勉强站起身。明心立刻凑了过来，内殿里虽然宫女不少，却是丝毫杂乱的声音都没有。明心、明语和明音三人也算是头一回凑在一起伺候沈妩，倒是井井有条，各司其职。

明语手巧，三下两下便替她梳好了一个元宝髻。满头的青丝挽在头顶上，形状就像元宝似的，周边垂下的配饰，恰好和金镶玉的耳坠相映成趣。沈妩对着镜子满意地照了照，随手指了首饰盒里的一根鎏金穿花戏珠步摇。

内殿里一片安静，帮她梳头的明语不时地瞧一眼沈妩，不必说姝婉仪是后宫里最美的女子。只是方才听了那样的话，这位主子却丝毫没有沮丧的神情，相反还十分开怀的模样。

在身后替沈妩整理裙摆的明音，看到明语经常盯着主子瞧，不由得轻咳了一声。这可是失仪了，即使主子心里头有什么不快，这里也不是锦颜殿，自然不会表露出来。

沈妩自然瞧见她二人的互动，也不作理会。她心情好的原因，恰恰就是皇上叮嘱的那句话。皇上并不是要呵斥她，只是厌烦了有旁的妃嫔借此机会，在他面前晃悠。显然昨日，又有美人触了他的霉头。

姝婉仪在龙乾宫睡了一整夜，直到清晨请安的时候，便直接从龙乾宫坐的轿辇过来寿康宫。这条消息早就传遍了，各宫妃嫔脸上的神色可谓精彩纷呈，神态各异。

只是这一回，却无人对沈妩发难。沈妩到的时候，太后还没召妃嫔们进去，三三两两凑在一起说话。看见她来了，眼神里都带着几分打量的意味。婉婕妤搀着宫女的手臂，慢悠悠地走到她面前，轻轻冲着她点了点头。

姐妹俩还没说上话，内殿里已经走出人来，唤她们进去。众位美人自然又分成两排走进去，一起向太后行礼。

高高在上的太后，轻轻眯起眼眸一一扫过。队伍中的沈妩还是那样扎眼，一下子让人把目光移过去就再也挪不开了。太后一直盯着她瞧，沈妩的面色带着十分自然的红晕，不是用胭脂可以抹出来的。比原先更加娇俏了，带着少妇的风情，仿佛让人更加欲罢不能。

“平身。”太后收回目光，心底暗恨。这皇上看样子又被迷住了，连一开始便说好看的阮玉，现在都不曾搭理了。这也促使太后更加坚定了心中的一个想法，眸光里露出几分无奈，看样子许家注定没有真正幸福的女孩儿了。

后宫的妃嫔们似乎都为了瞧这位姝婉仪能得宠几日，即使皇上三番五次为她破了例，那些女人也只是暗地里咬碎了银牙，表面上却依然亲亲热热地对她。

沈妩也绝对是不负众望，皇上一连九日召她入龙乾宫侍寝。甚至有一半的时日，都要把她召来伺候用午膳。正如李怀恩所想，姝婉仪在伺候皇上用膳的时候，那真的比贴身宫女还了解皇上的心思。

终于还是有人坐不住了，不止是后宫，就连前殿某些大臣收到各自势力传出来的消息时，都有些震惊。这位姝婉仪，当真是一鸣惊人。

皇上对于女人的厌倦程度，通常都是以时辰来计算的。甚至他刚瞧了第一眼，就会产生没来由的厌恶情绪。不过这位姝婉仪却整整霸占着皇上九日，甚至还有继续的趋势。

各家自然是活动起来，甚至联合在一起的世家，都出现了纷争。

外面闹得纷纷扬扬，不过却没有哪个大臣敢上奏。毕竟皇上宠爱谁都是后宫之事，前殿不得插手，况且君王上朝勤勉依旧，连个像样的借口都没有，自然没有人会去触皇上的霉头。

沈妩一直悠闲万分，除了安稳地待在锦颜殿里，一心等着皇上的召唤之外，其余时间都用在赏花逗鸟的闲趣上了。毕竟这偌大的锦颜殿里，属于她自己势力的人少之又少，自然不会轻举妄动。

连续被召宠九日，沈妩的肤色越发红润娇艳，原本在后宫之中，容貌上就无人与她争锋，此刻更是如此。

太后面上的神色越发冷淡，她寿康宫里还闲置着两位美人呢！自从皇上被沈妩这小妖精给勾去了之后，皇上除了请安之外，甚少在此停留，许晴她们二人自然更是没机会多接触了。

这日从寿康宫请安后，坐上了轿辇一路回了锦颜殿。不想落轿之后，竟是看到有一顶从二品位份的配轿停在门前。明心等几个宫女都下意识地抬起头，看了一眼沈妩。

只见她的脚步顿了一下，脸上露出几分了然的神色，似乎早就猜到了来人。她抬起手拢了拢发髻，便迈着悠闲的小碎步慢慢走进去。

沈妩跨进内殿的时候，便见到沈娇那道艳丽的身影。此刻她正坐在花梨木椅子上，手里端着杯茶悠悠地品着。身旁弓腰侍立着明蕊，脸上带着一副讨好的笑容，似乎正轻声向沈娇说些什么。

“嫔妾见过娇妃，恭请娘娘金安！”沈妩双手紧扣放在左腰侧，轻轻屈身弯膝以示恭谨。

沈娇微微愣了一下，习惯性地打量着她。姐妹俩足有六年没如此近距离地接触了，她虽日日请安时都能见到沈妩这张娇俏的脸，但是这样细瞧，沈妩身上那种少女的娇俏和柔媚愈发得清晰而迷人。

内殿里一时寂静了片刻，沈娇处于发愣之中，沈妩则在努力调节着心里那种近乎震颤的怒火。她紧扣的双手几乎使了全身的力气，才遏制住想要活活掐死沈娇的冲动。指甲深深地嵌进肉里，若不是沈娇分不清利益轻重，说不准前世她还可以留个孩儿在世上。

“姐姐？”沈妩迟迟没有听到沈娇的声音，心里的怒火稍微降了些，慢慢地抬起头轻唤了她一声。

沈娇这才回过神来，连忙一把抓住沈妩的手腕让她起身，脸上带着几分歉意的笑容，轻声道：“我们姐妹也有好几年未见了，看见你便一时愣了神！”

沈妩动了动唇角，让自己脸上发僵的神情变得柔和起来，浮现出一抹淡笑，柔声回复道：“妩儿也甚是想念阿姐！”

“这位便是娘给的丫头？”沈娇和她对视了一眼，姐妹俩的脸上自然皆换上了完美无缺的笑容。沈娇边说边抬起食指，轻轻指了一下侍立在身旁的明蕊。

自打沈妩进入内殿，明蕊就下意识地后退了一步，始终低着头，似乎不敢看她一般。此刻听到沈娇提起她，便轻轻抬起头看了一眼坐在主位上的姐妹俩，眸光里带着几分期盼的神色。

“是，王妃怕我初进宫不懂规矩，特地找个人来伺候！”沈妩不以为意地笑了笑，脸上丝毫没有不自在的神色。

倒是沈娇冷哼了一声，轻轻用力地将手中的茶盏放到了小桌上，发出轻微的闷响，显然是带了些许不高兴的情绪。

“娘先前跟我说的时候，我还当送来的是个多懂事儿的呢！没想到却这般巧言令色，方才这贱婢胆大包天，在我面前就敢胡言乱语。娘也糊涂，让妹妹你受委屈了，待会儿就让这贱婢跟我走便是了，免得误了你的前程！”沈娇冷下脸来，比沈妩大了七岁的脸，早已没有了那份水灵。

不过毕竟是做惯了上位者，此刻一发怒，周身那股子气度就出来了。

明蕊吓得腿一软，她根本没想到娇妃会如此直白地说出来。沈娇是沈王妃的亲生姑娘，按常理肯定是站在王妃这边的，所以她才敢发牢骚。沈妩每回出去，宁愿带着明音、明语，都不会把她带上，她这心底就难免生了几分怨恨。

沈妩轻轻笑开了，这位阿姐在笼络人方面，还是那般出色。不惜落了亲生母亲的脸面，也要给沈妩出口气。若不是沈妩早就看透了沈娇的本质，兴许又要上演一出姐妹情深的戏码。

“姐姐言重了，王妃也是心疼我们姐妹几个。这大秦的后宫就像是无底洞一般，一家家如花似玉的姑娘送进来，又有几个能得宠？即使真得宠了，又能坚持多久？明蕊这丫头长得好，兴许日后还能派上用场，王妃应该是想着减轻我们的负担。”沈妩挥了挥手，脸上尽是一副无所谓的模样，相反她的声音还十分柔和，完全就是一位特地安抚沈娇的好妹妹。

沈娇轻轻挑了挑眉头，却是没说话，只是冲着她努了努嘴，示意继续往下说。

“妹妹也是初来乍到，还不了解皇上的脾性。生怕此刻便把这丫头推出来，徒惹皇上恼怒，反而闹得不美。就想着先把她藏着，等时机成熟了再说！”沈妩一直打量着她的神色，见她没生气，便一股脑把自己心底的想法都说了出来。

明蕊跪在地上听得一愣一愣的，恰好沈妩低下头扫了她一眼，两人四目相对。明蕊才回过神来，连忙俯下身，整个人匍匐在地上，哀声求饶：“奴婢粗鄙，不明白婉仪的心思，寒了主子们的心。奴婢该死，求两位主子饶命！”

明蕊哭得好不可怜，沈娇秀气的眉头却是越蹙越紧，看着趴在她脚边正不断磕头的明蕊，沈娇心底的烦闷也越发严重。她想都没想，直接抬起脚冲着明蕊的肩膀踢过去。

顿时明蕊的哭喊声就顿住了，完全没料到娇妃会亲自动手，惯性作用直接摔了个四仰八叉。她下意识地抬起头看了一眼娇妃，沈娇的面色阴沉，眸光里隐隐现出了几分杀意。她吓得连忙跪爬着，继续向沈娇的脚边靠近。

“给本宫闭嘴！你这是想让外头人都听见吗？”沈娇暗咬着银牙说了这么一句，脸上阴冷的神色不减，显然是怒火攻心。

内殿里一片死一般的寂静，沈妩低着头也不说话，捧着茶盏偶尔抿上一口，遮掩住嘴角讥诮的笑意。

果然，这位阿姐的性子一点都没变，还是动不动就喜欢惩治下人！好生厉害。

“妩儿，不是当姐姐的说你，这锦颜殿你也该着手整治了，免得有哪个小骚蹄子往这里头塞人！还有你现如今正得宠，怎好便宜这种烂泥扶不上墙的贱婢，她还是由我带走处理！”沈娇慢条斯理地整了整裙摆，面色严肃地说着。

跪趴在一旁不敢乱动的明蕊，心里十分忐忑不安。显然沈娇这几句话，就已经定了她的去处。只是不知这位娇妃，会如何整治她？

“姐姐如果要这般，我自然不会拦着，只是王妃那里……”沈妩没有说完，脸上却露出几分难办的神色。

沈娇摆了摆手，满脸的不在乎，轻声道：“娘那边我来说，她也不知道这后宫的情况，总是乱插手，不要给我们添乱才好。”

沈妩轻笑着点点头，握住茶盏的手指却是轻轻用力，似乎想要嵌进去一般。身为王妃的亲生女儿，沈娇竟这般说沈王妃，亲母女就是不一般。一个把女儿宠到性子骄横爱耍小聪明，一个被宠成只顾自己的蠢货。

“说起来，皇上一连宠幸妹妹九日，妹妹定是累极了！”沈娇的柔荑摸索着茶盏的边缘，眼睛也不看向沈妩，像是自言自语一般。

倒是沈妩心中一紧，终于要进入正题了。

“原本还不觉得，经姐姐这么一说，好似真的有些力不从心！”沈妩不动声色地顺着她的话往下说，脸上轻柔的笑意不变。

沈娇猛地抬起头，对上沈妩的脸。她的眼眸里带了几分欣喜的神色，显然对于沈妩这个回答十分满意。

“是这样的，太累了就容易出错，想来妹妹也该知道皇上那追求完美的性子。踏错一步很可能就彻底惹恼了他，不如趁着现在他还宠幸于你，你见好就收，把这份宠幸匀一点给世家的其他姐妹！”沈娇的语气里难得地带了一丝商量的余地，十分绵软，倒是有几分讨好的意味。

沈妩秀气的眉头一挑，脸上的笑意却不减。瞧，这天下就是有这种不要脸的人！见她得宠心里不舒坦，又怕便宜了另外两方势力，便想着让她引荐旁的妃嫔给皇上。可是世上哪有这样两全其美的事情！

“那自然是好事儿，能有姐妹和我一起。用一句俗语，有福同享嘛！”沈妩挥了挥手，脸上的笑意越发娇俏，十分爽快地便答应下来了。

这内殿里总共就沈妩姐妹俩，外加一个明蕊。此刻另外两个人看见她这副无所谓的模样，都有些愣神，显然是被惊吓到了。对于皇上的恩宠，如此不看重的人，沈妩乃是后宫第一个！

沈娇见她如此妥协了，脑子里又多转了几个弯，不由得轻声“啧”了一句，道：“妹妹，你这也太好说话了！以后旁人这么跟你说，你千万别答应，哪怕是世家的也不成！这回主要是有几个逼得太紧了，我才松口的！”

沈娇还在喋喋不休地解释着，沈妩的脸上一直挂着理解的笑意，不断地点头应承。心里早就有些不耐烦了，沈娇就是这样一个人，她想要的东西，千难万阻得来的才是好的，若是她要的时候，别人不矫情地挣扎一下再给，她立刻就不会那么喜欢。

“姐姐也别着急，我自然晓得的。这后宫里当然是我们姓‘沈’的姐妹最亲。不过姐姐也不妨告诉那几人，我也只能尽力，若是皇上不答应，我也没法子！”沈妩轻轻按住了她的手腕，柔声制止了她下面未说完的话，脸上带着几分歉意。

“那是自然！”沈娇点了点头，轻声应承下来。

沈娇那句话说的时候，便带着几分显而易见的不情愿。她的脸上虽还是笑意，但是眉头却已经紧紧蹙起。沈妩这事情还没做，就先说不成功这种丧气话，难免让她心头膈应，生怕沈妩反悔了。

沈妩毕竟曾在沈娇手下讨生活了六年，早就看穿了她的想法。

“明音！”沈妩将手中的茶盏放到了小桌上，轻轻扬高了声音冲着殿外喊了一声。

一个身着浅绿色宫装的宫女就走了进来，她低眉顺目地走到沈妩跟前，冲着沈家姐妹二人恭敬地行了礼，沉默地站到一旁等候。

“听说后宫女子身子不适的都要跟李总管报备一声，可是这样？”沈妩的手指轻轻敲击着桌面，柔声问了一句。

明音思索了片刻，才低声回道：“原本不用的，不过像婉仪这样最近一直受宠的，身子若是出了什么状况，得去报备一声。让李总管有个准备，到时候皇上问起来才好回复，免得惹恼了圣意。”

沈娇原本还不明白，为何她俩正说得好好的，要把其他宫女叫进来。此刻听见沈妩的问话，心里头便明白了她的用意，脸上带着几分满意的笑容，颇有几分孺子可教的意味。

“本嫔方才感到头晕目眩，恐不能伴随圣驾了，你现在就去跟李总管说一声吧！”沈妩边说边抬手按着额角，脸上露出几分痛苦的神色，声音里也带了些许的柔弱。

明音愣了一下，下意识地抬起头，目光一一扫过坐在椅子上的两位主子，又看了一眼仍然跪趴在娇妃脚边的明蕊。她的眸光暗了暗，点头应承下来。

“快去吧！”沈妩轻轻挥了挥手，似乎不愿再多说什么。

待明音退下后关上门，一旁的沈娇才笑出声来，满脸都是欣慰的神色。她侧过身一把拉住沈妩的柔荑，眼角眉梢都是笑意，柔声道：“好妹妹，几个妹妹中就你最听话了！姐姐我真是太欣慰了！”

沈娇拉着她的手轻轻用力，显然情绪有些激动。她当真没想到沈妩能够如此听话配合，当着她的面，一点余地都不留就断了皇上来的念头。

沈妩勾唇一笑，情绪仍然十分平静，并没有因为沈娇此刻的夸奖而高兴。反倒是脸上露出几分忧虑的神色，轻声道：“我毕竟人微言轻，生怕多说几句话就惹恼了皇上，方才那番行事也只能让皇上不召我去龙乾宫，至于姐姐要让谁去受宠，还是得靠她们自己去周旋！”

沈娇此刻哪里还顾得上这些，满脑子都是方才沈妩让这丫头去推说身子不适的事情。心里头还在暗想着，这四妹妹长得好，又极其听话，当真是好得很！

“没事儿，你都做到这步田地了，若她们自己不争气，那只能是活该了！现在时辰还早，到晚间侍寝还有好久。我也就不耽搁了，赶紧通知她们准备去了！”沈娇摆了摆手，一副无所谓的态度，连忙站起身。

沈妩也跟着站起身，姐妹俩手拉手准备出内殿。

“这丫头就交给我吧，好好调教一番再说，否则就这副上不了台面的模样，当真是恶心人！”沈娇临走还不忘记把明蕊带上，提起明蕊的时候，她的脸上明显是一副嫌弃的模样。

沈妩倒是一直面带笑容看着她上了轿辇，明心就跟在她身后，直到轿辇消失在殿门外，沈妩脸上的笑意才消散，变成了一副冷冰冰的表情。

“主子。”明心上前一步，轻声唤了一句，下面的话还没说出口，便被沈妩挥手示意停了下来。

“进去说。”沈妩拢了拢发髻，带头进了内殿。

“今儿晚上，皇上宠幸的必须得是我！我不要的送给别人，才能感恩戴德地收下，若是占着身份强逼我拿出来的，就休怪我翻脸！”进入内室之后，沈妩慢悠悠地迈着步子，红唇一张一合，却是语气森然地说出这几句话。

身后跟着的明心，不由得打了个寒战。这样发狠的沈妩，她还是头一回见到。跟平日里处处都追求不恼人的她，实在相差甚远。

“明音方才去龙乾宫之前，奴婢便向她打听了。您这都推拒了，皇上估摸着不可能来的！”明心斟酌着开了口，脸上带着几分担忧的神色。

方才沈家姐妹俩说话的时候，明心就一直守在殿门外，隐隐约约能听见里头的动静。再加上明音也知道沈妩极其信任明心，所以明心一打听的时候，她就隐晦地说了些。

沈妩的脸上倒是露出几分娇俏的笑意，一副尽在掌握的神情。她的左手把玩着右手上戴的翡翠印文镯子，幽幽地道：“明音、明语皆乃皇上赐给我的宫女，两人自然会把锦颜殿这边的情况告诉皇上。明音性子沉稳、聪慧，定能从当时的情景中，看出些我的处境不同来。待她一五一十地禀告给皇上，我就不信皇上那样的性子，能容忍自己被一群愚蠢的女人玩弄于股掌之间！”

明心轻拧着眉头，细细想了想，心里的石头稍微放下了些，但愿主子看人没走眼。

坐在轿辇之上的沈娇，感觉如沐春风，心情十分顺畅。她要处置明蕊也不过是做做样子，当初沈王妃提醒她的时候，心里的确是把沈妩放到高危险的位置，如今看来可以松懈一些。毕竟能够当面做到那般田地的人，沈妩是第一个！

如此能笼络皇上的心，又如此听话能为她所用的人，当真是甚好！

明音在龙乾宫待了挺长的时间，她将沈妩吩咐的话告诉李怀恩之后，又斟酌着多说了一句：“李总管，奴婢瞧着当时姝婉仪似乎是被逼无奈的。”

李怀恩正忧愁着，今个儿前殿那些大臣不知出了什么毛病，惹得皇上恼怒。他这个贴身内监，还专等着晚上有姝婉仪这美人恩，让皇上消火呢！听到姝婉仪的传话，心里头的希望之火已经灭了大半，待听得明音这句话，立刻又有熊熊燃起的架势。

“干吗不早说，想吓死咱家啊！在这里等着，待我去禀了皇上再说！”李怀恩一甩拂尘，不满地瞪了一眼明心，一溜烟小跑进了内殿。

弄得明音心里直犯嘀咕，皇上身边的总管，什么大阵仗没见过，一个婉仪有可能是被逼让宠，就能吓成这副德行？谁信哪！

李怀恩是被皇上的吼声给轰出来的，他一副灰头土脸的模样。明音瞧着心里难免一凉，估摸着是没戏了。

“愣着干什么，皇上召见你呢！给我好好说，切不可胡言乱语！”李怀恩再次圆眼一瞪，挥手招呼她进去。

明音深吸了一口气，连忙低头躬身走了进去。她原本是龙乾宫里的姑姑调教出来的宫女，平日里伺候皇上，被甩脸色那是经常的事儿。即使现如今换了样貌姣好、性子和软的新主子，一提起见这位旧主子，她这腿还是直哆嗦。真不知道姝婉仪是如何应付这位难搞的九五之尊的。

“奴婢——”明音连忙跪倒在地，准备行大礼。

“行了，朕忙着呢，赶紧说正事儿。若不然直接拖出去，先拔了舌头再剁了嘴！”皇上显然心情不佳，而且还处于极其狂躁的状态，威胁的话语都比平时高了一个层次。

“姝婉仪这几日一直受召，所以经常会做些吃食玩意儿，说是为皇上预备着。今儿早上去请安的路上，还跟奴婢们说要做些枣糕，到时候送过来，看皇上是否领情。”明音明显被他的怒火吓到了，不由得震颤了一下身子，才努力理清自己的思绪，娓娓道来。

听到此处，齐钰正拿着奏折的手微微顿了一下，他脸上阴沉的神色似乎缓和了些。

“接着说，朕只要没说停你就继续说，难道断气了不成？”皇上见她停下来，不由得火气又上来了，冷声呵斥道。

明音再次将头埋得更深，继续道：“可是待娇妃娘娘跟姝婉仪说了几句话之后，婉仪就召奴婢来，让奴婢告知李总管，说她身子不适不能再侍寝了。”

她舔了舔有些发干的嘴唇，不知道是说得多了，还是被吓的，总之她好想喝水压惊。

“奴婢进去的时候，发现跟着姝婉仪一起入宫的一个丫头，竟是满脸泪痕，惊慌失措地跪趴在娇妃娘娘的脚边。所以才想着是否有胁迫一说，奴婢禀报完毕。”明音一口气说完了这些，便跪伏在地上，以一种极其谦卑的姿态。

齐钰将手里的奏折扔到了桌角，斜斜地看了她一眼。见到明音此刻的动作，颇为满意地点了点头。

李怀恩和明音几乎同时松了一口气，她这种跪伏的姿态，是无数被迁怒的龙乾宫宫人研究出来的智慧结晶。当皇上暴躁的时候，请把他当高高在上的神，把自己当畜生一样对待。越虐待自己，就越能躲过皇上的虐待！

“完毕个屁，给朕去查，那个宫女究竟怎么了？同是世家沈王府出来的姑娘，怎么要上演个姐妹相争的戏码?”皇上忽然发难，他抓起方才被丢在桌角的奏折，直接站起身往门那边摔去。

侍立在一旁的李怀恩险些站不住了，跪在地上的明音越发恭敬谦卑。皇上此刻的心情很不好！

最后李怀恩送明音走的时候，几乎是执手相看泪眼，无语凝噎了。

齐钰阴沉着一张脸，额角的青筋毕露。前殿后殿皆不安稳，该死的世家，该死的许家，都在想方设法阻止他！这家、这国、这后宫，迟早有一日，要尽入他手！

008

皇上送药

明音回来之后，已经过了将近一个时辰。向着沈妩复命之后，便告退了。她得赶紧把明蕊之后的下落打听出来，否则暴躁的皇上一定会拔了她的舌头剁了她的嘴。

明蕊被娇妃带走，整个锦颜殿的奴才都看见了，所以不用费心思就探听到了。明音不敢擅离职守，只有让明语打掩护，匆匆跑了一趟。

自然她的这些动作，都被紧盯着的明心一一汇报给沈妩了。沈妩轻轻点了点头，悠闲地歪在榻上，静候皇上会如何应对。

静坐在龙乾宫内的齐钰，刚对着明音发过火，还觉得心里不舒坦的时候，就有人来讨霉头了。不是别人，正是属于世家那边势力的妍嫔，她是正五品，曾被皇上宠过几日，也是方才被娇妃怂恿的，此刻壮着胆子来邀宠。

李怀恩来禀报的时候，本以为皇上会撵她出去，没承想竟是破天荒地放她进去了。

李怀恩领着人进来之后，躬身退出的时候，在心底默念了一句：要作死！

妍嫔进来自然是一阵讨好，她带来的是一个膳食盒，分好几层。糕点、小菜、高汤一应俱全，显然是在御膳房里要了全套。

齐钰坐在软垫上，脸上带着几分冷笑，也不开口。只安静地看着，妍嫔一一端出那些吃食，一边配以娇柔的声音细细说着这些吃食的好处。待膳食盒里空了之后，妍嫔见皇上始终不说话，以为是默许了她的动作，便有些得寸进尺地柔声问道：“皇上可要嫔妾布菜？”

她的话还没说完，就已经伸手拿起了筷子，眼睛在盘碟之间来回扫着，颇有几分要一展身手的模样。姝婉仪为何会如此得宠，难道只因为那张脸？众妃嫔百思不得其解之后，纷纷拿出银子来收买龙乾宫的人，自然这会伺候皇上用膳这一条，在砸了大量银子之后，终于被套了出来。妍嫔抓住机会，自然也想效仿。

可惜，皇上不给她脸面。

“你指甲上涂的是什么？火红的一片，朕瞧着恶心。那么细的手腕，戴如此粗的手镯，不怕累断了吗？朕心里头瘆得慌！”男人阴冷的声音传来，犹如从地底下钻出来的鬼魅，语气里带着十足的嘲讽和轻蔑。

妍嫔正夹菜的手忽然就不动了，待她反应过来的时候，才发现整个人都在颤抖。又急又怒又怕，被皇上所厌弃，她在后宫里的日子真的是混到头了！

妍嫔越想越害怕，手一抖，两根筷子便滑了出去，掉到了桌上的餐盘里，惊起几滴汤水。皇上英气的眉头皱得更紧了，凑在他身旁的妍嫔被吓得大气都不敢出，可能觉得自己此生无望了，竟是殷殷地哭了出来。

“号什么号，滚出去！”男人呵斥的声音再次传来，语气的不耐烦已经越发明显。

妍嫔终于反应过来，拿着长袖遮住脸，慌张地站起来想要往外跑。不想眼睛没看地上，脚直接钩到了桌角，带着满桌的菜肴都洒出来了，那一大碗高汤悉数溅到了她的裙摆上。原本浅绿色的罗裙，到了下面直接成了深绿色。

齐钰仗着一身功夫，早就动作灵敏地避开了。看着内殿洒得到处都是的汤汤水水，还有一股子膳食味，他的面色冷如冰霜。

妍嫔跑出来的时候，整个人都十分狼狈。明眼人一瞧便知道，皇上又发火了。李怀恩在心底暗暗将妍嫔的名字划掉，从此她再也上不了皇上的床了。

不作死就不会死，这句话在妍嫔的身上得到了充分的体现。皇上的字典里，从来没有“怜香惜玉”这四个字。若等着他来迁就女人，还不如抓一头母猪上树来得真实！

李怀恩正感念着妍嫔的悲惨遭遇，明音带着消息就赶了过来。她在李怀恩的耳边，匆匆说了一句，便转头撒开腿跑了。她再留下来等着皇上召唤，那就是找死！

李怀恩对着明音匆匆远去的背影啐了一口，心里先悲天悯人一回，才慢吞吞地走进内殿。

大殿里几个宫女正低着头收拾，却是一点儿声音都没有，生怕有任何一点细微的地方，都可能招惹来帝王的怒火。

“皇上，方才明音来报，锦颜殿那宫女最后是哭着被娇妃娘娘带走的，似乎要带回去先调教一番。”李怀恩咽了口唾沫，尽量让自己的声音听起来弱小谦卑。

可惜，皇上心情不好。

“李怀恩，你今日的声音真难听！再这般的话，就去给朕喝两碗辣椒水再来！”男人阴冷地发难，声音里虽还是那般波澜不惊，只是却让人浑身发抖。

“奴才……”李怀恩欲哭无泪地说了两个字，刚开口就发现声音还是那般尖细，他是太监，自打割了那东西，就变成这样了，就算死了也变不成好听的！但是为了讨好皇上，他只好轻咳了一声，努力扬高了声音道：“告退！”

只可惜更加难听，他自己都忍受不了那声音了，丝毫不敢停留，直接快速躬身退了出去。让皇上发火的叫骂声哽在嗓子眼儿里。

待内殿独留他一人的时候，男人的脸色才慢慢平静下来，他看着被整理干净的花梨木桌面，眸光轻轻暗了暗。

没过多久，妍嫔被皇上撵出大殿的消息，就已经传到后宫里，只要是有心打探的妃嫔们，几乎都知道了。原本还有几个跃跃欲试的世家女，此刻听那些宫人描述妍嫔跑出来时的狼狈样，心里早就打了退堂鼓，更别提丝毫没有准备的其他两方势力了，自是不敢轻举妄动。

用了午膳之后，沈妩正准备午休，不想兰卉竟是亲自来通报。

“婉仪，太医院的院判杜大人来了！”兰卉轻轻行了一礼，脸上带着几分焦灼的神色，一副欲言又止的模样。

沈妩捧着茶盏的手微微一顿，险些没拿稳摔了出去。这杜院判是出了名的医术了得、脾气古怪、油盐不进、刚正不阿，也就是说，这后宫里没有任何一位妃嫔能够买通他。

“本嫔只不过是身子略微有些不适罢了，怎么把杜大人都请来了？”沈妩轻抿了一口茶水，压住心底的惊讶，轻声问了一句。

兰卉再次俯身行礼，脸上的神色也变得严肃起来，沉声道：“院判大人是皇上特地找来给婉仪把脉的，一般人是请不动的。”

沈妩轻咳了一声，她倒是忘了这么一遭。前世的她，自从得了皇上的盛宠之后，把脉的人一直都是杜院判，没换过别人。一用就是四五年，现如今重头来过，看样子这回皇上真的准备插手了。

“婉仪，一切顺其自然便可。上回有位小仪侍寝的时候，称自己身体不适，好像要求过分了些，惹恼了皇上。当时皇上就传召了杜院判来，一诊脉查出身体强健，并无不妥之处。皇上震怒，后果不堪设想。”兰卉见她愣神，心里隐隐有了些猜测，便隐晦地提醒沈妩。

沈妩微微诧异了一番，没想到锦颜殿的执掌姑姑倒是颇有些见识，她的脸上露出几分笑意，轻轻地点头算是应承下来。

张成领着杜院判进来的时候，沈妩已经在椅子上正襟危坐了。一旁几个伺候的宫女，皆有些惊诧。婉仪见到皇上，都不会有这般拘谨的坐姿，怎么来了个太医就变得如此恭谨。

杜院判进来的时候，明音和明语皆低下头去，屏气敛声。明心虽然好奇，不过也察觉到了气氛不一般，便也忍住了心思低眉顺目地站着。

沈妩的心里则紧张了片刻，这位杜院判最重规矩，性子顽固不化，对于一个人的第一印象看得十分重要。曾经沈妩头一回见他，心里也没当一回事儿，结果这老头儿硬是连续两年来瞧病都没给过她好脸色。

杜院判是个年过半百的老头子，身上太医院的官服十分整齐，虽然有些旧了，穿在他的身上却显得越发有精神。他冲着沈妩行礼，兰卉连忙上去搀扶他起来。

“婉仪的身子似乎没什么大碍！”老头儿和沈妩相邻而坐，两人中间有一张花梨木桌子挡着，沈妩的手就搭在软垫上。他一只手把脉，另一只手习惯性地摸着花白的胡子，颇有几分学究的意味。

只是他这话一说出来，就不那么舒心了。

沈妩倒是一副镇定自若的模样，丝毫没有被拆穿了的尴尬，她冲着杜院判轻轻点点头，低声道：“不瞒院判大人，本嫔的身子还算不错，只是最近常伴圣驾，再加上信期不准，生怕有了什么隐患，再把皇上的身子弄垮了。今儿如果不是您来，我也是要派人去太医院走一遭的！”

她的这番话说得十分漂亮，一如既往地让人挑不出毛病来。

那老头儿轻轻眯着眼睛，脸上带着浅浅的笑意，不知是嘲讽还是其他。新入宫的妃嫔，能当着几个宫女的面，如此坦然地说出信期不准，一点害臊的意思都没有，这位姝婉仪若不是真的不要脸，就是性子沉稳到非常人能及也！

“姝婉仪这么一说，老臣便知晓了。婉仪的身子的确有些偏寒，所以才信期不准的。待老臣回去开些方子，便让司药司的人送过来！”杜院判也不与她辩驳，就顺着她的话说下去。

话音刚落，老头儿便站起身，再次冲着沈妩行了一礼，便退了下去。

内殿里的几个宫女都松了一口气，总算是把瘟神给盼走了。只有沈妩还沉浸在发愣之中，这是头一回杜院判顺着她的话往下说，可是为什么她一点都不感到惊喜，只有满满的惊吓！

“明心，去找些玉佩用的挂绳给我！”沈妩轻蹙着眉头，细细思索了片刻，便挥手招来明心，心底暗暗有了计较。

沈妩也没睡午觉，就坐在椅子上，手里拿着十几股挂绳编着。

整个下午，都不见杜院判把药方送过来。明心颇有些吃不准那老头儿心里的想法，又怕耽误了什么事儿，便去提醒沈妩。

“主子，这会子还不见药方，奴婢要不要去司药司问问看？”明心垂手站在一旁，脸上带着几分苦恼的神色。

跪坐在沈妩身边帮着编挂绳的明语，则抬头瞧了一眼明心，对着她轻轻摇了摇头，显然是让她别提这个话题。

沈妩还没开口回答，外头已经传来尖细的通传声：“皇上驾到！”

内殿的几个人都愣了一下，沈妩连忙放下手中的活计，站起身理了理鬓发，便扶着明语的手出去迎接。

“皇上大驾，嫔妾有失远迎！”沈妩带着锦颜殿的奴才们一起出来迎接，她轻轻俯身行礼，声音里带着十足的柔和。

只是保持着这个姿势好一会儿，都不见来人说话。整个锦颜殿都陷入了一片寂静之中，那些跪趴在地上的太监宫女，连大气都不敢喘。

皇上这是吃错药了吗？锦颜殿的奴才们，根本就没做好要接待皇上的准备！观望这大秦后宫，能让皇上移步妃嫔殿宇的，扳着手指头都能数得过来。这位姝婉仪即使再得宠，也是刚进宫，皇上的洁癖病症哪里去了？

齐钰冷着一张脸站在原地，轻挑着眼角，满脸阴沉地看向低头俯身的沈妩，脸上的神色越发僵硬难看。

身后侍立的李怀恩可不那么好过，他手里捧着一个玉盘，上面放了一个精致的青花瓷碗，碗里头的东西还直冒着热气呢！这么干站着怎么能行！

他大着胆子瞧了瞧姝婉仪，又偏过头看了一眼隐忍不发的皇上。最终一咬银牙心里发了狠，慢慢地往前走了几步，轻声道：“皇上，您看这药都快凉了，是不是让姝婉仪先喝了？”

他的话还没说完，前头的男人就猛地转过头来，怒瞪着一双眼睛，似笑非笑地看向他。

李怀恩立刻闭上了嘴巴，险些咬到了舌头，脸上扯出几分干干的笑意。

“李怀恩，你真是狗胆包天啊！”男人的嘴里甩出一句不阴不阳的话来，脸上的冷笑越发明显。

李怀恩想“扑通”一下子跪倒在地求饶，偏偏双手捧着玉盘，只能小心翼翼地将玉盘高举过头顶，膝盖慢慢地弯下挨到地上。

“奴才知罪！”他压低了嗓音喊了一句，无奈再怎么变化，那声音还是异常难听。

“爱嫔还是起身吧！”皇上冷哼了一声，不咸不淡地说了一句，便带头进了内殿。

明语也连忙搀扶着沈妩站起来，快步地跟着进去。只有躲在人群里的明音，快走了几步到李怀恩的身旁，低声问了一句：“李总管这是怎么了？脸色都红成这样，声音好像也变了！”

李怀恩勉强站起身来，第一件事儿就是低头看玉盘中的汤药，还好没洒出来，不由得轻舒了一口气。一听明音这问话，咬牙切齿地道：“还不是你个死丫头跑得快，才导致咱家这般狼狈。让你去御膳房要两碗辣椒水喝试试？”

他瞪了一眼明音，拿捏着嗓子想要恢复原先的腔调，可惜被皇上那么一迁怒，李怀恩似乎连发声都不会了，不由得长叹了一口气。

这龙脾气真倔，难哄得很！

“李怀恩！”内殿里传来男人不耐烦的叫喊声，李怀恩不由得打了个寒战，连忙端着玉盘小跑进去了。

他一进内殿，就精乖地站到边角，似乎想让自己凭空消失一般。皇上坐在主位上，姝婉仪此刻就站在他身边，柔声讲些什么，脸上始终带着几分温和的笑意，让人不忍苛责。

“皇上，嫔妾不知您今儿要来，也没准备什么稀奇玩意儿。好在这枣糕早上就备下了，您尝尝？”她的话音刚落，明心就端着小碟子和几双银筷子进来了。

明语眼明手快地伺候她净了手，沈妩夹起枣糕放到碟子里，慢慢地推到皇上的手边。

齐钰仔细盯着那枣糕瞧了瞧，似乎想挑出其中的错处来。

“这枣糕是嫔妾写了单子，让御膳房做的。枣儿是上供的和田玉枣，皮薄肉厚、甘甜爽口，因为皇上不喜过于甜腻，味道特地调淡了些。”沈妩抿着唇轻笑了一下，依旧轻声细语地讲解了一番。

皇上冷眼看了她一下，似乎并不为所动，只是拿起一旁的筷子夹起来，送到嘴里咬了一口。内殿的几个人虽皆低着头，但是眼角的余光全都集中到了皇上的嘴巴上，眼瞧着九五之尊把大半块糕点吃完了，众人都偷偷地舒了一口气。

李怀恩更是快要感动哭了，皇上能吃下糕点，真的是赏大脸面了！

“上回有个自作聪明的女人，在朕面前装病，朕不胜其烦，便招了杜院判来诊脉。爱嫔，你如此聪慧，不如猜猜那女人后来如何了？”齐钰接过沈妩递过来的锦帕，细细地擦拭着嘴角和手指，他低着头看向自己细长的手指，轻声问了一句，语气里带着几分漫不经心。

大殿里方才缓和的气氛，再次变得紧绷。幻想皇上心情变好的，那些都是错觉！

沈妩轻轻挑了一下眉头，下意识地看向侍立在角落的兰卉。兰卉轻轻点了点头，很显然皇上要说的就是她方才在沈妩面前提到的那个小仪。

沈妩收敛了脸上深思的神色，转而依然是轻柔地笑，低声道：“皇上的心思，嫔妾如何能猜得中？不如皇上就告诉嫔妾，也好让嫔妾心里警醒着些！”

皇上总算是抬起头看向她，将锦帕丢到了一旁的小桌上，手撑着下巴，眯起眼睛打量着她。沈妩仍然平静地任他打量，丝毫不见怯懦之色。

男人忽然就扯着嘴角轻笑了一下，露出了这一整日来的第一个笑容。在沈妩怔愣的时候，他轻声开了口：“既然爱嫔想知道，那朕不妨告诉你。院判诊出那女人身体无恙，朕这心底就恼怒了，为了争宠可不就犯了欺君之罪吗？罪无可恕，朕便让院判开了一服药给她喝了，她喝完之后还谢恩呢！”

皇上一副龙颜大悦的模样，眼角眉梢都带着笑意，越说越畅快，整个大殿都察觉到了他无比畅快的感觉。

沈妩心底暗道，那妃嫔最后肯定没落个好下场，也知道皇上这是有意来吓唬她。偏生皇上一副言笑晏晏的模样，她摸不准他心中所想，只能继续微笑装淡定。

“李怀恩，后来如何了？朕也记不清了，你来说！”齐钰一挥手，胳膊搭在椅把上，后背倚在后头，姿势悠闲。

李怀恩双手还捧着玉盘，丝毫不敢怠慢，连忙轻声道：“皇上命院判大人连开了七日的药，小仪喝完五日之后便脱水严重昏厥过去了，剩下两日的药，待她醒了，您又命人端到她跟前去看着她喝下了！”

他的话音刚落，整个大殿就陷入了死一般的安静。即使早就有了心理准备，沈妩的脸色也开始发僵。皇上玩儿得也太过火了！

什么药方能让人喝了脱水昏厥，分明就是泻药！

“嗯，还是你记性好。去，姝婉仪不是身子不适吗？朕这回特地请杜院判开了方子，把药呈给她！”齐钰轻轻颔首表示赞同，手一挥便示意李怀恩将药端过去。

李怀恩手端着玉盘，迈着步子走过来，头埋得死死的，根本不敢抬起来看。

沈妩微微愣了一下，看着青花瓷碗里那乌黑的药汁，舌尖就泛着苦味。她偏过头瞧了一眼稳坐在椅子上的黄色，眉头一挑，直接端起碗就一口气灌了下去。

内殿里的几个人，看着她一连贯的喝药动作，不由得在心底替她竖起了大拇指。好样的，姝婉仪，您真乃非常人也！毒药也敢喝！

待把碗放回玉盘里，沈妩的面色就没有原先那样淡然了，一张漂亮的芙蓉面微微皱拧着，痛苦的神色不言而喻。

众人一惊，就连上座的皇上都微微愣了一下。

“苦！”她无意识地伸出舌头舔了一下，秀气的眉头皱得更紧，眼眸都轻轻眯起，似乎想要逃避那种苦味。

死她不怕，但是她却怕苦！

还不待一旁伺候的明心反应过来，九五之尊已经端着手边的小碟子走了过去，里面是他方才吃剩下小半块的糕点。沈妩就着他的手吃下了，枣糕爽口的甜味一下子在唇齿间弥漫，很快便把那苦味掩盖下去了。

她也全身放松了下来，大大地舒了一口气。

沈妩刚想着嘴里没药味儿，才惊觉到这嘴里似乎有淡淡的香气。有些愣愣地看向站在一旁的皇上，脸上的表情从痛苦变为询问。

齐钰不由得丢了个白眼给她，一把将空碟子塞进她的手里，向着一旁呆立的李怀恩伸出手。

李怀恩愣了一下，似乎有些不明白他的意思。

“腆着张脸做什么？锦帕！”男人紧蹙着眉头，明显是火气又有上升的趋势。怎么到了这里之后，连李怀恩的智商都降低了！

李怀恩不敢怠慢，连忙从衣袖里掏出锦帕恭敬地递过去。

皇上拿着锦帕细细擦干净手指，似乎上面沾染了不洁之物。英气的眉头就没有松开过，明显是心情更加低沉。

“摆膳！”他手一挥，便冷着声音吩咐道。

兰卉连忙走了出去，过了片刻，膳食便一一摆上桌。圣驾到此，御膳房那边也早得到了消息，所以锦颜殿今儿的膳食算是送到殿门口了。

沈妩虽好奇那碗药究竟是什么东西，但见皇上一脸阴沉相，似乎逮谁咬谁的模样，她就乖乖地闭上了嘴巴。

几个侍候的宫女，都保持着十分警醒的状态，生怕这小菜还没吃两口，姝婉仪就已经躺倒了。

好在直到晚膳用完了，沈妩还仪态端庄地伺候着皇上，丝毫没有什么不适的表现。沈妩也稍微放下心来，哪怕就算是个慢性毒药，还能先给她喘口气儿。

守在一旁的兰卉，指挥着几个小宫女收拾桌上的盘碟，不时悄悄抬头看一眼李怀恩，似乎有话要问。

“今晚留宿。”齐钰接过沈妩递来的茶盏，轻抿了一口吐进痰盂里，低声说了一句。

兰卉立刻低下头，带着几个小宫女退下了。沈妩脸上的神色如常，心底则更是大大地松了一口气，今晚皇上要留宿，那么方才那碗药绝对不会是毒药！

锦颜殿里沐浴的汤池，肯定是比不上龙乾宫的。皇上只是匆匆地洗了一下就上来了，沈妩因为今日的事儿也不敢拖沓，待兰卉伺候她穿上一身纱衣，换上软底绣鞋之后。

明音竟是拖着玉盘走了进来，她半低着头，依稀可见脸上的神色有些无奈。沈妩轻轻扫了一眼，整个人都愣住了，怔了半晌颇有几分哭笑不得。侍立在一旁的兰卉，更是无从下手。

那玉盘里放的赫然是一个美人托腮状的泥人！

那泥人被捏得栩栩如生，用一根纤细的竹签插在底部，显得有些弱不禁风。

“婉仪，瞧这泥人的眉眼和您还颇有几分相像呢！看样子皇上心里头还是惦记着您的！”一旁的明语实在是看不过眼了，怕沈妩一时恼了，再把皇上得罪了，那么锦颜殿上下都得跟着遭殃，遂努力说些讨喜的话。

沈妩瞪大了一双杏眸看向她，脸上带着几分僵硬的笑意。那泥人身穿婉仪规格的裙衫，头上戴的玉簪正是第一日侍寝之时皇上所送的同款式，这么细瞧，分明捏的就是沈妩。

但是为什么那泥人要双手捂脸，她那张让后宫女人最为嫉妒的脸呢？

“兰卉，动作小心些，别弄坏了皇上的兴致！”她努力压下心头的猜疑，轻声叮嘱着一旁发愣的兰卉。

兰卉点头应承下来，伸手拿起那个泥人，放到沈妩柔顺的青丝间比划着。心里浪涛汹涌，想她这个年纪，都混到了一宫执掌姑姑的份儿了，什么大场面没见过？这皇上送泥人让主子插到头发上的，还真是头一回瞧见。

真不知道是哪个畜生，让皇上见到这种稀奇玩意儿的！

那边厢垂着手等在外面的李怀恩，不由得连续打了三个喷嚏。他还在心里头暗自愁思着，今儿皇上真怪！单独留了杜院判说了许久，便派人让司药司熬药去了，连他都被撵到外头去了，如此神秘。还顺带着问他一些民间趣事儿，哪知对那些泥人小玩意儿就生了兴趣。

一同等候的张成上来凑个趣，尖细的嗓音在这晚间听来，倒像是索命的一般。

“哎哟，怎么了？李总管这是被人惦记着呢！”张成的脸上挂着笑意，今儿晚膳之前，皇上让沈妩喝药的时候，他恰好不在，所以还没体会到那种恐怖的场景。

“别贫！瞧你这没心没肺的样子！你个小鬼跟了个富贵主子，别生二心好好干，将来有你发达的时候！”李怀恩不稀罕和他多废话，话里话外提点了几句，便扭过头去不作理会。

沈妩裹着披风走过来的时候，李怀恩二人连忙下跪行礼。自有小太监推开门，目送着沈妩进去。李怀恩下意识地抬起头瞥了一眼，膝盖一软险些再次跪下去。

姝婉仪，您头上插的是什么？奴才对不住您哪！

沈妩自然听不见他心中诚惶诚恐的道歉声，只是迈着小碎步慢慢走进去。

昏黄的灯光映射在皇上的侧脸上，他轻闭着眼眸半靠在躺椅上，眼睑下是一层黑色的阴影，显然是有些疲惫了。

“爱嫔的胆子真不小，随随便便就敢病了？”皇上轻轻偏过头看着她，声音里带着几分低沉而撩人的意味。单单听着磁性十足的声音，似乎并不是质问，而是靠在她耳边讲情话一般。

只是那张俊脸上不满的神情，紧皱的眉头，轻抿的薄唇，都在呈现一种紧迫的态势，直逼向沈妩。

“嫔妾罪该万死，原本就是蒲柳之姿，得皇上盛宠九日，嫔妾心中诚惶诚恐。今日娇妃姐姐来此，只说恐会让皇上生厌，嫔妾觉得有理，遂才想着……”沈妩轻轻俯身行礼，身上所穿的披风并未系紧，就这么顺着香肩滑落在地，露出内里那层艳丽的薄纱。

沈妩的胴体十分美，无论看多少次、触碰多少次，甚至是交好多少次，对于欲望颇盛的年轻帝王来说，还是极具诱惑力。

齐钰下意识地伸出舌头舔了舔嘴唇，烛光映照着他嘴唇上方才舔过的地方，散发着淡淡的光泽。

“你真是罪该万死，才刚入宫就敢打着替朕着想的旗号，实则犯下欺君之罪！沈氏阿妩，朕今日便告诉你，日后再敢做出这般里外不讨好的事情来，别怪朕翻脸！”皇上猛地瞪大了狭长的双眼，里面闪过几分厉光，警告的意味十分明显。

“嫔妾谨记在心！”沈妩再次福身，心底轻轻松了一口气。下意识地低头看了一眼自己，嘴角露出一个淡淡的笑意。

还是身体的诱惑最好使，平息圣怒，以后就靠这个了！

“过来！”躺椅上的男人轻轻侧身，不过躺椅偏小，让他的身体动弹得有些困难。

沈妩慢慢走到他跟前，膝盖弯下跪坐在他的面前，轻轻低垂着眼睑。

“今儿的药苦吗？”他伸出手慢慢地摸向沈妩的额头，顺着发际线往后面摸，一直摸到了她发间的泥人才停下来。手指把玩着泥人，不时还往外面轻扯两下。

沈妩原本便刚沐浴完，发髻半干，几缕青丝便顺着他的动作慢慢滑落了下来，垂在面颊的两旁。

齐钰似乎根本不在乎自己所问的话，相反全身心都投在沈妩的发髻上。瞧着她头发的垂落，不由得轻声“啧”了一下，又轻轻用力将泥人的竹签推回了些。

“回皇上的话，嫔妾幼时就怕吃药，所以今儿还没吃就怕了。”沈妩斟酌了一番才开口，明显带着几分解释的意味，憋了片刻才又道，“其实也没那么苦！”

皇上的手猛地用力往下拉，沈妩有些吃痛地皱着眉头，却是忍住没叫出声来。

“啧啧，爱嫔真该找面镜子瞧瞧，你吃完药之后的表情，比现在要痛苦百倍！朕以为爱嫔要仙逝了！真是给你自己长脸了！”皇上的声音还是那样低沉，只是语调却是轻轻扬起，话语间透着浓浓的不满。

当时沈妩那个样子，真以为她喝了断肠散，见血封喉！

沈妩这才悠悠地抬起头来，一对上皇上的眼眸，立刻男人身上的怒气就消了一半。齐钰银牙暗咬，这女人竟然给他哭！红着一双眼睛，楚楚可怜地看着他是怎么个意思？他又不吃这套！

沈妩很少哭，因为她本身不爱哭，而且前世在后宫之中是最为受宠的，她也不需要用眼泪来打动皇上。

只是此刻，生理性的疼痛外加急于安抚皇上的盛怒，这眼泪就是最佳的解决方案。绝对是多快好省！

虽然沈妩不常哭，但她却很会哭。眼睛轻轻一眨，眼眶便红了，偶尔激动之时，那泪珠恰好沾在长长的睫毛上，再好不过了！

“哭什么哭，起来！”齐钰有些嗤之以鼻地偏过头去，一脸嫌弃的模样，语调里也带着几分不耐烦。

他边说边自己从躺椅上站了起来，哪知那女人跪在地上竟是一动不动。

他刚要发火，沈妩便又抬起头对上他的眼眸，火气再次没出息地降下去了。

“臣妾脚麻了，起不来！”她的声音一向都是轻柔温和的，只是此刻却透着几分沙哑委屈，像是急需人来安慰一般。

“爱嫔，你可真会装模作样。”皇上冷着声音说了一句，看着沈妩泪眼蒙眬的模样，终还是心中不忍，早就软下了心肠，气恼为何物早就不知了。

男人轻叹了一口气，认命般地弯下腰道：“罢了，念这个泥人戴在你头上很好看，朕就再破一次例，抱着你上你自己寝宫的床！”

齐钰伸手揽住她的腰，猛地用力就将她抱了个满怀。沈妩十分自觉地抬起双臂，攀上了他的脖颈，双腿夹住了他的腰，下巴放到男人的肩膀上来回摩挲着。齐钰暗自咬了咬牙，直接把她抱到了床上。

009

张扬跋扈

齐钰一直盯着她瞧，沈妩半闭着双眸，脸上的媚态尽显。红唇粉面俏佳人，特别是这种时候，直让他恨不得醉死在这温柔乡之中。

难怪常言道：春宵苦短日高起，从此君王不早朝。

齐钰曾经对这句话也是嗤之以鼻，待享受过沈妩伺候之后，才明白古人所言不假，只是他未曾遇到这种尤物罢了。

“今儿晚上的那碗药里面，零陵香、莲须、车前子皆是味甘之药材，哪里有那么苦？”他的双手微微用力抓住沈妩的香肩，腰上冲刺的力道越发生猛，说话的语气显得有些断断续续，却是气势不减。

沈妩整个人被他撞得有些头晕眼花，已经无暇去深思他所说的话。男人的声音在她的耳边一绕，又很快散去。

“爱嫔却是生生吃出了苦味，改日朕也该讨教一二了！”皇上却不放过这个话题，因为身体的震动，带着话音也整个震颤起来。

沈妩顾不上回答，她整个人都跟着齐钰的进出而晃动，双手像是抓住浮木一般攀住他的后颈。

“其实那些都是用来避子的！”终于齐钰的腰肢猛地用力，挺进了最深处，抓住她双肩的手也用了蛮力。最后高扬起了语调喊了一句，似乎太过舒爽，尾调都破了音听起来有些怪异。一股股热流涌了出来，沈妩跟着颤抖了两下。

两个人皆是有些脱力，她张大了红唇喘息着。并没有沉浸在情欲之中太久，脑袋里全部是方才齐钰所说的最后一句话。

呵，前世她最熟悉的药材，现在仔细想起来方才在欢好的时候，竟是听到了好几种。这零陵香便是避子汤的常用药材，为了能活得长久些，沈妩前世可是喝了不少避子汤，不说精通也知晓得七七八八。

男人仍然躺在她的身上喘息着，这一次的疯狂，前后射了有两回，的确够他回味的。

“零陵香、车前子、莲须、带籽花椒研磨入药，每日三次，用药一剂避孕一年，待服可再孕。”沈妩的红唇轻启，轻声细语地背诵着这些早已了然于胸的药材，因为前世接触过多，连用药量她都记得一清二楚。

倒是趴在她身上的皇上微微一愣，显然没料到她会如此精通。猛地抬起头，眯起眼睛打量着她，似乎想从她的脸上看出她心底的打算。

“嫔妾谢皇上赐药！”沈妩毫不畏惧地对上了他的目光，嘴角轻扬露出一丝浅笑，轻声谢恩。

齐钰见她如此沉着，不由得冷哼了一声，慢慢地从她的体内退出。坐直了身体，低头看了一眼她此刻撩人的姿态，心里头带着十足的诧异和警醒。

“爱嫔果然不是池中之物，与那些只懂得媚上的蠢女人不同。看样子沈家把你送进后宫，虽是能固宠，但是若想利用你登上世家之首，恐怕这如意算盘要落空了！”男人一直盯着她的脸瞧，语气却渐渐恢复了冷静，和方才纵欲欢好时判若两人。

这个女人，把避子汤的药方背得如此之熟，显然心底是早有谋算。沈妩根本不想怀上皇帝的儿子，被沈家当作垫脚石。

沈妩脸上的笑意收敛了些，她的腿还曲在胸前，长时间保持着这个动作，导致她再想收回去显得有些吃力。两条腿都麻了，更别提腿上面还有激动时自己指甲的误伤。青青紫紫的，映在那白皙的大腿上面，尤为明显。

齐钰看着她整张脸都皱了起来，不由得也跟着蹙起了眉头，实在不忍心再瞧她这样难过，便伸手慢慢扳着她的腿。又怕自己手上没轻重弄疼她，便轻轻地揉捏着她的腿根。

待沈妩能够平躺在床上的时候，两个人同时松了一口气，身上都开始冒汗。

“皇上谬赞了，这后宫的女人都一样，一心只想着媚上。嫔妾身份低微，想要一直媚上，就得先保命。亏得皇上如此体恤嫔妾，日后定当更加尽心竭力伺候您！”沈妩缓上了一口气，才轻声开口道。

她扭过头看向皇上，脸上尽是柔媚的笑意。

齐钰冷冷地和她对视着，阴险狡诈的女人！亏得他一番好意，原来竟是沈妩下的圈套。皇上是这个天下最挑剔的男人，在床上更是如此，好容易遇到一个心仪能尽兴的，自然不会轻易让这女人死掉，而是等他玩腻了再说。所以在他对沈妩的身体还有执念的时候，不用沈妩自己筹谋，皇上就会主动地想法子给她避子汤。

“哼，爱嫔好心机好谋略！朕拿这碗药来，不过是杜院判说你此刻身体性寒，不宜有孕。没想到这一番好意，倒是被爱嫔误会了！”皇上不由得开口嘲讽道。

他的眼光轻轻上移，就瞧见枕头边上躺着那个泥人，不知何时从沈妩的头上滑落的。他伸手一把抓了过来，放在手心把玩着。

沈妩一时有些怔愣，虽说和皇上斗智斗勇是吸引他注意的一个重要方面，但是若把握不好尺度就不大好了。她原本就没想到皇上会送避子汤过来，不过此刻皇上这么认为，她也未曾解释，颇有几分故意惹恼了他的意思。连续九天龙乾宫召幸，再加上这么一日亲自跑来锦颜殿的宠幸，沈妩已经够耀武扬威了。再嘚瑟的话，恐怕还没继续往上爬，就有人要冒险联手来弄死她了！

还不待她想法子安抚，便见到皇上的食指和拇指死死地掐着泥人的脖颈，眼睛却是一眨不眨地盯着她瞧，心里头颇有些毛骨悚然的感觉。

“沈氏阿妩，你听清楚了。朕一定会让你生下孩子！要你后悔今日戏弄朕！”齐钰一手攥着那泥人，直指着沈妩，颇有几分掷地有声的意味。

只是那泥人的捂脸动作，实在太过突兀，反倒失了些气势。

“嫔妾明白！皇上，时辰不早了，歇息吧！”沈妩裹着床上的锦被起身，亲自到一旁拿起干净的锦被重新铺床，似乎毫不在意男人方才威胁的话语。

后不后悔都是一年之后的事情了，她就不信那个时候，她和皇上的关系还停留于床上！

齐钰暗咬了咬牙，一拳头打在棉花上的感觉又来了。他等着沈妩铺好了床，便钻进了外面的锦被里，沉默地闭上了眼睛准备歇息。

或许连他自己都没发现，一向惹恼了他，就定不会让那些妃嫔好过。如今面对沈妩，他竟是能忍下来了。

殿门外，李怀恩专注地听着里头的动静。方才两位主子险些翻脸吵了起来，他自然是听得清清楚楚，心肝都跟着打战。不过眨眼工夫，里头就风平浪静了，甚至不需要传唤人进去，二人已经歇下了。

他不由得轻舒了一口气，真不愧是姝婉仪，搞定皇上有一套！

这边锦颜殿皆大欢喜，而其他宫殿的主子，得到消息后则险些炸开了锅。这姝婉仪人虽清高，好在还是有眼色的，知道急流勇退。可惜皇上竟是打了送上门的妍嫔的脸面，也要巴巴地跑去锦颜殿找姝婉仪。

其他妃嫔虽猜不中皇上的心思，不过自今日起，姝婉仪的名号自是被划归为重点注意那一类去了！

清晨沈妩起身的时候，兰卉带着明心几个伺候她梳洗。一个个宫女都低头敛目，根本没有皇上昨日刚来的欣喜神色，相反都小心翼翼，似乎在避讳着什么。

沈妩坐在铜镜前，将这些人的表情一一收于眼底，嘴角露出一个浅笑，漫不经心地问了一句："怎么了这是？皇上今儿早上走的时候发火了？"

她的话音刚落，好几个宫女都抬起头悄悄打量了她一眼。还是一旁的兰卉柔声问道："主子都猜着了，可是昨晚上惹恼了皇上？"

沈妩抬起手轻轻托腮，满脸露出抑郁的神色，轻叹了一口气低声道："还是娇妃姐姐说得对，皇上恐怕是腻烦我了！"

她这话一出，打量她的人就更多了，就连明心都不由自主地抬头看了她好几回。沈妩依然盯着铜镜，脸上的神色还是一副郁郁寡欢，倒把弃妇的模样学了个十足十。

"婉仪，皇上走的时候，特地吩咐奴婢，要给您戴这个！"明音手捧着玉盘高高举过头顶，整个人弯腰都呈九十度了，生怕沈妩会迁怒于她。

"嗯，戴的紧一些，免得弄丢了可不好！"沈妩轻轻点了点头，那玉盘里自然还装着昨晚的泥人。

待她梳洗完了，匆匆用完早膳。轿辇已经等在殿门外，去给太后请安的时辰到了。

到了寿康宫门前，沈妩刚下了轿辇，便看见妍嫔远远地走了过来。四周站了不少嫔级以下的，虽是三三两两凑在一处说话，不过眼神飘忽显然都等着看下面这场好戏。

妍嫔今日穿着件散花水雾绿草百褶裙，走动之间尽显盈盈体态。可惜远瞧着是位不可多得的美人，一旦与沈妩走近了，立刻就被比了下去。周围观战的美人们下意识地就走远了两步，生怕和妍嫔一样做了沈妩的陪衬。

"姝婉仪当真好手段，你若是不愿意别人分了你的宠，就莫要做出那种忍让的事情来。看着我倒霉，婉仪很开心吗？"妍嫔带着身后的两个宫女，直接冲到了沈妩的面前，语调森冷，下巴轻轻扬起，带着十足的挑衅意味。

沈妩轻轻挑了挑眉头，嘴角含着笑意上下打量了她一番，转而冷哼了一声，轻轻侧过头问向一旁的明音："根据大秦后宫准则，位份低下的人见到位份高的人应当如何自处？"

"回主子的话，自然是俯身行礼，姿势要标准，态度要谦卑。您是从四品婉仪，妍嫔是正五品，比您低了一个品阶！"明音立刻会意，轻轻扬高了声音，确保四周关注这里的人都能听见她的声音，甚至语气还特地加重了"谦卑"二字。

沈妩很满意明音的回答，不由得抬起手撩了撩鬓发，脸上的笑意越发明媚，柔声道："妹妹你也听到了，莫不是昨日所受的刺激太大，连礼仪规矩都忘了？我这个做姐姐的，自然不会责怪于你。还是赶紧按照老祖宗的规矩来吧！"

沈妩轻轻瞪大了杏眸看着她，似乎在等着妍嫔向她行礼。

站在她对面的妍嫔，银牙暗咬，腮帮子都鼓了起来，足见她对沈妩的恨意。偏生此刻面对沈妩的质问，她又想不出反驳的词儿来，只能生生地忍着气。

“哎哟，妹妹莫不是昨日丢人给丢糊涂了，连行礼都不会了吗？明音，教教妍嫔如何向上位者行礼！”沈妩前半句还是好声好气的，待到了后半句，声音则彻底冷了下来，脸上的笑意也消失得干干净净，只剩下了严肃。

明音丝毫不敢怠慢，快走了几步，转过身面对着沈妩，正好就站在妍嫔的斜前方。

“妍嫔，您瞧奴婢给您示范，首先要右手压在左手上，左手按在肚腹左侧，双腿并拢屈膝，微低头。”明音一板一眼地讲述着，将当初姑姑教给她的一字不落地说了出来。

最后还煞有介事地说道：“见过姝婉仪。”

只是还不待明音站稳，那妍嫔就直接上前跨了一大步，挥手将她推开。眼睛瞪得极大，似乎要吃了沈妩一般。

站在沈妩身后的明心连忙拉住沈妩的手腕，似乎要护住她一般。明音踉跄了两步勉强站稳，却是一句话不说就走到沈妩的身侧，生怕妍嫔气急了再做出出格的动作来。

“沈妩，你作为世家出来的姑娘，却如此诡诈，阳奉阴违，根本不配称为世家女！”妍嫔似乎很激动，边说边有往前冲的趋势，好在她身后的两个宫女都急忙拉住她，脸上皆露出几分惶恐的神色。

妍嫔这是要作死！当着众人的面，就要跟姝婉仪撕扯起来，最后挨罚的肯定不会是旁人！

沈妩冷着脸看她在面前发疯，秀气的眉头越皱越紧，阴冷地说道：“本嫔不知道你为何要将昨日之事推到我的头上来，我只是身子不适，让人去跟李公公知会一声而已。至于你为何要去龙乾宫，皇上又为何冲你发火，这些都不干我的事儿！”

她的语调越发高扬，声音也逐渐冰冷，透出一股子气势来。妍嫔原本正不管不顾地准备闹开，此刻听着沈妩犹如冰霜一般的呵斥声，竟是吓得停了下来，怔怔地看过去。

沈妩依然还是站在她对面，只是周身的气度已经与方才不同了。好像天生就是上位者一般，不怒自威。

“明音，妍嫔不顾礼法、颠倒是非、信口雌黄，污蔑本嫔，去掌她五巴掌以当训诫！”沈妩手一扬，轻轻挥开明心的搀扶，冷着声音指挥着明音。

明音毫不犹豫地站到了妍嫔的对面，慢慢撸起衣袖。妍嫔身后的两个宫女悄悄上前了半步，却都被明音的瞪视给吓得退回去了。明音毕竟是在皇上身边苟延残喘活下来的宫女，要比作威作福，自然哪一宫的宫女都比不上她。

趁着妍嫔还在发愣的片刻，明音扬起手就挥上了那张娇俏的脸蛋。哪怕是狐假虎威，明音手上也用了七八分的力道，“啪啪”的脆响让周围的人都跟着胆战心惊，一时愣神竟是无人出来阻止。

明音心里那个痛快，在皇上身边只有受虐的份儿，跟了新主子才有这样打别的妃嫔脸的机会啊！真是天上掉下个姝婉仪！

明音的手挥舞得极快，一下子五个巴掌就打完了，她低声冲着妍嫔说了一句：“奴婢得罪了！”便很快地站回到沈妩的身后，心脏还在加快速度跳动着。

妍嫔的脸上立刻红肿一片，旁人瞧了都暗暗心惊。这丫头得有多大仇，真心实意地打成了这样！

沈妩依然冷着脸看向妍嫔，不发一言。眉头却是蹙得更紧，心里暗暗冷哼道：太后也真耐得住性子，在寿康宫宫门前闹成了这副德行，还不派人阻止。难不成专等着妍嫔发疯，要和她亲自动手吗？

“究竟是怎么回事儿？”一道清幽的女声传来，语气里带着几分询问。

几个人扭过头去看，只见四妃带着各自的宫女都过来了。方才问话的正是庄妃，此刻看到妍嫔脸上的巴掌印，不由得皱起了眉头，眼神下意识地就飘向了沈妩。

“见过庄妃、瑞妃、娇妃、丽妃娘娘！”沈妩连忙俯身行礼，她的声音温软，仿佛方才让人掌掴妍嫔的不是她一般。

妍嫔已经回过神来了，她羞愤地垂着头，眼眶直接红了，这比皇上的侮辱还要打她脸面！

“娘娘，您要替嫔妾做主啊！”妍嫔一下子就扑倒在地，声音里透着几分哀求的意味，早就没了一开始的气势汹汹。

庄妃的眉头皱得更紧，她下意识地抬头瞧了瞧周围，低声劝慰着妍嫔道：“先起来说话，无论受了什么委屈待回去再说，这里是寿康宫的宫门，你们当真要抖到太后她老人家面前吗？”

庄妃的声音压得有些低，不过其中安抚的意味任谁都能听得出。可惜妍嫔方才能冲上来直接找沈妩理论，就注定她不会听取庄妃的意见了。

“庄姐姐，你一定要替我做主。嫔妾只怕会被姝婉仪给打死的！”妍嫔生怕庄妃要息事宁人，便更加扬高了声音开始哭。

反正她的脸已经丢尽了，也不在乎旁的了！

“哟，庄姐姐你瞧瞧妍嫔这副可怜的模样，定是被人折磨得不轻啊！自我入宫以来，世家姑娘很少有被人如此责罚过的。啧啧，真可怜！”瑞妃立刻跳出来煽风点火，她边说还边对着妍嫔那张红肿的脸摇头，言语里尽是可怜的意思。

沈妩不由得在心底翻了个白眼，若说这宫中最喜欢责罚位份低的。瑞妃若是排第二，没人敢称第一。现在她也好意思开这口！

“行了，姝婉仪，人可是你打的？说说原因。”庄妃有些头痛地挥了挥手，脸上露出几分无奈的神色。

沈妩冲着她们福了福身，便柔声道：“原本也不是什么大事儿。嫔妾刚下轿辇，妍嫔妹妹就冲到了跟前来，质问我看着她倒霉，是否很得意？嫔妾见她言语无状，又偏偏不懂得规矩，便想着她莫不是忘了规矩，就让人特地教她……”

沈妩粗略地说明了事情的经过，言语之间并不曾偏袒自己。

“姝婉仪这话当真是可笑，这规矩何时不能教，偏挑着大家都在的时候，可不就是打妍嫔的脸面吗？也莫怪她会无礼！”瑞妃等不及她说完，便出声反驳，语气里颇有几分挑剔的意味。

沈妩再次冲着瑞妃福了福身，柔声回道：“嫔妾思虑不周，当时只是想着妍嫔冲撞了我倒无大碍，若是冲撞了皇上、太后或者各位姐姐们，那可就不好了。所谓防微杜渐就是这个理儿！”

瑞妃被她这几句话堵得再说不出来了，气哼哼地看了她几眼，便扭过头去不作理会。

妍嫔一瞧瑞妃好几次挑衅的话，都被沈妩四两拨千斤地顶了回去，这局势明显向着沈妩一边倒。她便又嘤嘤地哭了起来，摆足了一副凄苦相。

庄妃长叹了一口气，手一挥，她身后就走出了一个宫女，慢慢地走上前轻轻搀扶着妍嫔起身。

“快莫哭了，好妹妹！你也算是这宫里头的老人儿了，哪里能比得过新进宫的娇花婉仪。其实你也不能怪姝妹妹，今儿早上皇上怒气冲冲地从锦颜殿出来，姝妹妹被吓到了，可不就正好逮着你撒邪火吗？”一直站在旁边的丽妃连忙快走了几步，装模作样地从怀里掏出锦帕，慢慢地替妍嫔擦眼泪。

她的嘴巴不饶人，顺带着还奚落了一顿沈妩。四周看好戏的人，打量沈妩的眸光立刻就变了。原来从锦颜殿传出来的消息不假，这位姝婉仪不是要飞上枝头了，而是刚把皇上给得罪了。

贪多嚼不烂，活该！

众人在松了一口气的同时，也默默地将沈妩的威胁程度降低了一个档次。皇上之所以连续十日宠幸她，只不过是她那一张狐狸精的脸。瞧，时日长了，九五之尊挑剔的性格还是显露出来了，再美的女人也得败下阵来！

“成了，都别再闹，把自己收拾一下！真想着进去挨训呢？”庄妃的眉头就一直没松开过，她对着妍嫔冷声叮嘱了两句，便带头朝边上站了站，准备等着太后的传召。

得了她的话，其他人自不敢再多说什么，纷纷散开按照品级站起位置。

沈妩低垂着眼睑，沉默地往后面走。倒是路过婉婕妤的时候，她的衣袖被轻轻拉住了。

“小心些！”沈妩的脚步微顿，轻柔的三个字传进她的耳朵里，衣袖上拉扯的力道便没了。

她慢慢地走到一位正四品容华后头站着，头始终低着，遮住脸上清淡的笑意。果然当着锦颜殿那么多宫人的面，扮作怨妇是值得的。瞧，她这被厌弃的流言传得有多快！

这两排队伍刚站齐，寿康宫里就有人出来传召她们进殿。沈妧的嘴角不由得扬起几分嘲讽，这时间掌握得可真好！

“给太后请安！”两排人浩浩荡荡地走进去，纷纷屈身行礼，声音娇柔、姿态妖娆，衣香鬓影，可谓美不胜收。

太后坐在凤座上，眼皮都不带抬一下，只是挥手让她们起身。

待众人坐定，她才轻声开口道：“方才皇上派人来传话，说是待会儿要陪哀家用早膳。”

太后的话音刚落，就有几个妃嫔抬起头看过去。这一瞧倒好，许久未曾见到的许晴和阮玉二人，再次出现在太后的身后随侍左右，两人皆低眉顺目，瞧着比先前更加守规矩。各自的心里就有了计较，看样子昨个儿姝婉仪惹恼了皇上，倒是便宜了太后身后的这两位，总算让皇上想起来寿康宫里还藏着美人儿。

沈妧的眉头轻轻挑起，轻轻一偏头，就看见坐在左右出自世家的妃嫔，纷纷面露不满。

“姝婉仪今儿头上戴的是什么簪子？哀家竟是没瞧过这花样！司衣司新出的样式吗？”太后也不管底下众人的表情，眼光一一扫过众人，一下子就停留在沈妧头上那根怪异的发簪上，沉着声音问道。

众人下意识地就把目光投到沈妧的身上，头上戴的那个泥人的确够显眼，方才在殿外闹那样大的动静，虽也有看戏的妃嫔瞧见了，却没怎么在意。

沈妧这才抬起头，下意识地伸手摸了摸发髻里的泥人，轻笑着说道：“太后说笑了，这是昨儿晚上皇上赏的，今儿早上特地叮嘱宫人让嫔妾戴上，小玩意儿罢了！”

她的话音刚落，对面就传出嗤笑声来。

“得了吧，姝妹妹。你惹恼了皇上，现在可是众所周知的事儿。至于这簪子到底是不是皇上让你戴的，也不必要拿出来显摆！”瑞妃下巴轻轻扬起，话里话外都是奚落的意思。

“瑞姐姐也不能这么说姝妹妹，毕竟妹妹新进宫就如此得宠，难免骄纵了些。不过我在这里提醒妹妹一声，还是收好了这根簪子为好，说不准就是皇上赏你的最后一样东西了！”坐在瑞妃身旁的丽妃也紧跟其后，神色之间摆出了一副担忧的神色，言语间却尽是讥诮。

她二人既表了态，自然有不少人随声附和。按理说这当众奚落，的确是失了自己的身份，不过沈妧来势汹汹，而且前几日又不给脸面得罪了她们，此刻看着沈妧要失宠了，瑞妃和丽妃自然不会放过这个机会，冷嘲热讽自是少不了。

大殿里顿时响起窃窃私语的声音，话题自然都围绕着沈妩。即使坐在她身边的世家势力，也都有人开始用异样的眼光打量着沈妩。而待在凤座上的太后，手里悠然地捧着一杯茶盏，丝毫没有开口阻止的意思。

沈妩的眼眸轻轻扫过大殿内的众人，忽然手拿着锦帕轻轻捂住红唇，娇俏地笑出了声。笑声清脆，姿态端的是娇媚异常。

“多谢姐姐的肺腑之言了，想来姐姐们都经历过这种事儿了。既然是现身说法，妹妹甚是感动，定会牢记在心！”她轻轻侧着头看向瑞、丽两妃的方向，一颦一笑都是妖娆娇美，自是把整个内殿的妃嫔都比了下去。

所有的议论声都戛然而止，厅内只余沈妩一人的娇笑声。明明是甜得让人心痒，却像一把利剑般刺进众人的心底。好个张扬跋扈的姝婉仪！

“你！你再说一遍！”瑞妃“蹭”的一下子从椅子上站起，颤抖着食指指向她，脸上满是不甘和愤恨的表情，似乎随时准备冲上来把沈妩撕碎了一般。

“都别吵闹了，在太后面前如此放肆，真不怕丢人吗？”庄妃及时地开口制止，她的脸色阴沉，显然是发怒的前兆。

目前大秦的后宫，庄妃的资历最老，也是皇上最倚重的妃嫔。所以她一发话，瑞妃即使已经被气得跳了脚，也不敢再造次。只得愤愤地坐了回去，暗咬着银牙恶狠狠地看向沈妩，盘算着待会儿再去整治她。

“罢了，待会儿皇上还要过来，哀家就不留你们了！”太后放下手中的茶盏，对于方才那场闹剧不置一词，只是轻轻挥了挥手，就示意她们退下。

众位妃嫔按照进来时候的队伍，退了出去。瑞、丽二妃的面色更加暗沉难看，她们最先出去，坐到了轿辇上却没离开，而是等着沈妩出来。

“姝妹妹，后宫里有一句话，不得宠时就要夹着尾巴做人！你如此张狂，日后定有你受的！”待沈妩的轿辇走过来，丽妃斜挑着眼角阴森森地丢下这一句，才挥手让起轿。

010
秀女到来

沈妩看着瑞妃和丽妃二人远去的背影，轻轻地眯起了眼眸。都说枪打出头鸟，她又如何不知！前世她不就是拼命做那安稳的后头鸟吗？结果出头鸟都平步青云活得好好的，而她这位最守规矩、最讨得众人欢心的人，却被后宫大半的女人联手逼死。

这后宫哪有道理可言？强者得天下，后宫亦如此！

两个抬轿辇的小太监，似乎是被那两位妃级娘娘的气场给吓得愣住了，还是一旁的明音轻声提醒，才慢悠悠地抬着轿辇往锦颜殿走。

沈妩进了内殿，刚坐定还不待她喝口热茶，明语已经急匆匆走了进来通报：“婉仪，庄妃娘娘和娇妃娘娘一同来了。”

她连忙从椅子上站起，还没走到门口，两位妃级娘娘已经携手走了进来。

“嫔妾见过两位姐姐。”沈妩低下头俯身行礼，姿态恭谨，先前在寿康宫特意摆出来的娇媚已经收敛得干干净净。

庄妃的眼睛轻轻眯起，她一眼便瞧见了沈妩头上那个泥人。对于这位姝婉仪，庄妃的印象始终是停留在相貌美艳和性子傲气上面，偏生她这回头上插的泥人，倒是透出几分娇憨来，让人不由得心生怜爱。

“快起快起，都是自家姐妹，行这样大的礼作甚？难不成妹妹心底还记恨着妍嫔那事儿？”庄妃快走了一步，一把扶住了沈妩的手腕，轻轻把她拉起来。

庄妃的脸上带着几分亲切的笑意，丝毫没有在人前那样端着架子的模样，倒像是生生换了一张脸，显得极其亲昵。

沈妩自是知道她的性子，八面玲珑，长袖善舞。对于世家女出身的妃嫔，若是能替世家争夺利益的，庄妃一向都是笑脸相迎，亲热异常，让人有一种受宠若惊的感觉。

“姐姐这说的是什么话？妍嫔妹妹的事儿，还是嫔妾不好。当时心急，一心只想着不能失了气势，才乱了分寸，导致世家在旁人面前丢了脸。若是两位姐姐今日不来，待会儿嫔妾也是要亲自登门致歉的！”沈妩换上一副诚惶诚恐的表情。

三人边说边走到椅子旁，按照主次坐了下来。沈妩自然是坐在末位，她的眼光下意识地扫过娇妃，她自进门之后还未开过口，这难免让沈妩猜测她二人的来意。

“太后这回如此直白地说出皇上要一起用膳，估摸着今儿晚上剩下的那两位就有好事儿临门了。”庄妃手撑着下巴，慢条斯理地开了腔。

沈妩连忙挥手让殿内的宫人都退下，这才转向她二人，脸上带着几分愧疚的神色，低声道：“都是嫔妾处理不当，昨儿皇上特地请了杜院判来诊脉，所以最后才会弄得那样难堪。今儿早上去请安的时候，生怕旁的妃嫔奚落嘲讽，会带着世家这边也丢脸，所以当妍嫔妹妹冲过来的时候，嫔妾没有给她好脸色瞧。若是两位姐姐再次遇上她了，还望帮妹妹担待着些！”

沈妩这么一长串的解释，倒是把前因后果都说得清清楚楚。庄妃和娇妃二人彼此看了看，脸上都露出几分放松的神色。她们此次前来，最主要的就是为了解皇上究竟为何生怒，沈妩此时所说的话，与她们探听到的分毫不差，证明并没有隐瞒。

“说起来这些皆因我而起，昨日妍嫔刚哭着从龙乾宫跑回来，庄姐姐就念叨我了！也都怪我自作主张，一时想当然便忘了皇上的脾性。这才连累的你和妍嫔都没讨得好处，真是搬起石头砸自己的脚。阿妩，你不会责怪姐姐吧？”沈娇一把拉住沈妩的柔荑，脸上带着十足愧疚的神色，声音绵软说到最后，语气里竟是带了几分央求的意味。

“姐姐这是什么话，你都是为了世家这边好，如何会责怪于你！”沈妩反握住沈娇的手，脸上端的是感动的神色，心底却早就溢满了厌烦。

姐妹情深这种戏码，在这后宫之中，无论演多少年都不会腻！

庄妃一直在轻抿着茶水，静静地看着她俩执手情深，此刻见火候差不多了，才拿起手头的锦帕擦了擦嘴角，柔声道：“看见你们姐妹感情这么好，本宫也就放心了。至于那两位，就让她们慢慢磨去吧，反正离选秀也没几日了，到时候新人又进，可不会再出婉仪这么高的位份来了！”

庄妃这么一说，另两个人的脸上皆露出几分会心的笑容。这一局，还是世家胜。

“也别高兴得太早，冯家和新贵那边，似乎瞧着苗头不对劲，下了血本找美人入宫。世家这边已经有了妹妹这样惹眼的人物，恐怕是再出不了夺人眼球的了！况且世家虽人多势众，但是这后宫里对上皇上和太后，还是处于弱势。为了三方平衡，估摸着皇上也会刻意地亲近其他两方！”庄妃挥了挥手，脸上的神色渐渐变得肃穆起来，秀气的眉头紧蹙，薄唇轻抿。

每一回的选秀，就像是打仗一样，虽没有真刀真枪，可是无数红颜佳丽，音容笑貌就是她们无形的利爪，每一回的厮杀，都很有可能转换掉曾经的格局。你方唱罢我登场，风水轮流转，说不准这一次世家就会栽了！

“姐姐无须担心，若论起美人的话，我们这里的阿妧自然无可阻挡。待她们想用美人拴住皇上的心时，我们就换一种法子！”沈娇的脸上露出几分得意之色，一副胜券在握的模样。

庄妃的眉头一挑，嘴角微微弯起，低声调侃道：“怎么？你又想出了什么馊主意？”

沈娇不由得脸色一僵，似乎想起了什么不好的事情，对上庄妃一直盯着她看的眼眸，脸上僵硬的神色又连忙收敛起来，柔声道：“姐姐又取笑我，我以前的确犯过不少错，可现在不是都被姐姐一一改过来了吗？现在说正经的，这回我们用子嗣拴住皇上的心！”

沈娇的话一出，庄妃的脸上就露出几分惊讶的神色，转而皱着眉头陷入了深思。沈妧一直都保持着沉默，显然沈娇这回是要用沈婉肚子里未公布出来的孩子当挡箭牌吸引眼球，稳住世家在后宫之中不变的龙头地位，毕竟其他两边还没有谁传出有身孕的。

“可以是可以，但是你舍得？秀女进宫之时，婉婕妤的肚子也不过刚好三个月，况且此刻不敢让御医请脉，生怕泄露风声，连大补的药材都没敢多吃。这胎还没坐稳，小人当道容易得手。这孩子可是关乎你沈家未来的！”庄妃低沉着一张脸，转过头来认真地注视着沈娇，她的声音故意压得有些低，几句话便将其中的隐患说得清清楚楚。

沈娇似乎被她这陡然转变的脸色给镇住了，一时愣了神。待回神之时，手心里已经沁满了冷汗，干笑了两声道：“庄姐姐怎么这般说？一切都是为了世家，什么沈家你家我家的，妹妹我听着心慌！”

她的语调发软，失了几分底气，也不知是心底后悔了，还是被庄妃所说的话吓到了。沈婉腹中的孩子，的确紧密联系着沈家的未来，说不准就被皇上看中了立成太子，弄死沈婉之后，沈娇就是皇后，沈王府就可以一步登天变成大秦第一世家。

可是现如今胎儿未稳，真的拿出来当挡箭牌，的确能挡箭，说不准就这么挡死了！

“娇儿，本宫还不了解你的性子吗？若是真的不说清楚，婉婕妤腹中的孩子没了，你到时候找我哭怎么办？本宫可招架不住你的眼泪！现在把话挑明了撂在这儿，若抖出婉婕妤有孕的事儿，世家的确可以不费力气争得头筹，若是换成了别的，就得看皇上心情如何，是否有哪位好妹妹走了好运入他的眼！”庄妃的脸上露出几分惆怅的神色，殿内的三人皆知，后一种方法实在太难。

妄想着入皇上的眼，还不如想想第二日要穿什么衣裳来得实际些。皇上不是谁都能想的，只有九五之尊让人想了，那人才能想，否则一切都是自找难受！

沈娇张了张红唇，却是说不出一个字来，一时之间竟是无言以对。

“妹妹只需告诉本宫，你究竟是舍得还是舍不得？”庄妃却不轻易放过她，语气依然咄咄逼人，直接甩出了这个问题，不让她逃避。

沈娇的身子下意识地后仰，似乎想要躲开什么一般，只是一切都是徒劳。她颤巍巍地伸出手，往另一边的桌子上摸索，好容易才找到了沈妩的柔荑，紧紧地攥住，似乎示意沈妩也说上几句。

沈妩只能看见她半个侧身，手被她攥得发疼，甚至还被带着轻轻颤抖，足以见得庄妃在沈娇面前可谓积威甚深，只是几句语气较为严肃的问话而已，就把她吓成这样。

“此事重大，庄姐姐还是待我们姐妹回禀了王妃，再做定夺为好！”沈妩慢慢回握了沈娇的手一下，抬起头露出一张笑脸，语气平常地说道，似乎并未感到沈娇的恐惧一般。

庄妃轻轻挑了挑眉头，不置可否地轻哼了一声，显然并不满意她的插话，再次对着沈娇发起攻击：“娇妹妹好生没趣，这法子是你想出来的，临了又反悔了。罢了，沈王府出来的姑娘，一个两个都是孝顺的，做什么事儿都离不开沈王妃，当真是好嫡母，清一色养出了小家碧玉的姑娘！”

庄妃说完这几句话，便端起茶盏开始喝茶。明明是言语犀利，甚至说带有攻击性的话语，可是她却偏能摆出一副上位者的姿态。

沈妩挑了挑眉头，她特意偏过头观察沈娇。庄妃这话明里暗里都是在骂沈王妃，把沈家姑娘都教成了小家子气，就连她这个庶女听着都觉得不能忍。偏偏沈娇银牙暗咬，倒不像是要辩驳什么，相反好似下定了何种决心一般。

“庄姐姐这话真好笑，原本就是该深思熟虑的事情。我初入宫之时，你常教导我，行差踏错一步就有可能万劫不复。怎么如今倒是姐姐这般急性子，不容人仔细思量了？”沈娇毕竟是骄纵性子的，即使是她略微胆怯的庄妃，把她逼急了，她反驳出来的话还是不留情面的。

果然庄妃脸上的神色当场就不大好看了，她肃着一张脸，眼神里也带上了几分阴冷，似乎等着沈娇再说出什么逆她意思的话，她就直接让沈娇好看了。

殿内的气氛顿时一冷，寂静得有些吓人。沈娇及时收住心头的恼意，审时度势地换上了笑脸，柔声道：“庄姐姐莫恼，我也只是说着玩儿而已。婉妹妹那里我自然是舍得的，一切以世家的利益为首！”

庄妃听她如此说，脸上的神色才缓和了些，最终轻轻点了点头应承下来，算是就此揭过这个话题。

那两人很快便告辞出来了，庄妃已经恢复了以往的气度，依然亲切地笑着，二人携手出了锦颜殿。

倒是沈妩站在内殿门边，看着她们离开的方向微微失神。最终还是明心轻唤了两声，她才转身坐回了花梨木椅子上，脸上带着几分莞尔的笑意。

庄妃果然好手段！先是激将嘲讽，再是强逼压迫，最终达到目的了，理所当然地就变成了适当安抚。可怜沈娇被她耍得团团转，还欢喜满满能够左右庄妃的决定。从一开始，对于用婉婕妤腹中胎儿来夺眼球的这件事儿，就势在必行！

皇上从寿康宫用完早膳，也没什么动静。后宫里的众人，都在小心打探，只等着看今儿晚上皇上究竟召幸于谁，新贵党和冯家又是哪一方占了先机。不过让人大跌眼镜的是，当日晚上许晴和阮玉二人都被召至龙乾宫伺候。

这两人如何伺候帝王，众人虽是犹如百爪挠心般难耐想知晓答案，无奈谁都不想为了这个答案而被皇上抓住把柄，落得个没脸。也就没人能打探出来消息，究竟当日的晚上，那龙床上是三人尽兴，还是谁当了摆设，一切都是未知数。

只是第二日的例行封赏，二人皆被封为从五品良媛，显然皇上为了图省事儿，她二人的赐号都是各自的名字。大秦的后宫之中又多出了两位良媛，一位是晴良媛，一位是玉良媛。

这一回整个后宫哗然，不带这么敷衍的！究竟这两位良媛是做出了怎样丧尽天良的事情，才能让皇上的态度如此无所谓！

不过却是无人会同情这两位，相反无论是哪一方势力的妃嫔，心里头甚至都产生了几分窃喜和幸灾乐祸。瞧瞧，这后宫里总有人比自己更不讨皇上喜欢的！

早晨请安，许晴和阮玉二人乘着轿辇过来的时候，皆是低头敛目，不像是刚受封的良媛，倒像是接到流放边疆的圣旨一般。面无喜色、神情抑郁。

一同等候在寿康宫殿门外的妃嫔，自是三三两两凑在一处，小声嘀咕着。

“昨日还是你风头正盛，现如今已经转移到旁人身上了。只不过你是耀武扬威地给旁人难看，她们两个却是垂头丧气地被旁人嗤笑罢了！同人不同命啊！”沈婉自是拉着沈妩一处站着，此刻凑到她耳边，低声念叨了几句，最后一句话倒是感慨万千。

沈妩轻抿着红唇笑了笑，执着她的柔荑缓声道：“姐姐何来如此感慨？人分高低贵贱，只要自身是高贵的，哪管旁人是否已经低贱到尘埃之中。你只需看顾好他，自是高枕无忧！”

她边说边垂下眼睑，看了一眼沈婉还未显怀的小腹，语气里自然就带上了几分傲气。

沈婉听到她这一番话，不由得愣了一下，转而脸上露出几分淡淡的苦笑。沈妩从小靠这张脸，就不知得了多少高贵人的好处，无数的人像陀螺一般围着她转。此刻入宫后，依然傲气不减，偏偏那两位暗恨她的妃级娘娘，由于现在时刻特殊，不敢轻举妄动对付她。

“从五品之中也分了四个等级，小仪、小媛、良媛和良娣，这两位明明是走了得天独厚之路先进后宫，位份却快排到从五品末位了，看样子是真不讨皇上的欢心。真不知这新秀女进来后，有几位能入得了皇上的眼啊！”沈婉轻声地岔开了这个话题，眼神依然往许晴二人身上瞥去，说到最后竟是长长地叹了一口气。

沈妩没有再接话，而是耐心地等着传唤。很快寿康宫的穆姑姑便走了出来，她并没有像往常那样让众妃嫔进殿，相反垂着手站稳后，冲着她们行了一礼，便冷声道：“各位主子，对不住了。今儿早上太后凤体违和，待会儿准备请太医来瞧瞧，就不接受请安了，各位请回吧！”

众人一听，不由得再次窃窃私语起来。这太后怎么说病倒就病倒了，当然也有人猜测，这两位刚受封的良媛，其中有一位姓许。恐怕是太后觉得丢脸，索性直接称病不见了。

这两位良媛所住的殿宇也在较为偏僻之处，恭贺的礼品虽是不少，不过分量却不足。阮玉也早没了当初咋咋呼呼的模样，无论是周围的人如何议论，即使声音有些大到足够听到，她也未曾发一言，瞧着倒有几分可怜相。

已然到了月底，离选秀的日子只剩下两日。不少妃嫔还想抓住这短短的时日，好让君王宠幸，以免新人入宫更不得见君颜。不过当第一个妃嫔在御花园的凉亭里装作偶遇皇上，被齐钰识破直接茶水泼脸之后，就再也没有人当那不识趣的了。

别提偶遇了，方圆几里只要听说皇上靠近，不少胆小的妃嫔宁愿躲着藏着，也不愿出去。

皇上也未再召幸任何妃嫔，安稳地待在龙乾宫里批阅奏折，颇有几分专等着新人入宫的模样。

只有李怀恩才知道原委，自从皇上招了那两位良媛入龙乾宫之后，他感到整个龙乾宫的人都跟着不好了！

那两位良媛别说爬龙床了，连见都没见到龙床长什么样儿，就被轰到偏殿去了。其实许晴二人心里头当真是委屈万分的，她俩刚去请安过后，皇上便让她们坐，理所当然的，二人各自占了齐钰旁边一左一右的桌面，只这一个举动，就惹恼了他。

“亏得是名门出来的姑娘，没有眼色，愚蠢至极，成何体统！”当时皇上怒发冲冠地说了这么一句话，就让李怀恩找人带着她二人离开了。

两人是饿了一夜之后，接到了封赏的圣旨。心底还颇有几分受宠若惊，毕竟她们皆以为要倒血霉了，却还有个位份领着。

龙乾宫从皇上不召幸姝婉仪开始，彻底陷入了皇上暴躁并且无法安抚期。李怀恩整日求爷爷告奶奶，只盼着如花似玉的秀女能进宫，这样皇上就能转移视线，找到别的人来开虐了！不会再整日盯着他喝辣椒水了！

终于，在后宫众人各怀鬼胎的心思之中，秀女进宫的日子到了。一辆辆马车载着年华正好的女子，走进这深寂而又热闹的后宫。

“第一位两广总督之女，斐安茹。第二位……”太监尖细的嗓音似乎要穿透所有人耳膜，他每念一个名字，就有一位姑娘领了所需的东西，站到各自的位置上。

“第五十六位许侯府嫡姑娘，许衿！”伴随着这道难听的嗓音落下，一位温婉秀气的女子走了出来，莲步轻移，脸上带着清浅的笑意，端的是大家闺秀的风范。

“第五十七位沈王府五姑娘，沈韵！”依然还是那般刺耳的声音，沈韵眉头都不皱一下，跟在许衿的身后往前走着。相比较而言，她的步伐比较快，眼神小心翼翼地打探着四周，带着初入宫的好奇和些许的不知所措。

各方秀女到齐，足足念了有一个时辰的名字。一排排身着相同锦衣罗裙的少女站定，姿态各异，环肥燕瘦应有尽有。可谓把大秦所有年华正好的美妙女子集于一地，供皇上先来挑选。

“各位姑娘请跟咱家来！”一个引路的太监扯着嗓子喊了一句，便带头领路，身后五排女子跟在后头一同前往。

那一路的姹紫嫣红，衣香鬓影，少女身上所散发的娇憨气态，自是无的地夺人眼球。

秀女入宫的消息，早就传遍了后宫的各个角落。沈妩依然在编着玉佩的挂绳，听了明语的通报，嘴角不由得露出一个浅笑。这么多的姑娘入宫，最后被留牌子的估摸着是少之又少。皇上任性的脾气，可不止专门对着已经入选的女人发，那些等待入选的秀女，更会有不少被羞辱至极的。

储秀宫里自是一片热闹非凡，如此多的娇俏姑娘凑到一处，自是叽叽喳喳的一片。不过她们还未经历复选，所以鱼龙混杂，一时之间入眼的皆是女子，唯有那么几个身上裙装颜色鲜亮的要扎眼一些。

沈韵一身藕粉色的宫装，她身边站着两位沈王妃娘家崔家的姑娘，也就是所谓她的表姐妹。崔家来的是一对双胞胎，两人眉眼极其酷似，只是性子却是相差甚远。姐姐是个热心肠爱说道旁人，妹妹却是个闷葫芦。

“韵妹妹，你瞧见那个打头阵的姑娘吗？叫斐安茹的。”果然还是姐姐崔绣先开的口，她扯着沈韵的衣袖，边说边把眼神投向了前方，脸上带着几分神秘的表情。

沈韵的性子与崔绣颇为相投，所以两人的关系还是比较近的。此刻顺着方向看过去，就看见一位身穿桃红色宫装的少女，头上插着一支碧玉瓒凤簪，明明是一张娇俏的脸，却偏偏死死地绷住了，让人瞧着心里头发怵。

“听方才太监念她的名字，我记得应该是两广总督府出来的姑娘。”沈韵将眼神收回来，脸上的表情带着几分困惑，不知道为何崔绣会单独提起这个斐安茹。

“姑妈没有打听到消息吗？她爹的两广总督是皇上一手提拔的，新贵里头的佼佼者。你以为她头上那支逾矩的瓒凤簪，是怎样戴进这储秀宫的？方才教引嬷嬷瞧了好久，都不敢让她摘下，听说是皇上派人特地送过去的！”崔绣拉着她的衣袖，轻声地说着，两人越凑越近。

沈韵的眼眸陡然增大，惊讶的神色显而易见。眼神下意识地又飘了过去，怎么皇上还有这一手！

“哎，我估摸着这回的选秀，世家这边胜算太小。皇上都赐了凤簪出去，不就属意她当皇后吗？”崔绣长叹了一口气，感慨般地下了总结。

这回沈韵脸上的神情就更加惊诧了，倒是一旁冷眼瞧着她二人的崔瑾开了口。

“姐姐，你怎么又胡说吓唬韵妹妹。到时候见到几位表姐，若是让她们知道了，定要责罚你不可！”崔瑾的声音十分平淡，只是语气里带着几分责怪，柳眉倒竖，显然是真的有些恼了。

崔绣的话也太胆大包天了，无论让哪个有心人听去了，都会遭来无妄之灾。

被崔瑾这么一说，崔绣连忙闭上了嘴巴，冲着沈韵不好意思地吐了吐舌头，脸上带着几分讪讪的笑意。

“没什么，只是说着玩儿罢了。瑾姐姐也不必这么紧张。看那位就是方才走在我前头的许家嫡姑娘，长得可真好！”沈韵憨憨一笑，连忙转开话题，嘴巴冲着许衿所站的方向一努，脸上带着几分欣赏的表情。

崔家姐妹俩同时看了过去，崔绣上下打量了一遍许衿，的确是姣好淑女，大家闺秀。不过听得沈韵那一句长得可真好时，嘴巴却轻轻撇了一下，露出几分不屑。

“韵妹妹，你可是出自沈王府。四表姐以姿色闻名京都，许衿她比得了吗？依我看，她连四表姐的一根指头都比不上！”崔绣的眼光一直没从许衿的身上移开，不过说出来的话语却是极其嘲讽和讥诮。

一旁的崔瑾听得她所说的话，秀气的眉头再次皱紧，真是一刻都安宁不得！

沈韵识相地没接话，她在心底是不赞同崔瑾的话。再美的人，都有看腻的一日，更何况她和沈妩自小一起长大，十几年的朝夕相处，那张脸也会失了些吸引力。许衿的长相的确不如沈妩，不过她只站在那里，周身的气度就不容忽视。无论怎么看，都觉得十分舒服，连身为女子的自己，见了都会心生爱慕。

沈妩是美人煞，初见之时便是咄咄逼人的美。许衿则是风流娇，越看越觉得美。

“不过她的确还不错，至少我瞧着不会想冲上去抓她的脸！”崔绣观察了半晌，又从嘴里憋出一句话来，自然又惹来崔瑾的一个白眼。

秀女的花名册早就摆到了皇上的龙案上，只等着他开金口定下复选的日子。齐钰随手拿了过来，匆匆过了一遍，拿起笔开始画圈。

“这一期的人太多，朕瞧着这些名字都觉得头疼。上面画了圈的留下，未画圈的送回家去，不必参加复选，直接可婚配！”他放下毛笔，合上花名册，直接扔到了等在一旁的内监怀里。

那个内监听完了他的话，先是愣了一下，转而膝盖一弯就跪了下去。皇上，能不能不要这么随便！

“怎么，朕的话在这后宫里不好使了？”齐钰抬起眼眸，目光森冷地看过去，语气里带着几分不耐烦。

“奴才不敢，不过若是太后和其他娘娘主子问起来，奴才不知如何回答。还望皇上明示，您是因何圈的名单？”那个内监跪在地上的两条腿不停地打战，整个人匍匐在地上，身上沁出了一层薄薄的冷汗。

他也不想问这么多废话，无奈到时候别的主子问起来，无法交差。

“哦，朕不为难你。朕就是看着哪个名字合朕的眼，就圈下来了。那些带有什么‘全巧好’字眼的名字，朕瞧着就觉得讽刺。选秀也有三四届了吧，还没一个女子能全部合朕心意的，真是玷污这些吉利的字儿！”皇上把震慑的眼神收了回来，边说边拿起一旁的奏章看起来，一副无所谓的模样。

内监跪在地上，只差当场哭出来了。这让他如何回？就说对不住啊，以后别取什么吉利的名字，说不准那些叫“李二狗”、“王二麻子”的都被留下来了！

“还杵在这里做什么？滚下去，如何回复那些女人是你的事儿！若不然朕要你有什么用！”齐钰眼皮一抬，看见跪在脚边的人还没起来，伸出脚就是一下，直踢得那内监翻了个身。

“奴才告退！”他从地上爬起来，连站都没站稳，直接半爬着出去了。

李怀恩看着人从内殿里一瘸一拐地跑出来，心底长叹了一口气。

“钟公公，身子还好？”李怀恩走了几步凑上前，亲自替他弹了弹衣服上沾染的灰尘。

那内监便是负责操持秀女复选事宜的钟公公，此刻听见李怀恩问话，只差抹一把辛酸泪给他看了。

“得了得了，你也才三年折腾这么一回，瞧瞧这龙乾宫上下的宫人，哪一个不比你辛苦！”李怀恩看着他年近四十的一张老脸，说哭就要哭，不由得扬高了声音回道，脸上带着几分不耐烦。

钟公公是有口难言，最终长叹了一口气，认命般地道：“咱家也就这贱命一条了，每三年都跟死了一回似的！罢了，还是李总管洪福齐天啊，依然面色红润啊！”

“呵，你个老小子寒碜我呢！”李怀恩眼睛一瞪，毫不客气地骂回去。他俩属于同期进宫，位置爬得都不错，所以交情也不浅，说话也就少了几分顾忌。

“得了，还得提着脑袋去办事儿呢，走了！”钟公公扬了扬手中烫金的花名册，便转身走了。

李怀恩看着他的背影，不由得摇头叹息。原本进去之前，还和他嬉皮笑脸，神采奕奕的一个人。出来之后简直脱胎换骨，腰也弯了，衣裳也脏了，哪还有总领一事物太监总管的模样。

候在储秀宫的秀女，正好还没分房间，几个姑姑走了进来，手里拿着花名册开始念着名字。被念到名字的人，勒令此刻就跟着引路的太监出宫回府。自是惊起一片议论声，这刚入宫怎么就无缘无故被撵走了？

太后和其他妃嫔那边自然也收到了消息，不过不得不说，皇上这挑选得太好了。三方重要培养的姑娘，一个都没被落下，全部画了红圈留了下来。太后那边也就没过来理论，正好去除一些没用的，浪费的时间还少了些，直接动真格的。

两日后，皇上总算是腾出了时间复选，太后和位份高的妃嫔自然是一个不落，悉数到场。

011

同床异梦

皇上的龙辇是最后一个到的，齐钰身穿明黄的龙袍，头戴玉冠，威风凛凛地走了进来。坐到龙椅上之后，瞧着分散两边坐开的妃嫔们，英气的眉头紧紧蹙起，面无表情地目视前方，似乎他只是来走个过场一般。

糕点茶水摆上，皇上冲着钟公公抬了抬手，复选便开始了。

“第一位两广总督之女，斐安茹，第二位……”钟公公一口气报了十个人的名字，十位娇俏的姑娘就迈着小碎步鱼贯走进内殿。

坐在皇上身旁的太后，不由得皱起了眉头，冷声对着钟公公问道：“小钟子，往常都是五个一组，怎么这回增加了一倍？”

钟公公跪倒在地，却是不知该如何回答。

“母后，您别恼，是朕让他这么安排的。十人一组要节省许多时间，在座的是朕的母亲、朕的爱妃爱嫔，不必把时间浪费在无用之人的身上，挑选出合心意的就行！”皇上转过头看向太后，慢悠悠地解释道。

太后张了张口似乎还想说些旁的，齐钰一挥手制止住了，微微扬高了声音道：“各位可要睁大了眼睛，好好替朕参谋一番，毕竟日后这些人皆是要与你们朝夕相处的！”

齐钰这话都说出来了，太后也不好再反驳什么。复选直接开始了！

“那个斐家的姑娘不错，李怀恩，今儿就把她的牌子搁到侍寝一堆里头！”皇上手撑着下巴，众人刚把注意力放到十位待选的姑娘身上，就被皇上这句话给吓到了！

“奴才遵旨！”李怀恩就候在一旁，此刻连忙点头哈腰地应承了下来。

“皇上！”太后猛地偏过头呼唤了一声，这也太胡闹了，刚看了第一个就有要她侍寝的意思。即使是新贵那边的势力，也不好如此明目张胆的。

“母后有何吩咐？”齐钰轻轻转过头，笑吟吟地看向太后，脸上带着一副好整以暇的表情。

太后堵到嘴边的话语，又生生地憋了回去。当着这么多人的面，她还真不好直接训诫皇上。虽说皇上从来不给她脸色瞧，不过九五之尊那一身坏毛病，她可是知晓得一清二楚。万一哪天齐钰真不高兴了，就驳了她这太后的面子，她也不能如何。

“皇上，太后的意思是您看上了这位妹妹，挑着伺候就是了。不过下面还有许多好妹妹，待会儿也要多挑几个伺候，总不能头一个就定下了，免得让人心生哀怨！”还是坐在左边第一个位置的庄妃轻声开口，替太后解了围，顺带着也把这意思表达清楚了。

要找人侍寝，可以！但是必须三方势力平衡！齐钰脸上的神色一冷，他仿佛又回到了以前在太后那里选择沈妩三个人的时候，再次面临着这种受人左右的选择。

“继续！”他的语调恢复了幽冷，轻轻挥了挥手，扭过头去直视着前方。

钟公公悄悄地抬起衣袖擦了一把脸上的冷汗，继续一位位介绍进来的秀女。皇上不再理会其他人，只是有看中的秀女，就拿一块玉牌给身旁的小太监递下去。

“第二十九位崔侯府嫡姑娘崔绣，第三十位崔侯府嫡姑娘崔瑾！”钟公公的尖细的嗓音再次传来，两位长得几乎一模一样的少女走了出来，冲着龙座上的皇上躬身行礼。

“抬起头来！”齐钰幽冷的声音传来，崔家两姐妹自是半抬起头，崔绣大着胆子抬起眼眸瞧向皇上，恰好与他四目相对，脸上红晕顿生。崔瑾则始终低垂着眼睑，十分规矩。两人的性子从这一个瞬间就能观察出来。

齐钰轻轻眯着眼眸，似乎在仔细寻找着这二人身上的不同。

“李怀恩，把她们俩的牌子也丢进侍寝里头！”皇上手一挥，直接下了定论。

顿时世家那边的妃嫔就松了一口气，三方势力两方定了下来，只余太后一人面色阴沉。皇上也不作理会，依然带着几分漫不经心挑选这些秀女。

“第四十一位许侯府嫡姑娘，许衿。第四十二位沈王府五姑娘，沈韵……”依然是念了十个人的名字，只是因为带头前两位的名号太过响亮，众人的注意力就都留在前头了。

一个是许侯府的嫡姑娘，太后可真舍得！另一个是沈王府的五姑娘，沈王府真是不惜下了血本！

“啧！”沉默了片刻的皇上，有些不耐地发出了单字节的语气词。

“这不是姝婉仪的妹妹吗？站出来让朕瞧瞧！”齐钰似乎起了很大的兴趣，收起了原先无所谓的表情，倒是瞪大了眼眸瞧着。

沈韵往前跨了半步，站在许衿的斜前方，轻轻俯身行了一礼。

“跟姝婉仪长得不大像，可惜了！沈王府连送四位姑娘入宫，沈王爷真是耗费心思了，不过女儿也不是这么卖的！朕瞧着你比姝婉仪听话多了，说不准比她还能入朕的眼！”皇上从玉盘里摸出一个牌子递给内监，沈韵暂时被留宫中。

位置靠后的沈妩轻轻一挑眉头，手里捧着茶盏幽幽地抿着，遮住嘴角淡淡的笑意。皇上这心底是还怨着她呢！当着这么多人的面，就说开了。

这一组皇上只留了两个人的牌子，不过却是一直没搭理许衿。一旁的太后眉头越皱越紧，多好的姑娘家，她好容易才被弄进宫来。皇上竟是一眼都不瞅，眼长狗肚子里去了！

“那个姓许的谁，李怀恩把她的牌子也丢进侍寝里头！”皇上伸出手指向许衿，英气的眉头皱起，似乎在想着她叫什么名字一般。

不过他这番表现，落在太后眼中，简直就像是下了战书一般。

“皇上，你可莫忘了，你身上也流着一半姓许的血！”太后终究还是没有留情面，冷着声音说了出来，可谓中气十足，让整个内殿的人都随之一震。

皇上并没有生气，相反他的脸上忽然露出了如沐春风的笑意，再次转过头看向太后，低声道：“母后，您别急着恼，我不是正在想堂侄女的名字吗？是叫许衿吗？”

他的话音刚落，殿内的气氛就被推向另一个怪异的氛围。沈妩端着茶盏的手一抖，险些就把茶水整个泼出去！

皇上这是在作甚？难道不是来找女人，是来认亲戚的！

虽然知道皇上这是故意要惹恼太后，让许家人丢面子。但是当沈妩想起，如果有一日皇上为了让她难堪，追着她喊外甥女的时候，手心里不由得冒起了一层冷汗。

“回皇上的话，民女的名字取自《诗经》。青青子衿，悠悠我心。”许衿倒是并不为之所动，脸上也丝毫没有难堪受辱的神色，相反落落大方地冲着皇上行了一礼，柔声回答道。

齐钰慢慢地点了点头，轻声“嗯”了一句，低声道：“朕知晓，那些文人骚客最喜欢用《诗经》里面的东西充数，不过许侯府乃世家之首，想必是有真才实学的！朕非常看中你，今儿晚上把自己收拾干净了！”

此言一出，内殿上足有大半的人愣神。本以为皇上厌恶许衿的，先是不闻不问，又是言辞攻击，这会子竟是换了张脸，几乎指定了许衿今儿晚上侍寝了！

“民女遵旨！”许衿还是那样规矩地行了一礼，并没有因为皇上的另眼相待而沾沾自喜，端足了宠辱不惊的姿态。

沈妩坐在椅子上，掏出锦帕将手指一根根擦干净，趁着别人没注意她，眼神早就在这些秀女之中搜罗了一遍。脸上的神色渐渐变得严肃起来，看样子因着她如此得宠，引起了许家和新贵的极大关注，改变了许多。这许衿和那位斐安茹前世都没有入宫，这回却是来势汹汹，看样子是要与她一争高下了！

好容易才把这些秀女筛选了一遍，因着九五之尊的极其不配合，其过程之艰辛，几乎到了令人发指的地步。

太后最后还是冷着一张脸出去的，虽说皇上最后算是给了许衿面子，不过先前早把许家踩到泥里去了。给一巴掌再塞个甜枣，这种事情许家不稀罕！

即使心头再如何怨恨，但是对于许衿的第一次侍寝，太后还是极其看重的。因着皇上发了话，让人收拾宫殿出来给许衿，今儿晚上就不会召她去龙乾宫了。太后便自作主张，给了许衿正五品的宫殿配备，赶追姝婉仪的待遇。又派了穆姑姑前去，亲自替许衿梳妆打扮，沐浴焚香。

后宫不少妃嫔都冷眼瞧着寿康宫的人，忙里忙外替一个秀女操持着，心中不屑。再怎么金贵的大户小姐，在这后宫里，现如今也不过是个秀女，太后如此大手笔，真想看皇上到时候耍性子，打她许家人的脸啊！

心底想归想，轮不到自己的事儿当然不会去指手画脚。沈妩从前殿回来之后，就直接散了头发歪倒在榻上歇息。今儿那一屋子的胭脂水粉味儿，真够她受的！

用了晚膳后，沈妩就着人备水沐浴。她脱了衣裳，将在一旁伺候的明心几个宫女都挥退了，自己倚在汤池边上闭目养神。脑子里挨个想着今儿见到的秀女，有些人的脸十分熟悉，有些人几乎没什么印象。看样子因为她，这一世的变化还不少。

水温十分舒服，热气蒸腾着，让她昏昏欲睡。只是还没待她陷入沉睡之中，门已经被人大力地推开了。

“婉仪，快别洗了，皇上的龙辇来了！”明音急慌慌的声音传来，因为跑得急促，尾调扬起几乎破了音，有些刺耳。

沈妩微微一愣，连忙想要站起来，由于动作太急，竟是脚底一滑再次摔得坐了回去，溅起了无数的水花。

明音眼瞧着她摔了下去，肯定是救不了，吓得连忙闭起了眼睛。顿了片刻才赶紧跑了过去，仔细打量着她。

“婉仪，您没事儿吧？可摔疼了？”明音伸手想去搀扶她，却见沈妩一手抹着脸上的水珠，另一只手小心翼翼地甩着。

明音的目光上下游移着，在寻找是否有地方受伤了。边看边不忍心再看，啧啧，婉仪的身体真是凹凸有致，皮肤光滑细腻，同样身为女人，对比自己的简直不能忍！

“哎呀，手臂上划伤了！”明音的眼神扫了一圈，才发现沈妩的左臂上划开了一道口子，正在往外流血，混合着水珠往下面滴，瞧着甚是吓人。

沈妩闭着眼睛，龇牙咧嘴的模样，哪里还顾得上平日里的规矩。沈王府的四姑娘，其实最娇气不过，怕疼又怕苦！上回被皇上用避子汤吃了一回苦，这回听说他的龙辇到了，又被吓得吃了一回疼。扫把星！

她不停地吸着气，明音连忙扶着她出了汤池，拿起干布细细帮她把身子擦拭干净。

“皇上如何会来？不是应该去找许衿的吗？”沈妩急匆匆地撩起湿答答的长发，秀气的眉头紧紧蹙起。动作太大又引起了手臂上的伤口，她急得险些跳脚。

倒是明音在一旁伺候着，见她如此着急，有些不知所措。沈妩面对敌方妃嫔，一向是掐尖不肯吃亏，面对世家这边的妃嫔，则是对上逢迎对下从不软弱。而对上皇上那恶劣的性子，始终不温不火地吊着皇上。此刻竟会有这样的一面，不由得心中觉得好笑。

“婉仪别着急，皇上只带了几个贴身伺候的过来，并没有大张旗鼓的。也是龙辇到了锦颜殿门前，看门的太监才发现的。看样子皇上是不想声张，兴许是有何重要的事儿要跟婉仪商量吧！”明音轻声细语地安抚她，手上的动作却是越来越快。

“婉仪。”明语也快步走了进来，脸上焦急的神色显而易见。

“怎么说？”沈妩也不跟她废话，边低头穿衣裳，边轻声问了一句。

“皇上面色不佳，兰卉姑姑和明音姐姐正在外头带人伺候着，也不敢放太多人出来寻你，免得惹恼了皇上！”明语也冲上来帮忙，主仆三人好容易把沈妩收拾妥帖了。

因为皇上过来，并没有说要让沈妩侍寝，所以此刻她还是规规矩矩地穿着锦衣罗裙。青丝半干也来不及束发了，匆匆抓了两下便走去内殿。

“见过皇上，嫔妾不知皇上前来，来不及收拾，还请皇上恕罪！”沈妩刚进入内殿，便连忙俯身行礼。姿势标准，态度谦卑，低眉敛目，活脱脱一副乖巧受气小媳妇儿的模样！

同龙乾宫上下宫人一样，沈妩在皇上身边那么些年，自也总结出一套谦卑躲虐法。皇上开心的时候，可以使小性子，但是态度要谦卑。皇上不开心的时候，请一直谦卑着！

“爱嫔，这就准备歇下了？”坐在上位手捧茶盏的男人，慢悠悠地从薄唇里挤出一句话来，语气里却是带着十足的不爽。

沈妩微微愣了一下，下意识地抬起头，悄悄打量着皇上此刻的神情。无奈身穿黑色龙袍的男人始终面无表情，猜不透他心中的想法。沈妩只能在心底暗自叹气，都活了两辈子了，无论能猜透谁的心，却都无法看透帝王所想，功夫不到家！

“皇上整日忧国忧民，日理万机，嫔妾自是不能比的！”最终沈妩挑了个保险的答案。

齐钰不满地“啧”了一声，手撑着下巴，目光灼灼地看向她。

“爱嫔每次回答朕的问题时，总喜欢说废话！怎么，怕真话惹恼了朕？”男人咄咄逼人的问题再次甩了出来，根本不给沈妩回避的机会。

内殿里一下子便陷入了难耐的寂静之中，候在一旁的李怀恩和几个宫女都浑身冒冷汗，大气都不敢出。

皇上这是在哪里惹得一身火，却来锦颜殿撒气呢！

“嫔妾准备沐浴之后，先把那玉佩的挂绳编完的，就去睡！”沈妩此刻倒是恢复了几分淡然，眼睛一转便看见小桌上未来得及收起的挂绳，心头便有了主意。

皇上自然地跟着她眼神的方向看过去，一下子便瞧见了那精致的挂绳。挂绳是明黄色的，显然是为他编的。男人脸上阴沉的面色稍微缓和了些，毫不客气地拿了起来放在手中把玩。

“怎么，傲气十足的姝婉仪也会想起来讨好巴结朕？”皇上轻轻偏着头，嘴角带着一丝讥诮的笑意。

沈妩还未来得及开口，便见皇上将腰间的佩玉解了下来，直接放在花梨木桌上。

“你这挂绳编好之后，便直接挂在朕的玉佩上吧！朕今儿看你顺眼，就勉为其难地接受你的讨好！”齐钰一副给了沈妩天大恩赐的模样，话音刚落便站起身，也不废话直接往绣床上走。

“都下去吧，朕和姝婉仪要歇息了！”齐钰挥了挥手，李怀恩几个自是不敢多话，连忙垂头俯身行礼之后，便脚步匆匆地离开了。

“今儿那些女人，把朕恶心得晚膳都没吃好，当真是晦气！”他边语气不满地抱怨着，边动作烦躁地扯着身上的龙袍。

无奈平日里都是由旁人伺候的，现如今真要自己动手，还是颇有些困难的。沈妩快步走过去，小心翼翼地替他脱衣裳，低头不语。

齐钰稍微一低头，便可以看到沈妩光洁的额头和黑亮的青丝，从她身上散发出刚沐浴完的淡香，显然是混入了薄荷，颇有几分安神静心的效果。男人难得耐心任由她摆布，待脱到了只剩下里衣的时候，他竟是张开双臂，一把搂住了沈妩的细腰，将她抱个满怀。

“可惜了没吃饱，若是早知道朕最后沦落到爱嫔这里，如何也得死撑下去，来好好地折磨一番爱嫔！此刻是心有余而力不足了！”齐钰的头靠在沈妩的颈窝处，边说还边深深地吸了几口气，似乎想要让她身上的馨香味，在鼻尖萦绕得更久一些。

沈妩的眉头一挑，从皇上这几句话之中，她自然是猜测到了几点。皇上一开始没准备来锦颜殿？还用“沦落”二字来形容到这里的心情，那为何还要委曲求全地来？甚至没有大张旗鼓，还是偷偷摸摸的？

“爱嫔又在揣摩朕的心思了？爱嫔你要小心，朕的心思若是全被你猜中了，朕会杀人的！”他冷声问了一句，便抬起头来，紧盯着沈妩的眼眸，半真半假地警告了一句。

“天色不早了，皇上还是赶紧歇息吧！嫔妾在皇上眼中，一向只有一张脸还能凑合着看，哪里有本事儿猜中您的心思！”沈妩伸手牵住他的手掌，不欲再和他多费唇舌，拉着他直接往绣床上走去。

与皇上较真，最后吃亏的肯定还是自己！

两人平躺在床上，皇上睡在靠外面的地方，因着沈妩的左臂还有些疼，便与他拉开了些许的距离。不过似乎今日的齐钰十分想和她靠近，不依不饶地挤着她。

“皇上，嫔妾方才在汤池里摔了一跤，左臂被划伤了。嫔妾除了怕苦还怕疼！”沈妩慢慢地坐了起来，边说边挽起了里衣的衣袖，露出洁白的左臂，小臂上的确有一道划痕。

两人四目相对，沈妩的手臂突然接触到外面微冷的气息，不由得缩了一下。见皇上脸上并无愧疚的神色，也没有要朝外面挪的预兆，便放下了衣袖，在心底暗叹：没人心疼，做给谁看！总之皇上就是个冷心冷肺的人。

正当她在心底腹议九五之尊时，躺在身边的男人向外翻了个身，冷声说出了一句：“沐浴竟然能滑倒，还弄伤了自己？蠢得没边的女人！”

沈妩对着帐顶翻了个白眼，她什么都没听见！皇上一定是在骂别的女人！

皇上对姝婉仪的另眼相待，大多因为床上的欢好，姝婉仪最卖力！不过这一次，两人竟是什么都没做，就纯粹地躺在床上歇息。

不过沈妩这一晚睡得并不好，经常是被胳膊给疼醒的。每次迷迷糊糊睁开眼，就能看见男人那张英气的脸近在咫尺。显而易见，他又挤了过来。即使两人依然没有同衾，但是睡熟了之后，齐钰似乎很喜欢往温暖的地方挤。

到后来，沈妩索性不睡了，轻闭着眼眸假寐。翻了个身后背朝着他，果然过了片刻皇上又贴了上来。

她的脑海里思绪万千，前世她就发现，齐钰有时候跟她同床而睡，总会向着她挪，然后被什么惊醒，再把靠近的身体挪回去。此刻她才明白，那并不是皇上做了什么噩梦，而是习惯使然，想要靠近温暖的地方，但是心中防备，就自然地惊醒再睡回原来的地方。

果然，前世的盛宠只有宠，没到爱的地步。

齐钰却是不知她如此煎熬的一夜，梦里始终有个软糯糯的大枣糕，刚出锅还冒着甜香的热气，可是却长了腿拼命地跑，他就拼命地追。今儿没吃好，害得他都没干成重要的事儿，一定要吃上这个能跑的枣糕。

沈妩想通了之后，正悠长地叹了一口气，就感到身后的男人整个都贴了上来，一只强有力的手臂狠狠地搭上了她的腰肢，将她整个揽入怀中，似乎不让她再挪动一般。

她只要一动，揽住腰间的那只手就不由自主地用了力气。她咬了咬牙，欺人太甚，不仅不让她好好歇息，还不让她动弹了。再次咬了咬牙，默默地忍了！

而睡得香甜的齐钰，则是一阵心花怒放。大枣糕终于跑不动了，他就说嘛，一个畜生不如的枣糕而已，怎么可能跑得过一代明君！不急着吃，先好好折磨一番再说！

皇上这一夜睡得舒爽，或许是因着白日复选秀女的折腾，他整个人都累极了，也就少了几分防备的心理。整个人贴在沈妩的身后，梦里还想着大枣糕，现实与梦境有些叠合，显得更加真实。

沈妩却是闭着眼睛，勉强地陷入浅眠之中，只要身后的人稍一动作，她就会惊醒过来。在不知多少回被身后的男人弄醒之后，沈妩在心底长叹了一口气。此刻她和皇上对比前世正好对调了过来，九五之尊睡在身旁，她倒是胆战心惊了，身后的帝王明儿早上估计就会后悔今晚如此放浪形骸了。

男人有力的右腿搭在她的腰上，偶尔还磨蹭两下，寻找更舒适的位置。放浪形骸到如此境地，皇上明儿早上起来会不会要杀她？

她整个脑子里都塞满了乱七八糟的想法，又是迷糊地眯了一会儿，就听到外面传来尖细的呼唤声。

“皇上，时辰到了，该起了！”李怀恩轻轻压低了嗓音，似乎怕惊扰到谁一般，透过殿门传来，有些阴森森的。

不过床上熟睡的帝王却只是无意识地呢喃了一句，丝毫不作理会，显然是没醒。

外头的李怀恩坚持不懈地小声叫唤着：“皇上，皇上！”

那一声声呼唤殷切而低沉，沈妩躺在床上听得心烦。这李怀恩要喊就大些声，磨磨唧唧地跟个小媳妇儿似的，到底是不是在叫人起身？

李怀恩趴在殿门上，整张脸都皱拧了起来，他是有苦说不出。平日里皇上警觉得很，轻轻叫唤两声就醒了，这回却是迟迟没有回应。声音憋在嗓子眼儿里，恨不得直接大声鬼吼，但是上回吼完之后，他就直接领了十板子，在床上躺着不到半日，又被皇上招去拖着残躯继续受折磨！

沈妩终究还是忍受不住了，她伸出柔荑对着翘在腰上的大腿轻轻拍了两下。身后的人微微动了两下，沈妩耐心地等了片刻，却又恢复平静。

“皇上，时辰到了，该起了。李总管在外头都叫唤得有一会儿了！”无奈沈妩只好扬高了语调喊了几句，用力将男人搭在她腰上的大腿推了下去。

这回齐钰总算是醒了，不过迷糊地睁开眼时，却发现眼皮似有千斤重，并且酸涩难耐。意识还没完全清醒，嘴里已经不耐地“啧”了一声，糟糕的一天！

“昨天见了那群女人，不仅伤了胃，还害了眼！一大早就出现了幻听！”男人不满的抱怨声继续传来，其中的怒气显而易见。

他伸了个懒腰，手碰到沈妩柔顺的发丝。不由得整个动作僵硬了一下，然后手就顺着那缕青丝往上摸，摸到沈妩的脸颊上，从额头到挺直的鼻梁，再到温软的红唇，指尖细细地研磨着嘴唇上的温度。

沈妩的呼吸轻轻一滞，然后变得小心翼翼起来。直到男人的手移开，她才轻轻松了一口气。

“原来是爱嫔啊？朕都忘了昨儿来这里了，每回选秀都是帝王的受难日！”难得齐钰被扰了清梦没有发火，似乎怒气在方才的抱怨中，已经发泄完毕了。

他动作麻利地翻身下床，赤着脚站在地毯上，脸上还带着几分疲惫之色。

沈妩自然也不敢再睡了，连忙从床上爬起来，准备替他穿衣裳。

“李怀恩！”齐钰的语调陡然升高，英气的眉头也狠狠地皱起。

正趴在门上听里面动静的李怀恩，暗自揣测此刻是否该进去。被皇上这么狠狠地叫唤，顿时就吓得抖了一下身子，连忙一挥手，身后低头敛目整装待发的一群宫女，得到李怀恩的指示后，立刻推开门小心翼翼地走了进去。

一个个宫女手里都端着托盘，里面放着龙袍、龙冠等，皆是皇上梳洗上朝所要用的东西。待那些宫女将他伺候着梳洗之后，沈妩便慢慢走了过去，一件件拿起衣裳，轻车熟路地帮他穿上，又替他戴上龙冠，系好玉带。最后半跪在地上，伸出手慢慢地整理好龙袍的下摆。

齐钰这回总算是清醒了，他就这样低着头看向臣服在脚边的女子，半跪的姿势让她整个人显得更加瘦弱，低垂着头露出白皙的后颈，似乎手掌放上去之后一掐就断了。

齐钰正这么想着，整个人就弯下腰去，低垂着右手，真的把手掌伸进了她的衣衫里，覆在那嫩滑的脖颈上。

沈妩的动作完全停了下来，整个人都僵住了。她的双手还抓着男人龙袍的下摆，却不知该如何动作了。男人宽厚的手掌，就这么偎贴在她的后颈上，没有一丝隔阂。难道是皇上察觉到自己昨晚失态了，要杀她灭口？侧颈的动脉慢慢地跳动着，齐钰屏住呼吸之后，甚至能察觉到那动脉血管里面血液的流动。

最终他还是收回了手，对着李怀恩摊开手掌。李怀恩一直低着头，连呼吸都显得小心翼翼，这回瞧见他伸出手，连忙机灵地掏出了锦帕，恭敬地双手奉上。

果然齐钰拿了锦帕之后，细细地擦拭着每一根手指，似乎沾染了不洁之物一般，面上依然没有神色波动。

沈妩慢慢地拉好龙袍衣摆，便垂手站在一边，脸上并无仓皇。实则心脏跳动得厉害，只是努力板着一张脸而已。谁知道皇上大早上又抽什么风！

齐钰看了她一眼，轻轻地点了点头，也不知道是在肯定什么。转过身准备走的时候，似乎又想起了什么，扭过头低声道：“爱嫔今儿再去让御膳房做些枣糕吧，朕还要先前吃的那种口味。”

沈妩正努力压制着心头的慌乱，忽然听到他如此吩咐，一时有些反应不过来。方才还把手放到她脖颈上，一副要杀之后快的模样，现如今又要求吃食了？

“是，嫔妾知晓了！”沈妩下意识地俯身行礼，轻声应承了下来。

齐钰不再停留，扭回头大步出了锦颜殿，心情还不错。脑子里想着，下朝之后是先去看奏折，积了一肚子火之后再来，还是看完朝臣那些恼人的嘴脸就来呢？

转而长叹了一口气，满脸感叹的神色。真是糟糕的一日，从清早开始就要和那些大腹便便的朝臣周旋！

李怀恩默默地跟在他的斜后方，瞧着皇上一路走一路感叹，心里头就暗自琢磨起来了。这姝婉仪是不是给皇上吃了迷药，怎的越发难以琢磨！

皇上的身影消失之后，沈妩才松了一口气，惊觉自己只穿了一件里衣，浑身已经冒出了一层冷汗。这么放松下来，还颇有几分凉意，便连忙爬上了绣床。

“婉仪。”明音急急忙忙地冲了进来，脸上带着显而易见的仓皇。

沈妩秀气的眉头紧紧蹙起，不用说肯定是后宫的人来兴师问罪了！真是糟糕的一日！

“说！”她裹着锦被靠在床头上，脸上的表情带着几分隐忍的怒气。

和皇上相处久了之后，她的脾气也变得暴躁了。

“太后让您过去呢！听说是皇上昨儿根本就没去找许衿小主，太后那样大张旗鼓地规划，反倒成了笑话！”明音见她这般模样，以为她是方才被皇上怪罪了，便也不废话，三言两语说了出来。

沈妩不由得冷笑了一声，什么叫听说是，那就是！皇上就等着落太后的面子呢！偏生太后以为许家来了个十全十美的许衿，就能入得了皇上的眼。可惜，皇上这辈子恐怕都无法喜欢上许家女了。

她手一挥，低声道：“慌什么，传人进来替我梳妆！”

明音瞧见她气定神闲的模样，心里稍微安定了些，连忙传唤了一声，兰卉等人便端着一应物什进来了。

“婉仪，今儿梳个什么头？要不要素净一些的？”明语凑了过来，手里拿着桃木梳，一下下慢慢地梳理着她的一头青丝。

沈妩轻轻抬眼，透过铜镜瞧见明语的脸上带着几分笑意，不由得摇了摇头。她自然知道明语心中所想，从许衿那里抢了皇上，太后既然来兴师问罪，当然要素净一些。

“不，梳个飞仙髻，戴红翡翠滴珠凤头金步摇，配上红翡翠滴珠耳环和珊瑚手钏。”沈妩打开几个首饰盒，从发簪到手镯一套行头都挑选得清清楚楚。

伴随她的话音落下，明音便一一对照着拿出那三样首饰放在桌上，金灿灿红闪闪的一片，晃得人眼疼。身后侍立的几个宫女，看着腿都在发软。

婉仪，您是去赔罪的吗？把婉仪位份最高规格的首饰戴了出去，分明就是去挑衅的啊！还怕太后她老人家不会责罚吗？

几个人虽然心中腹议，却是无人提出异议。就连一旁最担忧的明心，都闭紧了嘴巴，只是眼神来回地扫着那首饰。

明语的双手缠着青丝，上下翻飞，片刻工夫，一个漂亮的飞仙髻便出来了。拿起桌上的步摇插上，耳环、手钏也不落下，最后换上流彩暗花云锦宫装。

啧啧，后宫第一美人姝婉仪，再次穿得跟个花孔雀似的，艳压群芳！

012

一石二鸟

沈妩就这么花枝招展地带着两个宫女，一路招摇过市到了寿康宫。在宫门口迎接她的是穆姑姑，只见穆姑姑身着墨绿色的宫装，远远地看见沈妩，脸上原本就无笑意的神色，变得更加僵硬。

“穆姑姑。”沈妩轻声唤了一句，像是没看见穆姑姑脸上难看的神色一般，依然是一副笑吟吟的模样。

淡定如穆姑姑，心中头一回产生了想要奋不顾身地冲上去掐死人的冲动！姝婉仪，好个妖媚的狐狸精！许衿姑娘强忍着笑脸，在寿康宫里陪着太后呢！

“姝婉仪好威风啊，这一套头面首饰都是皇上赏赐的吧？”穆姑姑沉着脸冷声问了一句，显然这么一句由着脾气来的话逾矩了。

跟在沈妩身后的明音不由得抬头，瞧了一眼穆姑姑。呵，整张脸都快拧成一朵菊花了，满脸的纹路！

穆姑姑自然不知道明音心里头的想法，瞧见她胆敢抬起头来，便睁大眼睛怒瞪了回去。明音连忙低下头，心思变得更加跳脱。皆道太后身边的穆姑姑识人知面，看样子宫中传言不能尽信，这分明就是个没分寸的妖婆娘！

沈妩只是笑着，却不说话。还甚是调皮地冲着她眨了眨眼睛，一脸的妩媚样。穆姑姑脸上的神色彻底暗如锅底，宫女打妃嫔要责罚多少板子来着？这条老命能不能撑得下来，划算的话可以动手吗？

“跟老奴来吧！”她最终还是凭借二十年后宫沉浮的底蕴，忍了下来。降低了声音说了一句话，便扭过头去在前面带路，眼不见心不烦！

沈妩进了内殿，跟着来的明音和明心，却全部被留在了外殿等候。显然太后要单独召见她！

她低着头，款款地走进内室。

“嫔妾拜见太后！”她行了一个标准的礼，声音清脆，丝毫没有被人搅扰清梦的疲惫，相反神采奕奕。

上座的太后，阴沉着一张脸，听到她的声音。下意识看过去，险些一口气没喘上来。心里头竟是冒出了与穆嬷嬷相同的心思，真想抓这狐狸精的脸！

“太后，姝婉仪来了！”一道轻柔的声音响起，许衿的脸上带着毫无破绽的笑意，轻声提醒着太后。

“起吧！”太后果然给许衿脸面，有些不情愿地让沈妩起身。

沈妩轻轻抬起头，下意识地看向许衿，两人的目光一下子就遇上了。沈妩轻轻扯了扯嘴角，露出浅笑。许衿冲着她点了点头，态度友好。乍看，真是无比愉快的第一次正式见面啊！

许衿就坐在太后的身旁，方才她二人的动作，太后尽收眼底。便轻轻收敛了些怒气，端起一旁的茶盏轻抿了一口，才缓缓地开口道：“姝婉仪，昨儿皇上已经说好要去衿儿那里，哀家连宫殿都替他二人准备好了！怎么后来又到锦颜殿去了？”

“回太后的话，嫔妾也不知晓。待嫔妾沐浴出来之后，皇上已经到了锦颜殿。”沈妩再次俯身行礼，态度谦卑，声音温润，和方才在殿外与穆嬷嬷耍宝时判若两人。

太后的眉头紧紧蹙起，将手里的茶盏直接扔到了小桌上，发出清脆的声响。茶水四溅，有几滴甚至都喷到了太后的衣服上。

“怎么？你这话是在说哀家责怪错了人，应该去找皇上理论了？姝婉仪，哀家素知你性子爱掐尖，做人做事都张扬跋扈，争宠更是有一套，要不然也不可能足足霸占了皇上十日！让后宫其他女人等断了肝肠，望尘莫及。平日里哀家睁一只眼闭一只眼也就罢了，但是昨儿是衿儿，我们许家姑娘的好日子，你也敢抢！”太后显然是真的恼怒了，许家送来的远房姑娘的确不少，不过却都被皇上以各种理由推拒掉，即使有个把两个逃脱升天，也都是冷遇。

当然让太后心中窝火的是，皇上每回推拒的理由都是：许家怎么又送残次品的姑娘来？朕不喜欢！

这回好容易许家舍得把全侯府都宝贝的姑娘送进宫了，这头一回以为皇上能瞧得上眼了，没想到竟然遭此羞辱！即使是泥巴捏的人儿也有气性！她先从沈妩这里摸清楚底儿，再去找皇上理论！无论如何都得把颜面给圆回来！

沈妩站直了身子，抬手理了理衣襟，抬起头十分认真地注视着太后，低声道：“嫔妾的确是冤枉的，其中原委，还请太后容嫔妾细细说来！”

太后刚发完一通火，怒瞪着眼眸等着沈妩，不过她竟是如此镇定自若。瞧着她满脸的严肃和胸有成竹的气魄，显然是有备而来。

“好，哀家就听听看，你如何说得天花乱坠？”太后似乎还不解恨，抬手猛地拍了一下桌面，发出一声闷响，显然是用了全力。

身旁的许衿连忙拉起太后的手，慢慢地搓揉着她的掌心，脸上露出几分心疼的神色。

“太后，您怎么如此大动肝火？奴婢这么早过来，就是想着宽您的心！这后宫里，大家一处住着，都是为了让皇上开心，为皇家开枝散叶，宠幸谁不是一样？您这般生气若是折腾坏了身子，让奴婢如何自处？到时候再得罪了姝婉仪，奴婢就更加过意不去了！”许衿边低声劝解着，边捧起她的手心慢慢地吹着，似乎这样就能减少太后手掌的疼痛一般。

太后听她这么说，心头更加难受，多么懂事的孩子啊！

“衿儿，这里是寿康宫，当着哀家的面，就不要以奴婢自称，哀家听着难受！你也不用为她说好话，若不是这姝婉仪，你早就封位了，还需要这般委曲求全不明不白吗？”太后抬起另一只手，慢慢地摩挲着许衿的前额，脸上露出少有的疼爱之色。

沈妩在下头看着，嘴角不由得露出一丝冷笑。

“太后，您真是料事如神。昨儿晚上若不是嫔妾，也会是后宫之中其他的世家女！”沈妩轻轻扬高了语调，打断了那一场情深意切的关怀，语气坚定，面容冷厉，颇有几分豁出去的架势。

太后的眼皮一跳，猛地转过头去看着沈妩，尖声道：“你胡说什么？难道皇上就永远不会宠幸衿儿吗？”

似乎是戳到了她的痛处，太后险些要站起来和沈妩理论。皇上登基这些年，每次对待许家女，都是一副冷淡、鄙夷的态度，这让太后心中深深地扎了一根刺。她害怕许家倾尽全力送进来的嫡姑娘，还会继续先前的老样子，不受宠就被遗弃在这寂寂深宫之中。

许衿握着太后手的柔荑，也猛地用力捏了一下。她早就做好了心理准备，自认为能够应付后宫女人所有的手段和话语，没想到沈妩方才的一句话，竟让她险些失态。

她和太后一样，害怕许家这第一世家的位置不保！

“不，无论今日是不是许衿，昨儿晚上皇上都不会宠幸于她。为的就是要姓许的姑娘在后宫之中丢人，让许侯府在全大秦丢脸！”沈妩轻轻摇了摇头，毫不畏惧地说出这一番话来。

这回就连许衿的脸色都变得苍白如纸！

“沈妩，你好大的胆子！好大的……胆子！”太后颤抖着指向她，呼吸急促，显然是被气狠了喘不过气来。

一旁的许衿连忙端茶倒水，轻轻拍着太后的后背帮她顺气。

“姝婉仪，这些危言耸听的话，您还是少说的好。也别兜圈子了，直接说出理由，别气着太后！”许衿的脸上终于没有了笑意，也是板着一张脸看向沈妩，眼眸里自然而然地就流露出压迫的气势，显然待在许侯府里，当上位者久了。

沈妩拢了拢发髻，弯腰俯身行了一个大礼，低声道：“嫔妾该死，皇上昨日明明说得好好的，要宠幸许衿姑娘。结果却静悄悄地来了锦颜殿，嫔妾即使有再大的本事，皇上若是不愿意来，嫔妾也拉不来他。皇上的行踪似乎是特意隐藏了些，所以他来的前半夜，后宫里应该是少有人知道他的去处，这才导致了太后您白白张罗了一场！”

她沉着地开始解释，声音故意压得有些低沉。

太后似乎缓和了些，坐直了身子，认真地听着。

“嫔妾下面的话就有些大不敬了，还请太后恕罪。皇上昨儿明明很看好秀女中的斐安茹，若是只想让许家这边没脸，直接去宠幸斐安茹便可，但是他偏偏来了锦颜殿！”沈妩的语调轻轻提高了些，一点点引诱着。

伴随她的讲述，太后的眉头越皱越紧，她的话音刚落，太后就一个眼神投过来，示意她继续。

“这正是皇上的高明之处。嫔妾斗胆猜测一回，无论昨儿晚上皇上去了谁的殿里，皆是冷落了许衿姑娘，太后都会质问，定要替许姑娘讨回公道的！如果这时候，他把斐安茹牵扯进来了，那么新贵压的这宝贝儿，可不就大难当头了吗？兴许只这么一回，太后就彻底厌弃她，光靠着皇上，她搏不了太高的位份，中宫的位置更是想都别想！”沈妩秀气的眉头一挑，说到最后的时候，她近乎一字一顿加重了语气。

伴随着她话音的落下，殿内一片寂静。好个一石二鸟的计谋！

沈妩等了片刻，才接着道：“皇上来了锦颜殿，其实前几日皇上怒气冲冲地从锦颜殿出去，太后您应该收到消息了，嫔妾惹恼了他。他能过来，嫔妾也甚是惊讶。正如嫔妾所说，太后果然要替许姑娘出头，找上了嫔妾。这样太后也只会恼了嫔妾，牵扯世家这边，兴许到时候就两败俱伤了，而新贵那边正好可以扶摇直上！”

沈妩的话掷地有声，经过她一点点地剖析，另外两位也知道这绝不是危言耸听。

大殿内一时陷入了死一般的寂静之中，显然三人都是各怀心思，暗自琢磨着各自的利弊。

“你说这些话，可有证据表明？莫不是糊弄了哀家吧！”过了片刻，太后才幽幽地开口，语气里已经没了先前的怒气，显然是信了七八分。

沈妩不由得在心中松了一口气，面上却是半分不显，她再次俯身行礼，柔声道：“太后您若是不信，可以派人调查，昨儿晚上皇上真的只是在锦颜殿歇了，旁的什么都没做！更别提欢好之事，显然去锦颜殿都是幌子罢了，还请太后明鉴！”

沈妩这话说得十分直白，太后一想也对，皇上若是只要睡觉的话，以他那挑剔嫌弃旁人的性子，待在龙乾宫里不是更好，何必要巴巴地跑去锦颜殿？或许正如沈妩所说，只是为了把世家也牵扯进来。

“皇上真不愧是先帝看中的人啊，大智大勇！”太后不由得冷哼了一声，半是讥诮地说了一句，语气里似乎带着几分不甘和恼恨。

明明身上一半的血液来自许家，却偏偏对许家厌恶至极。

正在光明殿上，听着重臣争论不休的皇上，顿时觉得鼻子发痒，似乎想打喷嚏一般。他皱起英气的眉头，心底腹议得更加厉害：这帮乱臣贼子，口水都快淹了光明殿，还没说完！

沈妩则彻底放下心来，太后说了这句话，显然是已经信了。也不枉她费了如此多的唇舌，只为了能够平息太后的怒火。

“姝婉仪这般说，本没有奴婢置喙的余地，不过奴婢有几个疑惑，还望婉仪解答！”倒是一旁的许衿开口了，她的声音已经恢复了原先的轻柔淡然，脸上也挂着几分浅笑，依然端的是大家闺秀的风范。

沈妩冲着她笑了笑，轻轻地点头应允。

“婉仪既然有如此苦衷，何以要穿得这般鲜亮，像是特地来遭人恨的！总让人不敢相信，婉仪是深处险境之人，倒像是恃宠而骄！”许衿脸上虽一直保持着笑意吟吟的模样，只是语气却十分咄咄逼人，言辞尖锐。

沈妩不由得挑起了秀气的眉头，太后听着许衿这么一问，也跟着眯起眼眸看向沈妩，显然是在等着她的答案。

“许姑娘说笑了，我天生就这些，兴许是王府里当惯了庶女，穿戴的时候总会小心翼翼，惶恐越过了嫡姐。而在后宫之中，只要不逾矩就成，所以就转回了自己本性。许姑娘是嫡女，兴许不了解我这点儿小心思。因为穿戴着好看，我就这么来了，并没有像姑娘所说的那般复杂。如果事事都要有个阴谋论，那岂不是好意也成了虚假，应和也成了虚与委蛇？”沈妩轻轻笑出声来，很显然她并没有把许衿的这个问题放在眼里。

她沈妩就是喜欢花枝招展遭人恨！日后她还要这后宫之人，每每看见光鲜亮丽的女子之时，都要想起锦颜殿里住着这后宫里最娇媚的女人！

许衿瞧着沈妩毫无羞愧地说出这番话，脸上的笑意不变，心底却涌起了几分鄙夷。柔声回道：“我明白，许侯府里也有庶女。人活一张脸，树活一张皮。”

沈妩对于她这般语气也不以为意，依然是淡笑以对。

“太后，请安的时辰快到了。”穆姑姑从外头走了进来，轻声地提醒道。

太后轻轻点了点头，手一挥对着沈妩道：“姝婉仪也还是从偏门出去吧，在外头等候片刻，再和那些妃嫔一起进来，免得惹人怀疑。至于你方才所说的话，哀家会酌情考虑的！”

沈妩俯身行了一礼，便慢慢地退了出去。

待到她彻底离开了，许衿才松了一口气，脸上淡然的笑意已经消失殆尽了，却留下几分阴冷的神色。

“太后，沈妩的话不可信。皇上乃是随性之人，从沈妩进宫之后，皇上待她不同的地方，全后宫有目共睹……”许衿的语气有些急切，显然这些话是憋在心中甚久。

有些人不用接触过很多次，就隐约能猜出对方的功底。许衿只接触过沈妩这么一回，就不由得手心冒汗，她一向自诩最能悠然自得地对付别人，终有一日，这种感觉调换了过来。

“衿儿，你不用这么着急。皇上正宠她，原本皇上对许家就有意见，若是对个只晓得穿衣打扮、争强好胜，无时无刻不会惹恼了哪位高位份妃嫔的女人都容不下，那许家就更要成为皇上的眼中钉、肉中刺了。至于沈妩方才所说的话，虽不可尽信，却也提醒了哀家。世家做得再大，只要不爬上中宫皇后的位置，在后宫里就依然少有话语权。不能让新贵得势！”太后挥了挥手，打断了许衿未说完的话，脸上带着几分胸有成竹的笑意。

许衿显然还不死心，但是瞧着太后坚定的模样，也不好再开口。

等候在寿康宫外面的妃嫔，三三两两凑在一处，小声地议论着昨儿晚上许衿空等一场的事情。许家那边自然是脸面挂不住，往常总爱聚众充当众星拱月的瑞妃，此刻也完全失了兴致。

偶尔有几个妃嫔议论的声音大了，话语自然是不好听。瑞妃终究还是耐不住性子，直接扭过脸冲着那几个妃嫔高声喊道：“有什么好说的，你们谁若是羡慕姝婉仪，现在就去寿康宫跟太后说啊！”

她的话音刚落，殿外的讨论声明显顿了一下，紧接着就小了不少。的确，姝婉仪此刻还被太后请去喝茶呢，也不知要责罚多少。

一群人正想着，就见沈妩一路招摇地带着两个宫女走了过来，顿时殿外一片哗然。

早就知晓沈妩素来爱俏，可是方才不是去请罪了吗？如何还穿得这般艳丽，光她们瞧着都觉得刺眼。

自然，让众妃嫔惊诧得不止这个地方，之后穆姑姑领着人进去的时候，太后对于沈妩也并未多加刁难。整个寿康宫的内殿一片平和，因着毕竟是打了许家的脸面，所以众妃嫔都是规规矩矩，努力说些讨喜的话逗乐，原先那些乌七八糟的争斗再不敢在太后面前显露出来，甚至比平时还要姐妹和睦。

直到从寿康宫里出来了，不少人依然不能相信。许家丢了这么大的脸，相当于始作俑者的沈妩，竟是毫发无伤，相反还更加耀武扬威！

不少人对于沈妩都退避三舍，她那身艳压群芳的行头，谁敢往前凑！况且这女人根本就是个妖精，不仅霸占住了皇上，此刻甚至连太后都被迷惑了。

沈妩回到锦颜殿的时候，兰卉已经等在宫门外了。沈妩搭着她的手臂下了轿辇，慢慢地往内殿走着。

“婉仪，方才明语已经去催促过御膳房了，枣糕很快就出锅了。只是不知皇上何时来，若是冷了倒是不好吃，怕他怪罪！”兰卉轻声地汇报着，说到最后一句，甚至慢慢地凑近她的耳边，生怕被旁人听见了到时候要遭殃。

沈妩轻轻点了点头，轻声问道：“让御膳房再多备着早膳，皇上待会儿若是过来也好一起用了。”

兰卉送她进了内殿，便匆匆退下去安排差使儿。沈妩闲来无事，从木匣子里摸出昨日未编完的挂绳继续。

她刚把挂绳编完了，不由得松了口气，却见明语提着食盒匆匆而来。刚踏进内殿里，沈妩就闻到了淡淡的枣香味，可见这回的枣糕，御膳房又是用了十足的心思。

“婉仪，奴婢提着枣糕回来的时候，瞧见娇妃娘娘的轿辇，正往这边来呢。奴婢没敢耽搁，就赶紧小跑回来了！”明语边说还边喘着粗气，显然是为了在沈娇之前到锦颜殿，好向沈妩汇报。

沈妩看着她上气不接下气的模样，不由得扯着嘴角笑了笑。从衣袖里抽出一条锦帕来，递给了她。明语有些受宠若惊，瞪大了一双眼眸看着锦帕，又瞧向沈妩，一脸的难以置信。

“拿着擦汗！”沈妩轻声说了一遍。

明语连忙躬身弯腰，双手接过，像对待一件至宝一般。心里激动万分，难怪明音常在她面前说婉仪的好，这简直好到家了！要不要弃暗投明，下回锦颜殿的事儿都不告诉皇上了，正好省的去龙乾宫被虐。

嗯，就这么决定了，只要日后婉仪不偷男人，其他什么事儿都不去主动向皇上汇报！

明语边拿着锦帕擦拭额头的汗水，便暗自做了决定。沈妩自然不知道她心中的小九九，方才也不过是瞧着她那副模样，心中颇觉好笑便随手递给她一块手帕，哪里会知道就这般收买了人心！

只能说皇上身边的宫人，活得都跟狗一般。

“婉仪，这枣糕要不要藏起来？待会儿若是娇妃她们瞧见了要吃，皇上过来了可就不大好了！”明语立刻主动开始担忧起来。

其实明语的想法很简单，皇上最是挑剔，若是他知晓了原本预备给自己的枣糕，被娇妃看上并且吃过了，那当是何种震怒啊！

沈妩不由得被她的话逗乐了，“扑哧”笑出声来。连忙挥了挥手，低声道：“不必如此防着她，娇妃哪里没吃过枣糕吗？况且她若是吃了，这么多的分量也看不出来。若是恰好被皇上撞见了，那敢情好，就把事情掰开了，本嫔还等着皇上替我撑腰呢！”

明语见沈妩言笑晏晏，丝毫不放在心上的模样，便也跟着点点头，主子心底有数，到时候不连累她们受罚就行。不过在听到沈妩所说的最后一句话时，明语把一双杏眸瞪得跟双铜铃似的，这后宫里，皇上从来没有替谁撑腰过，只听到众位妃嫔屡屡被打脸的事儿。

经常搞得这些伺候的人，皆以为皇上上辈子定是和女人有仇。但是冲着沈妩如此自信的态度，难不成这回皇上真的能为姝婉仪再次破例？

明语就这样歪着头，错愕地盯着沈妩看，此时完全忘了规矩为何物。就这么慢慢地将食盒放到小桌上，眼睛却还是不离开沈妩的身上。

“明语，瞧什么呢？娇妃娘娘带着两位秀女过来，这般没规矩仔细你的皮！”明音通传的时候，一进门就瞧见明语如此失态的模样，不由得冷声提醒了几句。

明语不由得吐了吐舌头，连忙跟着明音站到沈妩的身后候着。明音引着娇妃进门来，沈娇还没进门，先是传来几分娇俏的笑声。

沈妩正在猜测沈娇带着谁来，眼睛轻轻一扫，果然是崔家的双胞胎姐妹。二人身着同款的宫装，只是一个粉红色，另一个为湖蓝色，倒是相得益彰。四人彼此见了礼，便都坐了下来。

“姐姐今儿怎的带着她俩过来了，储秀宫那边的姑姑没拦着些？”沈妩冲着崔家姐妹点了点头，便转过头对着沈娇轻声问道。

秀女的活动一般都是储秀宫的执掌姑姑安排的，不许私自出殿。这规矩也是当今皇上下的死命令，当初齐钰登基不久，第一届选秀之时，简直乱了套。不少秀女在各种地点制造偶遇，偏偏皇上最讨厌这样倒贴的女人，所以那些女人没一个好下场，这规定就自然而然地形成了。

沈娇一听她问这话，连忙挥了挥手，脸上带着几分苦不堪言的神色，无奈地说道：“储秀宫的姑姑最是难缠，哪里能让我带出来，还是我发了狠，以高位压她们才勉强同意，也答应了最多一个时辰就要送回去。真是的，那些仗势欺人的狗奴才，不发狠不行！”

沈娇的语气里充满了显摆的意味，脸上的神色也是一副高高在上的模样。沈妩轻笑着点头，并不反驳。倒是身后的明音低下头，不屑地撇了撇嘴角。整日对着身不由己的奴才发什么狠，有本事也跟姝婉仪一样，去抽妃嫔的耳光啊！

“哎哟，我怎么闻到了一股红枣的味道，妹妹藏着什么好东西呢！”沈娇鼻子轻轻嗅了嗅，脸上带着几分调侃的笑意。

明语四处发散的注意力立刻集中了，果然还是要对枣糕下手！

“哦，这是我让御膳房做的枣糕，姐姐要不要尝尝？”沈妩亲自将食盒拖到手边，慢慢打开盒盖。

立刻一阵白气涌了上来，带着香甜的气息直蹿入人的鼻尖，刺激着味蕾，让人不由得咽口水。

“呵，枣糕这东西是皇上爱吃的。瞧瞧妹妹初入宫，便把这些消息打探到了，难怪盛宠如此，你们两个也好好学一学！”沈娇瞥了一眼食盒里的东西，脸上就露出几分不满的情绪来，甚至话语都带着些许的酸气。

她十分直白地冲着一旁的崔家姑娘说了两句，崔绣连忙点头，看向沈妧的眼光里充满了羡慕，而崔瑾则依然低着头，并不曾见她有旁的表现。

“那我们就沾了皇上的光，尝尝姝婉仪这里的枣糕。”沈娇浅笑吟吟，丝毫不客气地说出这句话，边说边慢慢地将过长的衣袖挽了上去，显然是准备吃糕点了。

沈妧一挥手，明语便冲出去找盘子过来。看着她健步如飞的模样，沈娇还嬉笑着调侃了一句：“妹妹这里的宫女都不一般啊，看样子是迫不及待地让我先替皇上尝尝这糕点的味道了！”

明语的脚步微顿，当场想回过来吐一口唾沫到她的脸上。呸，不要脸的女人，还是个妃位娘娘呢！看到枣糕就馋了，虽然她自己也想吃。但是皇上的东西，岂是旁人能碰的！

杯盘竹筷都上齐了，娇妃便亲自动手夹了一块到碗里。崔绣不好意思地冲着沈妧笑了笑，也举起筷子。倒是崔瑾不曾动筷，即使沈娇在一旁劝着，她也轻声拒绝了。

沈妧一直扯着笑意应付着，言谈大方，对于这些丝毫不介意一般。

“姐姐别光顾着吃了，说说把这二人带来，所为何事？”沈妧见沈娇吃得正欢，不由得先开口问。

沈娇恰好吃完了一块，拿着锦帕细细地擦拭着嘴角，然后对沈妧笑了笑，道：“这回御膳房的枣糕，似乎与平日里的味道不大一样。果然还是锦颜殿的待遇好啊！”

沈娇先是赞叹了一回枣糕的味道，话语里的酸气丝毫没减。这次就连沈妧都快绷不住脸上的神色了，就为了一点枣糕，出息！

“既然妹妹如此问了，那我也不拐弯抹角了。在后宫之中，历来姐妹之间就是要互相帮助的。婉儿入宫之时，也是我推举给皇上的，崔家两位表妹自小与我们一起长大，就跟亲妹妹一般，不如就由你引荐给皇上。”沈娇捧着茶盏轻抿了一口，话语里并不带丝毫商量的余地，完全就是通知的口吻。

沈妧秀气的眉头一下子便挑了起来，看样子她先前表现得太过于听话，让沈娇直接忘记了她也是有脾气的。

沈娇这话一出口，崔绣便放下了筷子，低着头掩饰住脸上的红晕。

“姐姐，不是我不想引荐，而是上回妍嫔的事儿，就是吃苦不讨好的结果。这回只怕会重蹈覆辙。”沈妧皱拧着眉头，担忧地说道，脸上尽是忧愁的神色。

听她提起上次的事情，沈娇的脸上便闪过一丝不自然。崔家姐妹也抬起头看向沈妩，似乎在询问她，显然二人并不知道上次的事情。

“妹妹怎么好好地提起这个，这回肯定不会了，当时皇上还没宠幸你到那种程度。你看现在皇上不去许衿那里，专门跑到锦颜殿来，不是更加宠爱你了吗？这些都是为了世家好，总不能——”沈娇正说得慷慨激昂的时候，忽然发现殿内的气氛有些不对劲，所有的人都看向殿门处。

并且原本坐着的其他三人都站了起来，只剩下她一人坐着。她便下意识地扭过头去看，未说完的话堵在了嗓子眼儿里。

只见殿门处站着一身龙袍的皇上，此刻他面无表情地看向沈娇，目光森冷，隐隐带着几分戾气。沈娇的腿一阵发软，勉强扶住小桌子站稳了。

“见过皇上。”内殿所有的人都俯身行礼，声音谦卑。心底却都一起暗自发毛，呵呵，魔鬼来了！娇妃自己看着办！

“爱妃方才的话还没说完呢，接着说！让朕也听听，平日里在朕的面前笨嘴笨舌的，怎么今日却如此伶牙俐齿？”皇上迈着大步走了进来，经过沈妩的时候，狠狠地瞪了她一眼，便转过去死盯着沈娇瞧。

沈娇一听他这话，自然知道是触了龙鳞，连忙跪倒在地。

“皇上，臣妾一时糊涂，胡言乱语，皇上恕罪！”沈娇整个人都在颤抖，带着声音都打战，险些语不成调。她根本不知道皇上何时来的，也不知道她所说的这些话，究竟让他听去了多少。

脑子里空白一片，心底早就开始发凉，只想着赶紧求饶。

“爱妃的胆子可真大，朕特地吩咐姝婉仪去御膳房要的枣糕，爱妃竟然比朕先吃了。这枣糕可是姝婉仪亲自开的方子，让御膳房按着做的，好吃吗？”皇上见她跪倒在脚边，并没有纠缠在方才她所说的那番话上，而是眼神犀利地盯着两个碟子中的枣糕，心头顿时怒火四起。

他在朝堂上被那帮迂腐老头，争吵得头痛。下朝之后，又要被那些老头所生的女儿折磨，简直是暗无天日！

“臣妾该死，不知这是送给皇上吃的。”沈娇银牙一咬，决定把沈妩推出去。反正当着她的面，沈妩不可能拆穿她的话。

皇上并没有追问沈妩，而是冷笑出声。

“爱妃吗？怎么这会子就不记得朕爱吃这个了？”齐钰慢慢弯下腰。

013

皇上惩戒

沈娇显然没有想到皇上的步步紧逼，男人的脸近在咫尺，英气的轮廓显而易见，无疑是俊美万分的。就连皇上宠幸她之时，两人都没靠过这么近，可惜她现在却没有欣赏的心情。

齐钰冷着一张脸，狭长的眼眸轻轻眯起，透着几分危险的意味。看着沈娇不停后退的身体，他脸上的鄙夷更甚。

“爱妃，怎么不回答朕的话？朕问什么，你就答什么！否则朕若是生气了，你应该知道下场，你口中所谓的世家可救不了你！”皇上轻轻压低了嗓音，带着十足的警告意味。

沈娇连忙点头，只是还不待她说话，忽然后颈就被人按住了。齐钰猛地抬手捏住了她的脖颈往前面按，他自己轻轻后退了一步，沈娇便双手撑在地面上控制住平衡。

“扑通”一声闷响，让所有人的心都跟着抖动了一下。显然皇上是怒极了，手上的力道自然不会少，沈娇得多疼啊！

“现在朕问你，这枣糕好不好吃？”男人的嗓音越发幽冷，近乎一字一顿的语速，让不少人跟着心慌。

内殿里的明语、明音，还有跟着进来的李怀恩都开始小腿打战。对，就是这种冷冰冰的模样，代表皇上真的要生气了，发怒的前兆，神经病的开端。皇上最喜欢牵连，看谁不顺眼就折磨谁。哪位美人来救命，他们不想遭受牵连！

当然他们心里头的想法，无人能够参透。沈妧自然也知道，皇上这是要发大火的前兆，她的眼神轻轻扫过一旁的崔家两姐妹。二人皆是发愣惊讶的神态，就连平日里十分淡然的崔瑾都不能幸免，显然是被吓到了。不过遇到了此刻生气的皇上，估摸着这二人今日都讨不了好。

“好吃。”沈娇颤抖着声音回道，此刻就这么被他按着，近乎趴伏在地上，两条腿还跪着，双手撑着身体，导致撅着屁股，此种状态，哪里还有平日里妃级娘娘的风采，简直就一缩头乌龟的狼狈模样。

皇上的脸上露出一丝冷笑，似乎很满意她的回答一般，直接伸手从一旁的小桌上，将整个食盒提了下来，扔到她的脑袋边上。

“爱妃跟在朕身边五六年了，也该明白朕的性子，从来不吃旁人剩下的。好吃你就多吃点，别浪费了，全吃掉！”皇上抬起腿，轻轻踢了一下食盒，食盒自然往前滑了一点，已经蹭到了沈娇的脸上。

殿内陷入了死一般的寂静，众人的反应有些微妙。不少宫人都已经开始腿打战了，却无人敢跪下去。皇上发怒的时候，每个人都希望自己化成一团气消失得了，因为那个时候他要是看谁不顺眼，无论那个人做什么，都是受罚的命。

沈娇开始哭了起来，眼泪吧嗒吧嗒地往下掉。无论怎么做，她这脸是彻底丢了。想她进宫五六年，即使对着旁的妃嫔和宫人，会偶尔耍性子无理取闹，但是对待皇上，每回都是小心谨慎，也没出什么大错。只这么一次，就彻底毁了，简直没脸见人！

齐钰自然瞧见了她的眼泪，有的泪水甚至都落进了食盒里，他英气的眉头紧紧蹙起。女人就是爱掉眼泪，有本事在背后算计朕，怎么没本事承受他的怒火呢！

“你们两个干看着做什么，方才还有谁陪着娇妃一起吃枣糕的，还不过来继续陪着她！”齐钰不想再瞧她的眼泪，猛地抬起头，冲着崔家姐妹的方向扬了扬下巴，冷着声音说道。

崔绣早就吓得魂飞魄散了，僵硬着身体似乎不知该如何是好。倒是崔瑾抬起头，对上了皇上怒气冲冲的眼眸，又很快低下头去，慢慢地走到沈娇身边，轻轻跪下。

内殿里几乎所有的人，都盯着她瞧，脸上满是诧异的神色。这位小主胆子可真大！

沈妩轻轻挑了挑眉头，果然是崔瑾，前世能从她手里分得皇上宠的，崔瑾算上一个了。

崔瑾也不拿筷子，只从衣袖里掏出锦帕，从食盒里包了一块枣糕，放到嘴边细细地咬着。即使她是跪在地上，但是腰肩挺直，丝毫不见怯懦之色。相比于一旁眼泪鼻涕一大把的沈娇，崔瑾倒更像是见过大世面的妃级娘娘一般。

齐钰冷哼了一声，忽然抬起脚踢掉了崔瑾手上的枣糕。

“一个两个都是一副板着死人脸的模样，怎么，朕欠你们银子吗？”可惜皇上他心情不好。

平日里或许能吸引到他的地方，在此刻也变成了致命伤。他才是该板着脸的那个，别人若是比他还严肃，心头就不爽。

沈妩微微愣了一下，眼睛瞪大了瞧过去。皇上方才的那一脚显然使了全力，崔瑾的嘴唇都被他的长靴刮到，立刻就红肿了起来。

“滚回去！”齐钰自然也看到了她的嘴唇，心头更觉堵得慌，便不耐地冷声呵斥道。

崔瑾低着头，慢慢地站起身退了回去。只是眼泪却还是止不住，她不是想哭，而是因为疼痛导致的生理性流泪。

“爱妃，你可真不听话。还没有刚入宫的秀女懂事儿呢！就别怪朕翻脸了！”齐钰重新把注意力放到了沈娇的身上，他低垂着眼睑看了她最后一眼，似乎等着瞧她垂死挣扎的模样。

伴随着他的话音落下，放在沈娇后颈的手微微使力，沈娇整个人再次往前趴。她的身体做出本能的反应，整个人用力后仰，双手也跟着使力，想要抗衡皇上的力道。

齐钰瞧见她还敢反抗，眉头皱拧得更紧，似乎是失去了耐心。抬起一只脚猛地扫向了沈娇的右臂。沈娇根本没有料到会这样，失去了右臂的支撑，整个人都向右边趴去，那一张整日保养细嫩的脸颊就贴到了地上。

还不待沈娇反应过来，皇上的手掌再次按住了她的后脑，不让她从地上爬起来。

“你知道吗？朕为了亲自处罚你，已经脏了手。爱妃最好听话一点，否则说不准朕就想见血了。以后别再让朕听到世家势力这种话，也别再找姝婉仪引荐谁！否则就不会只是吃点枣糕能了事的！”齐钰再次用力按了两下她的后脑，沈娇的脸颊就这样磨蹭着地面，她连喊都不敢喊出声，所有的疼痛都憋在嗓子眼儿里。

李怀恩瞧着沈娇那副惨状，不由得在心底长叹了一口气。瞧，又是一个不作死就不会死的典型！再敢作死啊，马上就去见阎王了！

“从今以后，你口中所谓的世家，无论是谁都不许再来找姝婉仪做这种事儿，无论是逼她让宠，还是要她推举谁。只要让朕知晓了，爱妃，你自己看着办！要争宠的话，有本事自己来，朕有的是法子折腾人！”齐钰冷着声音警告道，他站直了身体，后退了两步，满脸皆是嫌弃的模样。

李怀恩十分有眼色地快步走到他跟前，从衣袖里掏出锦帕双手奉上。果然皇上接过锦帕，便用力地擦拭着手指，活脱脱像是要把手擦掉一层皮般。

李怀恩算是瞧出来了，这是真嫌弃！

“娇妃身为四妃之一，却不懂得收敛本性，违背宫规，以上欺下，降位为从二品末等修容。惹朕不快，牌子去掉三个月，不参与侍寝行列！”皇上开了金口，直接说出了处罚的决定。

顿时大殿上的人皆是一惊，这从二品位份有九个排位，修容是最末等。估摸着皇上是看在世家的份儿上，才给沈娇一个脸面只降到从二品。

“嫔妾谢过皇上！”沈娇依旧匍匐在地上，此刻她的发髻散乱，珠钗都歪了位置，衣衫更是因为蹭到了地上，而变得脏乱不堪。整个人都极其狼狈，却是不敢有丝毫怨言，仍然压低了嗓音谢恩。

“至于这两个跟着擅自出了储秀宫的秀女，上回朕好像让李怀恩把她俩的牌子放进去了，现如今再拿出来搁置着，等朕心情好了再说！”齐钰一扭脸又去惩罚崔家姐妹二人，丝毫不手软。

那两人自然也是行礼谢恩，不过脸上惶恐的神色显而易见。谁能料想到，皇上的脾气如此之大！

“李怀恩，把这枣糕都拿出去喂狗！”皇上忽然抬脚，踢了踢还在地上的食盒，脸上不满的神色越发明显。

李怀恩连忙小跑了过来，提起食盒就逃也似的冲了出去。他终于可以逃离危险之地片刻，不过也不敢耽搁，丢给外头候着的小太监，匆匆叮嘱几句，又连滚带爬地小跑了进去，免得又被皇上的怒火波及。

“还愣着做什么？都滚回自己宫里去！最近几日别再让朕看见你们，否则后果自负！”皇上挥了挥手，脸上满是唾弃的神色，直接转过身背对着她。

娇妃双臂撑着地面，似乎想要站起来，无奈整个人都跟着发软，又一下子摔了回去。崔家姐妹俩连忙走了过来，一左一右搀扶着她站起，三人再次冲着齐钰福了福身，便相互扶持着出了殿门。

沈妩轻轻眯起眼眸，瞧着三人一瘸一拐的狼狈模样，心里头顿时松了一口气。这回，沈娇再也不敢让她做什么事儿了。

待到那三人的身影彻底消失在殿门外，内殿的宫人皆松了一口气。敲锣打鼓把歌唱，惹怒皇上的导火索已经走了，这回阎王的暴脾气该消停些了吧。

李怀恩带着一脸谄媚的笑意，看向皇上。只是当双眼瞧清楚帝王的暗沉如锅底的脸色时，他当场就笑不出来了。方才还准备豪迈地说几句场面话，将气氛圆过去，此刻他把嘴巴闭得紧紧的，头也低得死死的，他还不想早逝。

“都下去，朕和姝婉仪有话要说！”齐钰面对着沈妩，声音低沉。一双狭长的眼眸紧盯着沈妩，似乎随时都要冲上去将她怒打一顿般。

男人幽冷的语调，像是一首催魂曲一般，让殿内几个宫人跟着打战。几个侍候一边的宫人自是不敢多停留，快步地走了出去。李怀恩最后出来的时候，还顺手带上了门。

几个人大眼瞪小眼地站在外头候着，心里都在替姝婉仪祈福。婉仪福大命大，实在撑不过就叫，皇上肯定怕丢脸的！

齐钰阴沉着面色看向沈妩，他并没有多费唇舌，而是跨着大步子往她面前走。沈妩不由得快速地眨了眨眼睛，她根本不知道男人是不是也要揍她？

就在皇上发怒的这个时候，沈妩才感觉前世的自己算是白活了！那时候是如何平息他的怒火？

她正搜肠刮肚找寻记忆，想要救自己于危难之中。不过还没待找出接过来，男人已经走到了她的面前，伟岸的身躯覆盖住光线，下巴轻轻扬起，下垂着眼角看向她，像是在看缩在角落中被人遗弃的垃圾一般，满脸都是嫌弃！

沈妩就这么抬起头与他对视，几乎调动了所有的感官，来感受皇上的动作。忽然皇上抬起手掌，似乎要扇她巴掌一般。

“皇上，嫔妾怕疼！”沈妩下意识地缩着脖子，两只手抬起似乎想要推拒皇上的手掌。

“还会弄脏您的手！”好在男人的手掌并没有落下来，沈妩连忙又补充了一句。

“朕不怕脏手！”齐钰冷冰冰地丢了一句话过来，抬起的手忽然改了方向，直接从右侧划过去，猛地掐了一下她的侧腰。

“啊——”沈妩根本没想到皇上的突袭，顿时就喊出了声音，又连忙扼住了，似乎生怕被人听见一般。

外头一直关注着里面动静的几个人，都被沈妩的这一声叫喊惊出了一身冷汗。皇上做了什么？踹脸了？不可能，姝婉仪就靠一张脸争宠，如此赏心悦目的脸，皇上肯定下不了手！

那就是更深层次的？明音秀气的眉头紧皱，不由得拉了一下李怀恩的衣袖，低声道：“李总管，皇上最近是不是有了新的嗜好？以前练射箭那阶段，有的主子不长眼凑了上来，不是被他用筷子往脑门中央扔吗？”

明语一听也来了精神，不停地点头，脸上满是担忧的神色，道：“我也记得，还有一回皇上看着先生泅水，后来但凡在御花园偶遇的妃嫔，他都命人将那些主子扔进荷花池里！”

一直忐忑不安的明心听她们这么说，当初三魂七魄吓没了，眼神不由得飘向殿门，似乎在琢磨着要不要冲进去解救沈妩于水火之中。

李怀恩一瞧明心，就猜出了她的心思，连忙冷声喝止了明音和明语的继续探讨：“胡说什么呢？皇上岂是那种没分寸的主儿？”

他的话一出，三个宫女都看向他，脸上皆带着浓浓的怀疑。

李怀恩不由得“啧”了一声，不耐烦地道：“即使真没分寸，皇上待姝婉仪也是不同的！肯定不会那样对待她的！”

其他三人听了之后，细细一想觉得也对，便都轻轻地松了一口气。

再回到内殿，沈妩被掐了一下，腰上就隐隐作痛，显然皇上手下没留情。她半弯着腰，双手捂住被掐的地方，抬起头一脸欲哭的模样看着他。

“朕上回就跟你说过了，不要再跟其他人纠缠这些事儿！是不是朕太惯着你，让你都不知道朕的脾气，找不着北了！”齐钰的话语掷地有声，他仍然还是以那副高高在上的姿态看向沈妩，英气的眉头紧蹙，汹涌的怒气显而易见。

沈妩被掐得疼了，眼泪汪汪地看着他。无奈皇上正在气头上，也不理会她。

“嫔妾又不是故意的，下位者服从上位者，这是大秦后宫不变的宫规！”她自是委屈万分，双手揉着腰，觉得浑身都疼痛起来。一时也就耍了小性子，反驳的话几乎脱口而出。

美人落泪，几乎无人能抗拒这样的诱惑。偏生上回沈妩对着皇上用过了，这回就不大管用了。

伴随着她话音的落下，皇上的脸色更加暗沉。若是李怀恩他们几个在场的话，一定早早地在心底冲着沈妩竖起大拇指了。姝婉仪，真是超级棒！可能是嫌活得太长了！

齐钰冷哼了一声，再次抬手掐了她左侧腰一下，力气更加大了些。

“啊——”沈妩此刻就不再掩饰疼痛的呻吟声了，直接叫出声来！

殿外的四人再次惊了一下，李怀恩像是忽然想起了什么一般，低声道：“皇上最近在跟武先生学习舞鞭。”

其他三人：“……”

明心干笑了两声，轻声问道：“皇上是从朝堂上过来的，身上应该没带鞭子吧？”

李怀恩抬起头，看了一眼充满希望的明心，满脸带着无奈和叹息：“皇上今儿觉得上朝的时候，朝臣肯定又是喋喋不休，为此带了一根长鞭，说是没事儿就摸摸过瘾。”

他的话音刚落，四人皆是一副怔愣的表情。

“皇上，嫔妾错了。”沈妩拼命地扭动着身体，想要躲避皇上的袭击，嘴里不断地求饶。

无奈齐钰似乎是铁了心要惩治她，伸出两只手来对准她全身掐。远远地瞧着，就跟耍猴似的。沈妩每回躲避，都要带动整个身体，她自知此刻姿势难看，即使娇媚如她，想来也是狼狈至极，好在没有第三个人瞧见。

皇上似乎掐出瘾来了，双手的动作越发麻利。沈妩四处抵挡的柔荑，根本就抓不住他的手。

外头的四个人听着里面，沈妩一声高比一声的叫唤，顿时开始心惊胆战。明心看着殿门，好几次想要迈出脚步来推门而入。一旁的明音和明语连忙拉住她，低声劝道：“你急什么？进去了你能怎么办？还不清楚里头的情况呢，就算皇上真的兴致所致挥鞭子了，你进去要一起挨抽吗？”

明语嘴巴快，噼里啪啦就说出一长串来。明心被她吓唬得更加着急，要往里头冲的劲头更大。明音不由得瞪了一眼明语，抓着明心手的力道也加大了。

“别着急，上回有宫人衷心护主，冲进去要替主子挨罚。结果皇上正在气头上，变成了主子的惩罚加倍，那宫人在一旁眼睁睁地看着。你若是嫌姝婉仪的惩罚还不够，那就进去吧！”明音说完之后，便松了手。

明心自是不敢再往里面冲了，四人正皱着眉头的时候，忽然内殿里再次传来沈妩的轻哼声，却是带着几分颤抖和婉转，听在众人的耳里，倒像是动情之时的呻吟。

顿时四人的脸上皆露出几分欢喜来，莫不是皇上惩罚着，最后到绣床上去了？就说嘛，姝婉仪在后宫之中，乃是非常人也，皇上再大的火气，到了她的面前也能被消掉。

“沈氏阿妩，你属狗的吗？”紧接着男人的暴怒声传来，高高扬起的语调，似乎要穿透人的耳膜。

顿时，在外面意淫的四个人面色一垮，心碎成渣渣。

还不待他们四个做出别的反应，殿门就被猛地踢开了，皇上手捂着下巴，一脸阴沉地走了出来。

四个人连忙俯身行了大礼，好想就趴在地上不起来，只祈求别被火气波及。

“李怀恩，把姝婉仪的牌子给朕拿出来，牙尖嘴利的女人！”他近乎咆哮着说了这么一句话，只是话音刚落，他就轻轻地吸了一口气。

“嗞——”齐钰就这么用一只手捂着下巴，出了锦颜殿。虽然一路上刻意地保持着严肃的神色，无奈紧蹙的眉头和轻颤的嘴角，还是泄露了他此刻的疼痛感。

李怀恩亦步亦趋地跟在后头，不时地抬头偷偷打量两眼。皇上这手就一直没离开过下巴，难不成是自己挥鞭子造成了误伤？

李怀恩的心里虽是疑问重重，却是不敢多问一句，生怕皇上把怒火引到他身上。不过他那一双小眼睛，就从来没曾离开过龙辇上坐着的人。

“瞧什么瞧，小心朕挖了你的狗眼！”齐钰猛地回过头，一下子就看见李怀恩那荡漾乱飞的小眼神儿，知道他心里头肯定没想什么好东西，便恶狠狠地说了一句。

李怀恩立刻低头敛目，暗自责怪自己太没有分寸了。看屁啊看，先护住了狗眼再说！

皇上的龙辇刚出了锦颜殿，守在门口的三个宫女就冲了进去，只见沈妩红着眼眶捂住心口蹲在地上，一副疼痛难忍的模样。

“婉仪这是怎么了？快去找兰卉姑姑来看看！”明音一瞧她这要哭的模样，以为是被皇上虐惨了，连忙找兰卉过来，想着要请太医来瞧瞧。

兰卉早就得到消息了，皇上闹出了如此大的动静，锦颜殿里有些人就不安分了。她要看管着众人，所以就和张成守在外头，一直没到内殿这边来。此刻见皇上的龙辇走了，才连忙叮嘱了张成几句，便快步跑了进来。

“来了，婉仪哪里疼？让奴婢瞧瞧！”兰卉小跑着走到沈妩身边蹲下，搀扶着她的胳膊似乎想把她拉起来，柔声问着，语气里带着几分焦急。

沈妩听着她问，抬头瞧了一圈，围在四周的都是贴身伺候的宫女，索性也不强忍着，抽噎着道："哪里都疼！"

她边说边吸了吸鼻子，难得地露出了几分委屈的神色，倒像是没吃到糖的小娃娃一般，惹人爱怜。

殿内的兰卉和三个明字开头的宫女，一听她说哪里都疼，顿时一颗心就提到了嗓子眼儿里。

还是明语耐不住了，低声试探地问了一句："婉仪，皇上打你了？"

她的话音刚落，几乎所有人都伸长了脖子，等着沈妩的答案。

沈妩搀扶着兰卉的手臂，慢慢地挪到桌边，却是手撑着桌子边缘，并不坐下。

"他没打我，只是掐了我！身上肯定都青紫了！"沈妩怨气满满地说了一句，脸上哀怨的神色显而易见。

在屋子里的四个宫人都是一脸的呆若木鸡，明音心里头立刻就冒出了想法：皇上带了鞭子，竟然没用上？啧啧，难得地转了性子！

"婉仪，您坐下歇歇！"还是兰卉扶着她往椅子上靠，这么站着也不是事儿。

"不坐，腿疼！"沈妩边说边摸了一把左腿，"咝咝"地吸着冷气。

她的语气里透着几分恼怒和不耐，其他四个人自是不敢再多问话。瞧瞧，皇上和婉仪单独相处之后，两个人都气得跳脚。哪还有当初的甜蜜？姝婉仪这才进宫多久，就能把皇上给气成那样？

"主子，奴婢方才瞧着皇上怒气冲冲地走了，您怎么他了？"明心毕竟还是担心，她此刻也顾不得沈妩是不是在气头上，柔声问了一句。

其他三人再次跟着伸长了脖子，眼神下意识地飘向沈妩的红唇，端看她能说出什么来。

"本嫔咬了他！"沈妩上下嘴唇一碰，就说了这么一句，显然语气里还夹杂着怒气。

内殿的其他四个人："……"

她们早就呈石化状态了，皇上折磨人的消息，那是一笔接着一笔传来。第一次听说皇上被别人虐的！姝婉仪，当数真女人也！农奴翻身把歌唱啊！

沈妩扭过头，一瞧她们四个脸上惊得面无人色了，不由得挑起了秀气的眉头。似乎觉得站得累了，慢腾腾地挪到椅子上，龇牙咧嘴地坐了下来。

"你们这么看着本嫔作甚！受委屈的明明是我！其实方才不该咬他下巴，应该咬他脑门儿的，任谁都能瞧得一清二楚！看他还敢不敢再掐我了！"沈妩发着狠地念叨着，满脸皆是悔不当初的表情，似乎如果时光可以倒流，她真的要冲过去咬皇上的脑门一般。

明语忽闪着大眼睛，看向沈妩的目光充满了浓浓的敬佩。姝婉仪，咬得好！

明音则轻轻皱了皱眉头，婉仪当真是怕疼，竟然恼羞成怒成这般。神志已经不清醒了吗？想要和上神一般存在的皇上斗法的话，先得从他的眼中摆脱被嫌弃的命运！

当皇上愤怒全开的时候，所有的人在他的眼中，都是垃圾一般的存在！姝婉仪这回可算是脱颖而出，变成了会咬人的……

明音正想着用什么形容词，最终还是在心底默默地念叨了四个字：漂亮垃圾。

“婉仪，奴婢帮您揉揉？一开始您忍得了，怎么最后就忽然咬人了！皇上可是九五之尊，再怎么说您都不该把他招惹成那样！”明心一听她这话，是又心疼又紧张。几步冲上去，就替她慢慢地揉捏着。

沈妩肯定是受了什么莫大的委屈，否则她这样好的性子，定会把皇上哄得好好的！怎么就忽然动了口。

“他最后捏到本嫔的胸了！”沈妩顿了两下，面色再次暗沉了几分，有些不情愿地说着。

其他四人再次：“……”

沈妩似乎是想起那种疼痛来，立刻弯下腰，双手捂着左胸，轻轻地吸着冷气。

她不是故意要咬帝王的，讨好都来不及呢！谁知道皇上不断地掐，她不断地躲，最后就导致皇上一个手滑掐到了她的胸上。本来男人的手劲儿就大，沈妩一向是傲人的上围，此刻有一种说不出的痛。

五脏六腑都跟着难受，于是她就本能地反击了，咬死你个色胚混账王八蛋！

皇上坐在龙辇上，越想越觉得恼火。他掐沈妩，她就乖乖受着呗！拼命地躲个什么劲儿，直到最后一下掐到一块感觉突出的肉，触感十分柔软，他正想着这是什么地方呢，就见沈妩忽然抬起头，跳了起来狠狠地咬上了他的下巴。

结果就变成了，他掐着那块肉，越来越用力。沈妩咬着他的下巴，也死不松口。两人的倔脾气都上来了，皇上不再是轻扬着下巴高傲状了，而是低着头丝毫不敢用力气拉扯下巴，生怕被她的牙齿撕下一块肉来。

如果那个时候，有人推门而入的话，将看到大秦后宫第一奇景。皇上和他的爱嫔在互掐，两人相貌姣好的脸蛋，都皱拧得紧紧的，姿势蜷缩着，简直就是不堪入目。

“李怀恩，把姝婉仪的牌子丢进莲花池里，永远都别捞上来！”皇上忽然猛地抬起手用力拍了一下龙辇的扶手，扯着嗓子高吼了一声。

正琢磨着皇上心思的李怀恩，被吓了一大跳，险些就跪倒在地求饶。身上被惊出了一身冷汗，连连点头应承着，下意识地抬起头瞧了一眼龙辇上的男人，却险些笑出声来。

皇上方才太过于激动，这捂着下巴的手就放了下来拍龙辇，恰好够李怀恩看到他的下巴。

原来不是鞭子伤的，是被咬的啊！瞧瞧那深深的牙印，几乎咬出瘀血来了，简直惨不忍睹啊！

李怀恩默默地在心底，把姝婉仪的位份抬高了几个等级。能把皇上咬成这样，最后却毫发无伤，皇上气呼呼地走了，只能跟个死物牌子较劲儿！非姝婉仪莫属也，将来必成大器！

这皇上和姝婉仪对掐的事儿，自然是没有传出去，不过皇上怒摔着出了锦颜殿，却是众人有目共睹的。

再加上先前沈娇被降位撂牌子的狼狈样儿，众人纷纷猜测姝婉仪肯定也是惨遭不测，将再次面临失宠的危险。

沈妩不过进宫一个半月，霸占了皇上将近半个月的时间，已经传出两回失宠的流言了。

当晚，皇上未召幸任何人，就连太后派人请他去寿康宫用膳，也被他毫不客气地拒绝了。一心待在龙乾宫里养伤，秘密召见了杜院判。那老头儿瞧见皇上一张俊脸上，竟是留个这样深的齿痕，头回见他露出了笑意。

不过那老头儿一向爱板着脸，所以此刻的笑就显得极其怪异，皇上心头的怒火再次增加了几分。

先被自己的女人咬，再被自己的臣子嘲笑，真是流年不利！

不用说，第二日的早朝也被停了。李怀恩特地去光明殿，下达皇上的旨意。

“皇上偶感不适，为此停朝两日。各位大人如若有什么奏章，即可交给咱家。”李怀恩一身利落的太监总管朝服，手里拿着拂尘，板着一张脸，一副生人勿近的模样。

文武百官都交头接耳地议论起来，皇上登基以来，一向身子康健，从未缺过朝会。即使偶尔小感风寒，也都带病上阵。这回直接人都没来就称病了，看样子真的是挺严重的。

“李总管，不知道皇上的龙体是受了什么病症？可有大碍？”许老侯爷先发了话，现如今的皇上关系到许家世家之首的地位，他自然是最关心的。

014
别扭皇上

李怀恩看了一眼许老侯爷，脸上露出几分为难的神色，冲着他俯身行了一礼，低声道："皇上说了，若是您问起来，就说：'朕的龙体两日之后必定能好，还望老侯爷莫要担忧，许家这世家之首的地位，最起码还有个几十年才可能倒！您还是多关心一下自己安享晚年的事儿吧！'"

李怀恩语气镇定，待这一长串转述的话说完之后，脸色已经恢复了正常。用皇上的原话，许老侯爷整日找虐，尽做这些吃力不讨好的，是人干的事儿吗？

果然李怀恩的话音刚落，许老侯爷的面色就变得有些难看。皇上这性子当真是一点都招惹不得，即使面对血浓于水的外祖父，或者是朝廷重臣老臣，皇上一个不高兴，觉得他们所说的没道理，依然会毫无顾忌地骂个狗血淋头。

最后还甚是体贴地让史官照实记载，今日皇上又骂了谁谁。

不过众臣都已经习惯了，皇上骂人代表今日平安度过，如果哪日他不骂人了，说不准就有谁要倒霉了。

安然地躺在龙床上的皇上，眼睛瞪得大大的，看着帐顶。平日里上朝，他总嫌弃那些朝臣啰唆，现如今一大早不听人念叨着，耳边还真是有些不习惯。他的下巴上包了一层锦布，里面正是杜院判开的外敷之药。

所谓外敷内服，才能双管齐下，治好他的下巴。那老头儿已经向他保证，两日后印记就看不出来了，还他一张光洁如初的巴掌小脸。

沈妩这边也不好过，她当天晚上脱衣沐浴的时候，就瞧见腰上青一块紫一块的。大腿、手臂只要是被皇上掐到的地方，都不能幸免的变成了青紫色，看着好不可怜。

她伸手慢慢地搓着被掐青的地方，似乎还能感到阵阵疼痛。伺候她沐浴的明音和明心，早就上下打量了一遍，脸上皆露出诧异满满的神色。

沈妩怒瞪了她们一眼，暗咬着银牙心中不断鼓励自己，才敢慢慢低下头来看向自己的胸。果然左边的胸口上被掐得青紫了一大块，惨不忍睹，简直不能忍！

她根本没敢用手去碰，就开始"咝咝——"地吸着冷气，半红着眼眶进了汤池里。

待她换了里衣躺在绣床上的时候，更是辗转反侧，难以入眠。无论是平躺还是侧躺，总有地方压着床硌得疼。

第二日早起请安的时候，她更是成为众妃嫔指指点点的对象。偶尔有走得近的，那些谈论声一丝不差地钻进了耳朵里，显然那些人皆没有收敛的架势。

如果是旁人倒霉，或许这些妃嫔还没有如此落井下石的。但是这回可是后宫之中最引人注目的姝婉仪，自然人人都想踩一脚过把瘾。

沈妩努力保持着莲步款款，实则浑身都痛，睡了一觉之后，痛感更甚。根本无心理会周围的人到底说的是什么。

"见过太后，太后万福金安。"进了寿康宫，依然是两排整齐的队列，异口同声地向着太后行礼，动作整齐划一。

"起吧！"太后的语气恹恹的，世家虽然昨日被皇上重创，丢了一个妃位，又让最得宠的姝婉仪得罪了皇上。

本以为可以趁机而入，昨儿晚上让许衿侍寝的。她便派人去请皇上，没想到那小子竟然毫不委婉地拒绝了。弄得她现在还是精神不佳，无心请安之事。

太后满脸毫不掩饰的疲态，众人自然瞧得清楚。她正准备借口自己乏了，让她们退下，哪知偏偏有人不让她如意。

"太后，臣妾有一喜事要趁此机会，告诉您和众位姐妹！"庄妃坐在世家女之首位，脸上带着亲和的笑意，声音里也透出几分绵软，似乎想要融化谁的心一般。

庄妃的话音刚落，殿内不少人的目光，就自然而然地投射到她的身上。依然坐她身旁的沈娇，则始终低着头，似乎生怕别人也趁机打量她一般。

沈妩的眉头一挑，也亏得沈娇没称病，想来定是庄妃逼迫所致。今儿就要宣布那个好消息，让世家在连连失利之后，再次赢得人的注意。

太后淡淡地扫了一眼庄妃，不咸不淡地说道："庄妃有何话就快说吧，哀家有些乏了！"

庄妃轻抿着红唇淡淡一笑，丝毫不因为太后这倦怠的神色而扫兴，相反还更加兴高采烈的模样。

"太后若是听了这个消息，保证立马就能来精神，根本不会乏的！"庄妃的脸上仍是笑意吟吟，只是话语里面却是意有所指。

她的话音刚落，太后就下垂着眼角斜看过来，脸上的神色微微冷了几分。

“来，婉妹妹，你自己跟太后说这天大的喜事儿！”庄妃冲着沈婉招了招手，眼睛里充满了鼓励的意味。

沈婉轻轻站起身，慢慢地走到殿中央，对着太后的方向施施然行了一礼，低声道：“太后，嫔妾是有了喜脉。”

她的话音落下，整个内殿忽然就陷入了死一般的寂静。众人的眼光全部投射到她的身上，像是一把把利剑，要将她活活凌迟致死一般。

有了喜脉，这么大的事儿，后宫的其他两方势力竟是一丝一毫的消息都没收到！

太后足足愣了几秒，才反应过来。她勉强控制住脸上的表情，轻轻地扯出了一抹笑容，柔声道：“那敢情好，后宫之中已经许久未传出喜事儿来了！什么时候发现的？”

沈婉并不答话，而是瞧了一眼庄妃。庄妃冲着她笑了笑，几步上前来搀扶着她，低声回答太后：“昨儿才请太医瞧的，已经三个月了。当时臣妾也在身旁，太医说是已经坐稳了胎，没有那般娇矜了！”

庄妃三言两语就解释清楚了，太后暗暗咬紧了牙关。好个世家，竟然如此隐瞒着，专等着救世家于危难之中，打其他人一个措手不及！

“那还藏着掖着作甚，快去派人告诉皇上，日后婉婕妤的晨昏定省也免了。哀家以后的确是不会轻易乏了，日思夜想的乖孙儿快来这世上了，当真是欢喜得紧啊！”太后也丝毫不示弱，此刻脸上已经恢复如常，慈祥的笑意像是专心等着见孙子的普通祖母一般。

庄妃搀扶着沈婉，冲着太后轻轻行了一礼便回到座位上。倒是太后不好再说困乏，强打着精神说了几句喜气的话，才让众人散了。

婉婕妤有孕之事，很快便传遍了整个后宫。待在龙乾宫正无所事事的皇上，一骨碌从龙床上爬起，提笔就开始下旨赏赐。

李怀恩袖子里揣着圣旨，一步两颠地往婉婕妤的宫殿走去。一路上这嘴巴就不停地念叨着，他身后跟着两个小太监，隔得远远地走着，生怕无意间听到什么牢骚，就是要命地抱怨皇上。

不过一道圣旨罢了，皇上为何定要派他出来宣旨？婉婕妤在皇上的心头，有这样重要的地位吗？最重要的是，在现如今皇上脸上毁容，随时都处于暴躁边缘的状态下，龙乾宫上下缺了他，回去之后宫人真的都能活着吗？

待进了宫殿，李怀恩立刻端正了面色，拿捏着太监总管的款儿，缓步走进了内殿。

“奉天承运，皇帝诏曰！”李怀恩轻咳了几声，从衣袖里掏出圣旨展开，下意识地便念了这一句开头。

只是他的眼神往下瞟，待看清楚上面字的时候，却是整个人一惊，险些将手中的圣旨扔了出去。

沈婉在宫女的搀扶下，已经半跪在地上准备接旨了，此刻却忽然没了声音，不由得惊诧地抬起头。

“婉婕妤贤良淑惠，体贴朕心，怀有龙嗣，劳苦功高。且比之其姐妹，要好之甚多，朕心甚慰。特升位为从二品修媛，迁至奇华殿。钦此！”李怀恩颤颤巍巍地将这圣旨念完了，嗓子眼儿里像是堵了一口痰般难受，这口气上不来也下不去。

皇上，您下的圣旨如此直白，真的好吗？听起来像是怨妇的口吻啊，姝婉仪真的伤你有如此之深吗？

他的话音刚落，整个内殿的人都呆如木鸡。呵呵，沈婉直接跳成了正二品修媛，比沈娇的正二品修容还要高啊！虽是同等级，但是差距还是有的，沈娇见了沈婉得矮一头啊！

皇上这一道圣旨，直接否定了沈家的其他几位啊！就沈婉一人脱颖而出了，沈韵到现在连侍寝的资格都没有。

“婉修媛，接旨吧！皇上这样的夸奖，可不是谁都能听到的！”李怀恩轻咳了一声，唤回了沈婉游移的神志，半弓着腰将圣旨往前面递了递。

虽然还是尖细难听的声音，不过此刻传到沈婉的耳朵里，却是透着三分甜。这后宫里被皇上这样对比夸奖的妃嫔有谁？除了她沈婉之外，再找不出第二位了！

沈婉搀扶着宫人的手，小心地接过圣旨，如获至宝一般地拿着。自然有执掌姑姑递上银子给李怀恩。

沈婉得此殊荣，不需要特地宣传，这个消息就已经在后宫中被传得沸沸扬扬了。众人皆猜测着，沈王府往死里送姑娘进后宫，还是有道理的。瞧，世家这几次的大事件，都是靠着姓沈的姑娘撑着。

在皇上那边，好的也是姓沈的，比如先前的沈妩和现如今的沈婉。差的还是姓沈的，比如现如今的沈妩和此刻的沈娇。

天上地下，也不过一眨眼的事儿。

那奇华殿殿如其名，无论是外观还是内里，都十分奢华精致。瞧这样子，皇上是下了血本要捧高婉修媛了，不止让她的位份提升到从二品，压在了沈娇的头上，还赐住了这样秀丽的宫殿，就足以见得他对沈婉这次的喜脉有多看重。

沈王府收到消息的时候，真可谓忧喜参半，这三位姑娘受到牵连，各有利弊，真说不出究竟是吃亏还是赚了。

倒是沈王妃气得险些吐血了，她之所以顶着无数的骂名，一个接着一个把姑娘送进后宫，就是为了让这些庶女帮衬着沈娇上位，然后随便哪个庶姑娘有了身孕生下皇子，这沈王府就可以考虑世家之首的位置了。

沈娇原本已为妃位，沈婉也有了身孕，离成功明明只有一步之遥。偏生出了变故，落得沈娇这个嫡姑娘，倒成了庶姑娘的陪衬。难不成要从她肚子里爬出来的姑娘当个生孩子的人，最后为了沈家上位牺牲了当踏脚石吗？做梦！

沈王妃越想越觉得憋屈，便递了牌子申请入宫。哪知宫里头很快便传来了消息，却是沈婉批准她入宫的，这道牌子根本就没到沈娇的跟前！

她是板着一张脸进宫的，宫女引着她走向奇华殿，还没进殿，就有个穿着宫装的姑姑堵了过来。

“王妃，修媛怀有龙嗣，奴婢是皇上从龙乾宫调过来的，皇上特地叮嘱了要小心看护着修媛。所以还请您让奴婢检查一番，免得不小心带了什么！”那姑姑看起来三十多岁，眼角有些细纹，不过却是始终摆着一张笑脸，话说到最后似乎带着几分不好意思，无奈是奉了皇命，又不可不为。

沈王妃心底的火气又加大了几分，不过她急于见沈婉问清楚状况，也就没有多加刁难，直接张开双臂，配合地等着她来检查。

尹姑姑始终都是赔着笑脸，动作虽然十分轻柔，不过却是将沈王妃全身上下都检查了一遍，显然十分仔细。沈王妃见她已经熬到了龙乾宫那边的姑姑，想来定是颇受皇上待见的，不过却不拿娇始终保持着笑意，沈王妃即使心头有怒气也不好发出来。

“王妃受累了，可以进去了。”尹姑姑弯身冲着她规矩地行礼，那谦卑的态度，甚至比刚入宫的小宫女还要让人舒坦。

沈王妃心头那一点不快也散去了些，带着两个丫头就要进去。却再次被尹姑姑拦住了，她偏过头看向尹姑姑，脸上不耐的神色丝毫不遮掩。

尹姑姑再次弯腰行礼，看向沈王妃身后的两个丫头，低声道：“王妃，现在是特殊时期，还是莫要带人进去的好。否则皇上那边，奴婢没法子交代！”

说完之后，她又抬起头来，满脸堆着温柔的笑意。行礼的动作虽是谦卑，不过整个人却没有谄媚的感觉。沈王妃轻轻地“啧”了一声，却也是无法，只有挥了挥手让那两个丫头止步，独自一人跟着领路的宫女进了内殿。

尹姑姑仍然保持着如沐春风的笑意，还言语客气地让人领着那两个丫头去偏殿等候着。

四周有几个守门的宫女太监，都把这一幕瞧得一清二楚，不由得在心底替这位尹姑姑竖了个大拇指。这些宫人大多是一直就伺候沈婉的，所以对沈王妃并不陌生，沈王妃的脾性还是挺大的，再加上原本庶女对嫡母就有三分惧意，所以沈婉也会谦让着她些。

此刻这位难缠的沈王妃，面对这样无理的要求都不会生气，显然都是因为尹姑姑。不愧是皇上调过来的姑姑，当真是出类拔萃。

尹姑姑也不说话，脸上的笑意却是丝毫不见。她在心底暗笑，能从皇上身边讨得一口饭吃的，就得天生奴才命。龙乾宫出来的宫人，见到谁都赔着一副笑脸，那是在皇上面前练出来的，到外殿办事儿倒是非常吃得开。

笑不算难事儿，当往皇上面前一站，笑不出来的时候才叫痛苦。

沈王妃走进内殿的时候，沈婉正扶着宫女的手慢慢站起来，待沈王妃快要走近的时候，她才弯身行礼。

沈王妃连忙快走了两步，轻轻地搀扶起她，柔声道：“双身子的人就该好好待着，如此大动干戈做什么？”

沈王妃亲自搀着她的手，走到一旁的小桌旁，扶着她坐到椅子上。方才脸上的不耐早已消失得干干净净，相反还带着几分小心翼翼的表情，任外人瞧着好一副母慈女孝的场景。

沈婉有些受宠若惊，不过面上惊诧的神色就收敛了起来，拉着沈王妃的手低声说了几句，便挥手让殿内的宫人都下去了。

“快说说，可真如传言那般，娇儿是彻底惹恼了皇上？”待内室的门被关上之后，沈王妃立马变了嘴脸，有些迫不及待地问道。

沈婉的心底不由得冷笑连连，面上却是一副严肃的神色，递了杯茶给沈王妃，柔声道：“王妃莫急，听我慢慢道来！”

过了小半个时辰，沈王妃才从内殿出来，依然是尹姑姑送她出去。看着前头的宫女把沈王妃带去沈娇宫殿的方向，尹姑姑的嘴角泛起一抹冷笑。今儿去皇上那边汇报消息，应该不会被骂废物了！

沈娇这几日除了晨昏定省之外，基本上不出门。来客也一律不见，她最怕的就是丢人，偏生这回还丢了如此大的脸面。

母女俩相见，少不得一阵关怀备至的哭啼。待冷静下来之后，沈王妃掏出锦帕，细细地替她擦干净眼角的泪水。

“快莫哭了，娘知道你受了委屈。方才从奇华殿过来，我就在想把你的这几个姐姐妹妹送进来，到底是好还是坏！你这样的性子，玩儿心眼根本就斗不过她们的！”沈王妃长叹了一口气，脸上露出几分无奈的神色。

沈娇正是委屈万分的时候，本以为沈王妃会安慰她，却哪知道这头几句就开始念叨起她的不是来了。顿时心头更加难受，眼泪再次汹涌而出。

“莫哭了莫哭了，皇上亲自派了姑姑去守着奇华殿，把那里围得跟铁桶似的，连我进去都要接受搜查，想来皇上真是看重了她这胎。你若是个聪明的，那我这颗心早就可以放肚子里，专等着沈婉生下皇子来了。可是偏偏你进宫后，怎么尽做这么吃苦不讨好的事情，即使最后是个小皇子，你真的就能爬上那皇后之位？”沈王妃越说越生气，语气里就夹杂了两分责怪。

沈娇是嫡长女，在沈王府一众姑娘里面，她的身份最为贵重。沈王妃当时只管着要和后院的女人斗法，还要理账，整日忙得焦头烂额的。遂能管教她的时间很少，只不断地往她屋里送好的东西，琴棋书画、歌赋诗词，甚至是各地风俗的书册，只想着能教出一个知书达理、见多识广的女儿。

没想到沈娇进宫后，竟是变得越发蠢钝了。沈王妃的心底一阵无力感，此刻她才感觉到什么是烂泥扶不上墙。

“娘，我知错了。也不能都怪我，世家现如今都是跟着庄姐姐，唯她是从。我也只能听她的，免得到时候闹出了事情，世家不救我！”沈娇哭哭啼啼地解释着。

教引嬷嬷能教她礼义廉耻、规矩行礼，却无法告诉她做人的道理。沈王府后院一向是沈王妃把持，所以对于沈娇这个大姑娘，众人都是退让三分。坏主意也不会打到她身上来，生怕触及了沈王妃的底线，到时候没了命。

沈王妃一听她这番话，再瞧着她理直气壮的模样，心底的无奈感越发深了。

“好，娘如今也不指望你能做什么皇后了，先把这关过了再说。记住，既然婉儿有孕这事儿是庄妃捅出去的，你就别再往上面凑，什么东西都别送到奇华殿里，就让庄妃一人全权负责了，免得到时候着了别人的道！”沈王妃不放心地叮嘱着，她总是有些不放心。

沈家现如今在后宫中太过惹眼，就怕有人惦记着。

沈娇听了她的话，满脸都是惊讶的神色。她十五岁入宫，沈王爷和王妃对她都是信心满满，不断地给她助力，只希望能够谋成事儿，代替许家成为世家之首，现如今却听到她的亲娘这般说话，只不过六年而已，就已经整个变了脸，当真够她惊慌失措的。

“娘，您怎么这般说？你不要女儿了？还是说你要换人当皇后？”沈娇此刻也不哭了，她虽说斗心眼儿差了点，不过对这方面倒是很敏感。

沈王妃这一时的气话，倒是让她听出了几分弦外音来。

沈王妃长叹了一口气，看着她这副惊慌失措的模样，心头又是疼惜又是嗔怨。想她自己将沈王府的里里外外都能应付得井井有条，就连劲敌元侧妃，也能管理得服服帖帖。偏偏自己所生的这个大姑娘，竟是没遗传到她任何一点儿的聪明劲儿来。

“娘也只是一时气话而已，只要沈家还有一分实力在，定是要推你上位的。日后别再说这种丧气话，不推你上位，难不成娘去推别人？”沈王妃拍了拍她的肩膀，再讲了几句安慰的话，便走出了内殿。

她原本还想让引路的宫女，带着她去锦颜殿的，没承想竟是遇到了龙乾宫的人。

“沈王妃，对不住啊。方才皇上知道您来了后宫，便让小的来告知您一声。姝婉仪还受着责罚，您不能去瞧她，下回吧！”那小太监边说边领着她往宫门处走，显然是要送她出去。

沈王妃一听是皇上的口令，哪还敢停留。心里暗暗嘀咕着，这沈妩究竟是如何惹恼了皇上，九五之尊竟然闲到连这种事儿都管起来了！

沈妩这边还特地收拾了一下，准备迎接沈王妃呢，没承想倒是让皇上替她挡了。

“婉仪，您别放在心上。皇上就是这样儿，以后遇上了，您哄哄他就好了！”前来汇报的明语瞧见沈妩发愣的模样，以为她很在意此事。毕竟连沈娇把皇上得罪成那样狠的，沈王妃都畅通无阻地去瞧了。

皇上偏偏就拦着不让见沈妩，这不就是歧视吗？光明正大地让穿小鞋儿！

沈妩轻笑着点了点头，也没说话。倒是一旁的明心听了，心里头不是滋味，便低声嘟哝了一句：“以后还能遇得上吗？难道要婉仪送上去给皇上用鞭子抽吗？”

明语不由得撇了撇嘴巴，她也只是好心安慰。皇上的兴趣爱好，又不是她所能左右的！

“方才奴婢遇到了李总管，他正动员龙乾宫所有宫人，替皇上找面具呢！听说皇上不知怎的，就爱上了戴面具，还要请外头的师傅进宫来，教他做面具呢！”明音挑着珠帘走了进来，恰好听到明心的话，便轻声地纠正着。

语气里充满了无可奈何，皇上的兴趣所致跟他的脾气一样，想到哪儿就是哪儿。也多亏李怀恩这么些年，都是尽心尽力满足。

皇上没上朝，这空闲下来的时间自然就不会闲着，想着法儿地折腾龙乾宫里的宫人。

“这面具好像没什么能惩罚人的？”明心点了点头，顺口说了这么一句。

沈妩不由得轻声叹了口气，自从她和皇上在锦颜殿对掐了一次之后。她不止感觉整个人都不好了，就连身边的人都不大好了，整日说一些她完全听不懂的话。

还没到晚膳时分，有一个消息传遍了后宫之后，众妃嫔就没心思用膳了。皇上宣召了许衿去龙乾宫伺候。

沈妩知道之后，也错愕了一下。原以为这秀女侍寝之事，世家先失利，皇上根本不可能考虑许家，最后自然会先行宠幸斐安茹的。没承想皇上竟然选择了许衿，的确够让人大跌眼镜的。

先前，太后就差把人送到龙床上了，皇上都不屑一顾，甚至利用沈妩好好羞辱了一番许家。此刻待太后几乎快死心了，皇上又回心转意了。

当然有不少人跟沈妩的想法是一样的，其中最为担忧的当数太后了。被耍一次就足够了，如果再被同样的法子耍第二次，那就真是智商有问题了。

许衿也在寿康宫里候着，瞧见此刻太后坐立难安的模样，不由得低声劝道：“太后，您也不用如此着急，皇上整日忙于朝政，不会有这样的闲工夫，一而再，再而三地戏耍我吧？”

上回皇上戏耍许衿，不过是冲着许家而已。既然这回再次召幸她，应该是正经的，若不然也无须多此一举了，许家上次就够丢脸了。

太后的眉头轻轻蹙起，听了她的话之后，就细细琢磨起来。

“皇上的心思谁能猜得到，你若是用寻常人的想法去估量他，最后只会更丢脸面。许家再不能冒险了，为了保险起见，必须得想一个法子！”太后轻轻地摇了摇头，显然不赞同许衿的说法。

她找来了宫人轻声叮嘱了几句，便让宫女前去龙乾宫汇报。

皇上正仰躺在床上，跷着二郎腿，无聊地看着帐顶。啧，此刻这么无所事事的时候，正是他荒淫无度的最佳时机。无奈好容易来了个让他欢爱时食之精髓的女人，竟然是属狗的！

“啧！”又是一声不满的语气词，他怎么又想起那个女人了！九五之尊这张俊脸，从小到大没人敢动，这回竟然被一个婉仪给咬得险些破了相，连早朝都不能上，只能躲在寝宫里，想法子找乐子。坚决不再想沈妩那厮，就让她的牌子在莲花池里烂掉！

皇上正做着思想斗争，李怀恩领着传话的宫女进来，瞧着皇上不停抖动的两条腿，心知他正在烦躁之中，连忙跪伏在地上行了个大礼。

传话的宫女虽不知发生了什么事儿，但也连忙跟着李怀恩跪下来行大礼。皇上反复无常的性子早已传遍整个后宫了，她可没必要为了传一句话而得罪了帝王。

“皇上，寿康宫来人了，说是太后有话要跟您说。”李怀恩轻轻压低了嗓音，生怕吵着皇上似的。

齐钰手一挥，连头都没回。

“启禀皇上，太后的意思是，这召幸妃嫔来龙乾宫侍寝的时候，一般都由龙乾宫派轿辇去接。因着许小主还没有宫殿，为此就想着让轿辇去寿康宫接人，特地让奴婢来通知一声。”那个丫头的声音也挺低，不过却是口齿清晰，三言两语就将话说清楚了。

她的心里实则是惊讶万分的，毕竟这种小事儿只要通传给李怀恩就得了，皇上一切侍寝的事情，都是由他负责安排的。但是李怀恩听完之后，硬是要她亲自向皇上禀报一声，否则不予安排轿辇。

明眼人一瞧，便知这是太后耍的小心机罢了。如果皇上派了轿辇去接，就至少证明这回是真的。如果轿辇没到，则许衿也不用巴巴地过来丢脸了。

皇上一听她这话，英气的眉头立刻皱得紧紧的，显然是很不高兴。

“回去告诉许衿，她一个没封位的秀女，不是应该在储秀宫待着吗？接到召幸的通知，一切都由掌事姑姑管理着，搞什么特殊跑去寿康宫？爱来不来，不来的话趁早说，朕要换人了！”齐钰这话十分直白，根本就没留脸面给许衿。

每回后宫来了姓许的姑娘，太后总要在侍寝和封位这方面插手，根本就不顾他的意愿。这是他讨厌许家的原因之一，其二，便是姓许的姑娘大多不禁折腾，一时半会儿就要死要活的，无趣得紧。

许衿不敢来的话，要换谁来折腾呢？

齐钰正拧着眉头苦思冥想的时候，那个宫女就连忙行了一礼，匆匆跑了出去，跟有人在后面追杀似的。

太后得到那宫女的汇报之后，险些气得晕厥过去。皇上这话都说得出来，也忒不算东西了！不来就换人，他以为是在青楼里挑妓女，跟老鸨说头牌耍性子，要换一个来玩儿吗？张狂的混账！

自然她这些辱骂的话，也只能放在心里头念叨念叨，最后还是按照皇上的意思，派了轿辇将许衿送回了储秀宫。

这种侍寝的机会，岂能放弃！若是这回忤逆了帝王的意思，兴许就永远没有下次了！这种事儿，皇上最擅长了！

许衿到了储秀宫，早有姑姑等在那里，对于她去找太后的事儿只字不提。只是按照往常侍寝秀女的程序来了一遍，方才龙乾宫还特地派人来叮嘱了，若是许小主回来，就先让她沐浴换好纱衣之后再送过去。

许衿毕竟是头一回侍寝，又有之前的插曲，导致对于只见过一面的皇上，仍然停留在性情不定，随时可能揍人的印象。即使她入宫之前，就有人教她床笫之事，却仍然是心惊胆战，生怕伺候不好就被皇上踹下床来。

“皇上，许小主到了。”李怀恩快步走进了内殿，低声通传了一句。

齐钰穿着一身黑色常服，坐在膳桌旁，手撑着下巴一副无趣的模样。

“宣她进来！”他一挥手低声说了一句。

许衿进来的时候，其实有些狼狈。面色苍白、嘴唇发紫，浑身都在打战。虽然身上披了件披风，但是底下也只不过是一层薄薄的纱衣，哪里能抵挡得住一路上的冷风侵袭！

015

许衿侍寝

齐钰一瞧她这副模样，不由得愣了一下，转而眉头高高挑起，脸上嫌弃的神色毫不掩饰。

“李怀恩，你这接的是许家嫡姑娘吗？莫不是随便从哪里拉了个女人，来糊弄朕吧？”皇上抬起手猛地一拍桌子，狭长的双眸轻轻眯起，带着几分逼视的目光看向李怀恩。

站在一旁，看着许衿平安到来的李怀恩，正准备松一口气呢。哪知皇上忽然又不高兴了，这桌子被拍得乒乓响。他腿一软，就跪倒在地了。

“皇上，是许小主，没错的！可能衣裳换了，您没认出来。”李怀恩讨好地回答道，心里头直犯嘀咕。

这储秀宫的姑姑也是蠢货，怎么就不晓得往小主怀里塞个暖炉什么的。看冻成这样，皇上认不出了吧？原先还是个耐看的美人儿，现如今皇上嫌弃她是路人了！

“放屁！朕又不眼盲。她怎么变得这般丑？”皇上再次拍打着桌面，瞪向李怀恩的眼神也越发不善，嘴里的词语就变得粗俗起来。

桌子上摆满了丰富的菜肴，显然是准备着让他用膳。此刻也跟着他拍桌子的动作，而震动了几下，甚至能听到杯盘之间的摩擦声。

许衿从一进来，就没敢抬头瞧皇上，只一个劲儿地低着头。原本以为皇上也是人，只要在他面前言谈举止落落大方，就一定会讨得他的另眼相待。没想到这刚一进门，就受到这样近乎侮辱的责问，三魂六魄早就吓走了几分，哪里还有闲心思要顾忌着旁的。

“行了行了，让她下去候着吧。等朕用完膳再进来伺候！”皇上皱拧着眉头，有些不耐地挥手让人领着许衿退下。

许衿原本就是提心吊胆的，生怕被太后说中又是戏耍她玩闹的，此刻听皇上如此吩咐，不由得松了一口气。

李怀恩眼神示意身边的两个宫女，带着许衿退去了偏殿。

皇上抬眼瞧了一下，恰好看到许衿迎着风发抖的背影，不由得冷哼了一声。他曲起手指在桌面上轻轻地敲击了两下，自有宫女立刻走上前来，小心翼翼地布菜盛饭。宫女的衣袖一直被挽到上臂，原本垂在额前的刘海儿也被用夹子固定住。身旁有任何一丁点儿的杂物掉到了桌上、碗里，只要是存在皇上的视线内的，那么她就不用再看见明日的太阳了。

皇上一直撑着下巴，眼光四处扫着，看似无所目的，实则那宫女的任何一丝动作和脸上的表情，都没有逃过他的眼睛。

就这么盯着瞧，他竟然是失了神。龙乾宫里伺候他用膳的人，都是这副打扮。姿态无不谦卑谨慎，脸上全是诚惶诚恐的神情。这些还都是经过无数次宫人碰了皇上的逆鳞，被处决之后由别人总结出的一套准则规矩。可是那日沈妩伺候他用膳的时候，一点儿都不惊慌失措，长长的衣袖仍然盖住了手腕，刘海儿也一样压在脑门上，衬得她那双眼睛越发明亮精神。

和这些笨手笨脚的宫人一比，沈妩简直就是上仙在世，难怪他会如此念着。

“啧！”他的眉头一挑，似乎意识到自己无意间又想起了那人，嘴里发出一声不耐的音节。

身旁伺候的宫女以为是自己伺候的不好，立刻停下了手头的动作，下意识地看向他，似乎在等着他的指示。

齐钰脸上的神情越发不耐，他连眼神都没递一个给宫女，曲起食指再次敲着桌面，冷声道：“还不赶紧着些，准备等朕饿死了，再布好菜吗！”

他的话音刚落，那个宫女立刻低下头，加快了手头的动作。待菜式布好，小心翼翼地将碗推到皇上的手边，稍微跪行着退了几步，头磕地行了一个大礼，才站起身退到后面去了。

皇上没有别的话，拿起筷子便吃起来。不过那紧锁的眉头，始终没舒展开，显然心情一直处于即将爆发期。但是皇上一句话没说，证明这火气就不会撒在宫人头上，肯定是留着了。

李怀恩这么一想，心里头就舒坦了不少。皇上有火气的话，从来不憋着，这次肯定是留给更有用的人了。至于是谁，就不关他的事儿了。偏厅里不是还等着一位小主吗？

许衿一直坐在偏厅的椅子上候着，好在几个宫女瞧见她冻得实在不行了，便把殿门关上了，阻挡住外头的风。她也知道方才自己的面色难看，便从披风内伸出手来，使劲儿地揉搓着面颊，才使发青的面色和缓了些。

她就在那里僵坐了半个时辰，偏厅里候着的宫女，一句话都没说，始终屏声敛气，就像一座座雕塑一般立在那里。许衿心里暗自惊诧，许侯府的规矩算是多的，但是丫鬟们若是离开了正主儿，还爱说些悄悄话。

可是这龙乾宫里外到处都透着拘谨，让她不由得心慌。不停地深呼吸，想让自己冷静下来，暗自琢磨着旁的妃嫔是如何处理的。在龙乾宫侍寝的，应该就只有沈妩一人博得高位，也通过那一晚，成功俘获了皇上的宠爱，一连十日的盛宠，至今无人能及。自己又该如何做，才能望其项背。

她正胡思乱想间，就有宫人端着玉盘走了进来，偏殿候着的几个宫人也迎了上去。

“许小主，这是皇上赏您的，奴婢帮您插在发髻里面。”其中一个身着水蓝色宫装的宫女，冲着她行了一礼，柔声说道。

许衿点了点头，下意识地看了一眼那玉盘，整个人就跟着一怔。连要站起来的动作都停了下来，像是被人定格住了一般。

玉盘里赫然是一支狼豪，既不是镶金带玉的，又没有繁复花纹，真的只是一支造型普通的狼豪。

“头一回侍寝，皇上不是应该挑簪子吗？怎么会是毛笔？”许衿下意识地抬起头看向那个宫女，轻声问了一句，遮掩不住惊愕。

那宫女冲着她展颜一笑，微微一福身，柔声回道：“回小主的话，这是皇上亲自挑的，奴婢也不知晓。您若是不戴的话，那就拿在手里头，到时候进了正殿，您亲自跟他说？”

许衿的脸上露出几分尴尬的笑意，最后又看了一眼那狼豪，做了一番心理准备，才狠下心道：“好了，没事儿，就依着皇上的意思办吧！”

那宫女也不多话，仍然是冲她柔柔一笑，拿起狼豪就往许衿的发髻里插。但是狼豪的笔杆没有簪子的那种尖端，而且相比又属于粗壮的那种，偏偏许衿的发髻盘得很紧，那宫女尝试了好几次，就是插不进去，急得身上冒出了一层汗。

“小主见谅，奴婢实在不敢用力，要不您自己戴？”那宫女抬起衣袖，擦了擦额角上的冷汗，将狼豪递到许衿的面前，低声道歉。

偏殿并没有铜镜和梳妆台，许衿看不见脑后，生怕自己插歪了，便柔声道：“没事儿，用点力，我不怕疼！”

她这个“疼”字还没说完，那宫女手猛地一使力，狼豪的笔杆便挤进了她的发髻里。

“啊！”许衿发出一声短促的惊呼声，眼眶立刻就红了。

“奴婢该死！”那个宫女连忙俯身行礼，心底却长长地松了一口气。许小主，对不住了。皇上那边等不得，所以您只有生受着了！

因为活生生地挤进了一根笔杆，倒使她原本就紧的发髻更加紧，几乎都勒住了头皮，隐隐作痛。许衿却是不敢再拖延，深吸了几口气，便跟着宫人走进了正殿。

当李怀恩带着其他伺候的宫女都退下了，外殿的殿门都被关上时，许衿的心有如小兔子一般“扑通扑通”直跳。

她慢慢地走进内室，看见皇上只着了一件里衣，坐在案桌前。待打量到他那张脸时，许衿整个人都愣住了。皇上的俊脸哪里去了？为什么要戴着一个红色的鬼怪面具，还是额头上有犄角的那种。只露出一双眼睛和鼻头，几乎分不清是男是女，是人是畜了。

呼唤俊脸啊！

“怎么不会行礼啊，见到朕连礼义规矩都忘了吗？”男人的声音透过面具传来，显得有些闷闷的，低沉的嗓音配上那一张丑得让人胃疼的面具，带着异样的感觉。

“奴婢见过皇上。”许衿勉强回过神来，连忙低身行礼。

“嗯，朕最近日夜难寐，就怕小鬼当道，所以就戴上赤鬼的面具，让那些妖魔鬼怪自动退散！”齐钰的声音再次变回了常态，他并没有要拿下面具的意思。

许衿低着头始终不发一言，当今圣上最讨厌怪力乱神一说，哪个官员上奏，若说什么天威难测，定被他下令叉出去。可是现在皇上说小鬼当道！鬼才信这话！

“好了，过来，朕一人戴面具总归有些奇怪。今晚既是你侍寝，就也跟着朕戴面具吧！”齐钰冲着她招了招手，带着几分不可反抗的语调说道。

皇上的话音刚落，许衿的脸上就自然而然地露出几分错愕的表情，明明想着要过去，但是脚却像有千斤重一般抬不起来。

皇上就这样顶着面具看向她，因为看不见脸上的表情，所以她自然猜不出此刻的男人，究竟是生气还是不耐。

“不要让朕说第二遍！”齐钰眉头一挑，眼睛轻轻眯起，脸上不耐的神色早就做得出神入化，可惜此刻没有人能瞧得见。

许衿终于迫于他的威胁，慢慢地挪动了步子走到他的身边。齐钰看着近在眼前的人，不由得“啧”了一声，他平视的时候，只能看到许衿的腰。

“到了朕的面前，难道不知道要跪下来吗？哪里还有你站着的份儿！”齐钰口气中的不耐越发明显。

许衿连忙跪倒在他的跟前，微微低着头，根本不敢近距离看这个面具，免得被刺激得做出什么出格的事儿来。她真的好想冲着那个面具抡拳头！

皇上看着许衿白白嫩嫩的脸蛋，轻哼了一声。歪着头一想，这姓许的女人，果然没有沈妩懂事儿。沈妩在他面前一向都是把他当神供着的，当然除了咬他的那一次！

混账，为什么要咬他！

想到这里，皇上的心头真是堵得难受，他一边琢磨着沈妩为什么咬他，一边又提醒自己不能再想那个姓沈的女人。心中的不耐是越积越多，他便伸手指向旁边的案桌，低声道："瞧瞧，有哪个喜欢的，自己挑了戴着，免得又要在心底骂朕的不是！"

许衿下意识地偏过头去，果然见案桌上摆放着不少面具，当然一应都是稀奇古怪的，要多丑就有多丑，全部带有鬼怪的色彩。而且不知是不是专门备下的，这案桌上的面具不是白色的就是黑色的，表情夸张瘆人。

她明显是惊讶地咽了一下口水，有些难以置信地看向皇上。一不小心与皇上脸上那个赤鬼面具对了个正脸，她险些昏厥过去。

"皇上，奴婢斗胆问一句，没有别的面具了吗？"许衿勉强保持着脸上的笑意，虽然已经僵硬十足了，却还是大着胆子问出这句话来。

她的话音刚落，齐钰就忽然往前凑了几分，脸上面具的犄角就抵在她的额头上。许衿的喊叫声几乎脱口而出，却被她死死地遏制在嗓子眼儿里，那面具上的犄角很硬。还不待她仔细感受，皇上就着这个位置摇了摇头，那面具也跟着摇晃起来。许衿眨了眨大眼睛，近在咫尺的红色，几乎要晃花她的视线，硬度十足的犄角也顶得她生疼。

"朕上回见你面露煞气，就记在心底了。这案桌上的面具，都是朕让李怀恩精挑细选出来的，是阴曹地府的黑白无常，他们经常游荡在民间收人的魂魄，所以就想给你戴着驱灾辟邪！"男人抬起双手按在许衿的脑袋上，他面具上的犄角和许衿的额头紧贴在一起，一点儿缝隙都没有。

说这些话的时候，男人的声音压得十分低沉，透着几分诡异的味道。

许衿苦着一张脸，柔声道："奴婢知晓了，定不会辜负皇上一片心意，好好挑选一个的！"

她的尾调带着几分颤抖，似乎是哭腔一般。皇上难得的没有追究她，而是心情大好地松开双手，让许衿扭过头去，慢慢地挑选着那些面具。

再次看过去，那些面具还是如此的惨不忍睹、不堪入目、人畜不分！许衿破罐子破摔地闭上了眼睛，银牙一咬就抬起手，准备随便摸一个出来。只是这柔荑抬起来，拼命地打战，如何都下不去手。

她正准备豁出去放手下去抓的时候，手腕忽然被人握住了。许衿慢慢地睁开眼睛，一瞧是皇上的手掌，心里头颇为激动，长长地松了一口气，难道是准备放过她了？不用再挑选面具。

"朕今日再瞧你，觉得你脸上的煞气更重了，这黑白无常也保不住你了！"明明是满口胡言，齐钰却说得振振有词，理直气壮。

让人想反驳，都没那个胆子。

许衿的脸色更加难看，就等着皇上的嘴里还能说出什么更离谱的话来。

“别怕，朕不会害你的。幸好今儿无事，让李怀恩请了宫外的师傅来，他已经教会朕如何画面具了。来，朕给你画一个！”皇上边说边抬手从案桌前面拿出砚台来，里面的墨汁已经磨好了，像是专等着派上用场一般。

许衿一瞧便猜出皇上接下来的动作了，怒从胆边生，直接开始扭动。无奈她的手腕还被男人死死地握住，此刻她一挣扎，那固定住手腕的力量就加大了不少。

“听话，说不准你今晚过去后，煞气尽除便能博得高位！朕连姝婉仪都未曾这般看顾过！”皇上冷哼了一声，虽然是哄劝的话语，只是语气里却是十足的强硬。

许衿一下子顿住了，半是妥协般地不再挣扎，慢慢地闭上了眼睛，准备接受此种酷刑。齐钰的眼眸轻轻眯了一下，看着她细嫩的脸蛋，嘴角浮现出一抹冷笑。

他直接抬手从她的发髻里，抽走了狼豪。毫不犹豫地蘸了墨汁，提起笔就在她的脸上笔走龙蛇。

李怀恩就站在外头等着，心里头不由得着急。里面隐隐约约传来男女的对话声，这都将近大半个时辰了，还没开始欢好。皇上把许小主找来，究竟是做什么的！如果到时候时辰过了，皇上又不尽兴，岂不是得怪罪到他头上了！

他站在殿外走来走去，脸上满是焦急的神色。忽然里头的说话声停止了，李怀恩不由得松了一口气，看样子这回真是要进入正题了。

李怀恩这么想着，便站远了些，毕竟皇上欢好这种事儿听多了也就这样。现在可以放松一两个时辰了，慢慢等着皇上尽兴。

他对着一旁的小太监叮嘱了几句，便跑回了偏殿去眯会儿。整日提心吊胆的，唯有睡觉的时候，才感到自己又幸运地活过了一日。

他刚眯了一小会儿，正做着美梦，忽然就听到外面的吵吵声。他吓得猛地惊醒了，一下子坐起来，刚扭过头就见方才被叮嘱的那个小太监，一路连滚带爬跑了进来。

“李总管，不好了，皇上正怒气冲冲地找您呢！”那小太监由于跑得急，一个不稳竟是直接趴倒在地，也顾不得疼，急慌慌地说着。

李怀恩哪里还敢耽搁，连忙爬起来就往外冲，气急败坏地问了一句：“我先前走的时候，皇上还好好的，怎么一眨眼工夫就变了脸？”

那小太监也觉得冤枉，皇上的心思他哪里能猜得中啊。又唯恐惹恼了李怀恩，便陪着小心道：“奴才不知啊，只是许小主在哭，您还是自己去瞧吧！”

李怀恩冲进内殿的时候，果然听到了许衿殷切的啜泣声。他在心底长叹了一口气，已经做好了要见到一副惨状的心理准备了。只是待他进去后，瞧清楚内殿的景象时，整个人还是腿一软，先跪了下来。

许衿裹着锦被坐在龙床上，眼泪吧嗒吧嗒往下落着，虽看不清脸上的表情，不过看着她落下的眼泪，竟是灰色的，众人心底也有了数。

皇上的身上随意披着件里衣，就盘腿坐在椅子上，脸上的面具已经摘了，露出那张英俊的脸。只是面对灯光时，还是能隐约看到下巴上的咬痕。

“把许小主送回去吧，明日封赏送到。朕乏了！”男人的声音里透着十足的疲惫，方才的雷霆万钧已经收敛得干干净净，不过整个内殿的宫人却是噤若寒蝉。

李怀恩左右一扫，瞧着一个个低头当缩头乌龟的模样，便已经猜出皇上显然是发火累了，不欲再做纠缠。

“你们几个还傻站着作甚？赶紧伺候许小主回储秀宫！”他连忙站起身，一挥手便像煞有介事地吩咐那几个宫女。

许衿似乎缓过神来了，她一只手拽着身上的锦被，踉跄地从龙床上爬了下来。

“皇上，奴婢知错了。不该哭泣扫了您的兴，皇上！”她跪倒在男人的椅子边上，扬起一张梨花带落雨的脸，看着好不可怜。

李怀恩偷偷地偏过头看了一眼龙床，上面搭的白布上已经染了一块血红，显然皇上今晚这差使儿算是完工了。他看着不明所以还在苦苦哀求的许衿，心里暗叹了一口气。总算是瞧清楚了许衿的面容，一道道墨迹留在上面，遮住了原本白皙的肤色，也不知画的是什么，只知丑陋离谱得很。唯有她流泪时，冲刷出的两道沟壑，能看清楚原本的白皙。

可怜身为许家女，姝婉仪能把皇上的心疼哭来，姓许的姑娘可哭不来，相反可能会更加惹恼了皇上。

男人并不看她，只是目视前方，似乎在出神，并不为之所动。

李怀恩见此情形，连忙抬起手猛地一挥，那几个宫女便走上前去，一个将她裹紧了身上的锦被，其他几个连忙合力半拖半拽地将她拉出了内殿。

许衿哀切的哭声，到了门口便隐去了。她终究还是许侯府培养出来的嫡姑娘，即使被吓唬后失了分寸，也明白这事儿不能传到后宫的别处去。这脸在龙乾宫丢的话，也就罢了。

许衿侍寝的情况，各宫自然都有关注，虽未得到什么重要信息，不过这位许小主不到三更天就被送回了储秀宫，还是传遍了整个后宫。众人就瞧出了其中的风向，果然还是不得皇上的宠。

许衿从被送回到储秀宫之后，就一直躲在自己房间里，缩在墙角处，也不顾脸上的墨迹，眼睛里没有一丝光亮，出神地看向远方。

她从出生到现在，几乎是含着金汤匙长大的，还从未受到这样的对待。一时之间心里头实在难以接受，萎靡不振也是人之常情。

待快到了清晨，储秀宫的几个姑姑合计了一下，觉得这样肯定不成。先前将许衿送回来的小太监，还特地叮嘱了，说是清晨会把许小主的封赏送到，若是许衿一直蓬头垢面的，也无法领旨啊。

“吱呀——”一声，门被小心地推开。两个姑姑领着几个宫女走了进来，无声地冲着许衿行了一礼，其中一个手一挥，立刻那些宫女便都走了上来，动作麻利地替许衿换洗梳妆。

许衿也像个提线木偶一般，任人摆布。

“许家嫡女许衿，秀外慧中，封为从四品末位顺仪，赐号‘远’，赐住霁月殿。”李怀恩尖细的嗓音似乎洞穿了人的耳膜一般，他念完了便弯下腰将圣旨高高举起，等着许衿接旨。

只是许衿却像被人定格住了一般，依然呆呆地跪在地上。

“远顺仪，接旨吧！”李怀恩不由得低声提醒了一句，脸上的神色带着几分探究。

莫不是头一回侍寝，就被吓傻了吧？皇上磨人的手段虽是千千万，但是这后宫里的妃嫔大半都被折磨过了，也没听说有人得了痴傻。

许衿头磕地行了一个大礼，柔声道：“嫔妾谢主隆恩。”

她慢慢站起身，态度恭谨地从李怀恩的手里接过圣旨。李怀恩再一抬头细瞧时，许衿方才失魂落魄的神色已经消散得干干净净，脸上虽是带着笑意，但依然透着苍白。

“远顺仪，您保重，咱家去复命了！”李怀恩半是叹息地说了一句，便对着她行了一礼，慢慢地退了出去。

“恭贺远顺仪。”李怀恩一走，储秀宫几个候在旁边的宫人，就一同跪下身去行礼跪拜。

许衿是这届秀女中，第一个从储秀宫走出的人。昨儿晚上那么早就被送了回来，众人皆以为皇上的封赏恐怕不会太高，没承想竟是从四品。虽然比不过姝婉仪，不过品级至少相同了。

许衿拿着圣旨，双手却是死死地握住，指甲险些都嵌了进去。她猛地打开圣旨，皇上龙飞凤舞的字迹映入眼帘，她的目光却是停留在“远”那个字上。

亲贤臣远小人，现如今皇上要亲婉仪远顺仪吗？当真是一个够嘲讽鄙夷的封号，她的嘴角划过一丝讥诮的笑意，却是声音淡淡地让她们起身。

待司衣司送来顺仪规格的衣衫和首饰，那几个宫女才赶紧替她换装。上身是木兰青双绣缎裳，下着曳地飞鸟描花长裙，头上是丽水紫磨金步摇。描眉画黛，红唇弯起。

许衿对着镜中的美人一笑，气质悠然，她还是那个温和淡雅的女子，只是眼中的厉芒却透着几分逼迫。

今日的寿康宫，一如往日般热闹。面对许衿，不少妃嫔都处于观望的态度。皇上对她究竟是宠还是厌，仍然有待考察。沈妩依然是最艳丽的那个人，似乎无论谁受宠，都无法撼动她的地位一般。

太后对于许衿今日的装扮，还是比较满意的。毕竟对于许家女首次侍寝，皇上是头一回赏这样高的位份，虽然比不过沈妩，却有了足够制衡的力量。再加上许衿一向自诩聪慧，沈妩又爱掐尖儿，谁输谁赢还不一定。当太后的眼神接触到沈妩的时候，眸光又暗了几分。

如果不出意料，这大秦的后宫就快热闹起来了。三方势力的新宠已经到了两位，只还剩新贵的那边没齐。估摸着今儿晚上，皇上就能把这一桌人凑齐了。

她轻拧着眉头，淡淡地想了片刻。当然有和太后同样想法的，还有不少人。都是摸爬滚打，才混到如今的地位，后宫绕来斗去，皆离不开“利益”二字。

从寿康宫请安出来后，沈妩并没有回锦颜殿，而是让人抬着轿辇去了储秀宫。跟在轿辇之后的明语和明音对视了一眼，两人的脸上皆是一副迷茫的神色。

沈妩要去储秀宫，显然是临时起意，并没有让她们准备什么东西。明音的眸光闪了一下，这许家姑娘都离开了储秀宫，婉仪才去，那是要作甚？

刚到储秀宫的门口，就有宫人迎了出来。执掌的姑姑也跟着出来了，连忙带着人冲着她行了一礼。这位姝婉仪前些日子的风头正盛，早就传遍了后宫，现如今纡尊降贵地来储秀宫，难不成是先行排除异己？

她心里虽然是忐忑万分，不过面上却丝毫不敢怠慢。

“不知姝婉仪来此，可有事情吩咐？若是提前知会一声，奴婢也好提前准备着。”那个姑姑脸上虽是客客气气的模样，不过这话说出来就不怎么漂亮了。

毕竟姝婉仪的性子，在后宫是出了名的张扬跋扈。皇上已经在锦颜殿怒摔两次出门了，若是这位主子在储秀宫做出什么出格的事儿来，她们这些奴才自是担待不起。

“唉，这位姑姑，您怎么说这话儿呢！我们婉仪也不过来瞧瞧，这储秀宫可是金银窝，说不准金凤凰就是从里面飞出来的。您怎么三言两语都不对付，倒弄得我们婉仪像是蓄谋已久似的！”沈妩还没开口，她身后的明语就已经往前轻轻挪了一步，扬高了语调说着。

口气里倒是十分不饶人，眼神也带着几分轻蔑。

一旁的明音直接愣住了，虽然明语的性子就是个爽直的，不过在龙乾宫那里，都跟她一样被虐成狗了，何时恢复的战斗力？为什么没人通知她！

沈妩勾着唇轻轻笑开了，果然今儿早上临走之时，将明心换成明语是个正确的选择。

“奴婢知错，还望婉仪见谅。您只管吩咐，奴婢这就派人去办！”那个姑姑立刻轻声道歉，脸上的笑意越发明显。

后宫中各个宫殿的执掌姑姑，一般都有自己的脾性。但是只有两宫例外，一个是龙乾宫，一个就是储秀宫。储秀宫只是暂时存放着皇上妃嫔的居住地而已，当一届秀女的命运被决定了之后，这宫殿里立刻就被打扫干净。这里自然也是皇上常常折磨的地方，所以宫人都是一副奴性使然。

明语在痛快地说了那么一长串之后，心里还是颇有几分忐忑的。她这副样子，也是沈妩前几日把她叫到跟前来，耳提面命地吩咐出来的。

宠妃身边就该有个嘴巴厉害、气场无敌的宫女，得沈妩看重，她明语来担当此重任。

“姑姑客气了，本嫔来此是叨扰了。不过这储秀宫里的秀女，日后肯定有不少会成为本嫔的姐妹，就特地来瞧瞧，这不算违背了祖制吧？”沈妩轻轻扬着下巴，虽是一副高傲的姿态，但是脸上娇美的笑容不减，遂并没有令人心生厌恶。

“自然，奴婢这就去安排！”那个姑姑赔笑了两声，连忙挥挥手招来一个宫女，低声叮嘱了几句。

待那几个宫女离开，这个姑姑才冲着沈妩做了个“请”的动作。

“这届的秀女人数还有不少，奴婢怕婉仪认不过来，遂把她们叫到了后头的凉亭里。请您移步！”她带头引路，不时还替沈妩踢掉路上的小石子，态度可谓恭敬有加，任谁瞧了心底都舒坦。

沈妩轻笑着点了点头，慢慢地往前走着。心里却是冷笑了几分，在皇上手下讨生活的人，果然不一般。把人聚集到凉亭里，是怕她单独相处的时候，害了谁吧？这才要聚在一起，众目睽睽之下，就算她有不轨之心，也不好付诸行动。

凉亭里的桌椅早就有人擦过了，石桌上也摆放了不少瓜果糕点。过了片刻，三五成群的秀女便都陆陆续续到了，相同款式的宫装，却是颜色各异，穿在不同人的身上，也透着不一样的气度。

放眼望去，一片衣香鬓影的景色，让人眼前一亮。

“见过姝婉仪。”娇脆的声音响起，像是清泉一般叮咚，悦耳异常。秀女们一起行礼拜见她，虽是低着头，但有不少人都悄悄抬着眼眸打量着她。

毕竟是后宫最近最得宠的婉仪，难不成真的为了自保地位，而来考察她们？秀女们的脸上都带着几分小心谨慎，特别是上次连累到沈妩的崔家姐妹，崔绣更是红了眼眶，一副要哭不哭的模样。

沈妩都这副身份了，何必巴巴地跑到这里来。而且这儿的熟人就三两个，肯定是找她算账的！

“都找地方坐吧！”沈妩轻笑着挥了挥手，语调并不高，却是娇媚十足，让人听了心里直打战。

016

安茹上吊

沈妩虽这么说，不过倒是没几个人敢真的随便乱坐，况且这凉亭里除了几张石凳，哪里还有坐的地方。

她们依然站着，沈妩却不开口，依然笑吟吟地看着她们，眼神偶尔扫了一下凉亭四周的石墩，脸上的笑意越发明显。

那些秀女怔怔地看着她，又扫了一眼石墩。就有三五个妥协了，十分听话地坐到了石墩上。沈韵自然不会落沈妩的面子，石墩怎么了，原先在王府里都能坐，难不成进宫后倒变得娇气了，总归又是沈妩抬高自己身份的手段。

看着沈韵也坐了过去，崔瑾就拉着崔绣坐到了旁边。站在凉亭里的秀女越来越少，最后只还剩下三五个。这些要么是家底丰厚，要么就是自恃身份贵重。

沈妩依然不说话，也不再看她们，只转过身来捧着茶盏悠悠地抿了一口，满脸的惬意。最后有几个实在是受不了众人的目光，外加没必要站在亭子里当作展示品，便还是找了拐角坐过去。

凉亭里最后仅剩一人站在那里，后背挺直，此人正是得了皇上期许的斐安茹。她轻轻挑起秀眉，薄唇轻抿，脸上的神色还是那样冷冷清清，一副生人勿近的模样。

沈妩嘴角的笑意却是越发明媚，她等的就是这个时候！

“这位是——”她轻轻抬起头，冲着一旁正不停擦汗的执掌姑姑问了一句，脸上带着几分好奇的神色。

那位姑姑干笑了两声，连忙小跑到她跟前，恭敬地行了大礼。娴熟的姿势，显然是习惯使然。没法子，在皇上面前整日就是行大礼，导致只要有主子不大开心，她们就跟着行大礼。

“回婉仪的话，是两广总督府的斐小主。”她麻利地回道，声音温润，似乎怕沈妩会迁怒谁一般。

沈妩抬起手撑着下巴，偏过头仔细打量了一眼。斐安茹那张脸属于标准型的漂亮，弯眉大眼，五官之中单独看，每一个都很美。可若是拼合到一起，虽然还是很漂亮，却失了几分特色。若不是她此刻独自站在这里，说不准混入众秀女之中，一下子还难以辨认出来。

不过斐安茹整个人都绷得很紧，浑身上下透着几分不卑不亢，若是有人注意到她，定会被这气势震慑。

沈妩轻轻眯起了眼眸，前世她撒娇之时，就曾大着胆子问过皇上：“皇上心目中的中宫皇后，该是何等模样？”

皇上当时正在习字，听了她话，便抬起头来，一脸嬉笑的神色看着她。对于她的胆大，并不以为意。

“肯定不是像你这样的！朕的皇后必定是要长着一张能唬住人的脸，阿妩长得太娇俏了。而且得气势强硬，这才能镇得住你这样的妖精！”男人放下手中的毛笔，身子前倾，伸出手在她的鼻尖上刮了一下，英俊的面庞上溢满了调侃的笑意。

她当时心底失落，脸上并不显露，依然和皇上笑闹成一团。她知道，那个时候皇上的话是真的。

齐钰要的皇后，并不一定得他宠，但至少要为他所用，并且能管得住下面的妃嫔。

沈妩从上回见到斐安茹的第一面起，就觉得前世皇上口中的皇后人选，正是这位斐小主，并且还是新贵那边的势力，皇上就更有理由力捧。前世斐安茹没来选秀，自然皇上一直没找到扶持的对象，今生的沈妩明知这个潜在威胁，又如何会让旁人来挡路？

有些时候，女人的直觉准得可怕！

“斐小主为何不坐，难不成是觉得站着舒服？”沈妩轻轻挑起眼角，低声问了一句，语气里带着毫不掩饰的讥讽。

斐安茹却是不动如山，她抬头看了一眼沈妩，脸上的神色依然清清冷冷，低声道：“奴婢从小在府上，教引嬷嬷就曾教导过，凡事都得有个规矩礼法。婉仪虽是上位者，但是石墩这样的也不该留给奴婢们坐下，婉仪若是诚心让座，定会让人端来椅凳；婉仪若不是诚心让座，奴婢又何必自讨没趣？”

她这一番话说下来，振振有词，态度不卑不亢，显然是一副不把姝婉仪放在眼里的架势，更是不在乎把其他的秀女都得罪了。

沈妩也不恼怒，相反待她话音落下，却是清脆地笑出声来。

不过凉亭里的众人，却都吓得屏声敛气。在她们未进宫之前，沈妩就已经在各家那里留下了印象，这些秀女进宫之前，都是得了父母兄长的嘱托。皇上正盛宠的是姝婉仪，在太后面前请安之时，姝婉仪敢直接呛声瑞、丽二妃，丝毫不留颜面。

一看就是个不好惹的主儿，斐安茹还没爬上龙床，就这么得罪姝婉仪，真的是初生牛犊不怕虎。

斐安茹见沈妩不停地笑，心里头就有些不耐，眉头轻轻挑起，偏头看过去，脸上带着几分探究的神色。

沈妩轻轻站起身，她边娇声笑着，边慢慢地踱步到斐安茹的身边。斐安茹要比沈妩高些，骨架也要大些，所以此刻瞧着并不显得弱势。一众人的眼睛都紧紧盯着她二人，端看姝婉仪要如何。

沈妩站到她的面前，从衣袖里扯出了一条锦帕，在斐安茹的胸前慢慢地挥舞着。

“瞧瞧，就你一人站着，这四处的灰尘都沾染到身上了。”沈妩脸上的笑意收了些许，却是认真地替斐安茹扫起灰尘来。

众人都惊诧万分，甚至有些人直接张大了嘴巴，一脸的难以置信。姝婉仪走过去竟是就为了帮斐安茹弹灰？平日的得理不饶人呢？

沈妩始终带着清浅的笑意，似乎是把灰尘扫尽了，就将斐安茹的前襟掀开了一条缝儿，把那条锦帕塞了进去。

在场的所有人都有些惊愕，沈妩慢慢地抬起头冲着斐安茹娇柔地笑了笑。斐安茹轻轻愣了一下，沈妩刻意露出的笑意，还是非常具有杀伤力的，即使是女人，也在所难免。

只是她还未回神，就见沈妩猛地扬起方才扫灰的柔荑，猛地落了下来，她甚至能看清沈妩掌心的纹路，一个巴掌就狠狠地打在了她的脸上。

“啪！”的一声，清脆而刺耳。沈妩当庭掌掴了斐安茹！

被打的人，整张脸都顺着方才的力道歪到了一边，细嫩的脸蛋上，立刻泛起了红红的印记。

凉亭内再次陷入了死一般的寂静，谁都未曾料想到，方才还是喜笑颜开的姝婉仪，会忽然变了脸，直接甩人耳光。而且她甩的那人，还是皇上所看重的新贵势力。

过了片刻，斐安茹像是才回过神来，慢慢地扭过脸来。侧脸上的红印记更加明显，隐约可以看出是手掌的痕迹。

“本嫔告诉你，在大秦的后宫，上位者就是你的规矩礼仪准则。依你现在的地位，本嫔就是让你提鞋，你也得乖乖照办！”沈妩眼神凌厉地看过去，下巴轻轻扬起，那种盛气凌人的气场一下子就散发出来。

众人皆看向她，一时间默默不能言。姝婉仪，果然嚣张。她们这还未爬上龙床，就如此艰辛，日后若想从她口中争得一点宠爱，将是何等的困难！

斐安茹脸上平静的神色，总算是有了波动，她怒瞪着一双杏眸看向沈妩，似乎随时准备和她撕扯一般。她可是两广总督的嫡女，比之许衿的待遇，也不差什么，从小到大还没人舍得碰她一根指头，何时受过此等侮辱？

沈妩看着她这副模样，脸上露出了笑意，慢慢地走近了半步，和斐安茹几乎肩靠着肩。

她伸长了脖子，轻轻凑到斐安茹的耳边，低声说了一句："桃花正好，清高的斐小主如何舍得下情郎进宫了？难不成也被这如过眼浮云的富贵给蒙了心？"

沈妩的声音压得极低，仅够她二人听得到。但是她的语调却是轻轻扬起，带着十足的轻蔑和不屑。

斐安茹脸上愤怒的神色，一下子便消失不见了，她有些惊恐地瞪大了眼眸。沈妩慢慢后退了两步，依然还是那副高傲的神色，脸上的自信和高傲毫不掩饰，全然一副尽在掌控的模样。

"你，怎会知晓？"斐安茹讷讷地开口，声音里却是带着十足的颤抖和惊慌失措。

她的面色惨白，像是被糊了一张洁白的宣纸在上面一般，表情僵硬。

沈妩脸上的笑意收敛了些，却并不回答她的问题，而是从另一只衣袖里掏出锦帕来，细细地擦拭着手指。眼角眉梢都轻轻挑起，用一种轻蔑的眼神轻轻打量了她一下，才扭过身去坐回了石凳上。

旁边侍候的宫人，自是惊出一身冷汗。这储秀宫里，有不少宫人见过皇上，待看到方才沈妩的表现。心里面直犯嘀咕：这姝婉仪发火和折腾人的模样，怎么跟皇上那般相像，像是一个模子里刻出来的！

明音在心底暗暗总结道：或许这就是姝婉仪得宠的原因吧，皇上那么宠爱她，只能说明两人臭味相投呗！原来她一直看走了眼，新主子也是个妖魔化身，空长一张妖媚的脸！

沈妩扇完了人，回到石凳上，悠悠然地把一盏茶喝完了，才带着明音和明语离开。

斐安茹一直站在凉亭内出神，像是灵魂出窍了一般，那副落魄和难以置信的模样，似乎是谁将她最重要的东西偷走了一般。

直到沈妩离开之后，其他秀女才放松下来，三三两两凑在一处谈论着。大部分都在猜测，姝婉仪方才在斐安茹的耳边究竟说了什么，让一向镇定的斐安茹能慌乱成这样。

而见识过沈妩发飙之后的众秀女，心里头对她皆产生了几分惧意。日后若和姝婉仪争宠，无异于虎口拔牙。也正因为如此，不少世家出身的姑娘，就围到了沈韵身边，皆开始向她探听沈妩的喜好。

沈韵的脸上是傻傻的笑意，心里却是异常恼怒。

其实你们都问错人了，方才那扇巴掌不眨眼的货，是和她一起长大的四姐姐吗？她不认识啊！什么时候沈妩变得那般强暴了，为什么没人通知她！让她也好赶紧学起来。

“切，韵妹妹这般保守作甚？我们也只是想问问，心里有个数。万一日后得罪了姝婉仪，也好拿些她喜欢的物什敬献上去，将功赎罪啊！”其中一个身着紫色宫装的秀女，见沈韵说话支支吾吾的，心里头就有些着急了，不由得开口挤兑了两句。

沈韵瞧了她一眼，脸上的笑意僵硬了几分。倒是一旁的崔绣，因为方才沈妩前来，根本不是找她算账的，此刻心底颇有几分感激的意味，就想着要替沈韵出头。

“韵妹妹在家时，与姝婉仪关系最是交好。你们再这般胡搅蛮缠，就不怕这些逼问的话传到了她的耳朵里，到时候婉仪更加不高兴，给你们一人一巴掌！”崔绣微微伸长了脖子，眼睛瞪得跟铜铃似的，似乎方才打人的是她自己一般。

那些世家女听得崔绣如此说，立刻就散开了，虽然嘴里逞强的话语不大好听，却再不敢对沈韵怎么样。

沈韵转过头，对她轻声道谢。崔绣连忙拉起她的手，冲着沈韵笑得一脸真诚。

“狐假虎威，就不怕到时候婉仪给你一巴掌！”站在一旁冷眼旁观的崔瑾开了口，讲出来的话语，自然像一盆凉水一般，兜头浇了下来。

众秀女还待在凉亭里说着话，却也没在意斐安茹独自离开了。毕竟她今日是丢脸的那个，谁都不会没眼色地凑上来。

倒是那个执掌姑姑一直关注着她，毕竟皇上有心要召幸斐安茹，说不准就这一两日了，千万不能出什么差错。

“斐小主，您没事儿吧？奴婢待会儿派人煮几个鸡蛋给您敷敷脸，这红肿马上就消了。”那个姑姑一路小跑追了上来，小心翼翼地说了几句话。

经过这几日的相处，储秀宫里大半小主的脾性，都被她摸透了。这位斐小主绝对不是位好相与的人，此刻她生怕自己成了斐小主的发泄物。

“不用了，我自己派屋子里的人打些热水就好了，你去忙吧！”斐安茹依然快步地走在前头，低声说了一句。

那执掌宫女犹豫了片刻，咬了咬牙继续追。她必须得确定斐小主是完好无损的，若是今儿晚上皇上就召幸，斐小主的脸上顶着个巴掌印，那不是真的找虐吗！

“小主，奴婢先得把您安顿好了，才能离开啊。您啊，就听奴婢一回，回去后……”执掌姑姑见她难得温和一挥，便滔滔不绝地说些什么，想劝她回心转意。

“够了，我回去会打扮得漂漂亮亮的，不拖累你们的。赶紧走行不行，我想一个人静一静！”斐安茹猛地开口，打断了她未说完的话，声音里带着几分凄厉。

执掌姑姑如何也不敢再开口了，沉默地对着她行了一礼，便转身离开了。

斐安茹此刻的脑海里，一遍又一遍回放着沈妩在她耳边所说的话。羞辱、愤恨和不甘，一下子全部涌上心头。豆大的眼泪便流了下来，浸湿了衣衫。

她看了看四周，知道这里不是她该哭的地方，便掏出怀里的锦帕，胡乱地擦了擦眼角。只是一个无意间，她竟看到了这块锦帕上题了一首诗。脸上渐渐地溢满了错愕，这不是她的锦帕。是了，方才沈妩塞进来的。

沈妩坐在轿辇上，正往锦颜殿去。她脸上的笑意就一直没散过，身后的两个宫女自是低头敛声。跟在姝婉仪身边时日长了，也逐渐见到了她的手段。从来不肯吃亏，若是受到下位者的顶撞，必定体罚回去。若是被上位者刁难，也一定用言语攻击，让对方羞愧难当。

沈妩偏过头，无意识地看着路边的风景，思绪却飞去了好远。

斐小主何时能看到她锦帕上的诗呢？那可是她特地为斐小主准备的。

斐安茹在前世就是声名远播，沈妩知道她的时候，斐安茹已经成了将军夫人。还是皇上拿着奏折，玩闹般地敲打着沈妩的前额，轻声跟她夸赞的。

“斐家有一嫡姑娘，慧眼如炬，收留了一个街边抢饭抢得凶的乞丐。并且资助这乞丐投军，现如今那乞丐是我大秦赫赫有名的将军，她也成了将军夫人。有这样的好姑娘，真是天佑我大秦！”皇上把斐安茹夫妇的事情，当成一个故事说给她听。

当时沈妩听得皇上在她面前，如此夸赞一个女人，心里头自然不舒服，便有些不服气地反驳道：“兴许斐姑娘也只是一时兴起，便救了这个乞丐。日后乞丐腾达了，自不会忘了救命之恩，遂来提亲，斐家也就顺水推舟将她嫁出去了啊！”

皇上听了她的话，不由得哈哈大笑。抬起手掌毫不客气地轻打了一下她的后脑，脸上露出无奈的神情，低声道：“此言差矣，当时乞丐投军之时，斐安茹才十四岁，临别那日，她主动写了一首诗，至今仍在大街小巷流传，堪称一段佳话！”

理罢云鬓辗转思，池塘正值梦回时。

近来诗句如春柳，只向东风赠别离。

这么久了，这几句诗，在沈妩的脑海里始终挥散不去。当年的斐安茹未及笄，便送情郎去参军。现在的斐小主已及笄，造化弄人却已入宫，成为皇家妇。正好足够她扳倒斐安茹，虽然这计谋不择手段了些，她就等着看斐安茹究竟对情郎有多忠贞。不过后宫向来如此，不是你死就是我亡。前世她已经用一条命买了这个教训！

沈妩现在想来，这种少女赠情郎的诗，若不是最后二人的结果是鸳鸯成双，是否还会被传为佳话？她轻轻地摇了摇头，脸上露出几分冷笑。当然不会，若是将军另娶他人，这世上无非又多了一个元侧妃罢了！

斐安茹蹲在地上，双手捧着那锦帕，上面娟秀的字迹明显是出自女子之手。只是上面的四句诗，却足够她哭到肝肠寸断。

别人都道她常年不爱笑，生性凉薄，却不知她的性子最是固执。若是认定了，就不会轻易改变。如果不是爹娘以那人的前途做威胁，她如何会进这寂寂深宫，违背了初衷？

眼泪沾湿了锦帕，带着上面的字迹也变得模糊。她将锦帕放到怀里，再抬头之时，眸光已经变得坚定下来，像是下定了决心一般。她慢慢地站起身，理了理鬓发，回了自己的房间。伺候她的宫女瞧见她双眼红肿的跟核桃似的，再加上脸上那红红的掌印，心里就猜到斐安茹是被人欺负了。也不敢声张，依着她的吩咐退了出去。

那个宫人想着去打盆热水来，顺带着到小厨房要了两个热鸡蛋。等她回来推开门的时候，首先看见的竟是一双悬浮在头顶的绣花鞋。她下意识地抬起头，便看见斐安茹吊在了房梁上，她手中的铜盆一下子滑到了地上，水花四溅。

"来人哪，斐小主上吊了！"她匆匆忙忙地跑了出去，门槛没跨过去，一下子摔倒了趴在地上。顾不得疼痛，连忙又起身，惊慌失措地叫唤着。

周围几个屋子留守的宫女自然也听到了，一时之间到处都是叫喊声。消息一下子就传遍了整个储秀宫，顿时像是炸开了锅一般，凉亭里的秀女们跟着慌乱起来。根本就不敢回去了，颤颤巍巍地聚到一起，有些甚至都哭了起来。

不过是被打了一巴掌罢了，怎么就好好地要上吊？

执掌姑姑连忙带着几个力气大的姑姑进来，急忙地将斐安茹从白绫上放下来。白皙的脖子上有一道红色的勒痕，太医也被请来了，一旁的司药司跟来的宫女，一会儿替斐安茹掐人中，一会儿又替她按压着心口顺气。

太医也不敢耽搁，连忙诊了脉开方子，让宫人拿去司药司熬制，乌黑的药汁灌了下去。

"虽是发现及时，也只是保住一时，能否醒过来还得看造化。"老太医摸着花白的胡须，轻叹了一口气。

那个执掌宫女一听，直接腿一软就跪倒在地上了。内殿的其他宫人，被她这一惊一乍的动作给吓了一跳。

"刑姑姑，您要撑住啊！"一个小宫女走了过来，双手掐住她的肩膀，似乎想搀扶她起来。

无奈刑姑姑直接瘫倒在地上，双眼发直，脸上一副如丧考妣的模样。

"让我先跪会儿，说不准到了皇上那里，我想跪都没法跪了。"刑姑姑直接瘫坐在地上，眼神扫向床上的斐安茹，心底念叨着作孽。

秀女想不开要上吊自缢的，还真是少数。除非是被人暗害，倒是夭折了不少。难不成姝婉仪这么一来，真的有如此效应，生生把一个意志坚定的斐小主给逼死了？

"姑姑，您莫说丧气话。到了皇上那里，才有您跪的时间，现在赶紧起来坐着歇歇。"另一个宫女也走了过来，太医和司药司的人已经离开了，此刻只剩下储秀宫的宫人留在这里，准备照顾斐安茹，说话也就随意了些。

"这不是要我的命吗？到了皇上那里，说不准直接拉出去砍了，还跪什么跪！"刑姑姑就差双手捶地了，满脸都是凄苦的神色。

她好容易熬了这么些年，专等着到了年龄放出宫，就不用再忍受皇上折磨了。怎么偏偏杀出了个斐小主？

刑姑姑长叹了一口气，她站起身，四处整理了一下衣襟，低声吩咐道："你们看顾好斐小主，我得去龙乾宫一趟。这事儿还得早禀报，否则皇上那边也瞒不住！"

那几个宫人冲着她福了福身，一脸一路好走的表情看着她。刑姑姑迈着小碎步离开了，双腿都在发抖。勉强稳住身形，在心底给自己暗暗打气。反正都是一死，她去了之后能先把九五之尊打一顿再说吗？

沈妩收到消息之后，脸上的表情明显愣了一下，转而露出一抹嘲讽的笑意。

斐安茹还真能做得出来！以死明志吗？

明语和明音听到之后，则是吓得浑身都抖了一下。这姝婉仪前脚刚走，后脚斐小主就上吊了，任谁都会把责任怪到婉仪头上。况且沈妩还当众扇了她一巴掌，根本就是难辞其咎。那些妃嫔们肯定也会落井下石，到处煽风点火把脏水往姝婉仪的身上泼！

沈妩却丝毫不慌张，甚至颇有兴致地拿出茶具，亲手泡了一壶茶。

龙乾宫内，皇上听得斐安茹上吊的事儿，直接抄起手边的茶盏就扔了出去。恰好从刑姑姑的耳边擦过，摔到了墙上，碎成了渣。

内殿里跪了一屋子的宫人，谁都不敢大声喘气，生怕就被推出去杖毙了。刑姑姑更是身子抖得如糠筛一般，险些跪不住。

"上吊？她敢在储秀宫上吊？蝼蚁尚且偷生，她该是何等的卑贱，才能想着自杀！这大秦的后宫里，又曾有多少女人，想要活下去，却生生被逼死。她不过被扇了一巴掌就寻死觅活的？"齐钰猛地从椅子上站起，整张脸阴沉到极致，眼眸泛红透着几分杀意。

所有的宫人都察觉到了，皇上这回的怒气与往日相比，那简直就是汹涌至极。所有人都头磕地，死死地匍匐在地上，殿内无人敢说话。皇上立下的规矩，无论何时，只要谁在他面前哭闹求饶，直接拉出去杖毙。所以即使犯了天大的错儿，只要到他跟前好好说清楚了，到时候凭他心情来责罚，兴许还能留条命。

李怀恩在心底叹了一口气，这回恐怕是触及皇上的底线了。斐小主如此不惜命，实在是不应该。当初皇上的生母，就是被活活逼死的。虽然没挑明，不过众人心底却都一清二楚。

"去，把斐安茹的汤药给朕断了。她不是要死吗？就遂了她的心意。端看老天爷要不要她那条贱命！她若是醒了过来，也不必跟朕汇报，直接让斐家把人领回去，卑贱的女人！"皇上伸出食指，指向刑姑姑，双眼圆瞪，似乎想要吃了她一般。

刑姑姑哪敢耽搁，连忙低声应下，连滚带爬地退了出去。

皇上雷霆众怒的吩咐，虽然没有传到别宫主子的耳朵里，不过对于这件事儿，皇上气恼的态度，还是为人所知。

明音禀报这个消息的同时，也带来了皇上的口谕。

“婉仪，皇上宣您去龙乾宫呢！”明音的脸上带着几分担忧的神色，来传话的小宫女曾经与她交好，便说了几句皇上的气恼程度，心知此次前去恐怕难熬。

沈妩轻轻点了点头，放下手中的茶具，拿起桌上的锦布细细地擦了擦手指。

明音瞧见她一副不在意的模样，不由得低声提醒了一句：“婉仪，皇上这回的怒气可不比以往，您要小心！”

沈妩抬头看了她一眼，脸上露出几分安心的笑意。信步走到梳妆台那边，从首饰盒里将上次皇上留在这里的玉佩取了出来，放进了衣袖里。顺便对着铜镜整理了一下发髻，便带头出了殿门。

轿辇一路摇晃到龙乾宫，李怀恩早就等在外头，正来回踱着步子。远远地瞧见了沈妩的轿辇，脸上焦急的神色一闪而过，变成了几分欣喜。

“奴才见过姝婉仪。”他立刻弯身行礼，语调都带着几分上扬，似乎看见了救世主一般。

每回姝婉仪都能化解了皇上的暴脾气，或许这回还管用。虽然这次的难度比较大。

“婉仪，您可来了。奴才跟您说几句，皇上方才勒令御膳房送了酒来，此刻在内殿喝闷酒呢！他一喝酒，心情就不太好，您悠着点儿。”李怀恩边快步在前面带路，边语气着急地解释了几句。

沈妩一听到皇上喝了酒，秀气的眉头便挑了起来。正如李怀恩所说，皇上很少喝酒，除非必要设宴之时，才会沾一点。他总认为酒会误事，可是现如今竟是把酒喝上了，就证明他此刻的烦躁程度，已经需要借酒消愁了。

“李怀恩，你既想让本嫔安抚皇上，就把话说清楚了，皇上究竟是怎么了？若是我掌控不好，兴许下回就再也进不了龙乾宫了！”沈妩轻轻眯起眼眸，面上的神色变得十分严肃，语气也冷了下来。

李怀恩不敢多耽搁，只隐晦地说着：“因为斐小主的不惜命，让皇上想起后宫中那些想活却不能活的女子。”

沈妩的心头一惊，她的脸色立刻变了。李怀恩自是知道她已经猜出了皇上的意思，便轻轻冲着门前挥了挥手：“婉仪，您还是进去吧，皇上在等您呢！”

沈妩不再耽搁，勉强收敛起心神，推门而入。

整个内殿里，只有皇上一人趴坐在小桌边，伺候的宫人早就被撵走了。室内散发着一股龙涎香和酒香的混合味道，男人早就没了往日的威仪和愤怒，而是毫无形象地弯着腰，侧脸枕着左臂，慢悠悠地倒酒，一杯杯往嘴里送着。

“嫔妾见过皇上。”沈妩轻轻俯身行礼，脸上带着几分叹惋的神色。

齐钰并没有让她起身，却是抬起头，一只手举着酒杯，轻轻眯起眼眸，似乎在看向酒杯里的酒酿，又似乎透过那酒杯在观察沈妩一般，目光迷离。

“听说爱嫔今儿打人了？”男人低沉的嗓音传来，语调波澜不惊，似乎只是寻常的问候一般。

“回皇上的话，是。嫔妾打了斐小主一巴掌。”沈妩再次福了福身，柔声回道。

齐钰转着手中的酒杯，抬起另一只手轻轻挥了挥，便让沈妩起身。

“斐安茹虽身为嫡女，也的确属于新贵的势力，但是爱嫔为何如此着急，就冲着她出手了呢？”男人手中的酒杯停了下来，拇指和食指微微用力，捏紧了酒杯，眸光直直地看向沈妩，并没有拐弯抹角，就直接要她一个准确的答案。

沈妩心头一惊，面上却没有慌张，而是抬起头来，毫不畏惧地对上了他的眼眸。

她扯着嘴角轻轻一笑，娇美的脸上露出一抹恬淡的笑意，像一汪清泉一般，沁人心脾。

“皇上说笑了，嫔妾若是真有这通天的本事儿，只随便打人一巴掌，就让那人甘愿赴死。那嫔妾愿冒天下之大不韪，替皇上排忧解难，专打惹您不高兴的人了！”沈妩脸上的笑意十分柔和，像是自嘲一般。

“至于嫔妾为何要打斐小主，想来储秀宫的姑姑已经向您禀报过了。嫔妾并没有料到会是这样的结果。”沈妩见他不说话，便继续解释了两句。

皇上又提起酒壶倒了一杯，脸上露出几分讥诮的笑意，淡淡地说道：“放眼整个后宫，当属爱嫔的嘴巴最会说了。若是专打惹朕不高兴的人，爱嫔就是头一个该被打的人！”

男人的话音刚落，便扬起脖子，将酒杯里的酒一饮而尽，吞咽的动作带着喉结上下滑动着。

沈妩自然不好接他的话，只能低着头盯着自己的鞋尖。

倒是皇上再次开了口，他低声道：“后宫中的女人，无非为了两样东西而斗。一样是爬上中宫皇后的位置，另一样是别倒霉地做了绵延子嗣的工具。当然几乎所有的人都期许着前者，惧怕着后者。如果让爱嫔来选，一生无子的皇后和育有皇子的宠妃，你会要哪一样？”

017

一醉方休

听到皇上如此的问话，沈妩明显愣了一下。一生无子的皇后和育有皇子的宠妃？她的嘴角不由得露出一抹讥诮的笑意，统领后宫拥有无上荣耀的皇后，和一个有命生孩子没命过的宠妃相比，哪一个更具吸引力？

其实身为一个女人，同样都具有吸引力。毕竟在她的认知里，如果一个女人在生命中无法扮演母亲的角色，那么就是遗憾的人生。

可惜，这个问题她不喜欢，因为两样她都想要！

“皇上又说笑了，这两个岂是嫔妾想选就能选得了的？”沈妩直起后背，伸手拢了拢发髻，将两边的碎发别在耳后，脸上的笑意带着几分无奈和苦涩。

皇上眉头一挑，并没有急着说话，而是又倒了一杯酒。一只手拿着酒杯，另一只手托着下巴，轻眯着眼眸看向她。

“如果，朕说给你选一个的机会呢？”男人慢慢地开口了，但是语速却极其缓慢，像是一个字一个字蹦出来一般。此刻听着，带了十足的慎重，仿佛这真的是对沈妩的一个许诺般。

沈妩这回不笑了，脸上方才的镇定从容也失了几分。皇上是何许人也？大秦的九五之尊，前世她用五年，都没得来他一颗真心，这一世相处不过两个月罢了。她有几斤几两，皇上虽然没全摸透，不过也掂量得差不多了，既然此刻说出这话来，肯定是有后话等着她。

“嫔妾不会选的，皇上给哪个，嫔妾就要哪个！”沈妩的心里想清楚了，脸上重新又恢复了淡然温和的笑意，眉眼弯弯，透着一股子说不出来的清丽。

倒是皇上愣了一下，转而脸上露出了满满的笑意，举起酒杯猛地灌下去，拊掌称赞道："好，不愧是爱嫔，巧舌如簧，看似回答了朕的问题，仔细想来却是一个都没回答，而且没有半句是真话！"

男人仍然在"啪啪"地鼓掌，脸上的笑意也越来越大，嘴角咧开的弧度印证着他此刻的好心情，说出来的话却是嘲讽至极。

沈妩仍然站在那里，看着他如此嬉笑，暗自琢磨着说不准待会儿又得变了脸色。

"不过朕喜欢！"皇上停下了拍击的双手，冲着沈妩的方向慢慢伸长了脖子，脸上的笑意收敛了些。

"来来来，爱嫔也来陪朕喝几杯！"他手腕一转，眨眼间手里就多了一只酒杯。

沈妩眨了眨眼睛，也不知道他是从什么地方拿出来的，却是即刻便迈开了步子，走到桌前的时候，毫不犹豫地便往桌角的地方倾斜。

"唉，爱嫔今儿手上戴的是什么？让朕瞧瞧。"还不待沈妩坐下，男人就开口说话了，边说边冲他伸出了手掌，似乎让她抬起手瞧瞧。

沈妩有些惊诧，不知道皇上这唱的又是哪出戏。下意识地抬起手腕，如雪的皓腕上戴着白银缠丝双扣镯，这镯子是银质的，在后宫中很常见，又不是稀罕物什。她的心里虽犯嘀咕，却也不好忤逆皇上的意思，便慢慢往他那边走了两步，将手腕伸过去。

男人十分自然地抓住她的柔荑，往自己面前拽了拽，轻轻眯起眼睛，微微低下头似乎在研究她手上的镯子。沈妩便也跟着垂下了眼睑看过去，只是还不待她看清楚镯子上的花纹，手腕忽然被人猛地一拉，整个人顺着惯性就往前倾。

皇上十分自然地直了直腰板，给她预留出地方，沈妩被扭得转了一圈后，便跌坐到了他的怀里。男人身上的龙涎香和酒香的混合味道，一下子便传到了鼻尖。她被转得有些发蒙，等到反应过来的时候，已经感受到了皇上身上的温度，以及他大腿支撑自己的力度。

"坐那么远作甚！今儿，朕要和爱嫔一醉方休！"皇上似乎一扫方才愁眉惨淡的模样，眼角眉梢都带着笑意，边说边往前挤了挤，沈妩的纤腰就直接抵在了桌边上。

皇上亲自举起酒壶，倒了满满的两杯，不由分说就拿了一个杯子，塞进了沈妩的手里。

"来，爱嫔，干！"男人一只手搂住她的腰，另一只手举起酒杯，放到了沈妩的面前。

沈妩勾起唇角，轻轻地笑了笑，毫不犹豫地举起酒杯，和他的碰了一下。清脆的声响钻进耳膜，像是预示着什么一般。两人对视了一眼，就一起扬起下巴，将酒灌入嘴里。

男人全部饮完之后低头，沈妩也恰好喝完了。因为坐在他的怀里，唯有仰起头才能和他对视。皇上轻轻眯起眼睛，脸上闪过一丝惊诧的神色。这酒后劲儿挺大的，沈妩一杯下肚却是面无异色，目光清明，丝毫没有不适应的地方。

齐钰便更加仔细地观察她来，他也曾找过别的女人喝酒，虽是少数，却也曾有过那么几个能入他眼的。就连一向沉稳情绪不外露的庄妃，一杯酒下肚就咳嗽连连，直接跟他告罪。最后他被扫了兴，庄妃则因为那杯酒，彻底失了宠。

皇上想到这里，便“扑哧”一笑。这后宫女人的作态，他大多都能看破。庄妃苦心经营那么久，才得到他的另眼相待，结果因为一杯酒，满盘皆输。估摸着现如今，庄妃心里头都不好受。

“皇上想什么呢？不是要一醉方休的吗？”沈妩边说边抬起藕臂，抢过他手中的酒杯，依次斟满酒。

这次换她主动将酒杯递过去，脸上带着几分笑意，媚眼如丝。皇上却没抬手接，而是就着她的手，将唇靠过去慢慢地一口口撮着酒杯的酒。虽然酒还是当初的酒，但是齐钰却总觉得要比先前的醇香。

他不由得在心底嘀咕了两句，果然美酒配美人，美得不可方物啊！

沈妩一连陪着他喝了三杯，即使是她自诩酒量不错，也难免红了一张脸。皇上再要倒酒之时，沈妩便轻轻按住了他的手。

“皇上，明日还要上朝，还是少喝些吧！”她的柔荑轻轻搭在了男人的手背上，声音娇俏，眼角轻轻挑起，带着一股子风情。

齐钰搂在她腰上的手，就开始不安分了。美人、美酒，他已经有些昏昏然了。

男人、女人在一起，几杯酒下肚，再加上刻意地勾引，想不上火都难。

“没事儿，朕愿意再为爱嫔辍朝一日！”皇上突然降低了声音，低下头深情地看着她。

两人离得非常近，近到沈妩一抬头，便瞧见了男人的瞳孔里，只有她一人的倒影。仿佛这全世界，他的眼里从此只有她一人般。

沈妩正在发愣，皇上便把一杯酒灌进口中，却只是含着，慢慢地凑近了沈妩的红唇。

男人的舌头在她的口中横行、翻搅，来不及咽下的酒水，就这样顺着嘴角慢慢落下，沾湿了她的脖颈、前襟。沈妩不由得抬起藕臂，攀附住他的脖颈，像是贪恋他口中的酒水，又像是在热情地回吻他一般。

一吻结束，沈妩早就气喘不已，男人却显然陷入了兴奋之中。他从她的嘴唇再亲到她的下巴，就这样顺着酒水滑下的痕迹，一路向下啃吻着。

两人的坐姿明显有些限制这样的动作，男人猛地抱起她，将桌上的酒杯扫落。沈妩的柔荑在男人的后背慢慢地游移着，她的身体一向很敏感，脖子上的触感更是清晰。

男人的舌头和嘴唇，显然不准备放过她，一下又一下地舔弄着她的脖颈。偶尔脖子上细嫩的肉被他的牙齿刮过，带来几分半是疼痛半是瘙痒的酥麻感。

此刻她被男人半抱着，皇上的一只手撑着桌面，另一只手则放在她的腰上。因为男人是弯腰抱着她的姿势，所以沈妩现在是半悬空的状态，她的双腿就自然地钩住了他的胯部，让两人可以更紧密地结合。

皇上似乎很喜欢这样贴切的触碰，啃着她的脖颈也越发卖力。沈妩此刻全身的力气都集中在紧抱住他的身上，忽然脖子上一痛。她的叫喊声就哽在了嗓子眼儿里，皇上露出了牙齿，恶狠狠地咬在了她贴近下巴的脖颈上。

这短促的疼痛之后，男人便松开了嘴，伸出舌头慢慢地舔舐着，似乎在安抚她一般。沈妩心底暗暗松了一口气，皇上要是一下子咬到她的气管上，估计也就没命活了。

只是还不待她庆幸结束，男人再次咬了她一口。同样的位置，同样的力度，牙齿咬起一小块肉的时候，还慢慢地摩擦了两下才松开。舌头再次伸出来舔着那个地方。沈妩这尖叫声始终没出口，心底暗暗发凉，身上也沁出了一层薄汗。

果然，皇上像是找到了一个好玩儿的新游戏般，嘴巴就停留在沈妩的脖颈上。先露出牙齿狠狠地咬一口之后，再伸出舌头舔舔。就这样重复着这个动作，不下十次之后，男人才终于放开了她的脖颈。

皇上抬起头，轻轻挑着眼角看向她，脸上带着几分欠揍的笑意。他一会儿看看沈妩的脖颈，一会儿又瞧瞧她脸上的表情。最终视线定格在沈妩方才被咬的地方，脸上的笑意更深，甚至还带了几分满足感。

“爱嫔莫要忘了朕说的话，朕这两日辍朝，可都是因为爱嫔咬了朕留了伤口。朕从小的时候，就有人教导朕要以牙还牙，现如今朕还给你了，两清了！”男人边说还边伸出舌头舔了舔嘴唇，一副意犹未尽的模样。

沈妩轻轻抬眼，便瞧见皇上轻轻扬起的下巴，那里还有一道淡淡的痕迹，细看还可以辨认出是齿痕。她暗暗地咬了咬牙，小心眼儿的男人，够狠够毒！

还不待她腹议完，男人搂住她腰肢的手就猛地一松。沈妩浑身一惊，缠住他胯部的大腿就下意识地缠紧，只是男人却忽然抓住她抱紧他脖颈的双手，猛地用力，就把她交叠在一起的双臂给松开了。身体往下坠，后背一下子挨到了桌面，她才轻轻松了一口气，手心里却冒了一层冷汗。

“皇上要放开嫔妾，怎么不提前知会一声？皇上赏赐的这个以牙还牙，嫔妾还没谢恩呢！”沈妩半是娇嗔半是讥诮地说道，脸上的神色带着几分媚态，安然地躺在桌面上，似乎是一只待宰的羔羊。

齐钰不由得眯起了双眸，英气的眉头轻轻上挑，轻哼了一声，冷声道：“爱嫔既然如此识得大体懂规矩，还想着谢恩，实在是体贴朕心。朕自然不会亏待于你！”

男人的话音刚落，他便抬起一只手拍了拍沈妩的面颊，脸上露出几分兴奋的神色。

沈妩微微愣了一下，她太熟悉齐钰脸上这样的表情了。只有当九五之尊又有了新的折磨人的法子，他会才会如此兴奋。

还不待她想完，齐钰便拿起桌上的酒壶，慢慢地对准沈妩的身体浇下。有几滴酒水溅到了脖颈上，方才被咬的地方，带着几分疼痛、发热的触感。

冰凉的酒水浇下来，很快便染湿了她的襦裙，身体玲珑的曲线毕露。那一壶酒并不多，只浇到了沈妩的腰部，便见了底。皇上晃了晃手中的空酒壶，脸上明显露出几分遗憾的神色来。

不过他的注意力很快便集中到了沈妩身上，男人的手掌放到了她的脖颈上，并未做多少的停留，直接摸到了她的胸口处，高耸挺翘的胸部，倒是让帝王的手流连忘返。像是遇到了有趣的东西一般，皇上的手一直揉捏着。

沈妩半闭着眼眸，体温接触到酒水的冰冷，不由得蜷缩了两下。男人手上的动作难以让人忽视，力道也慢慢加大，她不由得哼出声。

当沈妩赤裸相见之时，胴体沾了些许的酒水，酒香四溢。齐钰的脑海里忽然就冒出了四个字：玉体横陈。

他的眼神慢慢扫着，这里是外殿，殿内的一切摆设，他都了然于胸。不过此刻他的身体十分燥热，眼睛也因为激动而充满了红血丝，脑袋里似乎也不大清醒。所以四处瞧着，忽然觉得好像不认识了一般。

殿内的柱子上都刻着栩栩如生的腾龙，只是此刻他驰骋在欲望之中，那凶神恶煞的腾龙似乎也被扭曲了一般，慢慢地失了本来的面目。

在庄严的地方欢好，原来是这种滋味。如果可以，真想带着这妖精去龙椅上来一回！

齐钰抱紧了她的腰肢，抱着她坐到了软垫上，慢慢地喘着粗气。

他一低头，就瞧见沈妩瘫倒在他的怀里，面上疲惫的神色丝毫不遮掩。他轻轻抬起手拍了拍她的脸，低声道："起来，沐浴后再睡！"

沈妩偏过头，只留给他一边侧脸，近乎呢喃地说道："嫔妾已经睡熟了。"

齐钰看着她难得的耍赖模样，便耐着性子轻声哄她："听话，先沐浴。"

沈妩有些苦哈哈地嘤咛了一声，却也知道没有商量的余地，便慢慢地睁开了眼，和齐钰对视了一眼。看到男人眸光里的坚定，她也只有在心底将这洁癖狂凌迟一百遍。

沈妩慢慢地坐好，然后柔荑猛地撑着地面使力，想要借助支撑的力量站起。没想到还没站稳，两条腿就不停地发抖打战，那种控制不住的痉挛，让她的心底产生一种无力感。然后她就遵循着身体的意识，狠狠地摔坐了回去，不偏不倚正好坐到了男人盘坐的大腿上。

皇上根本没料到她会如此狠地摔下来，沈妩的身体很轻，每回他轻松一抱就起来了。可是这回的狠摔，让他产生了有千斤重的错觉。两条腿摊开盘坐着，被这么狠力一压，腿根处抽抽的疼，像是被撕裂了一般。

他深吸了一口气，抬起手毫不客气地掐了一下她的腰肢，低吼道："你是要坐死朕吗？"

沈妩虽摔得狠，不过底下有齐钰承受着冲击力，她也没感到多痛。此刻听到男人的吼叫声，便抬起头来，悠然地看着他，然后面无表情地回道："是皇上想做死嫔妾！"

齐钰看着她毫不畏惧的目光，再加上沈妩身上偶尔的青青紫紫印记，他心底便觉得理亏。不好再与她争论，不过身上黏糊糊的，他自然是忍受不了。便伸出手似乎想要推开沈妩，自己去沐浴。

沈妩哪里会如他所愿，索性心一横，面朝着他坐。就像方才欢好时的姿势一样，双手双腿像藤蔓一般，死死地纠缠住他的脖颈和腰肢。

"沈氏阿妩！"齐钰一时挣脱不开，便低下头轻声呵斥了一句，眼睛倒是瞪得圆鼓鼓的。

"皇上，嫔妾必须得向您表明心迹！"沈妩却不怕，皇上再怎么厌恶女人，一般不触及他的底线，都不会动粗的。

当然皇上的底线有很多，一般随便一句话就能轻而易举地触及他的底线。

沈妩边说边把下巴埋到了他厚实的肩膀上，和微硬的骨头相碰，让她轻轻蹙起了眉头。

齐钰听得她的声音郑重，以为她有什么重要事情要说，便冷声调侃了一句："怎么，爱嫔终于想清楚了，要投靠朕这边？"

他的眼眸轻轻眯起，眸光里带着几分冷意。果然，之前他所开出的条件太过诱人，让沈妩动心了？

"皇上真爱说笑，嫔妾见到皇上那一晚，就跟皇上说过。这后宫里的任何妃嫔，都得投靠您！嫔妾想说的是别的。"沈妩眨了眨眼睛，她的双手滑下，绕过齐钰的身体，最后交叠在他的后背上，紧紧地抱住他。

两人亲密无间地靠在一起，头靠头、腹贴腹，对方身体的温度再次传到彼此的身上，带着几分依稀的熟悉感，却又让人发寒。

"其实，嫔妾真的离不开您了，一刻都不能！"沈妩郑重地开了口，语气十分严肃正经，像是在向皇上承诺什么。

伴随着她轻柔的话音落下，大殿里一时陷入了安静之中。最终齐钰抬手狠狠地拍了一下她的后背，恨声道："爱嫔对着朕，还真的没一句真话。就为了让朕抱着你去汤池，瞧你这点儿出息！"

皇上终究还是妥协了，就着这个姿势抱起她。两人还是那样的紧密相贴，只是对于沈妩方才所说的话，皆知她漏说了一句，那就是：如果在这样的不能分离上加一个期限，那便是到明儿早上！

龙乾宫在前殿相通的地方，就有一个汤池。不过这都是皇上用的，其他妃嫔根本沾不上边儿。皇上当然不会光着身子抱着她去别地儿，也唯有带着她一同进了这汤池。

不得不说，再次来到这汤池，沈妩心里悄悄松了一口气。虽然是她死磨硬泡才能来的，但也代表着她和皇上之间的关系进了一步。

这汤池几乎占了一整个内室，呈正方形，四周放水的皆是用石头雕成的龙头形状。沈妩这回也不再纠缠，而是主动地从齐钰身上下来了，先用脚尖试试了水温，便慢慢地坐了进去，丝毫没有拘谨的地方。

齐钰瞧着她轻闭上眼眸，十分享受地靠在池壁上，不由得冷哼了一声。脱了身上的里衣，慢慢地下了水。

皇上靠的位置，离沈妩有些远。显然是不想靠近她，沈妩也不以为意，草草地抹了两把水在身上，便安然地躺在池边闭目养神。

身上酸痛的地方，被热水拂过，疲惫感明显减少了许多。正当她放松心情，飘飘欲仙的时候，忽然脚腕被人在水下抓住了，她下意识地睁开眼，双臂上抬想要搭住池壁，可惜那人明显没有给她反应的时间，直接用力一扯。

“噗”的一声，沈妩直接摔进了水里，溅起阵阵水花。

“咳咳！”水花一下子进入了鼻腔之中，沈妩不停地咳喘着，她呛了两口水，勉强从水里钻出来，满头满脸都是水。一头青丝更是湿得彻底，几缕湿发甚至都遮住了她的脸，就像从水里出来的水妖一般，狼狈至极。

殿内传来男人爽朗的嬉笑声，显然这副模样的沈妩，完全愉悦了他。沈妩勉强拨开脸上的湿发，看向那个幸灾乐祸的罪魁祸首，心底涌起一小股恼怒。

皇上的脸上难得地带了几分真切的笑意，眼眸轻轻弯起，眸光却是极其明亮。沈妩直接往他那边扑过去，男人虽勉强躲过她扑来的身体，却是避免不了那被溅起的巨大水花。

同样他也被弄得满脸都是水，唇边悠然自得的笑意彻底消失了。他轻轻眯起眼眸，冷声道：“沈氏阿妩，你别太嚣张！朕岂是你能戏弄的，小心——”

只是他气急败坏的话语还没有说完，那边一捧水已经泼了过来，正中他那张黑沉的脸，于是怒吼骂人的嘴巴里，也自然不能幸免，被迫喝了一口池水。

“呸！”他连忙将嘴里的水吐到池子外面，怒瞪着眼眸看过去的时候，沈妩的脸上已经换上了一抹娇俏的笑意。

“你个能作的女人！朕今日就——”齐钰边说边往沈妩身边靠，似乎要抓到她惩治一般。

只是还不待他靠近，又是一捧水袭击了过来。沈妩娇俏的笑声传遍了整个内室，因着水的传播，带着几分回音。

齐钰难得地缩着头，躲避水花的攻击，伸长了手臂只为了抓到她。沈妩一边往前躲，一边两只手并用地泼水花，只为了让他知难而退。

最后却还是一把被他抓住了，齐钰一句废话都没有，双手直接按在她的肩膀上，猛地用力下压。沈妩腿一软，整个人就被他按进了水里。水花争先恐后地侵袭而来，耳朵里、眼睛里，甚至在跟她的胃争夺空气。就连挣扎的力气都没了，那种黑暗中的窒息感一点点侵蚀着她的意识。

待皇上放过了她，将她拉出水面的时候，沈妩整个人已经是一副奄奄一息的模样。

齐钰不满地“啧”了一声，眉头都跟着挑起，却不敢再耽搁，直接抱着她出了汤池。旁边放了一把贵妃椅，上面铺着几层毯子。男人随手扯了一块过来，包住她的身体。轻轻将她放到了椅子上，两只手有点笨拙地替她擦干身上的水滴。

“爱嫔，再叫你作啊！活该你作死！”齐钰又换了一块干净的锦布，放到她的头发上，用力地揉着。

沈妩被他晃得头晕，便下意识地抬起柔荑覆盖到了他的手背上，带着他的动作放慢，力道也渐渐减轻，头上的感觉立刻舒适了不少。

“嫔妾哪知皇上这般禁不得玩闹！”沈妩半真半假地抱怨了一句。

果然又惹来齐钰的怒瞪，她连忙佯装娇弱地咳嗽了两声，这才作罢。

沈妩在心底轻叹了一口气，瞧，无论什么时候，皇上说翻脸就翻脸，不带任何一点商量的余地。

两人把身上的水都擦干了，才往前殿去。沈妩半靠在他怀里，几乎是将全身的重量都压了过去，皇上难得地没有挥开她，一只手半搭在她的纤腰上，慢慢带着她往前走。

由于两人折腾了这么久，所以到了床上几乎是倒头就睡。只是睡得太熟了，早上就没能起得来。

明音和明语等在外头，一看天色不早了，里头却没动静，不由得急得直跺脚。

“李总管，皇上今儿不是要上朝吗？到现在还不起，来得及吗？”明音轻轻扯了扯李怀恩的衣袖，脸上焦急的神色显而易见。

李怀恩的面色也不好看，此刻听着明音如此说，不由得烦躁地甩了她拉扯的手，低声道：“咱家怎么知晓！昨儿皇上那架势你是没瞧见，我险些认为明年的昨日，就是这龙乾宫上下宫人的忌日呢！我的心肝儿都抽着疼。好容易让姝婉仪哄好了，也不知此刻是个什么景况，你敢去叫这两位祖宗起身？”

李怀恩拿捏着嗓音，边说边气鼓鼓地瞪着明音，那气急败坏的架势，像是要跳过来把她生吞活剥了一般。

其实李怀恩这是心里头怨恨，想着原来明音和明语二人，也都是要一起陪葬的，大家葬在一处多热闹！可是现在这两个死丫头，也不知烧了什么高香，就去伺候最得宠的姝婉仪了。

明音被他这口气冲的有些不知所措，李总管是怎么了？如此暴躁！

“反正皇上上朝的时辰，比我们婉仪请安的要早。李总管到时候被骂了，可别来我们姐妹这里哭！”一旁的明语见明音无缘无故被骂，心里就有些不舒坦，嘴里冷哼了一声，不由得反唇相讥。

这回可把李怀恩气得七窍生烟，这俩丫头跟着姝婉仪，不仅享了福，还长了狗胆啊！连他的话都敢顶了！

李怀恩实在气不过，这时辰又真的不能再拖了，他才轻轻地冲着里面喊了一声：“皇上，今儿该早朝了，时辰不早要起了！”

待他这一声喊出来，周围侍立一旁的宫人们，都屏声敛气，胆战心惊地等着里面的回话。不过等了片刻，里面却丝毫没有反应。

明音和明语再次看了看他，脸上都带着几分“你行的”表情，李怀恩眉头一皱，一副欲哭无泪的模样，再次冲着里面道：“皇上，皇上——”

“别号了，朕身体不适，辍朝一日！”齐钰皱着眉头打断了他的话，迷迷糊糊地用手去摸自己的下巴，还能依稀感到坑坑洼洼的，他在心底轻叹了一口气。

什么院判，庸医一个！

睡在他身旁的沈妩，明显是被他吵到了，秀气的眉头紧紧蹙起。微微用力伸了伸胳膊踢了踢腿，却立刻感到疼痛袭遍全身，特别是两条腿，就好像已经不是她的似的。

她哼唧了两声，腰上就被人猛地一掐。

“别闹，继续睡！”男人不耐烦地说了一句，又扭过身去背对着沈妩。

两人仍然是分了被窝睡的，方才皇上的手是摸索着进了沈妩盖的锦被里，被他这么使劲狠掐，沈妩的困意早就走了大半。她尝试着动了动手脚，咬牙没叫出声。

皇上可以一连辍朝三日，她可不能不去请安。更何况还是在龙乾宫侍寝了一晚，若是不去请安，那么多顶子虚乌有的大帽子扣下来，也够她受的。

“你又动什么？一大清早是不是就想让朕抽你！”皇上猛地转过身来对着她，眼睛已经睁开了，眸光阴冷地对上她。

黝黑的瞳眸里，满满的全是不耐。

“嫔妾想起身去寿康宫给太后请安，但是身体好痛！”沈妩慢慢地扭过脸来，对上他的眼眸，话音刚落眼眶就红了一片，一副可怜兮兮的模样。

男人用一只手臂撑起上身，似乎是看到了什么有趣的东西，便仔细盯着她瞧。沈妩有些奇怪，顺着他看的方向，摸向了自己的脖颈。在偶然触碰到一个地方的时候，那里传来阵阵的抽疼，引得她直吸冷气。

她想起来了，这里是昨晚被皇上咬的地方！

“爱嫔不用这般看着朕，朕被你咬了，辍朝三日。你也准备好三日不去太后那里请安吧！啧啧，瞧朕给你留的印记多好，这地方偏在你下巴的左边儿，上下都遮不住，安心在宫里待着吧！”皇上一边仔细地瞧着那处疤痕，一边自夸着，顺手拉下她的手腕，不让她再摸下去。

沈妩有些无奈地看向他，只见眼前的这个九五之尊，满脸都带着得意，显然很满意他的成果。

“嫔妾起身看看！”沈妩并不知晓这下巴的伤疤，究竟是什么模样，至今她还没瞧到。所以在未亲眼看到之时，她还是有些不相信。

她刚说完，便手撑着上身，挣扎着要起来。

皇上快她一步坐起了身，却是拉着她的双臂，直接拽向两边。没了手臂的支撑，沈妩再次摔了回去，自然又是全身酸痛，惹得她一阵龇牙咧嘴。

“爱嫔急什么，朕替你去拿！好好躺着啊，若是朕回来瞧见你已经起身了，就抽死你！绝不含糊！”皇上的困意也消失得一干二净，似乎是为了庆祝沈妩从今儿起要过上跟他一样倒霉的日子了，他这心里头顿时涌起一阵兴奋，竟是破天荒地要亲自伺候她。

沈妩心中的感觉颇为复杂，不知是该受宠若惊，还是在皇上没抽她之前，她先动手抽死皇上！

还不待她想完，皇上已经返回来跳上了龙床，手上拿着一面锃亮的小镜子。巴掌大的，形状却是怪异，后面是金镶玉的材质，甚至比不少妃嫔头上戴的珠钗还要贵重。

“爱嫔，你瞧，在这儿！”男人边说边拿着镜子往她的脖颈方向照，手指还顺势戳到了他自己咬的那个地方。

沈妩暗咬着牙将他的手拿下来，握住他的手背，调整镜子的位置，足够她看得到。

脖颈上那一块有一个清晰的牙印，是皇上一次又一次地舔咬导致的，经过一夜的时间，牙印那里已经变成了青紫色，还带着瘀血，瞧着就觉得疼。

不看还好，看完之后沈妩觉得脖子上更痛了，她索性挥开皇上拿镜子的手，头一偏不再看。安静地躺在床上，一动不动地装死。

齐钰看着她认命似的模样，脸上的笑意更深，随手就将镜子扔到了地上。好在地上铺着厚厚的毛毯，只发出一道沉闷的声响。

外头的李怀恩垂手站着，脸上的神色恢复了悠然万分。既然皇上已经说了辍朝，那他只需再等一会儿，去朝堂上说几句就成了。

这回换成明音和明语着急了，里面并没有传出姝婉仪的吩咐，这时辰眼看着也拖不得了。

“婉仪，时辰到了。”最后还是明语大着胆子冲着里面喊了一句，这再不起身，真的就得晚了。

“你们婉仪昨儿晚上劳累了，去寿康宫说一声，不能去了！”男人轻柔的声音传来，语调里明显带着几分上扬，显然是心情甚好。

皇上的这一句话，倒是把外头的宫人都给镇住了。对待姝婉仪身边的宫女就如此和颜悦色，对待龙乾宫的宫人，却都恨不得吃了他们。云泥之别啊！

沈妩躺在床上，紧绷着一张脸，明显是心情不好。方才明语的话她正准备回呢，却被皇上抢先了。而且这理由当真是欠抽，是怕她还不够遭人嫉恨，要亲自添一把火吗？

沈妩心底腹议着，却是轻轻闭了眼，准备再睡一会儿。免得瞧见皇上那张得意的笑脸，她就想坐起来再咬他一口，让他继续辍朝。

“啧啧，爱嫔，这后宫中，谁人不知姝婉仪最是张扬跋扈。方才朕的回答才符合你的性子，说不去就不去！”皇上算是彻底醒了，就再睡不下去了，瞧见沈妩不理会他，便主动挑衅起来。

沈妩在心底长叹了一口气，并没有理会他，而是轻轻扬高了声音对外面的明音道：“明音，你去跟寿康宫的穆姑姑知会一声，就说本嫔身体不适，无法前去请安，望太后见谅！”

明音低声应承了下来，低声冲着明语叮嘱了几句，便快步往寿康宫走。她这一路都在腹议，姝婉仪这个借口找的可真不英明，和皇上一样都是身体不适。一个不去上朝，一个不来请安，两人却都躺在龙乾宫的龙床上。呵呵，逗谁呢！

明显就不是身子不适啊，多半是在龙床上缠绵悱恻了吧！

皇上听到沈妩如此吩咐，脸上的笑意越发明显。他轻轻眯起了眼眸，由于沈妩还闭着眼，就错过了皇上眸光里闪过的那一丝狡黠。

寿康宫中，穆姑姑得到了明音的禀报，原本就面无表情的脸，显得更加僵硬。姝婉仪昨晚被召幸龙乾宫的消息，早就传开了。本以为沈妩只是张扬，平时威风一下便罢了，并不是不懂规矩。再怎么得宠，这请安还是不能省。这回却是光明正大地不来了，分明就是在挑战太后的威仪！

018

睚眦必报

请安的妃嫔依然是站成了两排，鱼贯而入。众人坐到各自的位置时，一抬头便瞧见了太后那不大好看的面色。眼睛一扫，姝婉仪的位置空下了，各自的心里就有数了。

姝婉仪真是胆大包天，荣宠正盛又如何，入宫才不到两个月，就敢打太后的脸面。不过在座的妃嫔也都沉得住气，就连往日唯恐天下不乱的瑞妃和丽妃，也只是讲两句笑话凑趣罢了。只字不提关于姝婉仪和储秀宫里斐小主的事儿。

太后的面色稍缓，原本她正在气头上，恐怕谁若是那么没眼色地胡说八道，就直接成了撒气筒。

许衿封了位，她的位置就在沈妩的斜对面，此刻她刻意地瞥了一眼那个空位置，脸上露出一抹讥诮的笑意。

不用她刻意去打听，姝婉仪一个巴掌，把斐小主扇得上吊这事儿，早就在后宫之中传得沸沸扬扬，而且冲着皇上昨儿的态度，众人皆知恐怕这回吃亏倒霉的是此刻还昏迷不醒的斐安茹，而沈妩则借着这个机会，复宠了！

真是滑天下之大稽！

许衿这心里头是越想越窝火，沈妩复宠后，第一个丢了脸面的竟然是太后！她的手里紧紧握住一个茶盏，捏住盏壁的手指，都因为太过使力而微微发白。

在她的心底，沈妩给她的那种巨大威胁感，又一次袭遍全身。这回，她一定要有所作为！

太后很快便露出了一副疲乏的模样，不再留着众人，手一挥便让人退下了。

龙乾宫里，沈妩这会子总算是挣扎着起身了，她只让明音和明语二人进殿来伺候。她们两人进来之后，一眼就瞧见了沈妩脖颈上的印记，虽是一愣，却都没有多说一句话。小心翼翼地走到她的身边，便开始着手替她穿衣梳妆。

皇上是在外殿梳洗的，李怀恩指挥着那些宫人收拾外殿，他的眉头“突突”地跳着。这平日里皇上批奏折用膳的神圣之地，恐怕在宫人眼里，早就变得暧昧起来了。瞧这满地狼藉的样子，殿内到处弥漫着淡淡的酒香和男女欢好后的奢靡痕迹。

几个收拾的宫女，早就习惯了此种场景。面不红心不跳地将那些被撕碎的衣衫收拾起来，齐钰半闭着眼眸，张开双臂，任由宫人们替他穿衣。

待沈妩出来的时候，齐钰已经坐在软垫上，宫人手端着餐盘来回进出，显然是在准备早膳。沈妩特地瞥了一眼那花梨木桌，桌面上干净如初。

“这桌子刚换过了，爱嫔，过来用膳！”齐钰瞧见她的目光，便低声解释了一句，冲着她招了招手，脸上自然地就带上了几分温润的笑意。

侍立在一旁的几个宫人，都下意识地偏过头去瞧皇上脸上的表情，待看清楚之后，整个人都僵住了，如遭电击。原来皇上也是有这种温柔的时候，看见这样的笑容，忽然觉得这辈子也值了！

李怀恩也是满脸惊讶，不过他却是看向沈妩。能让皇上露出这样表情的，后宫里也就这位姝婉仪了。

不过此刻姝婉仪却是板着一张脸，明显不高兴的模样。面对皇上的邀请，她就这样面无表情地走过去，当着众人的面坐到了皇上的侧边。

李怀恩的眼珠子都快瞪出来了，上回阮玉和许晴可不就因为一人霸占了皇上的侧桌边儿，最后连侍寝都没挨到，就直接用良媛打发了。现如今姝婉仪坐到这儿了，皇上还是一副十分满意的神色。

“来，爱嫔，尝尝这白面馒头！”皇上边说边亲手用筷子夹了半个馒头过去，唇边的笑意越发明媚。

沈妩面色一僵，这小桌上的早膳，都是御膳房精心准备的，各色菜肴应有尽有。光米粥就有好几种口味，这面食类更是种类繁多，皇上却偏偏爱极了这最普通的白面馒头。

沈妩不好推辞，慢条斯理地将手边精致的陶瓷碗推了过去。还不待她咬上一口，皇上又用筷子夹了一口小菜递进她的碗里。

“这是御膳房新出的小菜，爱嫔尝尝！”皇上的声音里是说不尽的温柔，动作也是极其轻柔，完全就是一副万分宠爱她的模样。

沈妩一律不推辞，倒是省得她费尽心思，想着皇上爱吃哪些东西伺候他。这一顿早膳，直接反了过来变成皇上照顾她用膳。

身旁侍候的几个宫人，都快僵化成石雕了，何时见过皇上如此温柔地对待过一位妃嫔的！姝婉仪真是一次又一次地刷新皇上的美好形象。瞧，皇上也是凡人，也会笑的。

谁下回再敢在心底腹议他是阎王转世的，都该去死！

不过沈妩脖子上面那个青紫的痕迹，内殿里伺候的宫人自然都瞧见了。再对比皇上如此迁就姝婉仪，心底就有了几分揣测。

李怀恩送沈妩出去的时候，一直点头哈腰的，眼睛里直冒光。这以后姝婉仪就相当于龙乾宫上下的救世主啊，他自然得巴结着些。

沈妩却是彻底黑了一张脸，她一只手搀扶着明音的手臂，另一只手里攥着锦帕，轻轻地捂在脖颈上。即使她努力站直了身体，莲步款款，和平时的风姿相比，却还是差了一截，那手放的不是地方，无论从什么地方儿瞧都带着几分怪异。

直到坐上了轿辇，沈妩的境况才好些，那只捂住脖颈的手臂，搭在了轿辇的边缘上，倒有几分美人托腮远望的景象。

总算是看着姝婉仪的轿辇远去，李怀恩也长舒了一口气。还不待他感叹两句，屋子里头已经传来了皇上的喊叫声。

李怀恩那口气还没喘完，便连滚带爬地小跑进殿。只见皇上悠然地坐在案桌前，手里把玩着一支狼毫，另一只手撑着下巴，目光无意识地看向狼毫，似乎陷入了深思之中。

“皇上，奴才已经去朝堂宣布过了，大人们都让您保重龙体呢！”李怀恩冲着他行了一礼，低声地汇报着。

不待他说完，齐钰已经冷哼出声，低声道：“行了行了，那一帮老狐狸心里头的花花肠子，朕不想听。实话告诉朕，方才姝婉仪走的时候高兴吗？”

李怀恩忽然觉得牙疼，皇上对于朝堂之事如此厌烦，倒是颇为关心姝婉仪的情绪，还真是让人意外。

“不高兴。”他斟酌了片刻，在皇上露出不耐烦的神情之前开了口。

齐钰脸上的神情却是松了几分，似乎姝婉仪不高兴了，他才会高兴一般。

“她狼狈吗？是怎么走出殿的？”皇上显然是被这句话吊起了胃口，不由得扔了手中的狼豪，身子前倾满脸兴味地追问道。

李怀恩细细回想了一下，虽然他暂时看不透皇上的心思，却也顺着他的话说，低声道：“回皇上的话，十分狼狈。姝婉仪是用锦帕捂住脖子走出殿的，奴才远远地瞧着，觉得怪异得很。”

皇上彻底被愉悦了，不由得拊掌朗声笑道：“她狼狈了，朕就开心。去莲花池里，把姝婉仪的牌子捞出来吧！朕大人有大量，不和她计较了！”

李怀恩低下头，轻声应承了下来。心里却是暗自腹议道：呸，皇上瞧您那点儿出息！姝婉仪走出去那狼狈样儿，不就是前几日皇上的真实写照吗？开心吧？前几日您也是那副衰样儿！

沈妩的轿辇一路摇晃到了锦颜殿，兰卉和明心早就出来迎接了。瞧着她那副怪异的模样，心里虽是疑惑却都没开口说话。

直到进了内殿，兰卉才匆匆派人去太医院请太医来。这印记得几日才能消下去啊？

不过太医没请来，倒是司药司的宫女带着药方子过来了。

“回婉仪的话，皇上特地派了人去跟杜院判知会过了，杜院判说不用诊治了，您跟皇上得的是一个毛病。药方也差不多，他开了过来，这些是外敷的。待会儿就有人送内服的药过来！”那个小宫女伶牙俐齿，虽然杜老头儿这话有些阴损，不过这个小宫女倒是不害怕，三言两语便讲清楚了。

沈妩暗憋着一口气，让明心送这丫头出去。兰卉亲自过来替她敷药，脖子上青紫的痕迹再沾上黑乎乎的药膏，真是看不进眼。

她对着铜镜照了照，长叹了一口气，默默地在心底决定了，下回即使再和皇上如何闹，死掐也不能往旁人能看见的地方招呼了。依皇上那睚眦必报的性子，最后这罪她自己也得受一回，还是加倍的。

储秀宫之内，经过几个宫女的不眠不休的轮番照料，斐安茹总算是从鬼门关绕了一趟又回来了。刑姑姑依着皇上的意思，不敢再给她灌药，但是却小心翼翼地调制着药粥给她补身子。

皇上那也只是一时气话，再怎么说斐小主既然活过来了，就不能再让她死过去了。

送往两广总督府的口信儿也传出去了，就等着斐家来人把这位倒霉的嫡姑娘接回去。

斐安茹即使醒过来了，也就像一具行尸走肉般，任人摆弄。有宫女喂她喝粥，她就乖乖张嘴。刑姑姑若是劝她睡一会儿，她也一声不吭地躺到床上，闭上眼睛，却不知究竟有没有睡着。

看着她苍白如纸的面色，就连嘴唇上都没有一丝血色，刑姑姑低叹了一口气。就坐到她的床边，低声劝道：“小主，奴婢本不该说这几句话。不过这身体发肤受之父母，怎好让您的爹娘白发人送黑发人啊！皇上已经降下了旨意，您若是醒过来，就直接让总督府来人接走。估摸着没几日，您就能和家人团聚了，也不用再寻死觅活了！”

斐安茹的眼皮动了动，却是没睁开。只是鼻子却是酸酸的，强忍着才没让眼泪掉出来。

刑姑姑瞧见她这副半死不活的模样，也无心再劝。恰好外头一个小宫女走了进来，先伸着头看了一眼床上的斐安茹，见她还睡着，脸上就露出几分为难的神色。

“怎么了这是，连规矩都忘了？”刑姑姑一瞧她这副没头没脑的模样，心里顿时就涌上了几分火气。若是这冒冒失失的样子，到了皇上那边，可不得连累着整个储秀宫陪葬吗！

那个小宫女连忙俯身行了一礼，然后怯怯地抬起头，低声对着刑姑姑禀报道：“姑姑，远顺仪来了，说是要见斐小主。”

她的话音刚落，刑姑姑的眉头就紧紧地皱了起来。怎么最近这些刚爬上封位的妃嫔们，都来找斐小主。先是姝婉仪来了一趟，斐小主就闹得上吊了，再是这位远顺仪，难不成是知晓了斐小主没死透，再来刺激一番让斐安茹彻底蹬腿闭眼了？

“去回远顺仪，斐小主身子孱弱，现下又睡了过去，等她好些了再来吧！”刑姑姑挥了挥手，轻声指挥着那小宫女下去通传。

倒是方才躺在床上的斐安茹，抬起手轻轻拉住刑姑姑的衣袖，柔声道：“让她进来吧！”

因着她都是要出宫的人了，所以这话说出来就没有丝毫尊敬的地方，倒像是要见府里头的下人一般。

那个小宫女的眼神在刑姑姑身上扫了一下，见她点头，才小跑了出去。

“小主，奴婢不好多劝您。但是已经定下了出宫，还是少招惹些是非较好！”刑姑姑慢慢站起身，听着她方才的口气，便知这位倔性子的斐小主，恐怕不会给远顺仪好脸色瞧。

轻轻掖好被角，刑姑姑便站到了一边。

许衿身上穿着湖蓝色的曳地罗裙，头上仅仅戴了一支玉簪。整个人都穿得很素淡，似乎是为了照顾正在病中的斐安茹一般。她免了刑姑姑的礼，便快步走到了床边。

“斐妹妹，你这身子可好些了？”许衿轻轻坐到了床边的凳子上，脸上露出几分担忧的神色，声音轻柔，就像是姐姐关心妹妹那般。

对于她这声问候，斐安茹难得地笑开了。只是脸上的嘲讽神色却是居多，她轻声开了口：“如今我都要离开这是非之地了，你又何苦来这一趟？”

许衿的脸色微微一僵，面对此刻嘲笑她的斐安茹，心里头带了三分恼怒，却也忍了下来，挥了挥手让那些宫人退下。

刑姑姑自然是不敢走，依然低着头杵在原地。斐小主虽不常说废话，不过她嘴巴的恶毒程度，刑姑姑还是领教过的，生怕到时候许衿被气到了，直接伸手把斐小主掐死了。

“刑姑姑，你也下去吧。我正好也有话和远顺仪说。”斐安茹轻声说了一句，她看向眸光渐冷的许衿，脸上的笑意越发明显。

几个宫人都退下了，内殿便只剩下这二人。

许衿的脸上已经不复往日的温和，而是带着几分清冷，乍看之下，竟和斐安茹的拒人千里之外有些相像。

“从第一日我们相遇的时候，你来和我打招呼，我就跟你说过，我们都是同样心冷的人，你又何苦摆出一张虚伪的笑脸来。直到今日，你才撕下那层假脸，恢复了本心。出宫之前能见到这样的你，我也算是多了些有趣的回忆了。”难得斐安茹讲了这么一长串的话，只是她的身体还未好，话音刚落，便开始急速地喘息起来。

许衿瞧着她现如今孱弱的模样，脸上不由得露出了几分冷笑。

“其实我是不屑和不珍惜生命的人说话的，本不想来看你。不过这后宫之中，皇上那边的新贵势力，也只有你能拿得出手了！”许衿并没有转弯抹角，而是直接地切入正题，她边说边冷眼瞧着斐安茹，下巴轻轻挑起，带着几分审视的意味。

“你想找人联手对付沈妩？”她的话音刚落，斐安茹便挑起了眉头，脸上带着不置可否的表情。

许衿心头一松，与聪明人说话就是爽快。她还没怎么开口，斐安茹已经猜中了她的意愿。

“是，我不知这次她究竟是做了什么，就让你能寻死觅活的。不过这绝对是她的阴谋，你就不想看她倒霉的模样吗？”许衿毫不犹豫地承认了，她斜挑着眼角看向斐安茹，似乎是想从她的脸上找到赞同的神色一样。

斐安茹的眸光闪躲了一下，毕竟提到她为何自缢的理由，她的情绪难免受到波动。不过她又很快调整了过来，对上了许衿有些期盼的眼眸，低声道：“想，当然想。纵观这整个后宫，恐怕没有哪个妃嫔不想看见姝婉仪失宠的。她现如今风头无二，整个人都傲气逼人，看她不舒服的人比比皆是。”

听得她这么说，许衿脸上的神情一松，明显是找到了共鸣心里有底了。

“不过，我已经是即将要出宫之人，恐怕帮不了你。其实姝婉仪那样活着挺好的，该哭就哭，该笑就笑，该把人踩在脚底下，也绝不含糊。”斐安茹不咸不淡地拒绝了，不过最后一句话，她倒是说得真切，颇有几分艳羡的意味。

两广总督府，乃富饶之地。最不缺的就是姨娘庶女，若不是此次惊现一个沈妩，兴许她就不用挤了庶妹的名额，进来这令人厌恶的深宫了。斐安茹自小就被严格教导，所以性子才会这般，她也想像沈妩那般，肆无忌惮地活着。

“哼，斐安茹你别丢嫡姑娘的脸成吗？一个卑贱的庶女，一看就是沈王府没调教好，整日妖娆万千的那副姿态，活脱脱一个狐狸精。她与你我府中那些掐尖粗俗的姨娘有何区别？”听了她的话，许衿“蹭”的一下子从凳子上站起，满脸都是恨铁不成钢的模样。

她的眼眶泛红，显然是激动过头了。修炼了十五年的淡然恬静，此刻早就不知道丢到何方了。心里始终有一个声音：除掉沈妩，越快越好！

并且这道声音越传越大，像是一道符咒般，紧紧地束缚住了她的思想。

斐安茹轻轻愣了一下，显然是第一回瞧见如此失态的许衿。她轻叹了一口气，或许这一次从鬼门关前过，让她更加看开了些。

“那么，即使当上顺仪的你，又与你我府上的姨娘有何区别？这整个大秦后宫的女人，都像是你我府上的姨娘一般，为人妾者，原本便是矮人一等。只等这中宫皇后的人选一出，就给人腾地方吧！”斐安茹抬起手捏了捏眉头，说了这么多话，她的嗓子又开始痛了。

看样子这一次的自缢，还是留下了后遗症。

许衿愣愣地看了看她，像是想明白了一般，忽然无力地摔坐回了凳子上，满脸都是呆傻的神色。

她许衿过惯了高人一等的生活，所以自然而然就把自己带入了上位者的姿态。她还从来没有想过，这个后宫的正宫皇后位置，以后一直都不会是她的。她入宫的目的从来就只有一个，那就是当皇后！

“你累了，若你真能出宫，我在这里先恭贺一声。若是出不了宫，我们下回再说吧！”许衿抬手拍了拍额头，似乎想让自己回过神来，她慢慢地站起身，低声地冲着斐安茹说了几句，转身便准备离开。

待她走到门边的时候，斐安茹才开口唤了她。

“我知道你想除去沈妩的心情，可是再怎么急迫，也别太大动作。世家如今都靠着这位姝婉仪争宠，你做得过头了，这上头还有一个庄妃在，莫让旁人钻了空子。这个后宫中，从来没有真正的蠢人，把旁人都当作傻子的，才是真傻，往往死得早！”斐安茹嘶哑着嗓子，苦劝了几句。

她即将离开这是非之地，不知是不是看到许衿这副模样，心生怜悯。竟是鬼使神差地说了这些多余的话。

许衿没有说话，只是轻轻推开门就出去了。有一丝凉风吹进来，斐安茹缩着脑袋，往锦被里挤了挤。脸上露出一丝苦笑，后宫当真是杀伐之地，就连许衿这样的人都会失了分寸。

对比这数年历史的寂寂深宫，她们这些新入宫的人，无论是谁都还太嫩！

沈妩在锦颜殿休养着，她还不想脖子上顶个青紫的齿痕，就到处走动，免得惹来非议。不过却总有人不能如她所愿，自从她一个早晨没去请安，这后宫里就快把她传成妖精在世，只懂得恃宠而骄了。

“婉仪，寿康宫的春风姐姐来了！”明语提着裙摆，小跑进内殿，冲着沈妩行了一礼，脸上少有的带了几分怯懦的神色。

沈妩正歪在榻上，手里拿着皇上的玉佩把玩着，昨儿还念叨着带过去，结果竟是一时忘在了身上，最后哄好了皇上，她又巴巴地带回来。皇上这性子反复的病，也不知什么时候又会犯，等下一次病入膏肓的时候，她再拿着这玉佩去哄他吧！

“把珠帘放下来，就让她站在珠帘外头，别进内殿来！”沈妩轻轻抬起手挥了挥，语气波澜不惊，神色也是镇定自若，颇有几分兵来将挡水来土掩的架势。

明语瞧着她这副淡然的模样，略微紧张的心情也缓和了些。还是婉仪厉害，这后宫里就没有姝婉仪摆不平的事儿！想到此处明语又不由得挺了挺略平坦的胸脯，她好歹也是姝婉仪身边刁蛮耍横的宫女，一定要有一副凶神恶煞的模样，不能怂了变成熊样儿！

沈妩的话音刚落，自有一旁的小宫女上前，把内外殿交汇处撩起的珠帘放下。珠子碰撞的清脆声，在殿内回荡，让人也跟着心情变好。

明语就这么挺着胸退了出去，沈妩在珠帘后头瞧着，她那副走路不稳当的模样，嘴角轻轻勾出几分弧度。这小妮子定是又在乱想了。

不过明语这胸脯没挺多远，就被进殿的明音瞧见了。她毫不客气地抬手冲着那平坦的地方拍了两下。

“耍什么横，小心春风把你拖去寿康宫里折磨！”明音的声音里带着几分不耐，瞪了她一眼，便走进了内殿候在沈妩旁边。

明语低头吃痛地抬手搓了搓胸口，才走了出去。春风一身品竹色的宫装站在外头，瞧见明语出来，脸上依然没什么表情。

明语立刻就弯腰点头，心里唾弃自己萎了。无奈这寿康宫里出来的宫人，无论是谁，皆是一副冷若冰霜的模样，瞧着就心里害怕。一点都没有龙乾宫里的宫人可爱，人家见到谁都堆着三分笑脸，比瞧见亲祖宗还高兴！

“春风姐姐，婉仪请您进去呢！”她边说边带头领路。

春风跟着她进殿，一抬头便瞧见了中间阻隔住的珠帘，眉头不由自主地皱起。太后若是想敲打哪位妃嫔了，派她前去，还从来没遇到这种境况。姝婉仪是当真不准备给脸了？

“春风姐，我们婉仪现在身子不适，不方便见人。你若是有什么话，就说吧！”待在内殿的明音瞧了一眼沈妩，便十分知趣地开了口。

春风动了动嘴巴，似乎有话要说，最后却是轻抿着薄唇没了下文。

沈妩歪在榻上，面对春风的沉默，她轻轻眯起眼眸，嘴角露出几分冷笑。

“春风不说话是怎么个意思？难道不是太后有话要对本嫔说？本嫔的头有些痛，你不说的话，就让人送你出去了！”沈妩略微清冷的声音透过珠帘传来，带着几分无所谓的意思，显然是不把春风放在眼里。

被她这么一说，春风心里明显更加不舒坦。她还从来没碰过这样的冷遇，姝婉仪根本不顾她是太后身边的红人儿。

“婉仪莫急，是这样的。太后让奴婢来瞧瞧您，问您究竟哪儿不舒服？”春风轻舒了一口气，努力将自己的情绪调整过来。姝婉仪原本便是这样的人，她当然不会指望沈妩能变个好脸色给她瞧。

沈妩在心底轻哼了一声，下意识地抬手摸了摸脖颈，手上沾到了方才抹上去的药，手心里立刻变得黏糊糊的。她轻轻地挑起眉头，低声回了一句："本嫔脖子伤到了，恐怕难以示人。还请你回去，向太后告罪。"

站在外殿的春风听得她如此说，不由得抿了抿嘴唇，沉默了片刻似乎在深思着什么，轻声说道："太后让奴婢来问婉仪，您还能走路吗？"

她的话音刚落，殿内便陷入了一片寂静之中。沈妩不由得轻哼了一声，丝毫没有掩饰其中的不满。

"自然是能的。"沈妩上挑着眼角，透过珠帘看向春风，轻声说道。

待得到她这句话之后，春风的嘴角露出一抹笑意，她轻轻扬高了语调，冷声道："太后她老人家说了，只要您还能走路，就请您明儿早上勿要缺席！免得到时候有人乱嚼舌根子，传出来不好听！"

春风说完这句话，便微微站直了身子，挺直了后背。摆出一副威武不能屈的模样。姝婉仪能让人当众把妍嫔打了，后来又亲手掌掴了斐小主，自然是不会怕得罪她这个小宫女。只要是得罪姝婉仪的，都没有好下场。春风心里头也知道，这话绝对是落了姝婉仪的脸面，说不准她在离开锦颜殿之前，先得遭一回罪。

"成啊，回去告诉太后，本嫔明日准到。只不过若是脖子上的伤，被人拿出来说道，到时候还望太后海涵。"沈妩并没有为难她，十分爽利地答应了下来。

春风俯身行了一礼，便退了出去。

沈妩轻轻坐起身，脸上露出一丝冷笑，素手一挥。两旁的小宫女，就将珠帘轻轻撩起了。

太后还真是一刻都不让她舒坦，既然硬要她露脸，那么明日肯定是不能让那些等着看好戏的人失望。

春风回了寿康宫，沈妩召见她时的来龙去脉，自是一点都不落下全部说给太后听。许衿就坐在太后身边，脸上的神色有些心不在焉。她的耳边始终回响着斐安茹所说的话，整个人有些心绪不宁，对于对付沈妩的心思就减了几分。

"好个姝婉仪，当真是不撞南墙不回头！哀家倒要看看，明日她能耍出什么手段来！"太后将手里捧着的茶盏猛地往小桌上一丢，面上的神色十分难看。

沈妩特地起了个大早，殿内的宫人们早就忙成了一团。衣裳、首饰，每样都准备了好几种款式让她来挑。沈妩来回走了一圈，伸手指了几件，这一套行头就差不多了。

上身是云霏妆花缎织的海棠锦衣，加上五色锦盘金彩绣绫裙，一如既往地夺人眼球，华丽异常。发髻高耸，珠钗环绕，蛾眉轻扫，脸上的妆容不用刻意打扮，铜镜里照出的女子就已经眉目妖娆，让人无法忽视。

待她的轿辇摇摇晃晃到了寿康宫门口，那些先到的妃嫔们自然就把目光投过去。首先便在心底对着沈妩这套行头暗自艳羡，如此肆无忌惮地艳丽，当真是让旁人又爱又恨。不过目光扫了一圈，最终就停留在了她的脖颈上。

众人不由得睁大眼睛去细看，待瞧清楚那脖颈上暧昧的青紫痕迹时，立刻脸上的表情就变得不自然了。

沈妩昨儿在龙乾宫那边，推辞不来请安的。众人自然猜到了这痕迹是谁留的，总归不会是被狗咬的。

当下便有人开始小声讨论起来，不过这话说过来道过去，都透着一股子酸味儿。皇上登基这么久，可从来未曾在哪个妃嫔身上留下这种痕迹。偶尔惹他恼怒了，被踹下床的话，那脚印儿自然都印在肚子或者腰腹上，何时见过这种暧昧的痕迹！

守在外头的穆姑姑早就得了消息，派了小宫女进去知会太后一声。太后听了之后，险些一口气没喘上来。

“不要脸的混账！”太后猛地将桌上的燕窝扫落在地，脸上的表情极其难看，就连手都在颤抖，显然是被气得不轻。

“沈妩，她真敢！吃了熊心豹子胆了，这么迫不及待地炫耀出来，是想要成为众矢之的吗?”太后越想越恼火，整个人都开始发抖，这几句话似乎从身体深处喊出来一般，到了最后一句，嗓子都变得沙哑了。

一旁伺候的春风连忙端来热茶，小心翼翼地喂她喝了两口，又抬手轻拍着太后的后背，帮她顺气。

“太后，您莫气。姝婉仪的性子便是如此，何苦气得自己伤身。”许嬷嬷也在旁边，瞧着太后这副面色僵硬的模样，便在心底叹了口气，轻声劝了两句。

从姝婉仪进入寿康宫之后的那番表现，许嬷嬷便知道沈王府这位以容貌出众的四姑娘，必定不是池中物。果不其然，从皇上刚宠幸她开始，这位姝婉仪可谓一直顺风顺水到如今。

太后轻轻摆了摆手，慢慢地搀扶着春风的手臂站起身。理了理衣襟，便往外殿走去。

“见过太后。”众人纷纷俯身行礼，动作整齐划一。

在一群花枝招展的妃嫔之中，无论是谁只要抬眼一扫，总能先瞧见沈妩的身影。她始终都是艳压群芳的那一个。

“起身吧。”太后努力压制着心底的恼意，慢慢地挥了挥手让她们坐下。

只是众人刚坐定，太后便直接发难，她冷声对着沈妩问道：“姝婉仪这是什么新妆容，怎么脖子上还画了朵花？”

太后的语气虽是波澜不惊，不过话语里却是满满的嘲讽。众人皆悄悄抬眼打量过去，太后阴沉着一张脸，就这么瞧着，心底还颇有几分惧意。

019

何苦相忘

沈妩却是一副毫不自知的模样，有些迷茫地抬起头，看向坐在高位的太后。轻拧着眉头想了一下，似乎才反应过来太后方才的问题。她下意识地抬起柔荑，轻轻摸上了脖颈上那个惹眼的痕迹，脸上露出几分甜腻的笑意。

“太后问的是这个啊，不是什么新妆容。嫔妾昨儿看，好像不是花的形状。总之是皇上替嫔妾画的，也不知什么来头。太后，您觉得好看吗？”沈妩一边说，一边乖巧地轻轻歪了歪头，一副少女天真烂漫的模样。

大殿里陷入了死一般的寂静，所有人的目光都投射到了她的身上。其中各种审视意味的眼神，像一把把锋利的宝剑一般，要刺穿沈妩的身体。

可惜姝婉仪除了一张脸长得俏之外，天生就脸皮厚。任大殿内的其他人都气得七窍生烟了，她依然笑得欢欣鼓舞。

这殿内的妃嫔，十有八九心底都是想冲上来打她的。姝婉仪，乃后宫中能作死第一人也！

脸皮厚度，天下少有！如此一本正经的回答，光明正大地显摆皇上对她的宠爱，真想把头上簪子拔下来戳死她啊！

太后更是被她气得嘴唇发白，深吸了好几口气，才算是缓过来，没当场晕厥过去。她还敢觍着脸问好不好看？

“婉修媛最近好像害喜害得严重，姝婉仪若是空闲了，也去瞧瞧吧！”太后硬是没有正面回答，而是有些生硬地转到了沈婉的身上，脸上的表情阴沉如锅底一般，让人瞧着胆寒。

沈妩脸上的笑意不变，依然声音轻柔地应承了下来。心中却是讥诮不已，明明她是想躲在锦颜殿中，等脖子上的印记好了才出来。偏生这整个后宫都不让她安生，那她便描眉画黛地准备好，漂漂亮亮地出来见人。可惜，这一群女人，还是没有被愉悦到。

脸上都挂着一副难以置信的神色，似乎在无声地控诉着她。

坐在斜对面的许衿，则是一直盯着沈妩看。眸光中带着几分思索和考量，平日里的敌意和虚伪倒是退了三分。

沈妩自然也察觉到了她的目光，便回望过去。许衿并没有像往常那样对她轻柔地笑，相反却是有些不自然地偏过头去。倒是沈妩瞧见她这副反常的模样，嘴角慢慢勾起了一丝冷笑。

自从沈妩方才那番言论过后，寿康宫整个殿内的气氛就不正常了。时不时地就陷入了诡异的安静之中，要是平日里太后早就让她们退下了。偏生这一回皆是由沈妩而起，这太后难得来了一会儿倔脾气，硬是要拖着。

“庄妃，婉修媛的身子一直是你看顾的。哀家昨日特地召来太医问了，她这胎虽是坐稳了，不过好像药就没断过！”太后自然而然地把话题牵扯到了婉修媛的身上，脸上带着几分探究的神色看向庄妃。

庄妃显然早有准备，太后的话音刚落，她的脸上就带了几分安抚的笑意，轻声道：“太后不用担忧，主要是婉妹妹自己吓自己，总要每日都请太医过来瞧瞧，这心里头才能安生。至于药的事儿，臣妾已经跟她说过了，是药三分毒，她也减了不少。”

听庄妃这么一解释，太后的脸上便露出几分放心的神色。毕竟沈婉是滑过一胎的人了，众人自然能理解。只是殿内气氛依然压抑，即使有太后从中周旋，却调节不过来。瑞妃和丽妃二人，更是气得惨白了一张脸，闭紧了嘴巴不说话。庶姑娘能做的比比皆是，沈妩更胜一筹，还真是让她俩开了眼界！

最终太后也无法，只得挥挥手让她们退下了。

皇上今儿是辍朝之后的头一日上朝，光明殿上自是一片热闹的场景。众大臣争论得极其热闹，甚至有几个实在激动得已经面红耳赤了。

皇上放在案桌后面的手里，慢腾腾地摩挲着一根红色九节鞭。看着下面的场景，眼眸轻轻地眯起，摸着鞭子的力道也渐渐加大。

站在他侧身后的李怀恩，不时大着胆子勾头看了一眼，瞧见他这副模样，手心里已经冒出了一层冷汗。皇上，您可得千万绷住了，这些大臣可不是要爬你龙床的妃嫔，想抽就抽的！

“啪啪啪！”一阵清脆的巴掌声传来，齐钰放下手中的鞭子，抬起两只手使力地鼓起掌来。

殿中争论的声音一下子就消失了，众大臣纷纷低头敛目，沉默地站在自己位置上，等着皇上训诫。

“朕三日不上朝，想来各位爱卿一定是憋了一肚子的话想说。瞧瞧，这都大半个时辰了，爱卿们还没说完。朕现在瞧着你们，眼睛都有些看不清了。”皇上冷着声音开了口，他轻轻眯起眼眸，似乎是为了要看清楚底下的人。

站在殿内的大臣们，都被皇上的最后一句话搞得有些糊涂。

“皇上，保重龙体要紧啊。您该请太医仔细检查一下！”其中一个年过半百的大臣走出了队列，颇有几分苦口婆心的意味。

齐钰冷哼了一声，低声道：“朕还没到那个老眼昏花的时候，爱卿还是管好你自己吧！只是朕瞧着这光明殿，都怕被诸位的唾沫星子给淹了，哪里还能瞧得清楚你们究竟是人是鬼！”

他的话音刚落，这大殿上的人就三三两两对看了几眼。皇上现在这讽刺的水平，真是越来越出神入化了，专等着他们自己找难看。也怪方才那个大臣，非要多嘴说那么一句。

齐钰看他们都安静了下来，这才松了一口气，悠然地将后背靠在龙椅上，冲着身后的李怀恩使了个眼色。

“有本启奏，无本退朝！”李怀恩再次往前走了几步，说了这句话。

过了片刻，早朝终于还是散了。皇上坐在龙椅上，看着案桌上放的小山高似的奏折，英气的眉头紧紧蹙起。

一连三日，沈妩都是带着伤疤去请安。瑞妃她们瞧了，也只能凑在一起低声讨论着，不过真要到沈妩面前说，却是没有人敢去。

笑话，姝婉仪何许人也，再牙尖嘴利的人到了她面前，都会被弄得笨嘴拙舌。沈妩只需稍微说几句自己的受宠程度，这后宫里大部分的女人就得自动退散了。

一个“宠”字，打掉了多少女人的脸面！

龙乾宫内，皇上正坐在案桌前批改奏折。他暗咬着银牙，那帮老眼昏花、一只脚迈进棺材里的畜生！只不过三日没上朝，怎么一去就如此热情，留了这么多的奏折给他，禽兽不如！

他已经一连三日都没好好娱乐过了，除了用膳睡觉等必要时间，其余全部扑在案头上。期间他一个妃嫔都没召幸过，偶尔听到李怀恩念叨几句姝婉仪的处境，他也是冷笑而过。

那些奏折总算是批阅完了一部分，自有小宫女过来一本本地弄整齐。齐钰手撑着下巴，轻闭着眼眸准备小憩片刻，不想李怀恩竟是颤颤巍巍地小跑进来。

“皇上，斐老夫人和斐夫人进宫了！”李怀恩的脸上带着几分慎重的神色，轻声禀报道。

准备闭目养神的齐钰猛地睁开了眼眸，英气的眉头紧紧蹙起，深思了片刻，才轻叹了一口气。

“现在人在何处？”他端起手边的茶盏，轻抿了一口，低声问了一句。

“前去拜访太后了，估摸着要见过斐小主之后——”李怀恩的语气顿了一下，悄悄抬起眼睑看了一下皇上，才低声继续道：“才会来求见您！”

齐钰手捧着茶盏，眼睛盯着里头沉浮的茶叶发呆。他比较小的时候，曾在斐家待过一段时日，那正是后宫争斗最凶的时候，他的亲生母妃又怀了一胎，所以不少妃嫔坐不住纷纷对他出手。还是先皇决定将他放到宫外，当初皇子去了斐家，斐家自是小心谨慎对待。

因为年纪小，怕惹出祸端，所以斐家和齐钰同辈儿的人，只有一个嫡子与他当玩伴儿。斐老夫人和斐夫人都相当于他的亲人般，若不是斐安茹这事儿做得太出格，他也不会撵她出宫。

走在储秀宫的路上，斐夫人紧紧搀扶着斐老夫人，两人皆是舟车劳顿一路风尘仆仆而来。不过心里头记挂着斐安茹，一刻也等不得就递牌子进宫了。

“母亲，您慢些！”斐夫人轻抿着红唇，柔声说道。她在心底叹了一口气，方才太后见她们累成这样，招来轿辇送她们过来，斐老夫人却坚决地推辞了。

在这位老人心目中，没有什么比礼仪规矩还重要了。可以说斐安茹那点儿倔强的性子，也传自这位老祖母。

储秀宫里早就收到了消息，她们的身影刚出现在殿门处，刑姑姑就带着人出来迎接了。待进了后院，就看见斐安茹裹着厚厚的披风，站在太阳底下等着。刚瞧见两人的模样，眼眶便红了。

“祖母，母亲！”待她们走得近些了，斐安茹挥开身后宫女搀扶她的手，“扑通”一声就跪倒在地上，声音里带着几分颤音。

院子里阳光正好，百花争艳，跪在地上的斐安茹，却是浑身冰凉，整个人都在瑟瑟发抖。斐安茹自小就养在斐老夫人身边，所以对于这位老者的脾性是非常清楚。恐怕出宫之梦，要落了空！

听得斐安茹这声打着颤音的呼唤，斐老夫人的身子明显一抖。她快走了几步，不过腿脚发酸发软，整个人有些往前冲险些要摔倒。斐夫人吓得连忙搀紧了她，眼神却是不断地往斐安茹身上扫。

这会儿都是四月底了，斐安茹身上去还裹着厚披风，满院子的春意盎然。却把斐安茹的脸色衬得更加苍白，斐夫人的眼眶也跟着红了。

刑姑姑连忙张罗人伺候着这祖孙三人进了屋子，带着其他宫人都退下了，只留她们在屋子里说话。

当屋子的门被关上后，斐夫人搀扶着斐老夫人坐到了主位上。

“跪下！”老者刚坐稳，便冷声喝了一句。

斐安茹不敢忤逆，连忙跪了下来。膝盖接触到冰冷的地面，让她不由得畏缩了一下。经过三日的休养，她虽然能站稳了，却因为没有药材的调理，离开床时间长久了，她就会浑身冒冷汗，眼前的视线也变得有些模糊。

“说说你错在哪儿了？”斐老夫人并没有兜圈子，她看着斐安茹面无血色的模样，也知道她撑不了多久。不过教育还是在所难免的。

“孙女不该一时想不开就自缢，最后还没死成，让皇上派人把您和母亲唤过来，丢了斐家的脸！”斐安茹轻轻挺直了脊背，她低垂着眼睑，声音虽是不高，不过语调却毫无闪躲。

斐老夫人盯着她仔细看了看，低声道：“的确，你若是这回死了，还算一了百了。偏偏没死成，就得好好地活着。你是斐家女，生死荣辱都牵连着斐家，这回死不成也没有下回了！”

老者的声音听起来十分严肃，她肃着一张脸，语气虽然极为严厉，但是瞧着斐安茹不停抖动的身体，眉头紧紧蹙起，脸上闪过几分疼惜的神色。

“你去扶她起来吧！”斐老夫人轻叹了一口气，冲着斐夫人使了个眼色。

斐安茹抓住斐夫人递过来的手，颤颤巍巍地站了起来，膝盖却是一软，险些再次摔了回去。

“茹儿。”斐夫人瞧着她这副弱不禁风的模样，鼻子更加酸涩难耐，不由得伸出另一只手轻轻搂了她一下。

斐安茹坐到了一旁的椅子上，依然还在抑制不住地发抖。斐老夫人再次叹了一口气，脸上露出几分无奈的神色。

“茹儿，当初你爹以林枫的前途威胁，让你入宫的时候，我便不大同意。不过既然此刻你已然进宫，再如何懊悔都于事无补。这回我会和你娘求皇上，让你留在宫中。皇上对斐家如何，你心里头是清楚的。你如此落了皇家的面子，斐家也不可能再送进别的姑娘来了。成败就只能寄托于你一人身上！”斐老夫人的口气明显软了些，语重心长地说道。

斐安茹还没侍寝，就上吊自缢了。这在大秦的后宫中，还是头一遭，绝无仅有。这要是传出去，不仅是落了皇上的面子，整个皇家也都为此受到非议。

“祖母，皇上已然同意我回府了，难道就不能平静地回去吗？非要我留在这里，跟这些人成天争抢着不知所谓的宠爱？更何况皇上根本就不可能再宠爱于我，只是在这深宫里守活寡？”斐安茹再次听到有人提起那个人的名字，顿时心就跟着颤了一下。

她原先淡然的神情再也绷不住了，脸上忽然浮现出极其悲伤的神色。语气里带着十足的恳求，眼眶早就红了，伸长了手臂似乎要拉住斐老夫人的衣袖。

只是斐老夫人却猛然站了起来，跨了一大步走到她跟前，扬起手就甩了一个巴掌到她的脸上。

“啪！”清脆而响亮的声音，在室内回响。

被打的斐安茹还有一旁的斐夫人，都被惊到了。斐老夫人一向自持身份，从来没有拉下脸来打过人，这回却是亲自动手扇了斐安茹。

“在深宫里守活寡这话你也敢说！这一趟你父亲本来是不让我和你母亲来的，准备把你接回家随便指个人嫁了，那林枫的前途你父亲也准备毁了一了百了。免得你个大姑娘家丢人现眼，整日想着私奔之事！平日里教你的那些规矩，是不是都被狗给吃了？”斐老夫人抬起食指，颤抖地指着斐安茹的脸，气急败坏地喝骂道。

平日里泰山崩于前而面不改色的淡然态度，早就消失得无影无踪。显然是被这个从小养在身边的嫡长孙女给气到了，她不是不通情理之人，可是斐安茹当初被她爹一吓唬，乖乖地来了后宫。既然已经认准了这条路，就该走下去。哪有反悔之理？

“祖母，父亲真这么说？”斐安茹的脸上露出一副难以置信的表情，毕竟她是嫡长女，得父亲疼爱也是多年，从来没想过会有这样被放弃的一日。

斐老夫人冷笑了一下，在斐夫人的搀扶下，又慢慢地坐回到椅子上。

“你当初在总督府的时候，要是这般寻死觅活，或许你爹还可能松口。现如今你到了后宫倒是本事了，你既然撕破了脸皮，不顾皇上是否会迁怒到总督府了，你爹还何苦顾着你！”斐老夫人显然也是变得激动了几分，话音刚落，便猛烈地咳嗽了起来。

斐夫人连忙抬手轻拍着老夫人的后背，她好几次想张口说话，无奈却不知从何说起。一边是她的婆母，一边是她的骨肉。哪一边都是有苦说不出，哪一边又都是倔脾气。可怜她夹在中间，只有沉默的份儿。

斐安茹的心底一慌，也不知为何，心里头就涌出了无限的委屈。许久未曾在长辈面前失态的她，竟是“吧嗒吧嗒”地落起泪来。她毕竟才刚及笄，十五岁的少女，再是心机深沉，也依然天真稚嫩。

在家中，父亲就是天，她被吓唬了，自然只有慌乱无助，从了他的意思进入后宫。若不是有了沈妩那样大的羞辱，之后再是猛地激将了一回，她也不会有自杀的勇气。

斐老夫人见她服了软，心里头也不好受，长叹了一口气。暗自摇了摇头，总认为她教出来的孙女，聪慧有加，能看透世间凉薄。原来也会被情所困，被未知的恐惧所吓倒。

“茹儿，这个世间，最容易的便是破罐子破摔。对于一个人来说，她最容易杀死的便是她自己。你瞧，你已经体会到了，这样容易的事儿。”斐老夫人的语气再次缓和了下来，她边说边站起身，借着斐夫人的搀扶，慢慢地走到了斐安茹的身边，抬起手摸上了她的脖颈。

斐安茹的脖子上还有一条十分清晰的印记，那是三尺白绫所留下的痕迹。斐老夫人和斐夫人根本不敢把目光往上面扫，越深刻的印记，就越证明斐安茹当时求死的决心有多大。她们险些就失去了这个守礼懂事儿的茹儿。

“只有活着，你才能体会到这世间艰辛。特别是这后宫，你要学会的是在保护好自己的同时，杀死别人。祖母知道你虽面冷，不过终究是个心善的孩子。我们斐家也不求闻达于诸侯，你只需尽你最大的力量替皇上守好新贵的势力。至于林枫，好孩子，忘了他吧！无论他以后荣耀显贵，还是战死沙场，抑或是娶了旁人，都再与你无关！”斐老夫人颤颤巍巍地蹲下身，轻轻扬起头看着斐安茹，像是一种安慰。

斐安茹听到最后一句话的时候，忽然低下头，双手捧着脸，号啕大哭。

斐家曾经给皇上一个安乐窝，皇上登基后也给了斐家无上的荣耀。现在皇上和斐家都急需一个共同的联系，来继续维护彼此之间的利益。那个联系，便是斐安茹。

不要她得宠，只要她人活着，安稳地享受皇上日后给予她的高位。偶尔替新贵这边挡下刀剑，就足够了。可惜，却得用她的爱情和所有的美好年华来维护。

斐安茹殷殷的哭声，像是一把破空的长剑，让人心里一惊，紧接着发凉。刑姑姑带着几个宫女站在门外，少女悲切的哭声一清二楚地传到了耳朵里。却没有人说话，这后宫中，每日都有女子哭泣，或妥协或失利。她，也不过刚开始罢了。

直到斐安茹的声音沙哑，再也哭不出来的时候，她才停了下来。

斐老夫人和斐夫人没再多说一句废话，只叮嘱她好好休息，亲自扶着她上了床，掖好被角。这才相互搀扶着出了储秀宫，因为她们知道，这一回斐安茹不会让人失望。

龙乾宫里，皇上也早就等着这二位夫人。三人在外殿之中，说了两炷香的时间，斐老夫人和斐夫人便告辞了。

待李怀恩将二人送出宫后，回来的时候，便瞧见皇上撑着下巴，暗自失神。

“皇上，两位夫人已经出宫了。奴才是看着她们的马车走的，斐大人派了不少的侍卫护送，安全得很！”李怀恩轻轻行了一礼，将声音也压得低些，似乎是怕吓到皇上一般。

齐钰紧锁的眉头轻轻舒展开了，慢慢地点了点头，脸上的神色淡淡，瞧不出喜怒。

“李怀恩，有朝一日，大秦后宫的宫规必定要改写！多少的好女子，就葬送在这里！”男人忽然开了口，声音压得很低，透着几分冷意。

语气里带着漫不经心，仿佛只是他随口一说般。不过李怀恩却从中听出了几分杀气，君无戏言！

李怀恩默默地低着头，皇上并不需要他的回答。或许是斐老夫人说了什么话，触动了皇上心里头的那根弦。他虽猜不出，但多半是与皇上的生母有关。

是啊，多少好女子，就葬送在这里。红颜命薄，枯骨一具。就连死后，都因为涉及皇家秘辛，名字和封号都不能被提及，永远地埋葬在了皇家的陵墓之中。

“去太医院，让杜院判瞧瞧斐小主。斐小主受惊了，储秀宫上下照顾不周，每人领五板子当作惩戒。”皇上沉默了片刻，复又开口，声音里已经恢复了平日的果决。

李怀恩垂着手，低头应承了下来。待他想退出去找人的时候，又被皇上唤住了。

“斐小主受惊，朕有意补偿。你做完这些，待会儿来拿封位诏书！”齐钰沉思了片刻，才又继续说道。

李怀恩明显一惊，斐安茹终于还是走进了后宫，并且以这样的高姿态。未侍寝而受封，只因为皇上一句莫须有的补偿，这个破例可真够惹眼的。

斐安茹身子还未好，再加上方才又惊又怕，显然是哭累了。躺在床上竟是迷迷糊糊地睡着了，待她醒来的时候，手腕已经放在帐外，显然是有太医替她诊脉。

“小主醒过来了，感觉如何？”帐外传来一道老者的询问声。

“院判大人，斐小主醒了吗？奴婢去吩咐人给她煎药？”刑姑姑的声音紧跟着而来，不过似乎是走得急了，竟是听到她轻声喊叫了几句。

“呵呵，姑姑还是莫走得那般急为好，刚被打过五板子，该稳当些。药可以晚些喝，先弄点热粥就好。小主的身子原本不弱，不过这中途停了药，情绪又一直不稳定，日后若是调理不当，恐怕会留下头痛的病根！”杜院判收回诊脉的手，语气变得认真起来。

一旁和宫女相互搀扶着走过来的刑姑姑，微微愣了一下，脸上的神情带着几分不知所措和担忧。

她们也是遵照着皇上的旨意，停了斐安茹的药。哪知好死不死的，这斐小主真的要落病根了。偏生皇上那边为了斐小主，把储秀宫上下都折磨了一顿，明显是斐小主要得宠的架势。若是日后斐小主腾达了，将她们记恨在心头，她们找谁哭去！

“不碍的，姑姑怎么被打板子了？可是因为我？”斐安茹平静地躺在床上，听到杜院判的话，甚至连眉头都未曾挑一下，显然根本不担忧自己的身体状况，倒是对刑姑姑的情况比较关心。

她的话音刚落，殿内的几个人都愣了一下。就连正在收拾药箱的杜院判都为之一惊，这位斐小主的话一针见血，实在是太准了。不管是她猜的，还是凭借着直觉，斐安茹日后在后宫，都很难吃旁人的亏。

“小主别多想，是奴婢惹恼了皇上才被打的。奴婢让人去御膳房给您要碗粥！”刑姑姑顿了片刻，才反应过来，连忙轻声解释着。

帐内的人沉默了一下，才轻叹了一口气，低声道：“这回，我终究还是连累了许多人。”

状似感叹般的一句话。斐安茹说出这句话之后，便转过身背对着众人。

待御膳房把粥送来了，斐安茹刚喝下半碗，那边李怀恩便带着圣旨来了。

“奉天承运，皇帝诏曰：斐氏安茹，蕙质兰心，敏慧冲怀。因储秀宫上下照顾不周，朕甚感忧心，特赐封为正五品嫔，封号‘瑾’，赐住云烟阁，待身子痊愈搬入。钦此——”李怀恩手拿着圣旨，一字一句地念着，声音依然还是那般绵长而尖细。

斐安茹已经被刑姑姑搀扶着跪在了地上，听得这道圣旨，先是一惊，转而脸上又恢复了平静，心里却是思绪翻涌。看样子祖母和母亲，为了她这件事儿，耗费了不少心力。皇上竟然肯下旨，为她破这样的例。

“嫔妾谢皇上恩典！”斐安茹慢慢起身，弓着腰从李怀恩的手中接过圣旨，脸上的神情带着十足的恭谨。

“瑾嫔，奴才先恭贺您哪！皇上让您千万调理好身子！”李怀恩脸上带着几分笑意，声音柔和地说道。

刑姑姑自是立刻递上银子过去，由于走得急，脸上露出几分痛苦的神色。

李怀恩冲着她点了点头，脸上依然是三分带笑。实则心底替她哀叹，得，不在皇上身边，也有这么倒霉的时候。全宫上下都挨五板子，那行刑的地方都快挤不下了，作孽啊！

待李怀恩走了，刑姑姑脸上带笑看向斐安茹，本以为她也会开心些。不过斐安茹的脸上却尽是麻木的神色，显然对这道天大恩赏的圣旨并不感到欢喜。

“瑾嫔，奴婢原先在司籍司待过，也知道一些词句。这‘瑾’字甚好，怀瑾握瑜，都有美玉的意思。想来皇上是极其看重您的！”刑姑姑斟酌着开了口，轻声说道，带着几分劝慰的意思。

斐安茹不置可否地笑了笑，秀气的眉头轻轻挑起，她只是冲着刑姑姑摇了摇头，并没有开口反驳。

瑾，的确寓意甚好。可是“瑾”这个字，总让她想起“警”，警醒万分。想到此处，斐安茹又讥诮般地扬起了嘴角。暗自否定了这个想法，皇上的性子摆在那里，若是真的有此意，恐怕也会大大方方地表达出来，正如前面的远顺仪，而不会像这样遮掩。

如果连瑾字都能有这等意思，那皇上最宠爱的姝婉仪，岂不是要满盘皆输了！

皇上这道圣旨很快便传遍了整个后宫，沈妩当时正在用凤仙花汁染指甲，十根手指都被锦布包住了。待听清楚明音所说的话之后，嘴角轻轻扬起，下意识地流露出一个意味不明的笑意。

“待会儿仔细挑件礼送过去，就说本嫔恭贺瑾嫔荣升。”她轻声吩咐了一句，亲自扯开裹着的锦布，露出里面深红的豆蔻。

衬着那白皙的指节，异常地鲜艳而惹眼。

再去寿康宫请安的时候，不少妃嫔对沈妩的态度已经产生了微妙的变化。有要拉拢的，也有要趁机踩低的。毕竟无论从哪个角度看，皇上的新宠很有可能要诞生了，众人皆等着这位瑾嫔的到来。

只是太后却没什么闲心思理会了，她的五十大寿快要到了。尚仪已经将祝寿的程序呈了上来，不过太后带着许嬷嬷和穆姑姑看了半晌，却总觉得不满意。

“哀家是五十大寿，自然得隆重些，为何这单子开得少了将近一半。你们尚仪局也忒不是东西了，到时候宴请各府的命妇来，不是让她们笑话了吗？”太后板着一张脸，神色严肃地问道，伸出手指向礼单，满脸的不满。

尚仪局是负责礼仪、起居、宴会之事，后宫暂无中宫皇后，皇上和太后争权又互不相让，所以这六局二十四司的各个掌事就事关重要。恰好这个尚仪局的管事儿，就不是太后这边的。

那位尚仪面对太后如此严厉的问题，额头上不由得冒出了细密的汗珠。这礼单的确被减了整整四成，却也不是她敢决定的。几日之前，皇上便派人把她叫到跟前，亲自叮嘱过了，开好的礼单是皇上一笔一笔划掉的，最终就成了这副模样。

“回太后的话，这礼单是奴婢拟好了，皇上过目后送到您这里来的。皇上说若您要是有什么不满，可以直接找他。”那个尚仪连忙跪倒在地，冲着太后行了个大礼，脸上的神色带着几分诚惶诚恐。

太后心里头那些话，憋在嗓子眼儿里，是再也骂不出了。皇上还真是能作，把理由告诉这尚仪不就得了，还偏偏要她亲自去问。这要是传出去，指不定多难听呢！

“成啊，那就让皇上什么时候得了闲，就到寿康宫看看哀家吧！”太后猛地将礼单摔到了地上，脸上的神色阴沉至极，声音也是极其冷硬。

那个尚仪不敢大意，连忙从地上捡起礼单，再次行了个礼便躬身退了出去。

皇上一连两日都未见踪影，众妃嫔在请安的时候，也不敢提及太后的寿宴之事，生怕惹恼了她。寿康宫里的气氛，当真是一日比一日紧张而僵硬。

直到第三日，皇上才来了寿康宫，一进门就是一阵抱怨。

“母后，这几日朕忙乱得很，西北那边干旱连连。一帮大臣整日唇枪舌剑的，闹得朕歇息时，耳朵里都是嗡嗡声，一刻都不得安宁！”齐钰一边走，一边抬手揉着额头，脸上露出一副疲惫不已的神色，像是受了不少的苦难一般。

他这几句话，倒是把太后气得脸色发白。太后虽然一直注意着后宫，但是前殿的重大消息，她又如何不知。

西北地处干燥荒漠之地，每到这个季节，就会干旱。不过今年的灾情并不是很严重，齐钰刚进门就如此说，太后已经猜到他的心思了。不过是拿抗旱之事来当借口，就是要明目张胆地削减她祝寿的费用罢了。

020

沈妩发怒

皇上慢悠悠地走进内殿，冲着太后行了一礼，才慢条斯理地坐到了一边的椅子上。

太后手里捧着茶盏，脸上的神色有些阴沉。皇上和太后之间僵硬的关系，自然是逃不过旁人的眼。这天下和后宫毕竟都是皇上的，所以因着皇上对太后的这种态度，导致后宫之中有些人对太后也是阳奉阴违。

这次的寿宴，太后本想让人办得热闹非凡，也好趁机巩固自己的地位。让那些狗眼看人低的奴才们，知道她的厉害。偏偏皇上就是不如她的意。

“哀家知道皇上的难处，只是前两日尚仪局开出的礼单，未免也太过寒酸了些。这要是传出去，皇上的脸面也不好看！”太后放下手中的茶盏，根本就没有兜圈子，直接指出她的心结。

皇上轻轻挑起眉头，脸上露出几分不置可否的笑意，低声道：“母后，不是成日里自诩最了解朕吗？这会子怎么又说出这种话来，朕最不怕的就是丢面子！那东西丢了，不痛不痒的无关紧要。况且又不是在战场上面对敌国退缩了，母后这礼单减下来的物什，朕已经吩咐尚仪局都准备好，到时候以母后的名义捐去西北，造福万民！”

男人根本就是一副无所谓的态度，甚至还有闲心思从小盘子里捏了一块糕点吃。可想而知，二人的对话最后不欢而散。

皇上前脚刚走，后脚太后便怒发冲冠地摔东西了。

“啪”的一声，方才她正在用的青花瓷茶盏，就这么摔到了地上碎成了渣渣。寿康宫内一片安静，只有太后被气到不行的喘息声。太后虽然偶尔也会被其他妃嫔气到，大多数都是被姝婉仪气着，但是这回因为皇上却是气得极狠了。

许嬷嬷连忙走上前，伸出手轻拍着太后的后背，轻声劝慰着。

“去把远顺仪找来！”太后轻轻挥开许嬷嬷的手，提起“远顺仪”这三个字的时候，眉头紧紧地蹙起。

皇上对待许家人，始终都把浑身的刺露出来，生怕戳不死许家人似的。没有一个地方让她顺心的。

许衿进殿之前，穆姑姑就小声叮嘱了两句，许衿仔细地听着，暗自点点头。

“衿儿，皇上实在欺人太甚，哀家要出手反击了，否则许家迟早多会被他给弄死！”太后招呼她坐下，还不待许衿坐稳，就直接冷着声音说出这一句。

许衿被她的话弄得一惊，整个人愣住了，下意识地看过去。只见太后斜靠在椅背上，面上的神色阴冷，方才有些狰狞的怒容已经收敛了起来，倒带着几分认真和严肃。

“太后，皇上这事儿的确做得不地道，不过嫔妾的位置还没坐稳。这后宫之中，许家的势力明显太过单薄，所以——”许衿沉默了片刻，轻蹙着眉头想了一下，才柔声劝道。

太后此刻正在气头上，哪里肯听许衿的劝。一听说许衿不赞同她，心里压抑的火气又涌了上来。这么些年，因为皇上生母的事情，太后也算是受了皇上不少膈应。她都一一忍了下来，可这心头的怒火，平日里挤压着不晓得，待她有一刻忍不住了，就像火山喷发一般，一发不可收拾。理智筹谋早就丢到十万八千里了。

“连你都不赞同哀家的话，哀家要你进宫来有什么用处！这后宫里，失势的人虽多，可得势的人也不少！为何沈家那卑贱的庶女，就能踩在你头上？斐家那个寻死觅活的疯女人，还未侍寝就得了那样的高位，估摸着日后也定是要超过你的！就只有你，明明许家替你铺了这样的路，却还是不能获得他的垂青！”太后这回连桌上的茶壶都扔了出去，一时恼羞成怒了，说出来的话就没有经过大脑，明显是夹带着攻击性了。

饶是许衿已经做好了承受太后怒火的准备，被她这般夹枪带棒地说了一通，脸上的神色也一下子变得苍白如纸。许衿毕竟名门出身，即使其他位份高的妃嫔，看见她也会礼让三分。就连沈妩都没有实质性攻击过她，这回却在太后这里彻底丢了脸。

整个寿康宫内殿的气氛就有些不对劲了，许衿深吸了两口气，被太后这么一骂，她的心底倒不是恼怒，而是委屈居多。毕竟进宫之后，她一直安守本分，那一点儿出格的小心思，也被斐安茹的几句话给拉回来了。

“嫔妾身子不适，下回再来看望太后吧！”许衿一刻也待不下去了，连忙低声说了一句，便小跑着出了殿门。

几乎在刚走出寿康宫的时候，她的鼻子酸涩难耐，眼泪便一下子流了出来。

“顺仪，您快莫哭了，这里可是寿康宫门口。那么多人都长着眼呢，这要是传出去，太后心里头估摸着更得恼火呢！”跟在许衿身后的大宫女一瞧她哭成这样，连忙快走了几步，边轻声劝说着，边从怀里掏出锦帕，让她擦眼泪。

心里却是叹息连连，她是许衿从许侯府带出来的丫头，后宫这浑水，当真是污浊不堪。本以为跟着许衿，有太后做靠山会舒坦点儿，没想到正因为姓了许，才叫水深火热。

许衿回到霁月殿就一直闷闷不乐，午膳也用得极少。整个霁月殿的气氛也都十分冷清。

直到一个小宫女冒冒失失地跑过来，脸上挂着几分欣喜的神色。

“顺仪，皇上那边传来口谕，今晚要来霁月殿，让您好好准备一番呢！”那个小宫女因为跑得急了，声音里还带着喘息，但是满脸都是欣喜的神色。

毕竟许衿自从头回侍寝之后，皇上就再也没有提过她。

许衿先是愣了一下，转而脸上也露出几分笑意。方才的阴郁一扫而空，连忙从榻上爬起来，开始吩咐人收拾内外殿。皇上是出了名的爱干净，好容易才要来她这里一趟，当然不能在这方面失了分寸。

许衿要侍寝的消息，很快便传遍了后宫。众妃嫔除了错愕之外，还真没有别的表现了。有人暗地里嘲笑许家女，曾说过这样一句话：若是让皇上主动记得许家女，除非太阳打西边升起。

原本只是私底下的谈笑而已，没想到皇上竟真的想起了许衿。

消息传到锦颜殿的时候，沈妩手里正拿着剪刀，在修剪月季。月季分为好几种花色，此刻开得正艳。汇报完消息的明音，低垂着头有些忐忑不安地等在一旁。毕竟皇上也有好几日未召幸沈妩了，再加上冒出了个瑾嫔，沈妩现在的地位急需皇上的宠爱来巩固。

“听说今儿远顺仪是哭着从寿康宫里跑出来的？”沈妩头也没抬一下，依然认真而专注地看着手中的剪刀，轻声问了一句旁的。

明音微微愣了一下，才低声应道：“是的，奴婢听说远顺仪哭得可伤心了。”

沈妩的嘴角露出一抹淡笑，她拿着剪刀对着一处枝丫猛地一用力，一朵开得正好的月季花便被剪了下来，沈妩并没有用柔荑去接，而是眼睁睁地看着那朵花滚到了地上。身旁一直观察着沈妩动作的明语，瞧见那一朵月季被剪掉，不由得轻呼了一声。

当初明语几个说要剪几枝花下来插在瓷瓶里，沈妩还拦着不让，说这些花儿只有长在花枝上才显得漂亮，红配绿。

沈妩并没有理会明语的惊讶，而是将剪刀递给了明音，便朝着内殿走去。粉嫩的绣鞋恰好从那朵盛放的月季上碾过，沈妩边走边抬起手，将前额上被风吹乱的碎发撩到耳后，嘴角带着一丝冷笑。

“长在高枝上的花，只要一朵就够了。”沈妩轻启红唇，一句话轻飘飘的话传来，似乎是别有所指。

明音下意识地回过头去看了一眼，果然几朵盛放的月季，只有一朵火红色的月季开在最高处，旁边还有一个断根，显然是方才被剪掉的。落在地上的是一朵偏白色的月季，可惜被沈妩踩过了，有些花瓣已经从花朵上掉了下来，上面甚至还有脚印。

傍晚很快便来临了，许衿已经等在宫中。她早早地便洗过了，身上还特地抹了些油膏，周身散发着淡淡的清香。她的青丝上也滴了几滴头油，柔顺无比。风轻轻吹动，带起几缕发丝拂过她的面颊，许衿唇边的笑意就没消失过。

皇上的龙辇总算是过来了，许衿披着厚厚的披风慢慢地向他行礼。齐钰对着李怀恩使了个眼色，许衿就立刻被人搀扶起来了。

“远顺仪在这里住得可还习惯？”齐钰边走边四处看着，似乎在观察着许衿内殿的情况。

许衿颇有几分受宠若惊，连忙娇声道：“这里是后宫的宫殿，自然是舒适周全的。”

齐钰点了点头，目光四处扫着，张了张嘴巴似乎想找话题说。可惜他天生便和许家人相克，男人的眉头深深皱起，脸上闪过一丝不耐的神色，却是稍纵即逝。

“上回远顺仪侍寝的时候，朕玩儿得很开心！”齐钰搜肠刮肚之后，总算是说出了一句话。

这已经是他能夸许衿的最大限度了，偏偏效果完全相反，让许衿想起那一晚的噩梦，脸上的笑意也消失了，甚至透着几分惶恐。

齐钰进了内殿，一屁股就坐到了主位上，眼睛一抬便瞧见了许衿那苍白的面色，他有些不耐地“啧”了一声。

“李怀恩，把酒端上来！”皇上轻轻抬起头，不想再兜圈子了，直接扬高了声音喊了一句。

许衿被他这么一嗓子叫唤，弄得有些迷糊。怎么好端端地就要上酒了？

还不待她惊诧完，就有宫女端着酒壶走了过来。她将酒壶和空酒杯放到了小桌上，又亲自斟满了两杯酒，才慢慢地退开了。

“来，远顺仪，过来喝几杯！”齐钰冲着许衿招了招手，脸上难得地露出了一抹笑容。

许衿看着男人嘴角那抹笑意，竟是鬼使神差地迈出了步伐，走到齐钰的旁边，两人面对面坐着。

齐钰一直看着她，瞧见她落座后，眸光不由得一闪。不待许衿说话，手里面已经被他塞了一个酒杯。

“嫔妾不善酒量，到时候若是醉了，还望皇上莫要见怪。”许衿的脸上露出几分恬淡的笑意，话语里虽是带着歉意，不过表情却丝毫看不出。

齐钰脸上的笑意一僵，扭过头去不看她。

许衿也不以为意，举起酒杯就往嘴里倒，齐钰轻轻抬起眼帘，许衿喝酒的方式比沈妩还要爽快。他的眼眸轻轻眯起，一直盯着她瞧。

殿内原本霁月殿的宫人已经被吩咐退下了，整个内殿就只有他们两个喝酒的人，外加一个李怀恩。

三杯下肚，齐钰的脸上仍然保持着笑意，许衿却觉得头开始犯晕，视线也变得十分模糊不堪。还不待她开口说话，整个人已经失去了意识，头一下子栽到了小桌上，发出一道细微而沉闷的声响。

齐钰脸上的笑意立刻便没了，他晃了晃酒杯，随手扔到了小桌上。里面还未喝完的酒水一下子喷溅出来，有几滴甚至滴落到许衿的青丝上。

“李怀恩，把她送到绣床上去，别在朕的面前碍眼！”皇上挥了挥手，满脸都是不耐的神色。

李怀恩瞧了一眼趴在桌上的许衿，脸上露出一阵为难的神色。无论皇上再怎么讨厌许衿，这许衿都是顺仪，他一个人若是不小心把许衿弄得磕着碰着了，可如何是好。

齐钰许久不见他有动静，便挑着眉头看过去，脸上不耐的神色越发明显。不由得气急败坏地吼道：“磨蹭什么，她都被蒙汗药迷成这样儿了，还怕什么。你只要别把她摔死了，就没事儿！”

李怀恩被他猛然吼叫的声音给吓了一跳，生怕齐钰引来旁的宫人，到时候发现了就得不偿失。也只有大着胆子走了过去，先咽了口口水，又无辜地瞧了一眼皇上，见没有回旋的余地，便直接拖过许衿的一条手臂搭在肩上，摇摇晃晃地搀扶着送到内殿的绣床上了。

将被角掖好之后，李怀恩的鼻尖上还萦绕着女子身上淡淡的香味，他看了一眼精心打扮的许衿，在心底默叹了一口气。

远顺仪，这辈子您遇到了皇上，真是作孽了。一辈子都没指望了！今日皇上知道许衿被太后撵出来之后，脸上的神色就透着欣喜，专门派人找来了杜院判，仔细询问了关于蒙汗药的使用，并且还要了不少的分量。

然后就上演了这么一出，既嫌弃远顺仪，又必须得走这一遭，竟然连药都用上了！忒不是东西！

第二日清晨，许衿只觉得一场好眠。她迷迷糊糊睁开眼时，意识还处于迷茫期。待她抬手揉了揉发酸的眼睛，脑袋逐渐恢复清明时，似乎才想起昨晚皇上来了，后面喝了酒，然后她就什么都不记得了。

她忽然就是一阵慌乱，连忙冲着外面高声呼喊了几句。立刻就有宫女进来了，瞧见她没事儿，脸上带着几分笑意。

“皇上呢？昨儿晚上究竟是怎么了？这都什么时辰了？”许衿抬手揉了揉还有些疼痛的后脑，一肚子的疑问纷至沓来。

那个宫女见她如此着急，脸上不由得露出几分莞尔的笑意，低声道："顺仪不用着急。皇上昨儿晚上兴致好，便让人取了酒来让您一起陪着喝。没承想您酒力不胜竟是醉了，皇上睡了一晚上后，已经去上朝了，见您一时半会儿醒不过来，还派李总管去寿康宫帮您告假呢！"

宫女的声音十分柔和，似乎怕吓着她一般。许衿的脑袋还有些晕，不过意思却是理解了。她想起上回沈妩侍寝之后，未去寿康宫请安，结果太后雷霆震怒。

许衿挣扎着要起身，无奈身子发软，根本就无法使力。又想起太后昨日给她没脸，便暗暗咬紧了牙，也不去理会，就这么躺在床上。

快到了晌午，许衿才起来梳洗。她刚收拾妥当了，外面传来通报声。

"顺仪，李总管带着皇上的封赏来了！"一个小宫女兴高采烈地跑了进来。

许衿整个人一愣，有些难以置信地看向她。从某种意义上来说，昨晚上她并没有侍寝成功，却能得到封赏？

"奉天承运，皇帝诏曰：远顺仪斐氏体贴朕心，特荣升为正四品容华。钦此！"李怀恩看着那一张比他两张脸还大的圣旨上，偏偏只有这么一行字，当真是少得可怜。

皇上，你敢再敷衍一点吗！

许衿却是被巨大的喜悦冲击到了，她的位份终于比沈妩还高！估计就连日后斐安茹得了宠，也不可能超过她！

"恭贺远容华高升！"李怀恩半真半假地道贺，接过银子便悄悄地退了出去。

许衿的荣升，像是一块巨石从山顶上落下般，在后宫激起了一阵不小的风浪。太后这心里头颇有些不是滋味儿，许衿原本便是她的人，此刻皇上这么一亲近，倒像是要随时叛变一般。

一旁的许嬷嬷深知太后的心结，毕竟自从太后喝骂了许衿之后，许衿还没登门与太后和解。偏生皇上昨晚上宠幸了许衿，这第二日皇上便派人来替她告假。无论怎么看，这皇上都有拉拢之心。

"太后，您也别往心里去，平日里不是总盼望着远容华能得宠吗，现在这样便很好！"许嬷嬷轻声劝慰了几句，眉头却是紧紧蹙起，真希望许衿别做了第二个元侧妃！千万莫要被男人的表面功夫，给蒙蔽了双眼！

太后颇有些不自在地挥了挥手，却是一句话也不肯多说。

锦颜殿之中，从执掌姑姑兰卉到底下的小宫女，来回走路说话都是小心翼翼，生怕有谁笨嘴拙舌地惹恼了姝婉仪。

没想到抢先越过沈妩位份的人，竟然不是斐安茹，而是许衿。

沈妩却还是一如既往地坐在院子里剪花枝，明音在一旁瞧着，心里直打战。沈妩手中的剪刀每挥舞一次，明音的眼睛就不由自主地跟着眨一下。

这两日，姝婉仪每回剪完花枝，就要报废一株月季。姝婉仪都是摇曳生姿地踩着满地的月季花瓣回内殿，这一块小花圃的月季都快被剪完了。

待沈妩剪完花圃里最后一朵花骨朵时，她轻轻抬起头，长叹了一口气，脸上的神情带着几分忧郁。侍立在一旁的明音和明心，更是低眉顺眼的，生怕刺激到她，到时候若是美人落泪，那可真是千古罪人。

“砰！”的一声闷响，利器猛地刺进土地的声音。那二人猛地惊了一下，轻轻一偏头，就瞧见沈妩的手心朝下高高扬在半空，似乎刚把什么东西扔掉的姿势。而那把剪刀，就这么尖朝地，深深地刺进了泥土里，只露出后面一点点的地方。

明心和明音二人下意识地对看了一眼，又立刻低下头去。心中都在暗自琢磨：姝婉仪这突然发火的毛病，是不是被皇上传染的。而且还是面无表情啊，就把剪刀戳进地里了，其实当时她一定把地面幻想成远容华的心脏吧！

“如果不出意外，就这两日，对于皇上如此慷慨的赏赐，远容华就该有回报了！”她从衣袖里掏出锦帕，一根根擦着手指，似乎上面沾染了不洁之物一般。红唇轻启，轻飘飘的一句话传来，口吻坚定的不像是猜测，倒仿佛是断言一般。

第二日，许老夫人便递了牌子进宫，她一改往日作风，先去探望了许衿。然后才去的寿康宫，而平日里一向支持太后的许老夫人，这回竟也倒戈相向。

无奈太后硬是不依，好容易过了一次寿辰，她如何会同意将寿宴弄得那样寒酸，分明就是在向皇上屈服。

最终还是许老夫人想了个折中的法子，许老侯爷在上朝之时便趁机提了出来，这回太后的寿宴，许家出一半的银两来操办。齐钰没有丝毫犹豫，当下就拍案定了下来。

沈妩待得知了消息之后，不由得冷哼了一声，却是一句多余的话都没说。她手里把玩着皇上的玉佩，忽然朝明心要了一把剪刀过来，就这么三下两下把玉佩上系好的挂绳全部剪断了。

众人候在旁边，大气都不敢出。得，姝婉仪这回是把这玉佩的挂绳当成皇上来剪了吧！

明音大着胆子不由得伸长脖子多看了两眼，眸光里带着浓浓的艳羡。她在心底琢磨着，待会儿等婉仪剪过之后，她也趁机剪两刀。混账，再叫你整日闲着蛋疼作死地折磨宫人！剪不死你！

“明语、明心、明音，你们三人得了闲，一人编一条挂绳出来！要尽快，指不定哪日皇上就来要玉佩了！”沈妩总算是再次开口说话了，只是这几句吩咐，听在那三人的耳朵里，却不怎么美好。

这许家的连连动作，明显让各方势力都警觉起来。大秦后宫的宫规之所以如此定下，去母留子，就是不想让国丈家一家独大，扰乱了朝纲。三方制衡，方是帝王权术。

自古帝王亲近国丈家的，根本就没出现过。可是这回皇上的一个看似随意的举动，竟然让许家破了例，主动迎合皇上的意思，也足见这位远容华在许侯府的地位。众世家，无论是名门还是新贵，对于许家的这番作为，心里都颇有几分忌惮。

除了国事之外，皇上一向都是随性而发。特别是在后宫之中，更是随性到骨子里。曾有一位武将在私底下腹议过：皇上有时候随性起来，连他祖宗都不认识！

所以，对于皇上宠幸并且如此荣升许衿这事儿，诸位心里都有些摸不透。

只是在这节骨眼上，太后却是病了。寿康宫上下都慌了手脚，还有一个月就是太后的寿辰了，到时候所要穿的衣裳首饰，还有宴请名单都没弄出来。这会子病倒了，即使寿辰的时候有再多的银票堆起来，也于事无补。

许嬷嬷边替太后按摩，心里边叹息连连。好容易对于寿宴大张旗鼓地举办，可以如愿以偿了，偏偏这当事人却是病倒了。

“哀家这心里头总是堵得慌啊，你说哀家争了一辈子，手上沾了多少人的血命，可不就为了许家吗？现在倒好，许家为了一个小白眼狼，竟然不听哀家的话——”太后侧躺在床上，声音哀切而嘶哑，只是她的抱怨还没结束，就开始剧烈地咳嗽起来。

许嬷嬷挥了挥手，一旁的穆姑姑端着碗亲自走了过来，小心翼翼地舀起一勺子温水喂进她的嘴里。

穆姑姑先喂了一口，便连忙停下来，轻轻地拍着太后的后背，替她顺气。

太后挥了挥手，眉头紧紧蹙起，脸上的神色带着几分不耐。

“这水怎么没味道？哀家不是说了，要御膳房做些甜的来，口苦得很！”太后的语调十分不满，不过明显是抱怨的话，却因为浑身没力气，而失了往日的威仪。

穆姑姑低头看了一眼碗里的水，又偏过头有些为难地看向许嬷嬷。许嬷嬷从她手里接过碗，低声问了一句：“这是什么水？”

“奴婢吩咐御膳房特地熬制的雪梨，太医说了能止咳的。”穆姑姑柔声回了一句，便小心翼翼地退到一旁。

许嬷嬷看了一眼碗里，果然里面的水不是清的，而是带着一种偏白色。鼻尖若是凑得近了，依稀还能闻见几丝甜腻的气味，看样子这水里放了不少的雪梨煮着。

“太后，用一点吧。”许嬷嬷边说边用勺子送了一口过去，太后叹了一口气，努力地往下咽。

无奈她这是被气出的病，浑身皆不舒服。头昏脑涨，气喘咳嗽，几乎什么毛病都来了。现在连喝口水，这嗓子都咽得极其痛苦，每咽一次，就像有刀割似的。

许嬷嬷看着她这副痛苦难耐的模样，心里头也不是滋味。紧皱着眉头，似乎在愁思着什么，想了片刻才开口道：“太后，若您真的如此难受，不如把远容华叫来伺候您。将她放在跟前看着，您再多指点她几句，她自然——”

只是许嬷嬷的话还没说完，太后便猛地睁开眼怒瞪过去，她抬起手死命地拍打着绣床。绣床上传出几道闷响声，有些吓人。

一旁的穆姑姑被吓了一跳，心里暗道：还好喂水的人是许嬷嬷，估摸着要是换成别人，太后就直接把碗夺走往那人脸上泼了。

“太后，您消消气。老奴也知道远容华做的事儿不地道，您不要她来便不来！动气伤身作甚，还有一个月就是您的寿辰了，到时候可不能拖着病体去，让那些命妇小瞧了！”许嬷嬷也是吓了一跳，她还没想过太后会如此发怒，连忙把碗递给穆姑姑，转过身来轻轻地替她顺着后背。

太后不停地喘息着，好不容易才让自己平静下来了，只是面色更加低沉难看。

“放她在哀家眼前，哀家怕折寿！”太后近乎咬牙切齿地说出这句话，便再次咳喘连连，一句话都说不出来了，显然是对许衿失望透顶。

许嬷嬷不好再劝什么，现在连许衿的名字都不能提及，否则只会惹来太后更深沉的怒火。她在心底叹息连连，前有世家、新贵虎视眈眈，后有许衿不懂事儿地拖后腿，当真是左右为难。

太后勉强地翻了个身，背对着她们。许嬷嬷知道太后不想再说什么，便替她掖了掖被角，退到了一边。太后却是不想睡了，脑子里乱糟糟的一片，她睁大了一双眼眸，眉头紧皱。

许侯府这次的行为，已经预示着，相比她这个垂垂老矣的太后，他们更支持年轻貌美有机会往上爬的许衿。太后从来没想过，把许衿拉进宫，会形成这种局面，她和许衿竟会形成一种对立的形式，反而便宜了皇上！

太后病倒的消息，自然是传遍了后宫。皇上和诸位妃嫔的慰问礼源源不断地送进寿康宫，不过真心来看望的倒是少之又少，只是意思性地坐会儿就罢了。许衿自然是要过来的，不过她连门都没进去，便被太后下令撵了出去，落了个没脸。

沈妩根本没去，太后是肝火太盛，此刻正是发脾气的时候。许衿那是没法子，明知要被打脸也得往上凑。她和太后可是无亲无故，不过没受太后的挤兑，她的心情也好不起来。整日肃着一张脸，往常有些傲气的姝婉仪，现如今变得冷傲，让人不敢靠近。

因为太后病了，连请安这种事儿都免了。沈妩整日待在锦颜殿，更是无所事事。那月季已经完全秃了，绿油油的一片，没一朵花儿在上头，瞧着好不可怜。锦颜殿上下都暗自在心底把皇上骂了无数遍：混账东西，你有本事宠女人，怎么没本事继续啊！你有本事宠女人，你有本事哄好啊！混账！

正端坐在案桌前批阅奏折的皇上，没来由地打了三个喷嚏。英俊的脸上表情立刻变得不好了，一旁的李怀恩连忙小跑了几步，双手将锦帕呈上。

齐钰猛地擦了擦嘴角和手指，一下子就将手中那份奏折扔出了案桌。

“混账东西，又是哪个老不羞的在背后嚼朕的舌根子！朕日日夜夜守着这些奏折，整个人都快废掉了！”皇上的心情也不好，他这大半个月，一直过着苦行僧似的日子，奏折就快榨干他所有的精力。

上回好容易得了闲，本想放松一下，偏生他作死地要去哄许家那女人。虽然心里头一直不舒服，不过把太后弄病了，许家弄得两头不讨好，这还是笔划算买卖。

“瑾嫔身子怎么样了？”男人的手轻轻划过桌上那所剩不多的奏折，冷声问了一句。

李怀恩悄悄抬眼打量了他一下，才压低了嗓音道：“回皇上的话，太医前几日诊治过，说是已经大好了，云烟阁那边也收拾好了，这会子估计已经搬过去了！”

齐钰点了点头，脸上并没有露出特别的神色，只是轻拧着眉头似乎想了一下，才道：“那就让她准备一下，今儿晚上侍寝，这位份也该升升了！”

李怀恩轻声应承了下来，便悄悄退下去吩咐人办事儿。

当龙乾宫的小宫女把这消息告诉斐安茹的时候，云烟阁上下都替她高兴。毕竟只有侍寝之后的妃嫔，才能算是真正地融入这后宫之中。斐安茹却只是平静地点了点头，并没有一丝一毫欣喜的神色。

原先就一直跟着她的大宫女，自然瞧见了她的表情，心里头不由得“咯噔”了一下，有些不好的预感。斐安茹的性子倔，虽同意了安生待在后宫，可是这侍奉皇上是另一回事儿，伏低做小那是必须的。

斐安茹也不理会宫人们的心思，只是兀自地四处看着云烟阁，偶尔吩咐小宫女去为她找几本书册。

好不容易熬到了晚膳后，皇上的龙辇来了。斐安茹带着云烟阁上下恭迎他，按照宫里头的规矩，妃嫔既然被定下了侍寝，那当晚迎接皇上的时候，是一定要准备好的。纱衣、绣鞋必须是要穿好的，恭迎皇上的时候，只需在外面裹上厚披风就行。

不过齐钰眼睛一扫，便看见斐安茹身上仍然穿着宫装，不过后脑垂下的满头青丝却是半干的状态，显然是刚沐浴完。男人的眉头不由得皱了皱，斐安茹这半吊子的打扮，真不知是在搞欲拒还迎的把戏，还是为了表达自己不愿，却又不得不这么做。

无论是云烟阁的宫人，还是齐钰带过来的人，都瞧见了斐安茹这身异样的打扮，心里头便有些忐忑不安。不过皇上却没有发火，面无表情地让他们起身，便带头走进了内殿。

“你们都下去吧！”齐钰刚进入内殿，便对着身后跟着的宫人挥了挥手，脸上的神色淡淡，却是一个眼神都不肯给。

其他人皆摸不透皇上的意思，只好看着李怀恩。李怀恩恭敬地冲着二人行了一礼，便带着满殿的宫人退下了。

021

升为荣华

“脱衣裳吧！”待殿门被关紧，男人把下巴一挑，冷声说了这一句。

斐安茹直接愣住了，她虽然已经做好了心理准备，但是皇上一开始什么废话都没有，直接就是让脱衣服，还是有些承受不住。

齐钰看着她一脸惊恐和屈辱的神色，脸上带着几分冷笑。

“瑾嫔究竟是什么意思？朕现在给你机会说清楚。”皇上见她没动静，便挑了张椅子坐下，双手十指交叠放在腿上，好整以暇地看着她，显然在等她的答案。

斐安茹沉默了片刻，心里始终有两股势力在拉扯，一边是斐家人轮流着劝说，另一边是一个男人深情地看着她。最终她慢慢抬起头看了他一眼，嘴唇微微动了动，却终究一个字都没有吐出，却是将手放到腰上，轻轻地将身上的衣衫一层层脱掉。

男人一直盯着她看，眼神从来没有离开过。斐安茹死命地低着头，不过男人的目光太不容忽视，她的脸上渐渐染了几分绯红。齐钰难得的耐心，彻底烟消云散了，他的眸光里带着几分讥诮和阴冷，丝毫没有情色的意味，不过他也不准备放过这个女人。

过刚易折，斐安茹从入宫开始的表现，就让齐钰心头不满。若不是有斐老夫人亲自入宫，恐怕她此刻早就回到两广总督府了。

齐钰难得破例，在他心情不爽的时候，还允许别人解释。可惜斐安茹不珍惜，依然是一副虽不情愿，但却不得不为的表情。帝王的权威和尊严，怎么会允许旁人挑战！

皇上的脸上露出几分阴森森的笑意，待斐安茹脱光了之后，他二话没说直接站起身，走到她的面前，一把拉住她的胳膊就往绣床上拖。

男人的手掌很有力，同样也很冰冷，斐安茹的手臂被他捏着，带着几分难忍的疼痛。皇上的脚步迈得很大，斐安茹哆哆嗦嗦地跟在他的身后，踉跄了几步。赤裸的胴体接触到外面的空气，在瑟瑟发抖。

很显然，面对此刻一言不发的九五之尊，她害怕了。

可是还不等她开口说话，她就一下子被皇上扯到了床上，还不待她爬起来。细瘦的脖颈，已经被男人的手掌遏制住了。她憋着一口气，张开嘴巴却说不出话来，只能勉强地换口气。

男人另一只手在扯着裤带，他根本没脱衣服，只是心烦意乱地将裤子扒下，露出稍微硬挺的热烫，根本不顾斐安茹，直接便整根送进了她的体内。

撕裂般的疼痛一下子便传遍了全身，虽然齐钰完全没有情动，不过男人的尺寸，根本不是她所能承受的。

斐安茹的脖子被按住了，她根本无法开口喊痛，眼泪却是一下子流了出来。因为身体的疼痛和内心的屈辱，此刻她可以肯定，皇上并没有把她当成一个女人看待。仿佛只是为了完成侍寝的这一工序，同时又在羞辱她一般。

齐钰并没有顾惜她的疼痛，猛地抽了出来，再插进。总共狠狠地插入三次，再猛地拔出，最后一次便没有再进去。他冷冷地看了一眼斐安茹正在流血的下身，却连眉头都不挑一下。

斐安茹似乎已经疼得麻木了，齐钰便松开了遏制她脖子的手，从绣床上把那块白布抽了出来，慢慢地擦拭着自己的热烫上沾染的鲜血。直到擦拭得干干净净，他才把白布往斐安茹的脸上一丢。

"斐安茹，你记住，不是朕要你留在宫中的，是你的爹娘祖母！所以别摆出一副清高自傲的嘴脸来！朕方才给过你机会，你若是说出难言之隐，兴许就不用遭这个罪了。朕有许多女人，原本不稀罕多你一个，可你偏生不领情。那朕便告诉你，在这个后宫，朕便是天，朕便是神。想要忤逆朕的话，你只有生不如死的下场！"皇上的声音十分冷硬，像是从地下冒出来一般，让人听了便觉得满腔的热血开始慢慢变冷。

他轻轻瞧了一眼那白布上的血迹，眉头下意识地便蹙起。那块白布正是为了接妃嫔们头回侍寝的落红，也算是完成任务了。

斐安茹已经没有力气再说话了，她无神地瞪大了双眼看向帐顶。只是那块带血的白布遮住了她其中的一只眼睛，血腥味扑鼻而来，让她作呕。下身也已经疼得麻木了，眼泪像是已经流干了一般。

皇上将裤子穿好，腰带也胡乱系好了。他最后看了一眼斐安茹，冷声道："你的封赏明儿早上自会送来，朕也不会再宠幸你。自己选的路，就好好走下去，哪怕咬着牙吊着命，打落了牙齿混着血咽进肚子里也得撑住了。斐家对你的期望，可不是让你死在床上！"

皇上说完这句话，便不再停留，转身离去了。

李怀恩在外头等了不到半个时辰，便瞧见殿门被人猛地踢开了，皇上冷着一张脸从里面走出来。

候在外头的宫人们都吓了一大跳，心里惴惴不安，暗自猜测着方才殿内究竟发生了什么事儿，皇上这么快就出来了。

“瑾嫔累了，除非她喊，否则都不要进去打扰她休息。”皇上冷声冲着一旁云烟阁的宫人吩咐了一句，便转过头来，低声对着李怀恩说道：“回龙乾宫。”

龙辇停在殿外，皇上冷着脸，不再多说一句话上了轿辇。李怀恩走在龙辇的前头引路，心里头暗自琢磨，估摸着又是瑾嫔得罪了皇上。皇上一向是吃软不吃硬，瑾嫔永远不长记性哪！

皇上下了龙辇之后，便一路直奔殿后的汤池，他也不让人跟着，把自己脱了个干净，飞快地进入水中。男人果然是用下半身思考的动物，虽然方才没有多少的缠绵，不过此刻他的下身还硬着，总不能就这么置之不理。此刻他是无心再折腾旁人了，只有自己用手解决了。

他靠在池边，脸上的阴郁就丝毫没消退过。越想越觉得心头憋火，暗自磨起牙来。

斐安茹自己挣扎着从床上爬起，两条腿在不停地打战，踉跄着险些摔倒，好容易才把自己收拾干净了。

第二日的封赏到了，仍然是李怀恩来宣的旨意。

“奉天承运，皇帝诏曰：瑾嫔侍寝有功，特升为正四品容华。钦此！”李怀恩捏着嗓音高声念道。

斐安茹弓着腰双手举过头顶，恭谨地接过圣旨。其实她今日浑身都不舒服，就连现在站着，都能隐隐察觉到自己双腿的微颤。

“恭喜瑾容华了！”李怀恩并不多啰唆，只是寻常地道贺了一声，便接过赏银退了下去。

待他出了云烟阁，才长叹了一口气。悄悄伸手捏了捏怀里另一道圣旨，暗呼一声作孽啊。

皇上现如今给旁人的圣旨，真是越来越简洁明了，而且还讽刺至极。昨儿晚上那情况，像是斐安茹侍寝好的模样吗？位份虽然给的不低，不过也着实让人开心不起来。

锦颜殿里，沈妩对着铜镜梳洗，只见明语急急忙忙地冲了进来，脸上带着几分狂喜的神色。

“婉仪，李总管来了，皇上的封赏到了！”由于跑得急了，明语的脸上都带着两片红晕，显然是高兴过头。

内殿几个伺候的宫女也都愣了一下，转而皆露出欣喜的神色，明音冲着明语招招手，扬高了声音道："快过来替婉仪梳头，动作快些，莫让李总管等急了！"

"哎！"明语一溜烟窜到沈妧的身后，脸上的笑意更是浓烈了几分。

她刚拿起梳妆台上的桃木梳，手腕就被沈妧轻轻握住了。

"急什么，慢一点儿！本嫔今儿早上有些头痛。"沈妧边说边抬起另一只柔荑捂住额头，脸上露出几分痛苦的神色。

殿内忽然陷入了一片诡异的安静之中，几个贴身伺候的宫人脸上都不大好看，一副吃了苍蝇一般的神色。婉仪，您别开玩笑了好吗？方才不是还很正常地板着脸，对首饰挑挑拣拣吗？怎么这会子立刻就萎了，别闹了好吗？圣旨等不起啊！

"怎么不动？难道你们也不想接那劳什子圣旨，真巧，本嫔也正有此意！"沈妧透过铜镜，一一瞧了瞧她们，便轻轻挑起眉头，半真半假地说了一句。

立刻，那些犹如被定格的宫人们马上就动起来了，有事儿忙的继续先前的事儿，没事儿忙的也原地打转找事儿做！

磨磨蹭蹭，好容易才把姝婉仪伺候妥当了。沈妧也觉得时辰耽搁得差不多了，她才拢了拢发髻，慢条斯理地走了出来。

原本在外殿走来走去的李怀恩，一听见脚步声，立刻停了下来转过身，脸上露出标准讨好的笑容。

"姝婉仪，皇上的恩赏到了，您准备接旨吧！"李怀恩从怀里掏出圣旨，冲着沈妧行了一礼。

沈妧轻轻点了点头，下巴一挑，冷声道："念！"

李怀恩有些呆愣地看着她，轻轻地眨了眨眼。沈妧这才悠悠地叹了一口气，慢慢地跪下身准备接旨。

"奉天承运，皇帝诏曰：沈氏阿妧，自入宫以来，天真娇媚，八面玲珑，朕心甚慰。实属后宫典范，其他妃嫔皆该学其本真姿态，不惺惺作态，不孤高自赏，朕每每念起，都心头宽慰。特升其为正四品容华！"李怀恩扬高了嗓音念叨，心情一片激荡，终于再次看到如此长的圣旨了。

皇上，您的诚意颇盛啊，有进步！

沈妧从李怀恩的手里接过圣旨，也只是淡淡地点了点头，脸上并没有露出特别开心的表情。皇上一定是在其他两位容华那里上床遇阻了，才想起她的好来了吧？呸，混账的色坯！她要是再这般轻而易举地就伺候他，她沈妧两个字倒过来写！

"姝容华，奴才恭贺您升位哪，这位份早该是您的了！"李怀恩抬眼一扫，这内殿里都是沈妧贴身伺候之人，胆子便大了起来，脸上堆着几分讨好的笑意。

他是皇上最信任的内监总管，皇上肚子里的弯弯绕绕，他虽不十分明白，不过对于妃嫔这块儿，他却是猜得挺准。皇上登基后这么久，姝婉仪是第一个能在他酒醉之时，把他哄好了，心情瞬间从阴气沉沉变成色气沉沉的人。

不过沈妩今儿明显心情不好，对于李怀恩的恭贺，也只是略微停顿了一下，然后轻轻扬起下巴，眼角扫了他一下，淡淡地“嗯”了一声，算是回复。

李怀恩因为她如此的冷淡而愣了一下，还没反应过来的时候，沈妩便一扭身进了内殿，根本不理会他了。

这回李怀恩是彻底愣在原地了，想他是皇上身边的红人儿，这些年谁不是拉拢着他，即使是遇上妃嫔，也得给他三分脸面。没承想这回竟被姝婉仪甩了脸子，而且还是这般毫不犹豫。

不过他这心底倒是没有多少不适，只是暗想着：皇上估摸着还得过一段苦行僧的生活。真是作孽，在斐安茹侍寝之后，皇上还巴巴地想着姝容华，谁稀罕！瞧，热脸贴冷屁股了吧？该！

明语倒是怕李怀恩心里头膈应，以后在皇上面前不替沈妩担待着，便悄悄地跟着他出了殿，才轻轻扯了一把他的衣袖。

“哎哟，吓死个人呢！鬼丫头，走路怎么不出声，咱家这小心肝儿哟！一个两个都想着吓唬咱家，在龙乾宫整日提心吊胆的就罢了，你这还不体谅咱家！”李怀恩边走边出神地想事情，哪里知道会突然冒出人来。

明语看着他瞪大了眼睛，翘着兰花指拍胸口，声音又是那样尖细，不由得抖了一下。脸上带着几分讨好的笑意，低声道：“李总管，您别怕，我不是故意的。我们姝容华今儿头痛，所以才精神不大好，您别放在心上啊！”

李怀恩冲着她挥了挥手，脸上带着不赞同的神情，低声道：“咱家哪儿敢怪姝容华啊，容华恐怕是心情不好吧！得了，咱家在皇上那边不会胡言乱语的！”

明语见他这般爽快地应承了，而且脸上也没有什么羞恼的神色，便开开心心地提起裙摆小跑着回去了。李怀恩扭过头看她那一蹦一跳的背影，心里暗叹一口气。小妮子还是太嫩，离龙乾宫久了，都忘了皇上是什么人了。只要皇上问起，他自然不会胡言乱语，只会实话实说。

他正想着，待回了龙乾宫，好巧不巧地皇上又是心情烦躁了。几个小内监一商量，还正准备去找李怀恩呢。

“皇上，奴才回来了，两位容华都接了旨意。”李怀恩冲着他行了一礼，轻轻压低了嗓音说道。

齐钰脸上阴沉的神色缓和了些，轻咳了一声，才道：“怎么去了这么晚，可是有人追问你这圣旨究竟是何意？”

男人的声音有些低沉，语调也是波澜不惊，与平常并无异样。李怀恩轻轻抬头瞧了一眼，只见皇上低着头，手里拿着本奏折翻阅着，只是那眼珠子却是盯着一个地方，一直没动弹过。

李怀恩的眉头轻轻挑了一下，皇上，你这是在自作多情吧？人家姝容华根本没搭理你啊！你这圣旨在她的眼里，根本不是赏赐，倒像是施舍啊！

“回皇上的话，没有人追问。”在皇上等得不耐烦之前，李怀恩淡然地开了口，尽量做到不引起皇上的注意。

“混账东西！”李怀恩的话刚说完，皇上嘴里的叫骂声已经出来了，随手就丢了折子过来，恰好擦着李怀恩的头顶飞了出去。

“那你告诉朕，为什么去这么久？别想找借口搪塞，不然朕阉了你！”皇上再次阴沉着一张脸，恨声说道，怒瞪着李怀恩，颇有几分要扒皮抽筋的架势。

李怀恩跟着一哆嗦，他整个人都感觉不好了！皇上方才那分明就是恼羞成怒的话！皇上，您找找话里头的逻辑好吗？好吗！他已经是阉人了，怎么再阉割一次？皇上，难道您要大义凛然地把您的借给咱家阉？反正他是不介意的！

或许是因为李怀恩的发愣，皇上也察觉到他方才话语里显而易见的语病，便再次轻咳了一声，抬起手指着他的鼻子骂道：“朕抽死你总行了吧？”

“回皇上的话，奴才去锦颜殿的时候等了些时辰，姝容华说是今儿早上起来头痛，出来接旨便有些晚了！”李怀恩连忙低头行礼，立刻便老实交代了。

齐钰脸上发怒的表情，以肉眼看得见的速度消失了，转而变成了深思。

李怀恩在心底默默地点了个赞，姝容华好样的！人不在身边的时候，都能引发皇上的深思了。当一个男人提起一个女人的时候，能不由自主地思考她的行为，就证明他在想她，而她在他的心底，是与众不同的！

李怀恩正要退出去，把这偌大的空间，让给皇上一人慢慢思考的时候。案桌却再次被拍得“啪啪”直响。

“朕昨儿晚上又没宠幸她，都想起给她升位了。她还敢给朕头痛？绝对是在耍性子吧！去传杜老头去给她瞧瞧，究竟什么毛病！”皇上脸上的神色有些难看，这后宫里，自从他登基后整治过几个妃嫔之后，耍性子的人已经绝种了！

没想到，时隔多年，竟然又蹦出个沈妩！这女人忒不识好歹了！

李怀恩低声应承了一句，便立刻快步退了出去。皇上，您又要作死了！

龙乾宫这边皇上的心思，众人自然是无法猜到。不过连续两道封赏容华的圣旨下来，后宫里立刻便炸开了锅。皇上那天神一般的思维，岂是尔等蠢货能理解的！所以众人，只能假模假样地选择无视，备了两份贺礼分别送了出去。

锦颜殿内，沈妩则在把玩着皇上那块玉佩，上面的挂绳与先前她自己编的几乎一模一样。其他几个侍立一旁的宫女，不由得浑身直冒冷汗。明音三人前几日按着她的吩咐，一人编了一条送过来，沈妩当场就挂上了一条。

待昨儿晚上传出皇上要斐安茹侍寝的消息，沈妩立刻摸出剪刀把那条挂绳剪成了渣渣。方才皇上封赏到了，她转脸回屋又剪了一条。至今那被剪碎的挂绳还躺在她绣鞋旁呢，如今就只剩下最后一条了！

明音不由得咽了咽口水，眼睛就一直没离开过沈妩的柔荑。沈妩的手无疑是长得美的，修长的指节慢慢拂过玉佩，那火红的豆蔻与明黄色的编绳相得益彰，却让她倍感压力。姝容华，您手下留情啊！皇上，你个能作死的赶紧来啊！

皇上一只手撑着下巴，始终阴沉着一张脸，另一只手里拿着狼豪，却也无心批阅奏折。只是用笔杆无意识地戳着一本本奏折，似乎在戳沈妩的脸一般。

“皇上。”李怀恩总算是小跑着进来，气喘吁吁的模样，显然是不敢耽搁，免得再次加剧皇上的脾气。

“杜老头诊完脉了？说，姝容华是不是在骗朕？”他一下子丢了手中的狼豪，猛地站起身，眼睛轻轻地眯起，脸上的神色带了几分胁迫。似乎只要李怀恩给他一个否定的答案，他就立刻冲上来整治李怀恩一般。

李怀恩慢慢地喘上两口，咳嗽了一下干巴巴的嗓子，急声道：“杜院判不肯去，说太医院最近比较忙。让您——”

他说到这里，忽然就顿住了，头慢慢地低了下去，似乎不好再说下去一般。

“让朕怎样？”齐钰的眉头一下子皱得紧紧的。

“让您日后和姝容华这种床头吵架床尾和的事儿，别去闹他！他乃是太医院院判，平日里忙得很！不过若是以后您还需要什么蒙汗药一类的，可以召他过来！”李怀恩咽了咽口水，大着胆子说了出来。

这一趟差使还是他亲自跑的，杜老头儿是出了名的难缠，其他小太监有时候连他的面都见不着。当那老头儿让他传这些话的时候，院判这种东西在他心里的地位忽然就提高了数百倍。敢这么呛皇上的，几根手指数的过来。

“杜老头儿真这么说！也太胆大妄为了，不就是当初治好了九皇弟的身子吗？就敢如此倚老卖老！”齐钰又是怒拍着桌面，不过拍了几下，却是停住了话头不说了，眉头紧紧蹙起，显然又陷入了深思之中。

“不找杜老头儿，你去锦颜殿，宣姝容华过来。朕倒要瞧瞧那女人身上，究竟什么毛病！”皇上显然也放弃了和一个孤寡臭脾气老头儿纠缠，转而投向貌美如花的沈妩了。

齐钰挥了挥手，便让他退下。李怀恩在心底叹了口气，得，这趟差使儿还得他亲自跑。什么时候这后宫里，净出一些难缠的主子！一个个都被皇上传染了神经病！

可惜李怀恩这一趟注定是白跑一趟，他是连姝容华的面都没见着，就被明心和明音堵在外头了。

“咱家就进去传个皇上的口谕。”李怀恩看着面前这二人，脸上露出几分笑意，口气也软了下来，似乎想让明心二人通融一下。

“李总管，我们容华刚睡下，方才就吩咐过了，谁都不见！”明心肃着一张脸，根本不给他转圜的余地，像是丝毫不把李怀恩放在眼里一般。

李怀恩不由得咽了一下口水，姝容华身边的几个宫女，只有这明心是沈妩从王府里带来的。往常不爱掐尖出头，不过对姝容华却是最忠心耿耿的，举手投足间，已经有了几分姑姑的干练劲儿。

“李总管，明心姐姐性子直，您别介意。我们容华真的头痛，皇上的口谕奴婢告诉她，就不劳您进去了！”明音倒是一如既往地露出几分甜笑，只是这话里话外依然没有松口。

李怀恩愣在了原地，一时竟不知该如何是好了。想他传了皇上大大小小的口谕，也不下成百上千，没一个人敢说不出来接着的，这回的姝容华竟然敢这般明目张胆地推拒！他这是继续留在这里没脸，还是麻利地回去呢？

“咱家知道姝容华心里头不舒坦，可是皇上的脾性摆在那里，谁敢不让着他！还望二位在容华面前多劝几句，免得到时候真的闹僵了，那就不好看了！”李怀恩决定最后一搏，颇有几分语重心长地说道。

可惜那两人一个面无表情，一个冲着他歪头笑了笑，却是没一个开口说话的。他心中那个恼怒啊，却也只能生生忍着，一拂衣袖便扭头走了。

明心和明音二人看着李怀恩坚决的背影，脸上露出几分依依不舍的表情。心里在默念着：李总管，别走！姝容华她已经疯了，真的！

不过沈妩的吩咐还在耳边回响，二人只能无可奈何地对望了一眼，便心不甘情不愿地回去了。

当李怀恩把被拒门外的情况告诉皇上之后，齐钰整个人暴跳如雷。他猛地站起身，来回地在内殿踱步。面色阴沉，眉头紧锁，似乎在深思着什么，忽然回过头来，手指着李怀恩的鼻子道：“她当真让人这么说的？”

皇上这么猛然靠近，吓得李怀恩后退了两步，后知后觉地才反应过来他的问题，便呆愣愣地点了点头。

“这个女人，脑子里被大粪堵住了吗？竟然敢这般忤逆朕！她怎么敢！”齐钰再一次来回地乱转，嘴里的语调高亢，最后一句由于情绪激动，几乎破了音。

李怀恩在一旁低眉敛目地站着，心中默默地为皇上点上一根蜡烛。皇上，您才是脑子被大粪堵住了吧？不审批奏折，在这里为了姝容华的事情乱转，您真的还好吗？

“走，去锦颜殿！朕到了那里，她若是活蹦乱跳的，朕让她整个宫殿陪葬，欺君之罪！”皇上猛地顿住了脚步，脸上的厉色像是无数把锋利的宝剑出鞘一般，侵袭而来。

李怀恩的腿一抖，颤颤巍巍地应承了一句，心里却早已骂开了：姝容华作死，您凭什么拉着宫人一起陪葬！最该陪葬的人就是皇上您啊！你们这对怨偶可不可以去底下一起作死啊！正好不用再祸害旁人了！

男人跨着大步子走出了龙乾宫的殿门，眉头始终皱得紧紧的，不过那脚步却忽然停住了。原本跟在他身后，那一群浩浩荡荡的队伍也只好停了下来。

“不去了，回宫！”齐钰猛地一跺脚，忽然转过身，阴气沉沉地说出这么一句。

一众宫人脸上的表情都石化了，终于可以看别宫的人倒霉一次了，怎么说反悔就反悔！皇上，君无戏言呢！都被狗吃了吗？

即使心底犹如万马奔腾，不过众人一瞧见皇上那张阴沉的脸，立刻都萎了。乖乖地退让出一条路来，让皇上走进内殿。

李怀恩的脸上露出了几分苦涩，轻叹了一口气，麻利地跟着走了进去。

“皇上，要奴才直接去传旨，让锦颜殿上下陪葬吗？”李怀恩怀着一种替主分忧的心态，语气平静地说出这一番话来。

没承想正在前面走的皇上却猛然回过头来，一下子抬脚踢了过来。

“混账，说什么陪葬，这么不吉利的话也敢说！待会儿去领五个巴掌当惩罚！”齐钰瞪了他一眼，便又往前走，一屁股坐回案桌前，脸上的神色已经恢复了往常的阴冷。

李怀恩轻叹了一口气，先抬起手给了自己一巴掌。叫你嘴贱！皇上嘴贱就罢了，他自己当然不能跟着！

过了片刻，李怀恩才从内殿出来，就见一个小太监探头探脑的模样。

“李总管，这还去不去了？龙辇还停在外头呢！”那小太监苦着一张脸，轻声问了一句。

李怀恩方才被皇上骂了一顿，心情也不好，便直接抬手给了他一巴掌，当是撒气了。

“去个屁，没见到皇上都让回宫了吗？赶紧地去把那些还未侍寝秀女的花名册拿来，皇上要呢！”李怀恩气急败坏地说了几句，那个小太监便立刻小跑着走了。

李怀恩站在殿外等着，他宁愿吹冷风，也不想进去看皇上甩着一张臭脸！那些秀女的花名册有个屁用，到现在为止，就没见到哪个长得比姝容华还标致的人儿。皇上你就作吧，硬扛着到时候有你受的！

后宫里一下子冒出三位容华，还恰好形成了三方鼎立的形式。无论从哪一点瞧，都将有一场热闹要瞧。

这边皇上看着花名册，不到片刻工夫，就把那名册往李怀恩脸上甩。

“朕瞧来瞧去，怎么都是一帮次品！那些老不羞的东西，不是告诉朕，把府上的好姑娘都挑送过来了吗？什么百里挑一万里挑一的攀比，竟都是这等模样？”齐钰怒瞪着一双星目，脸上露出十分不满的神色。

还不待齐钰折腾出新的招数，那边寿康宫又开始闹起来了。

太后分别派了人去三位新上位的容华宫中传话，要她们三人去寿康宫侍疾。

当沈妩听到传话的宫女说出“侍疾”二字时，脑袋里忽然“嗡”的一声，脸上自然而然地就露出了几分不快的神色。

她最讨厌侍疾了！特别是当她和太后已经快撕破脸皮了，再去伺候这位难缠的老人家！当真是生不如死！

“成，你先回去吧，本嫔收拾一下就过去！”沈妩挥了挥手，对着那位小宫女低声说了一句。

待那宫女走了，在一旁侍候的明音才瞧了她一眼，沈妩那皱拧的眉头，十分明显，就是因为不想去而忧愁着。明音不由得撇了撇嘴，心里暗道：容华，再叫您作死啊！现在不能去求皇上了吧？一定要去陪着那老妖婆了吧？开心了吧？

龙乾宫自然也收到了这消息，皇上已经怒得把花名册烧掉了，此刻正板着脸皱着眉头，深沉而阴冷地看着远方。

“嗯？母后又想出新招儿了？真是的，朕的爱嫔们会被她玩坏的！”男人慢慢地回过神，手撑着下巴略显兴味地说道。他轻轻眯着眼眸，脸上带着几分冷笑。

李怀恩不由得打了个哆嗦，皇上的这种表情才最可怕。不过那三位容华既然都没被皇上玩坏，想来在太后那里也能活得好好的。

“朕现在恰好看她们三个都不顺眼，母后要侍疾的话，就先由着她。不过却没通知朕一声，就要朕的女人伺候她，先把这笔记在账上！”皇上皱着眉头又思索了片刻，才冷哼了一声说道。

李怀恩自然没有置喙的份儿，他一想起待会儿还得找人扇他五巴掌，他就觉得整个人都不好了。想他这内监大总管当得真憋屈，每日都能感到来自皇上的恶意，每次首先倒霉的就是他！若问他这辈子最大的愿望是什么，那就是要么他英年早逝，让皇上没机会再虐他。要么就是皇上赶紧去死，没人再能虐他！

沈妩的内心挣扎了许久，她不是没想过要么去给皇上服个软得了，可是立刻又否决掉了。皇上那坏毛病，不能再惯了，为了以后她能争取点儿可怜的地位，此刻就必须得忍着！

她稍微收拾了些，便带着明心和明音去了。许衿和斐安茹已经先到了，待沈妩三人进去的时候，许衿二人已经侍立在一旁，端茶送水地伺候了。

“哀家方才还和许嬷嬷说呢，这姝容华肯定是最后才到的。果然，被哀家料中了！”太后轻轻哼了两声，似乎是哪里疼了。她躺在床上，面色还很苍白，只是声音里却带着十足的不满。

沈妩轻轻抬起手，身后的明音便机灵地往前走了一步，慢慢搀扶着她站起。

“太后料事如神，嫔妾万分佩服。嫔妾从今儿早上起来，头就有些痛，遂才来晚了！今儿接皇上封赏的圣旨时，险些都迟了。”沈妩站直了身体，脸上带着几分娇俏的笑意，声音里故意夹杂着几分撒娇的口音，摆足了盛宠的姿态。

太后的脸色更加难看，她瞪大了一双眼瞧向沈妩，似乎想要起身生吞活剥了她一般。

沈妩毫不畏惧地迎上了太后的目光，前世她就把太后当尊佛供着，结果只有处处受气的份儿。这辈子她才不做那蠢事儿，这老妖婆敢让她伺候，她就敢比太后还金贵。装病扮弱谁不会，端看谁先把谁折磨死了！

022

对抗太后

“哀家想喝口水，穆姑姑，把碗递给姝容华。”太后慢慢平息了怒火，想起了太医所说的不能动怒，此刻也不好太过追究，必须想其他法子折磨沈妩，她眸光一扫，便对着一旁的穆姑姑说了一句。

穆姑姑悄悄抬头看了一眼太后，便遵照着她的吩咐，将手中端着的碗递给了沈妩。沈妩也不推辞，慢腾腾地接过来，低头看了一下。碗中那水的状态，她一眼便猜出是用雪梨熬制出来的，前世太后生病了，就喜欢喝这些甜得发腻的东西。

沈妩端着碗一步三摇地走了过去，那杨柳小蛮腰扭得叫一个婀娜多姿。就连平日里自认为最把持得住的斐安茹，在一旁瞧了，心底都有些不舒坦。大家都是女子，何必摆出这副模样！

太后侧着脸一直盯着她看，沈妩身上那件五色锦盘金彩绣绫裙，鲜亮得似乎能戳瞎她的眼似的。太后心底的怒火蹭蹭上涌，毕竟她是带病之身，即使平日里保养得当，此刻大病的时候瞧着，也不过是一位普通妇人罢了。眼角的细纹十分明显，皮肤也很干燥。

可是沈妩偏偏要穿件如此显眼的衣裳，再加上她长得好，纯粹就是来刺激太后的。这么一对比，简直就是云泥之别。

站在一旁的许衿二人，一直盯着沈妩瞧，心里头不由得悲喜交加。喜的是有沈妩这个爱惹事儿的在，太后自然无暇找旁人的茬。悲的是明明同为容华，可是一站到一处，还是成了她的陪衬！

太后见她走近，眼光整个暗了暗，脸上的神色也闪过一丝阴狠。沈妩却只作不知，她拿起勺子轻轻地舀起一勺，慢慢地往太后嘴边递。她的动作看起来有些漫不经心，实则不然。若是有人盯着她的双手看，一定会发现沈妩握住碗和勺子的力道很大，好似生怕弄掉了一般，指节都微微泛着白色。

太后轻吸了一口气，忽然间发难，猛地抬手要去打掉沈妩手里的碗。沈妩的脸上闪过一丝讥诮的笑意，这一招太后她老人家最喜欢用了，前世沈妩虽被弄得恼怒了，不过她当时一直以隐忍为主，所以哪里敢有什么微词。此刻正是她报仇的时候！

老妖婆，受死吧！

沈妩猛地缩回了捧住碗的手，让太后扑了空。然后并没有给太后反应的时间，沈妩就装作手一滑，直接将整个碗往太后的脸上摔去。

老妖婆，糊死你！

甜腻腻的雪梨水全部泼了出来，洒得太后满头满脸都是。特别是那个精致的青花瓷碗，被沈妩这么毫不客气地卡下来，可想而知当太后的脸和那个碗亲密接触之后，将会制造出怎样的疼痛。

“啊！”太后不由得闷哼了一声，只觉得视线可以触及的范围内，有一大团黑影正在向她进击，下意识地便闭起了双眼。那碗好巧不巧地摔到了她的颧骨上，那叫一个疼啊！可是还不待她坚持喊高声音，那一碗雪梨水便直接灌进了口腔鼻孔里。

站在边角的明音，不停地在心中为沈妩鼓掌。一碗水就把太后整个人都牵制住了！

“咳咳！”太后被呛到了，不停地咳嗽。双手下意识地挥舞着，似乎想要躲避这些灾难。

那些侍立在一旁等着看太后折磨姝容华的宫人们，没想到竟会看到这样的灾难，不由得愣住了。直到太后又喊了起来，才连忙冲了上来，七手八脚地将碗拿到一边。许嬷嬷轻轻扶着太后坐起，也顾不得那满头满脸的雪梨水，稍微一碰，就是甜腻腻的黏人。

太后是又疼又被呛得难受，再加上病还没好，头昏脑涨的，简直比死了还难受！此刻被许嬷嬷拉扯着坐起来，头就更加痛了，不由得哼出声。那因为痛苦而呻吟的声音，简直不堪入耳，哪里还有平日里的威仪可言。

这回的太后瞧着更像一个孤寡老妪，并且头发凌乱不堪，身上黏糊糊的。颧骨被砸到了，实在是疼得很，直接飙出眼泪来，带着鼻涕也下来了。太后的英明形象，就在此刻葬送得灰飞烟灭。这样邋遢的情景太有冲击性了，直接导致在场看到的人，日后只要看见太后人模狗样地坐在凤椅上接受众妃嫔的请安，就会联想到此时此刻所看到的场景。

啧啧，绝对要载入大秦的史册之中！看，有太后！

“快去打水来，给太后洗洗！”穆姑姑连忙吩咐人去打水，瞧着太后这到处是水的模样，真不知该如何是好了。

“三位容华还是下去吧，奴婢们先伺候太后。”许嬷嬷的口气也变得阴冷起来，她说这话的时候，眸光在沈妩的脸上刮了一下，像是刀子一般，带着十足的寒意。

沈妩毫不畏惧地迎上了她的目光，然后冲着她柔柔一笑。

她就是拿碗泼了太后！那又怎样！

因为沈妩脸上那抹恬淡的微笑，许嬷嬷被气到内伤。是谁给姝容华的有恃无恐？这般打了太后的脸面，还能笑得如此无所谓！即使在这深宫中，已经自认为修成仙的许嬷嬷，此刻都想站起来，弄死这个狐狸精！

沈妩三人依着许嬷嬷的意思，也不再闹，带着各自的宫女准备退出去。明音最后瞧了一眼太后，心底不由得欢欣雀跃：太后，再叫您瞎折腾，还侍疾呢！瞧，雪梨水糊熊脸上了吧？

兴许是太后受挫太深，已经完全振作不起来了。沈妩她们在外殿坐着喝茶，等了一会儿，便有小宫女出来让她们先各自回宫，明日再等着传召。

沈妩站起身，头也不回地走了。根本不理会身后斐安茹二人投射过来的目光，明日再说明日的话，兵来将挡，水来土掩。

看着沈妩的身影消失在殿外，剩下的二人，不知为何一同在心底松了一口气。这面上的神色也缓和了些，不得不说，只要有沈妩在的地方，全身自动戒严。即使这个女人除了漂亮和发狠撒泼之外，一点都不讨人喜欢，相反还净得罪人。可是她给人的压迫感，一刻都不容忽视。

斐安茹和许衿对视了一眼，眸光中闪过一丝深沉。便站起身，一前一后地出了寿康宫。两人并没有坐轿辇，而是让宫人远远地跟在身后。

“那日我所说的话，你考虑得怎么样了？你终究未能出了这后宫，她将会是你我的心头刺儿！若不尽早除去，待她登上高位，根基深沉，恐怕难以拔除了！”许衿清幽地开了口，话语里虽是警告十足，不过语气却是波澜不惊。脸上的表情也带了三分笑，若是隔得远了瞧过去，仿佛只是在说些玩笑罢了。

斐安茹自然知道许衿口中的“她”所指何人，她轻轻蹙起了眉头，晃了一下神才道：“若我说，还是欠妥。凡事讲究一击必中，她虽处处不讨好，不过却极少主动惹事儿，未留下把柄。否则你当瑞、丽两位娘娘，还会不动手，就这般任她逍遥法外？”

许衿似乎早就料到她要如此说，脸上露出一抹淡淡的笑意，其中夹杂的自信和笃定，让一旁看着她的斐安茹暗自心惊。显然许衿心中是有了法子的，而且还是那种胸有成竹，十有八九能够成功的。

“你侍寝之后，皇上却连她的位份都跟着升了。明眼人一瞧便知是在羞辱你，你只告诉我一句，如果有好法子，你做是不做？”许衿的嘴角慢慢勾起，脸上的笑意也越发明媚，似乎是因为心头的那个好法子，而高兴过了头。

斐安茹的面色却是一僵，她猛地停住了脚步，脸上的神色逐渐绷紧，红唇也轻轻抿起，整个人身上散发着一种不耐的气息。

“做与不做不过是一念之间，不过我提醒你一句，下次找我合作的时候，请把之前那句激将的话去掉，我不喜欢！所以这次谈判破裂！”斐安茹冷冷地丢下这几句话，便扭过头去冲着身后的宫人招了招手。

立刻抬着她轿辇的人便加快了脚步，待许衿回过神的时候，斐安茹已经稳坐在轿辇上，慢慢地离开了。

她气得跺了跺脚，脸上的笑意也消散得无影无踪，夹杂了几分阴狠。

“装什么清高，都被皇上这般打脸了，还不想着翻盘！”许衿恨恨地轻声嘟哝了几句，也回头招了轿辇过来。

她曾一度被斐安茹的话劝住了，虽然沈妩必定会成为她日后往上爬的阻碍，此刻却不一定。后来她仔细观察揣摩过沈妩的升位方式，才发现相较于庄妃，沈妩更加亲近皇上，所以当时她才会因为皇上给的一点小甜头，而义无反顾地劝说许家阻止太后。

现如今她明显反悔了，无论她如何讨好皇上。在皇上心底，似乎永远都不会忘记沈妩，就像这次封位，一定要把她拉上。

轿辇摇晃，她手撑着下巴，眸光放远显然陷入了深思之中。那个计谋，只许成功不能失败。她就要沈妩犯下大逆不道的滔天之罪，让皇上想保都保不了！到时候再看，这沈妩是不是跟狐狸精似的，怎么都打不死！

当晚，夜色深沉，一个小太监小心翼翼地避过侍卫的搜查。

夜风萧瑟，那个小太监在霁月殿外探头探脑了片刻，待巡逻的侍卫换班的时候，他才跑到后门去。他刚抬手敲了一下，门就打开了，一个宫女早就等在了那里！

“怎么才来？主子都等了有一会子了！”那个宫女轻轻关上门，带着他一路往前殿走，不由得压低了声音抱怨了一句。

那个小太监四处看了看，见周围没有人，显然是早就安排好了，心里头才舒坦些。胆子也变大了，轻声抱怨道：“别看那位主子表面上对锦颜殿不闻不问，实际上她手底下几个大宫女看管得紧。再加上我这位置也不是说离开就离开的，兰卉时不时还要找我！我哪敢随便就走了！”

快到内殿的时候，两个人便都噤声了，蹑手蹑脚地走了进去。内殿里只点了两根蜡烛，绣床上的许妗轻轻闭着眼睛，像是已经睡熟了。

“主子，奴才来了！”先前那个太监先开了口，边说边跪了下来，冲着绣床的方向行了一个大礼。

床上的人猛地坐起，她的身上还是白日所穿的素色罗裙，显然早就等在这里了。

桌上的蜡烛已经快燃尽了，三人说了一会子话，那个宫女便送太监出去了。床上的许衿站起身，将外衣脱掉了，躺在床上却是睡不着了。她陡然睁大了眼睛看向帐顶，脸上闪过几分阴狠的神色。

锦颜殿内，一个小太监从屋子里迷迷糊糊地摸出来，准备去茅房，半路上却撞见了掌宫的大太监张成，不由得低声咕哝了一句："往日耀武扬威的张大总管，怎么穿着旁人的小太监衣裳？"

张成急急忙忙往里面走，也没注意听清楚他说的究竟是什么。

第二日，沈妩起得很晚，太后那边也没有传召她。倒是听说许衿一大早就过去伺候了，太后似乎被沈妩给弄得心灰意冷，终于算是理解了许衿的好处来了，留着许衿一直到用晚膳的时辰。

沈妩得知这个消息之后，也只是冷哼了一声，丝毫没有放在心底。没有太后的刁难，又少了皇上的间接性神经病发作，沈妩的日子过得可谓逍遥自在。因着没了外面的烦心事儿，对于锦颜殿她就关注了许多。

最近内殿兰卉调进来一个新的小宫女伺候，名唤坠儿，也只是偶尔负责端茶倒水罢了。不过沈妩瞧着这小宫女，脸面倒是长得极为俊俏，手脚也勤快，平日里不言不语，乖巧得很。

沈妩瞧着她有趣，便偶尔会逗她说几句话。方知这丫头的刺绣手艺极其精巧，只要针线到她手里，似乎就能将那花花鸟鸟绣活了一般。沈妩一高兴，便经常会拿些布料和针线给她，没事儿就让她绣着玩儿。

倒是有好几次，明音瞧见了，眉头会跟着蹙起。偶尔坠儿出去办事儿的时候，她会跟沈妩提意见："容华，这小丫头调进来不久，虽然是兰卉姑姑调的，您还是莫要让她做这么多的事儿。里衣这些贴身儿衣裳别让她做，省的到时候做出了毛病！"

因着沈妩做事儿，一向不避讳着明音和明语，所以她二人也都是尽力效忠于她。明音毕竟是在宫中待了许久，她是彻底怕了这些新进来的宫人。在后宫里，即使再好的以姐妹相称，也得留几分心眼儿，不怕贼偷就怕贼惦记！人心隔肚皮，谁知道这坠儿是不是外表乖巧心里却狠毒的腌臜货！

对于她好心的提醒，沈妩头一回没有说任何话，只是调皮地冲着她眨了眨眼睛，像是故意卖个关子一般。不过每当坠儿做出什么好看的东西之后，沈妩总是毫不吝啬地拿出来先给殿内的那些宫女内监观赏一番，再让明心收起来。

就这么过了悠闲的几日，太后的身子似乎好了些，又想着来折磨她们了。当晚就派人来传话。

"姝容华，太后说了，要您连夜赶制出香囊来，明儿早上送过去！"这回来传话的依然是春风，她的口气比先前更加不善，甚至有几分来势汹汹的意味。显然上回沈妩在寿康宫把太后折腾成那样儿，寿康宫里的几个姑姑、大宫女，此刻见到她，都恨不得直接弄死她泄愤。

沈妩正歪在榻上假寐，明语跪坐在床尾，轻轻地替她捶腿。春风的话说了好半晌，沈妩才轻轻"嗯"了一声算是应答。

春风又等了片刻，见沈妩再没有一句话出来，便咬了咬牙缓缓地退了出去。直到离开了锦颜殿，她才冲着地面吐了口唾沫，恨声道：“得意什么，马上就有你受的！”

春风又吐了两口唾沫，心里头才算是痛快了，便抬起衣袖一抹嘴唇，脸上恢复了平日里的严肃，迈着小碎步往寿康宫走去。

直到她的身影彻底消失了，一旁的柱子后面才冒出个人影儿。明语张大了嘴巴，一脸的难以置信，呆愣了半晌才道：“幸好容华让我跟出来，没想到春风姐竟是这般粗鄙，比乡村野妇还不如！”

她喃喃地念了几句，似乎才反应过来，不由得冲着春风离开的方向狠狠地吐了好几口唾沫：“呸，还说有我们容华受的！你全家才都是受呢！不对，才都有的受呢！呸呸呸！”

骂完之后，她又对着那方向吐了十几口唾沫，才算是过瘾。直到嘴巴干了，没口水可吐了，才乖乖地闭上嘴巴。她从怀里摸出锦帕细细地擦了擦嘴角的唾沫星子，顿时觉得心中大爽！嗯，方才比春风多吐了好多口水，帮容华报仇了！

这般一想，她脸上愤恨的神色又消失得一干二净，转而变得笑意荡漾，心满意足地转身走了。

过了片刻，有洒扫的小宫女过来，一瞧这地上一片半干的水迹，心里还直纳闷：今儿她还没洒水呢，哪来这么多的水迹？

沈妩躺在榻上，听着明语义愤填膺地讲述事情的经过，又说自己如何替沈妩报了仇。那唾沫星子又喷了出来，一旁的明音听了，都忍不住直皱眉头：死丫头，你能不丢人吗？只敢在人背后吐唾沫星子，有种你跟姝容华一样，往她脸上吐啊！

“做的真不错！”沈妩心里顿觉失笑，明语这丫头也着实好笑。

明语一听沈妩夸她，当场就觉得自己的人生价值得到了体现，便勉强动了动她那不大灵光的脑袋，忽然脸上便露出几分兴奋的神色，急声道：“容华，奴婢觉着太后这肯定是要刁难您，谁大半夜不睡觉给她做香囊啊？她肯定是嫉妒你年轻貌美，要用熬夜来折腾你！您别怕，都交给奴婢！奴婢的针线不差，明儿保准交给您一个漂亮的香囊！”

明语说到这里，不由得挺了挺她那略显平坦的胸脯，双眼冒着精光，一脸“你快夸我”的表情。

明音替沈妩揉捏的手，不由得停住了，连忙缩了回来。她生怕自己一个不慎，就把心底的无奈用手劲儿表现在沈妩的腿上。她对明语这种行为，已经惊诧到狂暴的状态了：呵呵，滚蛋好吗？稀罕你！

沈妩不由得笑了笑，竟是伸出手轻轻地捏了一下明语的侧脸，柔声道：“你不早说，本嫔已经把这任务交给坠儿了！”

她的话音刚落，犹如小狗伸舌头般等着夸奖的明语，立刻跨了一张脸。轻轻地“哦”了一声，便低下头去。

“去把兰卉叫过来，待会儿本嫔有其他更重要的事儿交给你去做！”沈妩不由得笑出了声，再次拍了拍她的脸，便挥手让她退下。

明语一听还有更重要的事儿，脸上的低落立刻又消散了，重新变得精神抖擞，一溜烟跑了出去。

明音看着她那小兔子一般的背影，不由得冷笑了一下，暗自想道：容华，您又想着作死吗？明语都这智商了，还能交什么任务给她？唉，透过明语的智商，她就依稀能看到自己的未来。姝容华堪忧，整个锦颜殿堪忧啊！

待兰卉进来之后，沈妩脸上的表情就恢复了往日的冷傲，她把玩着手上戴的金镯子，低声问了一句：“坠儿那丫头是怎么入了姑姑的眼的？”

兰卉听她这第一句，似乎就有些不对劲，心里便计较起来，回答上也带着几分谨慎小心。

“可是坠儿那丫头犯了什么错儿，惹得容华不高兴了？”兰卉试探着问了一句，脸上的神色却依然处变不惊。

沈妩盯着她瞧了片刻，脸上露出了几分笑意，方才僵硬的神色一点点褪去，像是大雪忽然化掉了一般。

“怎么会，本嫔瞧着她乖巧得很，这回又替本嫔做香囊。想着如何赏赐她才好呢！”沈妩轻轻摆了摆手，声音也跟着变得柔和起来。

兰卉明显是松了一口气，脸上也跟着带了几分笑意，低声道：“容华这般说，奴婢们可都要惶恐了。替主子分忧，原本便是奴婢们的分内之事。坠儿这丫头其实是张成推荐给奴婢的，奴婢瞧着她乖巧听话，正好锦颜殿里缺个人儿，就让她进来做事儿了。您若是觉得好就成！”

沈妩轻笑着点了点头，又闲扯了两句，便让她离开了。待兰卉的身影彻底消失在殿外，沈妩脸上的神色却是整个阴冷了起来。

“这宫里是该好好拾掇拾掇了！”沈妩依然把玩着手腕上镯子，红唇轻启，却是吐出了一句幽冷至极的话语。

面对沈妩这样直白的话语，跪坐在床尾的明音，依然脸色平静地替她捶腿，心里却是猛地一惊。从平日里沈妩整治其他妃嫔和太后的狠辣手段，就可以窥见姝容华的厉害之处。更何况这整个锦颜殿，都是隶属于她的，一帮低等的奴才罢了！她既然已经如此说了，那么接下来肯定有一场暴风骤雨要来临。

想到这里，明音不由得轻舒了一口气。还好她的后台是皇上，姝容华再怎么样也不会动她和明语。原来，跟着神经病的主子还有这种好处，至少跟疯狗似的，谁都咬不过他！

沈妩那紧皱的眉头就没有松开过，她慢慢曲起一只胳膊，轻轻地撑着侧脸，冷声对着她俩道："明音，你和明心二人将方才本嫔和坠儿的对话再重现一遍！"

明音和一直候在床头的明心对视了一眼，便都往前走了几步，站在沈妩的对面。沈妩是在吩咐明语跟着春风之后召见的坠儿，其实两人的对话就只有几句，明音和明心稍微回想了一下，便开始了。

"奴婢见过姝容华！"明音扮演的是坠儿，她从坠儿进门时的行礼开始说起。

"起吧，太后吩咐本嫔做的那个香囊，时间紧迫，本嫔想要交给你来做！"明心学起沈妩那不冷不热的语调，倒是有五分相像。

明音不由得看了她一眼，低声道："奴婢自当竭尽全力，明儿早上一定给容华一个满意的香囊！"

"香囊里你准备用什么花？"明心沉吟了一下，轻声问道。

明音看着她，脸上闪过几分诧异的神色。要不要把姝容华那副欠揍的冷淡样，表现得这般活灵活现啊！

"奴婢觉得用杜鹃比较好！"明音低声说了一句。

接着便是长久的沉默，明音低着头不说话，的确，当时沈妩也是干晾着坠儿一会儿。果然，过了片刻，明心才接着道："杜鹃也分好多种，你要哪种，到时候去要吧！"

明音二人一句句复述的时候，沈妩就歪在榻上，眼睛轻轻眯起，脸上闪过几分厉芒。终于她挥了挥手，让明音二人停了下来。

"明心带着明语去悄悄偷几朵坠儿用的花来，明音负责哄住坠儿，别让她察觉到！"沈妩紧皱着眉头思索了片刻，才轻声吩咐道。

明音二人不由得对视了一眼，还是明语大着胆子开口问道："主子怀疑坠儿会在香囊里动手？冲着太后去？"

沈妩轻轻勾了勾嘴角，脸上露出几分讥诮的笑意，冷声道："本嫔刚看中一个刺绣功夫好的宫女，太后那边便强人所难让做香囊，分明就是让我找旁人替我做！也太过于巧合了。可惜了坠儿的手艺，本嫔是真的准备用她的，日后替本嫔多做些小玩意儿哄着皇上。只是若她真的被我料中了，那就只能等去地下哄阎王爷了！"

沈妩说完之后，竟是轻轻笑开了，红唇慢慢地勾起，眼角眉梢都带着笑意。其实这些都可以成为巧合让人忽视，主要让她产生提防心理的还是太后。太后是位怕死的主儿，前世她对沈妩极其苛刻，生怕沈妩怀恨在心，想法子弄死她。所以太后曾主动和沈妩说过，若是要送礼到寿康宫，除了金银珠宝，吃食香包一概不收！

这一回太后却主动要香囊，她难道不怕沈妩直接想法子毒死她！

坠儿所用的杜鹃花很快就拿到手了，是黄色的。沈妩手拿着那几朵花，脸上露出了几分淡笑。

"主子，可是有什么问题？"明语站在一旁，脸上露出几分好奇的神色。她偷到手之后，也只是觉得这杜鹃花香的很，并没有察觉出有别的问题。

“坠儿只用了这一种？”沈妩轻声问了一句。

明心也跟在一旁瞧着，听了她的问话便连忙答道：“是，奴婢瞧了，只这一个颜色的！”

“本嫔记得御膳房里为了挡老鼠，养了一只猫，把那只猫也抱来。”沈妩轻轻蹙起眉头，脸上的神色带着几分不耐。

明语连忙应承了下来，在答应沈妩是悄悄抱来之后，便一溜烟跑走了。而留下来的明心也被吩咐了其他任务。

明音好容易才骗着坠儿离开了屋子，让那两人偷走几朵花，此刻坠儿又回去守着针线，开始准备做香囊了。明音轻轻地松了一口气，刚出了坠儿的屋子，肩膀就被人猛地拍了一巴掌。

“干吗，你想吓死我吗？不知道最近我做多了亏心事儿，就怕你这种女鬼纠缠吗？”明音一回头瞧见是她，直接就甩了一个白眼过去。

坠儿那死丫头，平日里对着姝容华，装得跟条狗似的听话。遇上她们，却摆出个死人脸，老子不爱搭理你啊！

明心猜出她是在迁怒，不由得露出几分讨好的笑意，低声道：“你别气啊，容华又吩咐事儿来了，你还得再支开她一阵儿。”

明音一听说还要去应付坠儿，那双杏眸就立刻圆瞪了起来。她忽然想拿着一把剑指向明心，毫不客气地抵住她的咽喉，然后大义凛然地说一句：你他妈逗我！

明心当然无法猜透明音心中所想，不过看着明音脸上那副难以置信的表情，也知道她心中定是不痛快的。便抬起手轻轻拍上她的肩膀，低声道：“若是真的被容华猜中了，这个坠儿不是好的，到时候惩治她的时候，我求容华给她留口气，让你亲自动手解恨！”

明心好言好语地哄着，显然她的提议得到了明音的强烈赞同。明音冷哼了一声，便提起裙摆重新走进了院子。

明心就躲在一旁，她紧紧地攥着手里的锦袋，手心里渐渐冒出一层冷汗。

过了好一会儿，明音才拉着坠儿出来。两人走路的姿势极其怪异，显然是坠儿有些不大愿意，被明音半拉半拖着出了屋子。

“快出来走走，晚上绣花太久对眼神儿不好。”明音一边拉着她往外走，一边轻声说道，脸上露出一副焦急的神色。

坠儿显然是极其不愿的，直接甩了她的手，便要往回走。明音一把拉住她的衣袖，脸上忽然露出一副悲伤的表情。

“坠儿，其实我是把你当成亲妹妹看的，我当初有个处得好的姐姐，她也是绣活好。结果因为巴结主子，刺绣了太久，眼睛活活弄瞎了！你也不想为了一个小香囊，把你这双漂亮的眼睛弄瞎吧？”明音的话音刚落，眼眶便红了。情感至深的模样，实在是惹人垂怜。

坠儿似乎被她说动了，便跟着她走了。明心便四处看了看，见没有别的人，便连忙小跑了进去。她很快出来了，怀里还揣着一个锦袋，脸上却已经换上了轻松十足的表情。

她一直在一旁等着明音回来，眼瞧着坠儿走进屋子里，她才走到明音身旁。

“你原来真有个姐姐因为绣活弄瞎了眼？”明心轻声问了一句，脸上带着几分担忧的神色。

“呵呵，的确是有一个曾被我叫作姐姐的！当时还在龙乾宫服侍，那位姐姐尽会欺负我和明语，然后我便使计让她绣的那些眉目传情的东西到了皇上面前。”明音的脸上露出几分恬淡的笑意，目光也变得悠远，像是在回忆很久以前的事情一般。

明心听得她这般说，不由得咽了口口水。脸上的神色从方才的担忧变成了几分探究，便紧跟着问了一句：“然后呢？”

明音下意识地偏过头看向她，脸上的笑意带着几分扭曲的诡异，却又透着一股子得意，在灯笼的照射下，显得极为阴森，她往明心的耳边凑了凑，故意压低了声音道：“然后皇上雷霆大怒，让人把她拖下去了，眼睛自是要不得的。”

明心一脸惊悚的表情看向她，明音却还不自知，依然是一副自得满满的表情。瞧，有个神经病主子多好，当枪使的时候，那叫一个酣畅淋漓。怎一个爽字了得！

明心暗自在心底将以前对明音的印象悄悄换掉了，什么守礼懂规矩，聪慧过人，通通都改成了：此人高危，请勿靠近！

两人各怀心思回了前殿，刚进去就瞧见明语一身泥泞地瘫软在地上。脚边有一条死猫，嘴外露出几片黄色的花瓣。明心二人也皆是一愣，心里“咯噔”了一下，便明白了几分。

沈妩依然躺在榻上，手里拿着一个玉扳指玩着，脸上的表情有些阴沉。

“主子，猫死了。御膳房的人若知道是奴婢偷来的，非得弄死奴婢不可！”明语憋了半晌，忽然往前跪爬了一步，双手在猫的尸体上来回摇晃着，一副不知所措的模样。

“去去去，赶紧收拾了。没看主子正烦恼着吗？你随便往没人的地方一扔。”明音轻轻抬脚踢了踢明语的小腿，嘴里带着几分不耐，低声说了几句。

明语一听她这么说，也不敢在沈妩面前哭诉，免得惹来主子的迁怒。便从殿外拿来一个食盒，偏生又不敢碰那只猫，上蹿下跳了一会儿，才在明音的怒视之下，委屈地将猫小心放了进去。

“把衣裳换一身，你怎么跟傻姑似的，刚从猪圈里爬出来吗？”明音瞧她一副冒冒失失的样子，生怕被人抓到，连忙跟在身后叮嘱了一句。

023 栽赃陷害

第二日一早，沈妩起得比平时请安的时辰要晚。兰卉带着一众宫女早就等候多时了，衣裳、首饰、面盆等一一呈了上来。

沈妩轻轻一偏头，便瞧见让她挑选的衣裳，全部是惹眼亮丽的，那种素淡的颜色几乎从来没在她眼前出现过。她显然很满意这种改变，随手指了一件蝶戏水仙裙衫。明语正站在她身后，手里拿着桃木梳，替她梳理满头的青丝。

就在这时候，坠儿也带着缝制好的香囊走了进来。沈妩自然是一阵毫不吝啬的夸奖，香囊上面用金线绣了一个“寿”字，简单大方，又夺人眼球。

“绣得好！待会儿本嫔就让兰卉赏你，还有推荐你进来伺候的张成，也一并有赏！”沈妩爱不释手地拿着香囊，满脸都是欢喜的神色。

坠儿只低着头，低声应承着，并没有多说话。只是眼神里却闪过几分阴冷。

沈妩一如既往地显摆了一下这个香囊，让每一个宫女都仔细瞧了瞧，才拿着香囊前去寿康宫。

这一耽搁，沈妩到的时候，自然还是最晚的一个。经过几日的休养，太后的神色已经好了不少。不过沈妩进门的时候，她的脸上还是难以抑制地闪过几分戾气，显然心头对于她是恨极了的。

“姝容华果然还是最晚一个到，真不怕传出去。这明明是来侍疾的，却总这般姗姗来迟，也不怕被人笑话！”太后虽然极力忍着不发火，不过这说出来的话，还是带着几分恼意，让人知道她的火气没消。

沈妩听了她的话，先是微微愣了一下，转而像是听到了什么好笑的事情一般，竟是毫不掩饰地笑出声来。声音清脆如银铃，只是传到内殿的几个人耳朵里，极其刺耳并且令人厌恶。

“太后这般话才是个笑话呢！”沈妧从怀里摸出锦帕，轻轻捂住嘴角，把小家碧玉那种娇羞的神态，拿捏得恰到好处。

殿内一下子陷入了诡异的寂静之中，所有的人都瞧向沈妧，脸上的神色皆是一片僵硬。姝容华，你就作吧！看到时候作不死你！

敢当众说太后说的话就是个笑话的人，沈妧绝对是第一个。就连皇上都从来没有这般大逆不道过！

“嘴长在旁人身上，她若是硬要说谁是个笑话，即使那人天仙转世，也改变不了旁人的想法。就好比若是有人存了害嫔妾的心思，嫔妾也不能立刻让她没了那心思。即使是条咬人的狗，也得慢慢教，才能改变原先的坏毛病！”沈妧见仇恨拉得差不多了，便慢慢地收了手中的帕子，冷着脸轻轻扬高了声音说道。

她的下巴微微抬起，眼角有些上挑，那股子欠抽的桀骜不驯劲儿又上来了。

再加上她所说的话，让殿内大半的人都有些心虚，便无人开口反驳她。硬是由着她，把后宫大半的人给骂了一通。

太后不想再听她说废话了，跟沈妧说话，简直就是要被气死的节奏。

一旁的许嬷嬷得了太后的眼色，便亲自端着玉盘走到沈妧跟前，柔声道：“姝容华，其他两位容华的香囊已经都在这儿了，您的呢？”

沈妧轻抿着红唇，冲着许嬷嬷柔柔地一笑，便从衣袖里拿出香囊，丢进了那个玉盘里。

“好了，太后，三个香囊都齐了。蓝色的是远容华绣的，绿色的是瑾容华绣的，这最右边这个嫩黄色的是姝容华的。”许嬷嬷端着玉盘慢慢走到太后面前，特地将她们三个所绣的香囊，一一说清楚了。

太后轻轻瞥了一眼，便不再看，慢慢地点了点头，似乎还比较满意。

“哀家乏了，你们既完成了，就先退下吧。待哀家日后缺这些小玩意儿，再让你们做几个来！”东西到手之后，显然太后不欲再与她们纠缠，特别是她现在一瞧见沈妧那张娇俏的脸，脑仁就突突地跳着疼，便让她们退下。

沈妧也乐得清闲，她也不愿意看见太后那张老脸。悠然地坐着轿辇回了锦颜殿，特地从御膳房里叫了些吃的回来，只等着看太后如何发难。

果然快到了傍晚，寿康宫那边就传来了消息。太后忽然呕吐不止，并且浑身痉挛抽搐，像是病危的模样，连皇上都惊动了。

太后那边一口咬定，没有吃错任何东西，也没有乱碰什么，唯一放在太后枕边的就是三位容华绣制的香囊。

沈妧她们三人自是被请过去了，太后躺在床上低微地呻吟着，那断断续续的声音，仿佛随时要断气了一般。

身着黑色龙袍的男人就坐在前殿的椅子上，脸上的神色十分阴沉。沈妩她们三人鱼贯而入，规矩地行礼参拜，每个人都轻轻低着头，脸上的神色十分平静。

齐钰的心底早就不耐烦了，一个爱作死就罢了，偏偏四个都爱作死的人凑到一处，就非要搞出些幺蛾子来。太后要她们三人绣香囊的事儿，齐钰自也是有耳闻的，甚至于沈妩那边发生的一系列明音和明语所参与的事情，他都知晓得一清二楚。

呵呵，众人都请他过来，准备当枪使。今儿要是不毒死一个或者不冤枉死一个，他一定牢记在心。日后他亲自设计毒死一个，再冤枉死一个！别拿皇帝不当人看！

穆姑姑带着春风先出来了，皇上拿手撑着下巴，冷声问道："母后怎么样了？可有大碍？"

那两人一听皇上这么问，立刻膝盖一软，"扑通"一声就跪倒在地。

"求皇上做主啊！那三个香囊已经被剪开，太医一瞧姝容华香囊里的花瓣，便直呼有毒。"穆姑姑跪着爬行到皇上的脚边，不停地大力磕着头。前额使劲儿地碰在地面上，发出"砰"的声响，带着几分沉闷。

齐钰努力忍住要抬脚踢她的冲动，心里有如百爪挠心般难受。没办法，以前踢习惯了，好想踢人啊！他一低头，便能瞧见穆姑姑面露悲色，眼眶泛红眼泪也跟着流了下来，甚至哭得声嘶力竭。他如果这一脚踢下去，是不是不孝的罪名就扣在他头上了？最重要的是，还帮了沈妩？不行，一定不能便宜了那女人。

他这么想的时候，一旁的春风瞧着皇上没生气，她也跟着胆子大了起来，跪行到皇上的脚边，竟是轻轻地扯着他的龙袍衣摆，低声求着皇上做主。

这回齐钰没忍住，他猛地站起来，顺脚就踢了过去。春风这一嗓子还没号开，便已经被男人踢着坐到了地上。

殿内原本等着看沈妩倒霉的人，被皇上这一脚，弄得也有些纳闷了。

一片死寂，男人快步往前走了几步，恰好对上了沈妩探究的视线，他便毫不客气地瞪了过去。

殿内至少三人的心声是相同的：脚真贱！

"姝容华，你有何解释？"男人轻咳了一声，一直盯着沈妩瞧，脸上的神色暗沉如锅底。

"不知穆姑姑所说的太医瞧见那花，就直呼有毒，后来是否有仔细查验过？"沈妩的脸上丝毫没有慌张的神色，相反还十分平静地问了一句。

一旁的许衿早就开始观察她的神色，此刻见沈妩非但不惊慌，相反还像是料中了一般，心里头不由得就失了几分笃定。手心里也渐渐冒出了一层冷汗。

斐安茹虽不了解全部过程，不过听着穆姑姑方才的话，便知道这是故意为之，就为了要扳倒沈妩。

穆姑姑哪里料到沈妩会是这么个镇定的反应，一时倒有些语塞。

“太医并没有仔细查验，显然是被某些人的话语给误导了。一开始便以为那三个香囊里定是有毒的香囊混在里头，然后若是有人巧妙地牵引着他们的思维走，太医也容易受到干扰的。”沈妩说得煞有介事，脸上甚至还带了几分笃定的笑意，就像是当场观摩了一般，甚至开始有理有据地分析起来。

顿时整个大殿的人都看向她，沈妩还没拿出证据来洗白自己，就先把寿康宫这边的人，从受害者变成了诬陷者。

穆姑姑微微愣了一下，勉强镇定了下来，冷声质问道：“姝容华是在推脱吗？直接开始胡言乱语，还恶人先告状了！”

沈妩轻哼了一声，脸上的神色也直接变得阴冷了下来，冷声开口道：“先告状的是穆姑姑你吧？还请问姑姑一声，太医究竟是怎么说的？”

“杜鹃花分不同颜色，红色的多有止咳祛痰平喘的功效，但是姝容华并没有用红色的杜鹃花。而是选择了有毒的黄花杜鹃，这可是太医特地指出的，黄花杜鹃有毒，那是千真万确的！姝容华还是看看您香囊里头的东西吧！”穆姑姑恨声将先前就知道的药理背了出来，伴随着最后一句话的落下，她猛地扬起手，将沈妩先前呈上的嫩黄色香囊扔了过来。

香囊的前端被剪了一条细长的口子，经过穆姑姑这么猛地一扔，里头黄色的花瓣落出来不少，零零散散地落在了地上，众人的眼光看过去，表情各异。

沈妩脸上的神色惊诧了一下，显然对于穆姑姑的话，有些难以置信。有几个一直盯着她瞧的人，看见这种表情，心底便有了较量。特别是许衿，脸上的神色才终于缓了些，这才是沈妩该有的表情。

“原来黄花杜鹃是有毒的啊？当初嫔妾想用来着，不过后来还好没用！”沈妩脸上惊诧的神色稍微收敛了一些，她边说边抬起手拍了拍胸脯，脸上露出几分万幸的神色。

她的声音不高不低，刚好够殿内的人听清楚。穆姑姑听得她这番话，不由得冷笑了几声。

“姝容华这话说得好笑，这香囊里分明就是黄色的杜鹃花，怎么说您没用此物呢？难不成是睁眼说瞎话？”穆姑姑一时情急，嘴里说出来的话就有些没遮拦，口气也比较讽刺。

沈妩轻挑着眼角看过去，脸上带着几分似笑非笑的神色，不咸不淡地看着她。殿内陷入了一片安静之中，不少人都把目光投向沈妩。

“这里头的确是杜鹃花，至于是不是黄色的，还请各位瞧清楚之后再做评断！”沈妩慢慢地冷下了一张脸，她轻轻挥了挥手，早就准备妥当的明音和明心二人，便带着几个小宫女，端着铜盆等走了进来。

沈妩慢慢俯下身，捡起脚边的香囊，从里面抓出一小把花瓣来。

“这是穆姑姑所说的有毒黄花杜鹃，现在我把这些花瓣丢进这盆里。”她一边说一边扬开掌心，那些花瓣便都落进了盆里。

众人的目光下意识地投射过去，铜盆里盛放的并不是清水，而是一种略显黄色的油状液体，只见那些花瓣有些漂浮在水面，有些已经沉到了水底。伴随着时间的慢慢流逝，液体里渐渐有了变化。那些花瓣的周围渐渐涌出黄色，似乎自身在褪色一般。

看到这种情况之后，众人的注意力更加集中了。齐钰冷眼瞧着那铜盆里的变化，嘴角勾出一个清冷的笑意。直到有的花瓣上，那些黄色彻底消散得干净，露出了原本的赤红色。

不少人深吸了一口气，脸上的诧异丝毫不掩饰。许衿更是一脸呆愣，她定定地看向那一盆逐渐变黄的液体，里头漂漂浮浮的红色花瓣，显得极为扎眼。

她下意识地看了沈妩一眼，沈妩也恰好看向她。四目相对，沈妩眼中的得意和轻蔑，丝毫不掩饰地传达给了许衿。

“这原本便是红花杜鹃，因为想和香囊外头这颜色配在一起，嫔妾便特地让丫头把花瓣染了色。我沈妩原本便只是一介庶女，对于药理又不是很喜欢，所以并没有某些嫡姑娘主子那般见识广博。黄花红花杜鹃，在嫔妾眼里是一样的。不过对于奴才的咄咄相逼，甚至连睁眼说瞎话这种都能冲着本嫔叫骂出来。嫔妾实在咽不下这口气，一切还请皇上定夺！”沈妩慢条斯理地说出前半段话，但是到了后面的，却是猛然地抬起头，目光锐利地看向穆姑姑。

穆姑姑被她这么忽然地盯着瞧，不由得后退了一步。沈妩根本就没有顾及穆姑姑究竟是谁的人，在这后宫又浸淫了多久。此刻她只想着要将心中这口恶气撒出。

俗话说得好，打狗还要看主人，不过沈妩连这主人都没怎么放在心上。

沈妩这一番义愤填膺的话说出来之后，大殿内再次陷入了一片寂静之中。齐钰已经坐回了椅子上，他抬起手慢慢地摩挲着下巴，听得沈妩这一番话之后，脸上露出了几分冷笑。姝容华，当真好手段！

“春风，你进去瞧瞧，问问太医，母后究竟是怎么了？”男人沉吟了片刻，才冷声开口。

春风也不敢停留，连忙闪身进了内室。大殿里的气氛还是紧绷绷的，显然沈妩这招，算是狠狠地打在了太后脸上。寿康宫上下一口咬定是姝容华的罪过，结果却被她逃脱了，现在既然不是这黄花杜鹃的毒，皇上又要查出太后究竟怎么了。端看太后如何交代她这又吐又抽搐的毛病了。

“穆姑姑，你看，朕的爱嫔都觉得你以下犯上，侮辱了她。你最懂宫规了，还不快给姝容华赔罪！”男人轻轻扬起下巴，脸上的神色带着几分不耐。

特地把他找过来，没想到就让他看这一出戏。戏虽好，无奈从开头就被人识破。结尾就被旁人牵引到了另一个方向，太后这次完败。

“奴婢该死，还请姝容华大人有大量，放过奴婢这一回吧！”穆姑姑心里虽不情愿，却也知道沈妩的脾性，便肃着一张脸，放低了姿态行了一礼。

沈妩冷哼了一声，她轻轻扫了一眼坐在主位上的皇上。男人的目光恰好也对着她，里面带着几分兴味和戏谑。

沈妩轻轻地偏过头去看向穆姑姑，脸上的神色渐冷，她的目光一直停留在穆姑姑的脸上，然后轻声地开口道：“穆姑姑，你知道什么是无妄之灾吗？就好比方才你拿着香囊丢过来的时候，本嫔不是什么大人，只是一个正四品的容华，皇上和太后才是大人呢，就更谈不上什么大量。根据宫规，以下犯上，你应该知道责罚，去领罚吧！”

沈妩毫不客气地扔下这句话，殿内不少人都吃了一惊。就连穆姑姑都怔住了，她没想到沈妩真的会这么不给脸。

就在这时，坐在主位上的男人忽然就朗声笑了出来，尾调里带着丝毫不遮掩的愉悦。众人都下意识地看过去，皇上轻轻扬起下巴，就这么看向沈妩，然后伸出食指朝着她的方向轻轻指了一下，低声道：“朕中意你！”

因着皇上的这句话，穆姑姑想要反抗的心思彻底没了，她冲着沈妩轻轻行了一礼，便低着头走了出去。

内室里，春风磨叽了许久才出来，她眼神一扫，却没有看见穆姑姑的身影，不由得一慌。

“太医怎么说？”还不待她琢磨透，皇上清冷的声音已经传了过来。

“太后说让三位容华散了吧，请皇上您进内室说话。”春风连忙收敛心神，低眉顺目地说了这么一句。

皇上脸上的笑意不减，直接走进了内殿。春风依然守在外头，已经有三个小宫女走上前来，显然是要送沈妩她们出去。

沈妩轻挑着眉头看过去，脸上阴郁的神色十分明显。她这心里头的火气还不知道往哪里撒呢，竟然就要她离开？太后这如意算盘打得也忒好了！只不过处置了一个穆姑姑而已，说不准那边行刑的人会碍着太后的面子，私自减刑。

“还请三位容华先行离去。”春风见她们三人都站在原地没有动静，便轻轻俯下身，低声提醒了一句。

沈妩不好再多留，神色阴郁地走了出去。她在心底暗自咬了咬牙，这一次她算是记住了！

皇上进去内室的时候，太后真的在呕吐，即使室内已经点起了熏香，但还是有一股子难闻的味道萦绕鼻尖。他的脚步就停在门口，英气的眉头立刻皱了起来。他好想甩手走人!

“太医给朕滚出来！”男人今晚上被强迫拉出来看戏的烦躁心情，终于还是爆发了，他的咆哮声传遍了整个内殿。

最终两个太医连忙从内室小跑了出来，脸上的神色都带着几分惶恐和为难。

“启禀皇上，臣初步诊断，太后她还是受了风寒，吃食上也不规律，才导致的病情加重。”两个太医跪倒在齐钰的脚边，其中一个年纪大一些的先开了口，语气十分小心翼翼，生怕再次惹恼了皇上。

齐钰不由得冷哼了一声，脸上的表情越发深沉，他指着那个太医的鼻子骂道：“放屁！方才不是还断言是中毒吗？这会子又变了说法，该你们仔细查的时候，究竟都干什么吃的！朕就养了你们这帮废物么！革职查办！一个两个都老眼昏花了，认错了主子不成？”

皇上不留情面的呵斥，掷地有声，让周围的宫人都跟着震了一下。太后如今躺在床上，吐得七荤八素，自然是没工夫制止皇上的迁怒。

“还有这寿康宫，上上下下这么多奴才，竟连太后都伺候不好。风寒入体？吃食有问题？这种低等错误也能犯，母后养着你们是吃粪的吗？全宫上下的奴才，分批领罚去，谁都不准缺！行刑的宫人若是哪个敢手软放水，朕绝不轻饶！”皇上的脸上露出几分冷笑，他的眸光一一从殿内宫人的脸上划过，待看到他们皆露出几分惊慌失措时，他那暴躁的心情才稍微缓和了些。

这寿康宫，他也不欲久待，转身准备离开的时候，便瞧见穆姑姑被一个小宫女扶着走了进来。一瘸一拐的模样好不可怜。

齐钰站在殿门处停了下来，脸上露出几分似笑非笑的神色，显然在等穆姑姑的到来。

“以下犯上，这打的板子应该不少啊，姑姑还能走着回来，看样子行刑的人当真是手软心善。不把主子的话放在眼里，朕方才规定了寿康宫上下都要受罚，穆姑姑还要第二次受罚，到时候别忘记叮嘱行刑的人下手重点儿，否则朕可是会不高兴的！”皇上眼瞧着她走近，嘴里嘲讽的话就没停下，最后两句刻意抬高了声音，带着浓浓的警告意味。

穆姑姑自是不敢怠慢，她挥开那个小宫女的手，一点点地弯下身体，慢慢地跪倒在皇上的面前，行了个大礼。男人瞧见她如此的低姿态，冷哼了一声，便跨着大步走了出去。

寿康宫上下受了罚，这个消息的确够耸人听闻的，一下子便传到了各宫主子的耳朵里。立刻各自就开始打探消息，太后对付姝容华失利这种事儿自然是瞒不住的。

此刻的太后躺在绣床上，脸上的神色十分苍白，她已经吐了不少。本该离去的许衿，去而复返，手里拿着条浸湿的锦帕，正替太后擦着额角的汗珠。

太后已经吐得快要脱水了，她看着许衿那张近在眼前的脸，心里的火气更加上涌，可惜她已经没有力气再对许衿怎么样了。

这计谋是许衿出的，太后为了能扳倒沈妩，也听信了她的话，头回那般狠下心对待自己的身体，竟是吃了催吐的药。原本许嬷嬷、穆姑姑和春风三人知道后，都不同意她如此一意孤行，太不拿身体当一回事儿了。可是她心底又着实恨极了沈妩，拿碗往她脸上糊这种血海深仇，如何不报！

她一狠心喝下那碗药，哪知就吐成这样，简直不成人形了！现在冷静下来想想，她得有多蠢，完全就被仇恨和许衿的花言巧语蒙蔽了双眼。太医院只有那么一两位太医能够听候她的差遣，若是皇上真的愿意替沈妩翻盘，把杜院判找过来，再厉害的催吐药，到他面前都无所遁形。

冲着方才皇上处罚寿康宫的态度，便可以预见，若是当时沈妩不能自救，皇上定是要替沈妩出头的！

许衿始终低着头，此刻的她有如惊弓之鸟一般。她知道太后有多愤怒，这种伤敌一千自损八百的法子，的确是亏损，最终的结果还是敌人毫发无伤，自己被打落了牙齿混着血咽下去。简直就是得不偿失！

原本便想着，让沈妩呈上来的那个香囊里，出现有毒的杜鹃花，太后这里的呕吐逼真，皇上到时候也没法子，再加上太后和沈妩一向有嫌隙，沈妩自然是翻不了盘。

完全没想到这位姝容华，竟是脱离得这么干净，最后坏人还成了太后，在旁人眼里简直就是自作自受！究竟是哪里出了错！

还是青天白日，天气晴朗，可惜寿康宫一半的宫人去领了罚，此刻都躺回下人屋子里，奄奄一息地趴在床上直呻吟。心里暗骂道：这回行刑的人下手忒狠，像是跟他们之间有杀父之仇一般。

哼唧完了之后，心里头就琢磨开了，都说大树背后好乘凉。这后宫里没有皇后，太后的地位自然是无与伦比。之前也的确是这样，众妃嫔一直围绕着太后转。可是这种情况，从姝容华来了之后，就彻底逆转了。

一个正四品容华而已，却接二连三让太后当众没脸！后宫里其他观望的妃嫔，心里更是惴惴不安，原本对沈妩恨得咬牙切齿的瑞、丽妃二人，就不敢轻举妄动了。

锦颜殿大门紧闭，外头候着五六个太监守门。殿内的气氛十分阴沉，沈妩坐在主位上，底下跪着坠儿。锦颜殿只要不当职或者有闲暇的宫人，都被招了过来。

“坠儿，你可有话要向本嫔坦白？”沈妩左手的食指和拇指，一直转着右手中指上戴的戒指，声音很冷，语调也压得有些低。

坠儿跪在大殿中央，身形显得极其瘦小，此刻听到了沈妩的质问，却并没有露出惶恐的神色。

相反她很镇定地抬起头，脸上的神色十分平静，低声道："奴婢不知容华何意，也并无什么话要向容华坦白。"

在一旁围观的宫人，对于沈妩今日在寿康宫所受的刁难，也略知一二。这香囊是坠儿替姝容华绣的，锦颜殿里有不少宫人皆知道，姝容华并没有想要瞒着他们。此刻出了这种事儿，有些聪明点儿的宫人，里头的弯弯绕绕，已经猜对了七八分。

"还真是嘴硬啊！有骨气！"沈妩轻哼了一声，脸上嘲讽的笑意丝毫没有遮掩。忽然她冷下脸来，轻轻挥了挥手，冷声道，"明音，给本嫔扇她，狠狠地扇！"

沈妩的话音刚落，明音心里就为之一振。姝容华，就知道跟着你有肉吃，有人打！

明音大步往前跨了两步，一下子冲到了坠儿的面前，扬起手就甩了一巴掌过去。这和当初掌掴妍嫔的时候，感觉完全不同。当时毕竟只有五巴掌的机会，这一回可是看她的心情了。

明音根本没客气，以来回两次四个巴掌为一个节拍，停顿了一下再继续，接连甩了十二个巴掌过去。她才停了手，慢慢地退到一边。

坠儿那光滑的小脸，立刻便肿得老高，嘴角也慢慢渗出了血丝。由于生理性的疼痛，即使一开始准备硬生生受着，此刻也飙出了泪来。

有几个离得近的宫人，都瞧见了坠儿这副惨状，不由得心里一抽。下意识地就看向明音，明音的脸上并没有严肃或者低沉的神色，相反面色红润，嘴角上扬，显然一副很开心的模样。

那几个宫人不由得咽了咽口水，心里暗自琢磨开了，把明音的地位直接提升到"危险物品，请勿靠近"的级别。明语在一旁瞧着，心里头直痒痒，她也好想去打人，平日里在龙乾宫，只有被扇的份儿。

"现在可有话对本嫔讲？"沈妩停顿了片刻，脸上的表情缓和了些，显然对于坠儿被打成这副模样，心里头也比较舒坦。

坠儿慢慢地动了动脸颊，立刻火辣辣的疼痛感便清晰了起来。她低着头，还是低声说道："奴婢不知容华何意。"

沈妩脸上的神色不变，再次挥了挥手，明音又往前走了几步，接着抬起手来甩耳光。

这回她使足了力气，头一巴掌就把坠儿的整个脑袋扇得跟着扭了过去，由于动作幅度太大，坠儿头上的一支绢花都直接飞了出去，摔到了地上滑了一段距离，停在一个小宫女的脚下。

那个小宫女直接被吓得腿一软，便跪倒在地上了。

明音的眼睛都不眨一下，手上的动作丝毫不受影响。“啪啪啪”的巴掌声在殿内响起，就连候在一旁的明心，这心里都直发毛：多大仇啊！下这么重的手，而且明音脸上的表情，完全是一副享受的模样啊！不愧是从皇上身边苟延残喘活下来的，变态手下无正常人！

等明音扇到手发软为止，她才长长地吐了一口气，退到一边站好。别说，扇人是件力气活儿！膀子发酸手掌疼，下回直接拿根簪子戳旁人的脸，来得要快些，还具有威慑力！

坠儿已经被扇得瘫软在地上了，她匍匐着，终于还是熬不住了，眼泪早就夺眶而出，头发散乱。脸上的红肿更是惨不忍睹，这是被明音活活扇成这样的。

“容华饶了奴婢吧，奴婢这就说。是张成让奴婢做的，奴婢也只是被冤枉的，求——”坠儿的语气有些迫切，偏生脸被扇成那样，说话也就不利索了，哆哆嗦嗦的模样，好不可怜。

沈妩忽然拿起小桌上的茶盏，直接往大殿中央摔过去。那精致的青花瓷茶盏，就在坠儿跪的侧前方碎成了渣。甚至有几个细小的碎片，都溅到了她的裙衫上。坠儿未说完的话，就这样生生地憋在了嗓子眼儿里。

“不必了。本嫔让你说，你偏要端着架子不说。到现在你想说了，本嫔却不想听了。本嫔给过你机会，要怪就怪你自己太作！”沈妩轻轻抬手撩了一下发髻，脸上露出几分冷笑，语调波澜不惊，但是话语里的警告意味十足。

坠儿有些呆愣地匍匐在地上，她到现在脑袋还有些发懵，只是当她反应过来的时候，两条胳膊已经被人架起。有两个粗使宫女走上前来，直接拉起她往外拖。

“姝容华，奴婢知错了！”坠儿断断续续的求饶声从外传来，殿内围观的宫人，都心惊胆寒了一把。

可惜坐在上位的沈妩，却是连眼皮都不抬一下，手里重新拿着茶盏悠然地吹着热气。

“奴才该死，奴才识错了人，才把她推荐给兰卉，险些误了主子的大事儿！”张成也是反应机敏之人，连忙跪了下来，扬高了声音求饶。

沈妩轻哼了一声，慢慢地放下了手中的茶盏，扭过头冷冷地扫了他一眼。

“你背后的主子还真够自信，以为一次就能扳倒本嫔，所以连你和坠儿之间的关系都没有掩盖。你所说的话，本嫔一句也不信。拖下去！”沈妩肃着一张脸，眼眸里闪过几分冷厉，直直地看向张成。冰冷的声音像是从地底下钻出来一般，丝毫不夹杂着情感。

几个小太监便走上来，要去拉他。哪知张成心知自己活不长久，索性一不做二不休，竟是直接站起身，猛地向着沈妩冲过去。

好几个宫人吓得尖声惊叫起来，明心连忙冲过去，死死地拦住张成。待张成将她踢翻在地的时候，身后几个小太监也反应过来，冲上来将他紧紧抱住。有一个胆子大的，甚至对他又踢又咬，才算是勉强控制住他。

沈妩的面色也有些发白，显然是受惊了。不过她却是强作镇定，脸上的神色不变。

“快拖出去处置了！不留活口！”沈妩稳坐在椅子上，面色深沉地吩咐了一句。

张成便被拖了下去，其他惊慌失措的宫人们，见沈妩如此镇定，也都慢慢恢复了过来。

024

变相表白

沈妩的手指紧紧抓着椅子的边缘，因为用力过猛，指节都泛着苍白。脸上阴冷的神色越发明显，她丝毫不掩饰心中的恼火，那怒气冲冲的阴狠模样，不由得让殿中的宫人皆噤若寒蝉。

“奴婢该死，没调查清楚便调人进了内殿，让他们钻了空子，还请容华责罚。”兰卉慢慢往前走了几步，轻轻跪倒在地，行了一个大礼。声音依然还是镇定十足，头微微低着。

沈妩轻轻挥了挥手，柔声道：“姑姑莫要这般说，本嫔也没想到，这回张成竟会参与其中。姑姑也不用挂怀，只是这锦颜殿上下的确该好好整治一番了，一切还得劳烦姑姑了！”

她的脸上露出几分疲态，口气便软了些。

兰卉不好再多说什么，连忙轻声应承了下来。沈妩借口乏了，便让他们都退下去了，只留了几个贴身伺候的大宫女。兰卉临走之时，冲着明音轻轻使了个眼色，悄悄叮嘱了一句话，才退了出去。

明音心里头清楚，边替沈妩换衣裳，边斟酌着语气道：“容华，奴婢说句不当说的。您虽在气头上，可是后宫有明确规定，妃嫔是无法直接让处死宫女太监的，只能交给司刑司。”

明音的话音刚落，沈妩的脸上就露出几分不耐的神色，她不由得轻轻地“啧”了一声，秀气的眉头也紧紧蹙起。

“一时情急，本嫔都忘了这破规定。自己被狗咬了，还不能亲自踹两脚。让别人来踹，本嫔如何解恨！”她杏眸一瞪，红唇轻启，这几句抱怨的话便说了出来。

幕后黑手暂时动不了，连自己身边的叛徒都不能轻举妄动。简直是糟透了！

明音、明心和明语三人对望了一脸，嘴边都露出几分讨好的干笑。

“奴婢知道主子心里难受，其实奴婢也不开心。坠儿那死丫头，奴婢横看竖看都觉得像一根刺哽在嗓子眼儿里似的，恨不得跟皇上学了，拿脚去踹她的脸。可是老祖宗的规矩在这里，不能随意破，您说是不是？”最终还是明音大着胆子开了口，声音放得极其柔和，显然是在安抚着沈妩。

可惜沈妩正在气头上，她一想起方才张成冲过来的那股狠劲儿，心里头就瘆得慌。这都冲着她来，要她的命了，她再不作声儿，那不正是鼓励底下宫人都来刺杀她吗！

“本嫔只管他们去死。明的不成就来暗的，总之今儿晚上一定不能让他俩活着出锦颜殿。司刑司那里交两个死人，也不会作声的。旁人看着本嫔还在受宠之中，定不敢多说。谁若是不长眼到处乱说，本嫔就让他真的不长眼！”沈妩换了轻便的衣裳，将脚上的绣鞋踢掉了，直接歪倒在榻上，话语里带着几分不管不顾。

大殿内一片寂静，三个宫女你看看我、我看看你，硬是没有一个人接话。

“明音，你找兰卉商量一下，把这事儿给办妥了。若是让人抬尸体出去的时候，被谁看见了，也不用大惊小怪的。看见便看见吧，就是要让那些不长眼的知道，背叛本嫔的下场是什么样儿的！”沈妩轻轻一抬食指，那染了红色凤仙花汁的豆蔻就指向了明音，一锤定音。

她的话音刚落，明语和明心就同时松了一口气。容华真是慧眼识英才，找明音这种狠角色就对了！血腥暴力什么的，完全就是为了她量身定制的！

明音的脸上闪过一丝惊诧，转而又恢复了常态。她好想找把剑来，能指着姝容华说你他妈逗我吗？答案不言而喻，当然不能！

“奴婢去找兰卉姑姑商量一下，先行告退了！”明音轻轻冲着沈妩行了一礼，待得到她的点头，才慢慢地退了出去。

“明语去御膳房，再要一些枣糕来。顺带着让御膳房张罗几道皇上爱吃的菜，直接送去龙乾宫。”沈妩侧躺在榻上，轻声叮嘱了几句。

明语得了吩咐，便行了一礼准备退下，哪知她刚转身，就被沈妩叫住了。

“算了，笔墨纸砚伺候，本嫔亲自写几道菜名吧。免得到时候皇上不满意，又说本嫔敷衍他！”沈妩边说边下了塌，随便穿起了鞋子，便走到了书桌前。

对于她这种态度，跟在身后的明心不由得干笑了一下。姝容华，也就您敢如此说了。不过皇上就喜欢您这爱作死的性子，如果下回能看见您生气了，把菜汤糊他脸上，该有多幸福啊！

沈妩笔走龙蛇，快速地写了几道菜名儿，便把纸交给了明语。

“记着到了龙乾宫，替本嫔带几句话给皇上。”沈妩将纸条塞进明语的手里，靠在她的耳边轻声叮嘱了几句。

明语连忙收敛心神，也不敢怠慢，小心翼翼地将纸折叠好塞进怀中，一溜烟小跑着出去了。

待沈妩重又躺回榻上，独留了明心一人的时候，主仆俩才说了会儿心里话。

“主子，您这么吊着皇上成吗？虽说欲擒故纵，不过皇上的性子最是急躁，莫不会恼羞成怒吧？”明心跪坐在床尾，伸出手来轻轻替她捏着脚，这爱操心的坏毛病又来了。

沈妩听得她问，不由得轻哼了一声，手向着膝盖指了指。明心的手就立刻朝上面移了移，继续掌握力道地伺候着她。

“这后宫里顺着皇上性子的人，一抓遍地都是。既然我要欲擒故纵，那就一条道走到黑，若是中途反悔了，弄得不伦不类，反而让皇上厌烦。”她红唇轻启，慢悠悠地说了这么一段话。

明心一听她这语调十分镇定，一副胸有成竹的模样，心里头便也放下了不少。

不想沈妩竟是皱紧了眉头，轻轻地“啧”了一声，喃喃地说道：“不过皇上这周身的毛病，谁能看透？说不准就忽然狂犬病症上身，周围的人全都被咬。你瞧瞧李怀恩，每天都是摆着一张踩了大粪的脸，当真是辛苦。本嫔日后想往上爬，也会跟他一样辛苦。”

明心原本被安抚的心，瞬时又忐忑不安起来。容华，听您这意思，这尺度您也不会把握？全靠蒙的！皇上恼怒与否，全凭运气！

龙乾宫里，齐钰正对着案桌上的奏折龇牙咧嘴，便见到刚被他怒骂撵出去的李怀恩，又低头敛目地走了进来。

“皇上，姝容华派人送吃食给您了。您见还是不见？”李怀恩“扑通”一声就跪倒在地行了个大礼，那膝盖与地面碰撞的闷响声，让齐钰心头一爽。原先对李怀恩的火气便消了些。

他轻轻地“嗯”了一声，然后像是后反应过来似的，紧接着问了一句：“姝容华没过来？”

李怀恩听得皇上如此直白地问，心里猛地“咯噔”了一下，额头上再次冒出了细密的汗珠。他抬起手慢慢地擦了擦，尽量用一种小心翼翼的声音和态度道：“回皇上的话，姝容华她没来。只让明语送过来的，那菜单是容华亲自拟了，让御膳房做的，听说色香味俱全，皇上要不要尝尝看？”

齐钰一听他说沈妩没有亲自过来，脸上这神色就不大好看了。再听见后面李怀恩极力推荐的话，便直接抬起头来，丝毫不掩饰脸上阴沉的神色，似笑非笑地看着他。

“罢了，让她端进来吧！”齐钰挥了挥手，转而捏着紧皱的眉头，脸上疲惫的神色丝毫不掩饰。

明语这嘴里面一直嘟嘟囔囔的，她的额头上渐渐冒出了汗珠，姝容华临行前叮嘱她的几句话好难背。

几个宫女端着餐盘鱼贯而入，菜肴的香气一下子传遍了内殿。让人不停地吞咽口水，当一道道精致的菜摆满了案桌时，坐在桌前的皇上，脸色也变得缓和了些，似乎被勾起了食欲。

“姝容华特意叮嘱奴婢，向皇上致谢。宫中的菜肴想来皇上都已经吃腻了，这些皆是地方闻名的菜肴。有闽菜、湘菜、滇菜、川菜、浙菜、粤菜、淮扬菜。御膳房里几乎请了全部的师傅来做这些菜式，只想着让皇上换换口味，能有个好心情。”明语背着菜式的时候，险些舌头打结，好在皇上在她心中积威已久，硬是又把舌头撸直了，生怕到时候被迁怒。

齐钰伸头分别瞧了瞧，的确有几道菜，他没什么印象。宫中的菜肴都是有严格要求的，这些地方菜很少有机会端上他的龙案，所以这么多菜式摆在一起，让人眼花缭乱，瞧着倒是十分新奇。

“你们容华费心了。”皇上难得地客气了一句，便示意身后的宫女布菜。

“姝容华让奴婢向皇上转达，菜式如此多，皇上恐怕要挑花眼了。若有一日，她学会了厨艺，定要做道皇上最钟爱的菜！”明语依然低着头，轻轻扬高了语调，将沈妩教她的话一句句背出来。

心里却是不由得打战：姝容华，这话也就您敢说！这不就是变相表白吗？容华，您是女人不是该矜持一些吗！您这般直白，真的好吗？让皇上这个真男人该如何应对啊！

齐钰举着筷子的手微微顿了一下，然后轻轻扯了扯嘴角，夹了一筷子东坡肉，细嚼慢咽了之后，才道：“成啊，告诉你们容华，朕等着那一日！不过朕有个习惯，那就是越钟爱的东西，就越想着要弄坏！”

原本还替皇上担忧的明语，怕他会害羞。待听了他的话之后，立刻在心底冲着自己吐了两口口水。皇上会害羞吗？呵呵，果然是她自己想多了。

李怀恩也不由得抬起头来，悄悄地看了一眼皇上，心里叹了口气。姝容华真是夸下了海口，志向远大，他深感佩服。曾入得皇上眼的东西有不少，至于结果嘛，那自然是该死的全死了，该坏的也没一个好的。

姝容华，理想很美好，现实很骨感。您这又是作死的节奏，想要被皇上玩坏吗？

“回去替朕问问，你们容华想怎么被弄坏？朕这几日可是被她耍得好生辛苦，正愁没地方使力呢！她若是想好了，告诉朕一声，朕一定要她生死不能！”齐钰又夹了一筷子别的菜塞进嘴里，说到最后几句话的时候，直接冷下了脸来，斜着眼看向明语。

明语被他这般逼视着，不由得缩了缩脖子。生也不行，死也不能。皇上，您这要求也忒狠了！

“嗯？说话！”齐钰见她半晌不答话，不由得催促了一句。甚至整个人都转过身来，手撑着下巴，仔细地盯着明语瞧，似乎一定要她给个答案一般。

明语憋了半晌，最终才低声开口道：“奴婢回去问问姝容华。”

齐钰瞧见她被吓成了这副模样，不由得冷哼了一声，冷冷地嘀咕了一句：“朕记得你原先是龙乾宫的人，怎么跟了沈妩那女人后，胆子越发小了，真是没出息！”

明语心里一哆嗦，又突然想起沈妩最后叮嘱的一句话，便轻轻往齐钰身边迈了一小步，低声道：“皇上，姝容华还特地让奴婢推荐一道菜给您尝尝。到现在您还没吃到呢，就是这道，名叫东安子鸡，是湘菜中很出名的一道！”

明语伸手轻轻指了一下，脸上难得地带了几分讨好的笑意。

齐钰半信半疑地瞧了她一眼，便让布菜的宫女夹了一筷子给他。他慢慢地放入口中，刚嚼了几下，脸上就露出痛苦的神色来。

明语是个嘴馋的人，厨子在烧这道菜的时候，她在一旁候着直流口水。听说是酸辣咸鲜，鲜香软嫩，味道绝妙。明语方才被皇上念叨着没出息，就想以这道菜的口味转一个话题。

没想到齐钰只吃了一口，就感到了来自沈妩的恶意。又酸又辣，这菜真是难吃之至！这东西也是人吃的吗？

味蕾被刺激着，平常以冷笑变态著称的皇上，却被一口东安子鸡给生生地逼红了眼眶。他吐也不是，不吐也不是。吐出来的话，绝对会把口水拖下好长吧，那他的英明形象就毁了啊！若是咽下去的话，绝对会中毒的吧！

最终在形象和中毒之间，齐钰不愧是大秦第一冷酷帝，硬生生地咽了下去。

但是，悲剧发生了，他才刚咽下去而已，整个身体却都不受控制地排斥这口鸡肉，于是他吐了！

形象也没了！

“给朕滚出去！让你们姝容华等着，朕一定要她好看，生死不能！”齐钰恼羞成怒地抄起桌上那盘东安子鸡，转过身就往明语的身上摔。

明语完全处于状态之外，她和她的小伙伴们都惊呆了！皇上红了眼眶，皇上哭了！

姝容华，你个作死的！不止皇上，整个龙乾宫都感到了沈妩的恶意。她把皇上搞成这样，是要龙乾宫陪葬吗？去年鬼节偷偷藏起来的冥纸糊的金元宝，又要派上用场了，烧给自己，盼望着到了地下别遇上这样的主子了！

那盘鸡猛地摔到了地上，精致的盘子碎成渣，香气四溢的鸡块和汤汁溅得到处都是。还好明语提着裙摆躲开了，可是绣鞋上还是沾到了汤汁。

“奴、奴婢告退，皇上您息、息怒！您别哭啊，奴、奴婢回去问问容华。李总管，递块锦帕给皇上擦、擦——”明语一下子小跑着到殿中央，距离皇上老大一段距离，竟被吓得直接成了结巴。

脑子里一片空白，这嘴里说出来的话就不经过大脑。只觉得皇上红了眼眶之后，往日的威严都没了，即使努力板着一张脸，却还是止不住那眼含热泪的凄惨模样，整个人都忽然变得可怜起来。

“滚——”她的话还没说完，齐钰和李怀恩就同时开口，让她滚了。

李怀恩赶紧跑到皇上的身旁，拿出锦帕替他擦着眼角，一旁的宫女也递上清茶，让他漱口。

这龙乾宫里，观摩了方才这场灾难的宫人，都在心底暗暗把明语凌迟一百遍了。明语，你的智商敢再低一点吗？你是嫌弃龙乾宫的人都活得太长寿了吗？

明语在众人的鄙夷之下，缩着脖子连滚带爬地从内殿冲了出去。直到出了大门，依稀还能听见皇上愤恨的叫骂声。

“沈氏阿妩，朕和你势不两立，混账女人！水！”齐钰气急败坏的吼叫声，震得身边宫人的耳朵都发疼。

拜姝容华这几道菜所赐，龙乾宫进入了一种前所未有的备战状态。皇上彻底疯了！被酸得疯了，辣得疯了！

李怀恩一边伺候皇上喝水，一边心里叹息：皇上的口味一向比较清淡，酸辣也只能沾一点儿，偏生这回二者强强结合，皇上就彻底受不了了。从之前沈妩将皇上的膳食照料得很好这一点瞧来，姝容华完全应该知道皇上的口味，却偏生要明语推荐这道菜。

姝容华，您就是故意要作死是吗？

此刻被龙乾宫众人，集体放在心底咒骂的沈妩，却已经换好了一身花式繁复的裙衫，站在花圃里，手中提着水，慢悠悠地用锦帕沾湿了，一点点往那被剪秃了的月季花枝上浇水，嘴里甚至悠闲地哼唱着小调。

皇上最怕酸辣，她自然是知晓的。可是她不开心，若不是此刻许衿的位份和她相同，她早就冲杀了过去，还会在这里忍气吞声地只想着找宫女太监的茬？

她辛辛苦苦服侍皇上，结果这容华的位份，她竟是最后一个得到！当她一直没行动，就是不记仇吗？呵呵，不止现在的仇，前世的仇她都记着呢，皇上咱一笔笔算！无论是床上还是床下的！

至于许衿、太后，这些后宫所有往死里作践过她的人，一个都别想逃！

当明语苟延残喘地跑回来的时候，就瞧见姝容华优哉游哉的模样，心里那口气险些没喘上来。

“皇上怎么样了？可是好吃得哭了？”沈妩手捏着锦帕，从月季花枝中轻轻抬起头，脸上的笑意异常明亮，仿佛要刺瞎谁的眼一般，她的声音也极其温柔，却不难听出其中带着几分调侃。

明语原先那些惊慌失措的话全部哽在嗓子眼儿里，鼻子发酸，忽然她也好想哭。

“回容华的话，是的，皇上说最钟意容华您呢！让您等着生死不能！”明语低着头，悄悄翻了一个白眼，大着胆子咬牙切齿地说道。

姝容华要挑战皇上的极限，为什么要她出头？她宁愿跟明音换换，她去当刽子手啊！皇上好可怕，姝容华好可怕！她要换主子！

龙乾宫一阵手忙脚乱之后，好容易才安稳了下来。男人原先所穿的黑色龙袍，已经不幸沾上了汤汁，被换了下来。此刻他穿着一身玄色衣衫，斜靠在椅背上，眼眶还是红红的，嘴唇和脸颊也都被辣得泛红，像是抹了一层胭脂似的。

脸上的表情有些呆滞，显然他还处于被伤害的后遗症中。多少年没吃到这样酸辣的东西了，他的脑子被刺激得有些发蒙。

"沈妩那个女人，究竟是哪个混账教养出来的！目无王法，竟然把火气撒到朕的头上来了，是她技不如人，被太后打压的，关朕屁事！"齐钰总算是从怔愣之中苏醒了过来，大力地拍着案桌，桌上的茶盏都被震得嗡嗡响。

他完全没有料到，他会受到沈妩的攻击。从他开荤了之后，只有女人倒贴着爬床的，从来没有哪个敢这般不理不睬之后，又戏耍他的。沈氏阿妩，好样的！

面对皇上的狂躁，底下跪了一片的宫人，李怀恩带头。手心里早已是冷汗涔涔，心里却是不断叹气。

皇上，您光在这里冲着奴才发怒，也没用啊！有种您去找姝容华啊，也喂她一嘴辣椒，让她哭给您看！

龙乾宫里虽是一片人仰马翻，不过这龙颜大怒却被上下的宫人抹平了，变成了小小的插曲。谁敢把皇上被辣哭了的消息卖出去，是想着早日去投胎吗？所以后宫里并没有人知道具体的事情，只大概地知道沈妩让御膳房送了各地的特色菜肴过去，皇上还吃了，似乎心情不错。

夜幕降临，从锦颜殿内抬出两个木桶，木桶挺大的，前后两个人抬一只木桶。不过往日爱嚼舌根的粗使内监却是一句话都没说，他们皆知里面是什么。

正是坠儿和张成的尸首，姝容华说要灭口就绝对说到做到。兰卉姑姑和明音想了个法子，只说张成两人是突然暴毙了，司刑司那边也不敢来真查。

因着这事儿，锦颜殿原先存了旁的心思的宫人，都安分了不少。见到沈妩出现，犹如老鼠见了猫般点头哈腰，就差行大礼了。明音还在心里头嘀咕：绕来绕去，这主子始终都是阴晴不定的性子。

瞧，现如今的锦颜殿整个儿就是龙乾宫的翻版。主子便是天，主子便是神！

大秦的后宫里，逐渐陷入了一种较为诡异的气氛。太后心里头憋着一口气，她横躺在床上，半死不活地养身子，心里头对于许衿的埋怨、对于沈妩的怨恨都积压着，只等着她身子好利索了，就寻找机会整治。

皇上心里头也憋着一口气，他被沈妩狠狠地涮了一把，当日那酸辣的刺激终究还是给他带来了十分严重的影响。他真的不想说出来，他整整闹了两日的肚子，到现在还是上火得厉害。整个人近乎脱水了一般，连骂人的力气都没有了。

直接导致上朝的时候，那些文臣武将如沐春风，感受到了皇上难得的温柔。

沈妩这心里面更是压着一团火，虽然刚冲着皇上报了些小仇，但那毕竟是无关痛痒的。许衿和太后算计她的账没还清算，只暗暗憋着，她的心里早就开始酝酿了，再等几日，她便要当众羞辱许衿！

竹篮打水一场空，最终还落得一身腥的许衿，则更是难受异常。这后宫里的气氛就一直有些僵硬，即使太后的寿宴已经快到了，也一直没有回升的预兆。

六月初八，经历重重风险，太后的寿宴终于开始了。太后虽然能起身了，不过精神还是没有恢复到以前那般，面色还有些苍白。春风替她梳妆的时候，特地多抹了几层粉，又稍微施了点胭脂。待黑色的百鸟朝凤宫装穿上，头戴凤冠，总算是瞧着有了些威仪。

寿宴设在晚上，各家的命妇、姑娘皆纷纷入宫贺寿，后宫里的妃嫔也是锦衣华服，珠钗佩环满身。往一处凑着，当真是衣香鬓影，到处都是俏丽佳人。

沈王妃带着六姑娘沈灵也来了，开宴的时辰就快到了，所以便先让她们这些命妇入席。待众人坐定，内监过来宣道：“请太后和众位娘娘进殿！”

内监尖细的嗓音悠长，在此刻显得几分肃穆，太后带着一众花枝招展的妃嫔们入殿。殿内的众命妇自是轻轻俯身行礼，不少人都悄悄抬头，在太后身后的妃嫔之中，寻找着自家的姑娘。

沈婉此刻也将近五个月的身孕了，沈妩就走在她的身边，轻轻搀扶着。两姐妹身上的衣裳皆是华丽异常，沈妩是一如既往的耀眼，沈婉这回也一改常态，粉嫩的罗裙衬着白皙的肤色，瞧着倒不像是有孕之人。

“祝太后娘娘福如东海，寿比南山！”满殿的人都跪了下去，异口同声地向太后祝寿。

太后的脸上露出几分笑意，她在春风的搀扶之下，慢慢地坐到了主位上。轻轻低下头，看着跪了满地的妃嫔命妇，心里头顿时一阵快意。皇上再如何不待见许家和她，只要她还安稳地在这太后之位上，这些自命清高的妃嫔和命妇，就得乖乖地匍匐在她脚下。

“起吧，各位都有心了！”太后轻轻挥了挥手，让她们起身。

宴席开始，各命妇先是展示了各自府上送的寿礼，大多皆是十分稀罕的贵重宝物，呈现礼物之时，那些人都快把贺寿的词用尽了。因着人数众多，妃嫔们的贺礼就都未展示。这是太后特地叮嘱的，她就怕沈妩这样的人多了，送一份贺礼还得整出幺蛾子来，把好好的一个寿宴毁了。

当贺礼展示得七七八八的时候，皇上才终于到场了。前殿也设了小规模的宴席，这回许家为了给太后挣面子，可算是大出血了。

皇上一来，这气氛就有些变味了，殿内的女子都变得矜持有礼起来。不过男人的面色却是不大好看，这么多女人凑在一起，殿内自然是萦绕着五花八门的香气，直冲得他脑仁疼。

再加上他往妃嫔堆里一瞥，第一眼就瞧见了打扮俏丽的沈妩。顿时嗓子和肚子就痛起来，浑身不舒服，暗自开始磨牙。

沈妩今日穿得不仅华丽异常，而且性感十足。外衣上披着一层滚雪细纱，里面的几层衣裳都有些半遮半露，一眼就能瞧见那白皙颀长的脖颈，还有酥胸上一片白嫩的肌肤，甚至还露出胸前的一点沟壑，引人遐想连篇。

齐钰的手指慢慢握拢，心中暗恨：这风骚的女人，当真是拉仇恨的！幸好这里除了他之外，没有第二个男人！

沈妩的衣着打扮，自然早就引人注意了，不过这些贵妇平日里最是自持身份。沈妩这副模样，摆足了万种风情的宠妃样儿，在她们的眼中，与打扮妖娆的侍妾并无二样。所以即使心中带着酸意嫉妒，嘴上也不多说，生怕掉了身份。

沈王妃坐在位置上，脸上还保持着完美恬淡的笑意，但是放在膝盖上的手早已攥得紧紧的。她早就注意了沈家出席这次寿宴的三个人，沈妩最出挑，当然是毋庸置疑的，就连沈婉周身的气度都让人难以忘记。只单独留个沈娇，要气场没气场，要样貌也出挑不到哪里去。在一众妃嫔里，当真是直接被忽视的命运。

皇上也被迎上了主位，他端着酒杯，和殿内的人喝了一杯，又态度恭谨地跟太后说了贺寿的话。太后的脸上自然是露出高兴的笑意，便命人将今晚的歌舞献上。

自此寿宴终于是进入了热闹阶段，歌舞杂耍表演，应有尽有。

既然有许家这种土豪资助，特地让司赞司将礼单开得丰厚一些，这表演的节目也都是新排练的，显然十分吸引这些命妇们的注意，渐渐地便把原先心头的不快都忘到了脑后，专心致志地投入了看表演之中。

沈妩和沈婉共用一张小桌子，上面摆满了菜肴佳酿，她却是一口都没吃。待她的眼神四处扫了扫，见原先那些把目光投注到她身上的人，都已经转移了注意力，脸上便露出了几分清浅的笑意。

她对着身侧招了招手，侍立在一旁伺候的明音连忙走了过来，半蹲下身凑近她，似乎想听清楚她的安排。

沈妩拉过她的手，塞了一个东西放进她的掌心，又冲着皇上那边的方向使了个眼色。明音心领神会，她捏了捏手里用锦帕包住的物什，有些硬。不过掌心所描画出这东西的轮廓却是再熟悉不过了，显然是皇上的玉佩。

明音待在龙乾宫的时候，曾无数次地替皇上取下或者系上这玉佩。她小心翼翼地贴着墙走到了与主位平行的角落，李怀恩的眼睛一直都处于四处乱扫之中，此刻明音冲着他招手的动作，他自然瞧见了，下意识地看了一眼皇上，见男人一副沉醉歌舞的模样，便小心翼翼地走到了明音这边。

“把这个悄悄给皇上，莫要被旁人发现了！李总管，姝容华能否翻身，在此一举了！”她贴近李怀恩的耳边，语调轻轻扬起，声音却压得不高不低，在乐声的遮掩下，恰好够李怀恩一人听见。

李怀恩接过锦帕，脸上露出几分嫌弃的模样，皱着眉头思考了片刻，便贴近了明音的耳边，压低了声音道：“姝容华若是复宠了，你得在她面前多劝着些，以后少作死！我们这些奴才受不起啊！”

对于他的抱怨，明音的脸上露出几抹干笑，沈妩使计耍了皇上吃酸辣的东西这事儿，早就听明语哭号过好几回了，耳朵都快长茧了。

“成啊，李总管若是先劝住皇上，我一定把容华给哄好了！”明音似笑非笑地丢下了一句，抬手拍了拍他的肩膀，便转身回到了沈妩的身边。

李怀恩暗自道了一声“晦气”，他偷偷捏了捏锦帕里包的东西，待知道后才放下心来。他真是被上回那道酸辣有味的东安子鸡给吓到了，皇上直接可以说姝容华要刺杀了，简直比毒药还可怕。还好这回给的东西，总算是真的有要和好的趋势了。

他心里暗道：最后姝容华要哄皇上，还是得把他们这些可怜的奴才拉下水。

李怀恩走到齐钰的身后，轻声靠在他的耳边嘀咕了几句。并且慢慢蹲下身，直接跪在齐钰的身后，然后慢慢地从袖子里将锦帕抖了出来，悄悄地放到了齐钰的腿边，才站起身来。

沈妩一直用余光盯着那边看，此刻见皇上轻轻蹙起眉头，却还是微微低头，似乎在看锦帕里包住的东西。待瞧清楚之后，他便抬起头，恰好对上了沈妩轻笑的脸。

沈妩很快就偏过头去，端起手边的酒杯，用衣袖遮面将里面的酒酿一饮而尽。然后放下衣袖，却是再次扭过头看向皇上，冲着他轻轻伸出舌头，舔了舔唇角，然后又挺了挺酥胸。

齐钰的眸光暗了暗，还不待他做出回应。沈妩便已经扭过头，对着坐在身边的沈婉，低声说了几句，就起身带着明音悄悄从后面出了殿门。

男人的脸上露出几分冷笑，他伸手招了招，叮嘱着李怀恩几句。李怀恩便立刻吩咐小太监出去办事儿了，齐钰则留在殿内又看了半个节目，直到那个小太监拿着东西进来，他才转过头，对着太后轻声道：“母后，您慢慢看着，朕还有些事务要处理，就先行告退了！”

太后正看到兴头上，也无心猜测皇上此举的意义了，只是轻轻挥了挥手，连一句话都没多说。

齐钰慢慢站起身，也从大殿出去了。他虽不是大张旗鼓，不过不少命妇的目光，却一直盯着他瞧。

025

夜晚幽会

乐声一下子停住了，直到皇上的身影彻底消失了，殿内才重新响起了丝竹管弦的声音。因为没有九五之尊在，那种有些僵硬压迫和拘谨的气氛也都消散了，妃嫔和贵妇之间也就放开了说话，满脸带着笑意，殿内一片歌舞升平的景象。

皇上刚出殿门，就瞧见不远处站着明音，显然是在等他。

“带路！”男人并没有多说废话，直接甩出两个字来，声音里还是那样清冷，脸上的神色也带着几分阴沉。

明音冲着他福了福身，便转过身快步往前走。心里难免忐忑，姝容华这算是赤裸裸地把皇上勾引出来了，不过瞧着皇上的面色，也觉得他兴致不高，不知道待会儿容华用什么法子能把皇上哄高兴了。

这一路上偶尔遇到巡查的侍卫，瞧见是皇上，行礼之后便都匆匆离开。齐钰难得多了几分耐心，瞧着明音这路带的弯弯绕绕，也没开口催促。他倒是要看看，前几日还狠狠地得罪过他一回的沈妩，这次能玩儿出什么花招来。

明音也没把他往别的地方带，而是进入了往日妃嫔们最爱待的地方——御花园。这里到了夜晚，倒是人迹罕至。偌大的御花园里，也只有皎洁的月光投射下来，里面的亭台楼阁、花鸟虫鱼，各种稀罕品种，都只能依稀辨出个大致轮廓，这么一瞧，倒是别有一番风味。

李怀恩和明音都十分有眼色地停下了脚步，身后的宫人也都跟着留在了御花园外守着。皇上独自一人往里走，没走多远，就瞧见沈妩背对着他站在一块种植着牡丹的花圃旁。他刚一走近，花香味就传了过来。

“沈氏阿妩。”男人轻皱起眉头，冷声唤了一句。

沈妩慢慢转过身来，脸上带着几分娇俏的笑意。在她身后，大朵大朵的牡丹正是盛放时刻，香气扑鼻，人比花娇。

“嫔妾见过皇上。”她连忙俯身行礼，脸上的笑意不减。再站起身时，恰好一阵风吹过，把她身上外面那层纱衣吹起，月光投射下，她的身姿逐渐被勾勒出了姣好的形状。

齐钰的眸光虽是渐渐变得深沉，不过脚步却是一动不动。心里暗骂道：这女人惯常使这一招，即使他的确欣赏这一点儿，这回也坚决没那么容易妥协。

“皇上不觉得这里环境优美，正是一度的好时候吗？”沈妩并没有被他的冷淡吓退，而是快速走了几步，慢慢靠近他，整个人都与他紧紧相贴，双手双脚也慢慢地缠上了他的脖颈和大腿。

女子身上的馨香一下子就传了过来，沾染了些许牡丹的香气。沈妩轻轻仰着脸，娇笑着看向他。齐钰终究还是没忍住，心里那根紧绷的弦，就在沈妩这妖娆的笑容里，一下子断掉了。

都说牡丹国色天香，不过这样的牡丹，到了沈妩面前，也都失了颜色。

“爱嫔真是主动，朕岂有错过之理？”男人的脸上浮现出几分淡淡的笑意，慢慢地将她从身上扯了下来，抬手摸了摸她的面颊，举止亲昵，语气里也是无比赞同她的意思。

沈妩瞧见他如此模样，心中顿时有了底。她还生怕要费好大工夫才能哄好皇上呢！

只是还不待她得意完，皇上已经再次开口了。

“可是爱嫔先前戏耍朕之事，朕这心里头可是记得一清二楚。”男人的嘴角轻轻勾起，露出几抹邪肆的笑意，眼眸里也闪过一道精光。

沈妩的笑意就这么僵在了脸上，男人的手慢慢摩挲着她的面颊，突然从衣袖里掏出一个东西，快速地塞进了他自己的嘴里。

沈妩看着他的动作，有些不解地眨了眨眼。只是还不待她反应过来，男人已经伸出一只手猛地按住了她的后脑，嘴巴凑近，舌头直接撬开了她的牙齿，那个东西就被他的舌头推进了她的口腔里。

甜的！而且很甜，带着一股子桂花香，显然是桂花糖。

还不待沈妩仔细品尝，男人的舌头又翻卷了过来，舌尖轻轻一勾，便把那糖块带走了。推入、卷走，就这么来回反复，男人似乎遇上了新玩具一般，乐此不疲。

他的另一只手自然也没闲着，直接将沈妩身上外层纱衣撕裂了，手顺着沈妩胸前的衣襟滑下，直接便捏到了酥胸上。一颗糖就这么被两人的舌头不停地纠缠弄化掉了，沈妩的罗裙也被脱扔了。

当皇上总算是放过她的嘴唇时，沈妩已经有些透不过气来了，待得到空气后，她便急切地喘息起来，大口地呼吸着。

男人的嘴唇吻上了她的胸口，不过脖子却轻轻仰着，眼睛专注地看向她的脸。瞧见她这副喘息的模样，脸上露出几分淡笑，伸手摸向自己的腰间，几下便将裤带抽了下来，然后轻轻地覆在了沈妩的眉眼上，双手在她的脑后打了个结。

沈妩就彻底失了光线，只剩下一片黑暗，以及男人的手在她身上游走的触觉。

齐钰的腿猛地挤开沈妩的双腿，胯部向前狠狠地一顶，男人腿间的炙热，便一下子蹭到了沈妩的身下，由于被蒙着眼睛，沈妩的感觉变得极其清晰而敏感起来，她甚至能感到男人腿间抵住她的坚硬程度。

“哗啦——”还不待她反应过来，身上的里衣外加肚兜也被男人扯掉了。赤裸的身体猛然接触到夜晚的空气，还有些冷，她不由得缩了一下脖子。

男人的手指趁机挤进了她的腿间，一下子便进到了指根，仔细感受的话，甚至能感觉到她腿间的湿润与温热。

“难怪爱嫔这么着急，原来都准备好了，就等着朕来品尝你这道美味了！”齐钰哪里还有不知的道理，非常明显，沈妩之前就有做过准备，他轻轻地嗤笑了一声，脸上的神情逐渐染上了欲望。

沈妩也不辩驳，男人不再客气，直接闯进了三根手指，动作之间十分顺畅。他却没像所说的那般投入，而是从衣袖里摸出另一样东西，慢慢地递到沈妩的嘴边，抵在她的红唇上。

“这回该爱嫔让朕甜了！”齐钰的声音还是那样波澜不惊。

沈妩用嘴唇轻轻蹭了蹭，感到形状与方才的桂花糖相似，便轻轻伸出舌头准备舔舔尝尝味道。哪知她刚一张口，男人便顺势用力将那东西按进了她的嘴里。

苦的！超级苦！她整个人都皱缩了起来，下意识就想张口吐出来，哪知男人却猛地伸出一只手掌捂住了她的嘴巴，让她不好轻易动弹。

沈妩的眼泪直接流了出来，这比她以前喝过的药还要苦，舌尖甚至都在发麻，整个口腔都渐渐充满了那种苦涩。待她想要全身挣扎的时候，皇上已经扶着炙热挺了进来，一冲到底。并且根本没有容她喘口气的时间，直接大力地动了起来

嘴巴里的苦，身下传来的撞击，让她不知是痛苦还是快乐。眼泪像是断了线的珠子，流到了男人捂住她嘴唇的手上，带着炙热的温度。眼睛被蒙住了，味觉和感觉瞬间被扩大了。像是在天堂和地狱之中徘徊，已经分不清状况了一般。

因为太过苦涩，沈妩的身体抑制不住地打战，连带着下身也不停地皱缩和抖动，男人只觉得比平日里更加舒爽，动作也越来越快。

沈妩的头不停扭动着，月光洒在她的脸上，皱拧的表情一览无余。

“爱嫔，是黄连，咽、咽下去吧！”皇上终于是大发善心，在努力挺动的时候，还分神告诉她，只是语气里早已不复当初的平静，满满的都充斥着情欲，带着几分喑哑。

待他说完，腰肢的力道再次加大，捂住她嘴巴的手慢慢上移，连她的鼻子都捂住

了。一时之间，她无法呼吸，难耐的窒息感袭来，没坚持几下，她便咽下了口中的黄连。

似乎察觉到她吞咽的动作，男人的手便放了下来，按住她的纤腰，专心地抽插着。

“爱嫔，这御花园里奇花异草多得是，朕平日里不经常来。不如趁此机会，陪朕一起逛逛吧！说不准能看到与往日不同的风景！”男人再次开口，声音里喘息不断，却是兴奋满满，显然他的心头又冒出了新的玩法儿。

沈妩还沉浸在苦涩之中，根本无暇顾及他的话。还不待她反应过来，腰肢便被人轻轻抱起，男人用手将她的双腿搭在自己的腰后，沈妩全身上下的着力点，只剩下钩住他的脖颈，以及两人现在紧紧相连的地方。

“乖，陪着朕去看看别的，御花园里美景颇多，爱嫔真是选了个好地方啊！”齐钰脸上的欲望渐深，眼眶都因为兴奋而渐渐泛红，这两句话却像是从嗓子里硬生生地挤出来一般。

他的话音刚落，两只手就紧紧揽住她的纤腰，带着她整个身体往前走。沈妩和皇上是面对面站着，所以此刻她是倒退着。不过彼此相连的地方依然一下又一下地撞击着、磨合着。

“你瞧，又到了别的花圃，爱嫔可认得那是什么花？”男人有些沙哑的声音再次在耳边响起，依然是欲望满满，语调却带了几分认真。他猛地一抬手，将沈妩眼上的腰带扯掉了。

沈妩努力吸了几口气，吃力地偏过头看向旁边的花圃。月光依然皎洁，但是与白日的光线自然是不能比的，再加上她现在整个人都跟着男人的动作而摇晃着，视线渐渐变得模糊，即使轻轻眯起眼睛，想要对准焦距，却仍然显得费力。只是直到离开了那花圃，沈妩也没看出来。

“方才那是芍药，已经走过了，爱嫔都没看出来，真是可惜了匠人的心血。也浪费了老祖宗的心意！该罚！”皇上带着她继续往前走，脸上露出几分惋惜的神色。

话音刚落，还不待沈妩反应过来，男人已经停下了脚步，就着站立的姿势，用手轻轻抬起沈妩的一条腿贴在他的腰上。顺着这个角度，腰肢挺动着开始猛烈地撞击，根本不给她喘息的机会。

沈妩的呻吟声渐渐变大，语调也慢慢抬高。御花园虽占地面积甚广，但此刻是夜晚，周围的环境极其安静，所以她的声音就传得特别远，而且尤为清晰。就连李怀恩站在外头，都能隐隐约约听到女子娇媚的呻吟声，一同侍候在外头的明音早就红了脸。

“别停啊，爱嫔，朕这里可是准备了好多黄连，作为你上次让我吃酸辣的回礼。待会儿你若是再看不出来，朕可真恼了，加罚你吃黄连！”男人休息过后，似乎精神又慢慢地变好了，他的声音里透着几分亢奋，像是专等着沈妩出错一般。

男人并没有脱上衣，所以沈妩知道他并没有说谎，那黄连就藏在他的衣袖里。沈妩连忙勾着头，想要努力看清身后的花圃里究竟种的是什么。

“那道东安子鸡味道很好，嫔妾只是想推荐皇上尝尝而已。可是这黄连如此之苦，皇上既知嫔妾最怕苦了，简直就是要了嫔妾的命，这回礼不对等！”沈妩也恢复了些神志，她的双手得了闲，便死死地拉住男人的两条胳膊，似乎怕他忽然行动，把黄连再次扔进她的嘴里一般。

齐钰冷哼了一声，留在她体内的物什再次开始磨蹭起来，并且有了苏醒的趋势。他轻轻眯起眼眸，脸上闪过几分不快。

沈妩立刻噤声了，她自然能察觉到那东西的变化。慢慢变硬变热变大，渐渐将她的体内填满，甚至比方才更加精神。她是知道的，皇上第二次要比第一次的时间长久，而且磨人得很。

“不对等？朕特地问过了杜老头儿，这黄连除了苦之外，完全是个好东西。清热燥湿，泻火解毒。你在戏耍朕的时候，心里头肯定是火气太大了，才敢这般胆大妄为，朕自然要治好你！有气就冲着朕撒，耍朕玩儿，这是病，得治！”当男人吐出最后一个字的时候，他的腰肢再次挺动了起来，双手用力带着她的腰往前走，继续着之前的边走边做。

沈妩的头皮慢慢发麻，意识再次变得模糊起来。

“爱嫔，你还是多放点心思在这些花花草草上吧，这个花圃马上又要到头了。”皇上好心地提醒了一句，声音里带着几分戏谑，不过腰上的力道却是不减。

沈妩连忙掉转过头去看，这御花园里前世和今世加在一起，她来了也有许多回了。不过几乎每次都不是纯赏花，况且每到换季的时候，每个花圃都要换新的种类种上，同一个花圃，说不准一年内能栽种五六种花草，她哪里还记得清。

“啊，到头了。来，吃黄连啊！”皇上的脚步一顿，语调轻轻扬起，语气里透着几分可惜，不过脸上却满满的都是戏谑的笑意。

他的话音刚落，就松开一只手，从袖子里摸出东西要往沈妩的嘴里塞。

“是凤仙花！”沈妩连忙开口，她实在是猜不出，只是瞧着依稀像是凤仙，便死马当活马医了。

男人轻轻低下头看向她，脸上带着一种似笑非笑的表情，却并不开口说话。

“难道嫔妾说得不——”沈妩的心里有些发毛，便想着轻声问几句，哪知她刚开口，男人的手就伸了过来，将那东西塞进她的嘴里。

苦涩的味道再次袭遍整个口腔，这回沈妩学乖了，她猛地侧过头，将嘴里的东西吐掉了。眼泪却再一次被生生地逼了出来，她好想骂人。太苦了，简直要了她的命！

“啧！”皇上没来得及挽救，只能眼睁睁看着沈妩把黄连给吐掉了，脸上露出几分不耐的神色。动作一下一下变得慢起来，似乎只是特地为了折磨她一般。

“黄连可是好东西，爱嫔又浪费了一个！”男人的话音刚落，他便猛然抬高了沈妩的一条腿，腰肢加大了力道。

待皇上慢慢地降下了速度，沈妩整个人已经没力气了，两条腿发软似乎要跪下去一般。男人连忙撑住她的腰肢，不让她倒下。

“继续，爱嫔这眼力实在是太差！”男人不由分说地推着她往前走，沈妩的双手死死钩住他的脖颈，几乎是被他抱着往前走。

“嫔妾猜不到，不玩儿了！嫔妾累了，皇上您——”沈妩忽然就恼了，她如此怕苦之人，不到一个时辰，嘴里被塞上两个黄连，任谁都是要翻脸的。

李怀恩和一众宫人一直候在外面，虽已经是六月了，不过这晚上外头的气温还是冷的，他都不停地跺脚。

见都过去这么久了，皇上和姝容华还没出来，不少宫人就在心底琢磨开了：这样冷的天气，皇上和容华是如何欢爱得下去的？果然皇上太久不召幸，一遇上姝容华，就是干柴对烈火了吧？

众人正暗自想着，里头便传来了脚步声，紧接着便是皇上的询问声。

“李怀恩，外头有衣裳吗？”男人的声音里夹杂着几分餍足感，不过显然快被冷风吹没了，隐隐带着几分恼恨。

李怀恩一拍脑袋，心里发凉。当场腿就开始发软了，他提着耳朵打着精神，兴致勃勃地听了一个时辰的男女欢好声，硬是忘了派人去拿衣裳。

天要亡他！

明音也是一惊，她脸红了将近一个时辰，哪里还有心思想着其他。不过好在沈妩出来之时，就带着披风，幸好没穿进御花园，否则也是被撕的下场。

明音连忙从明心手里抢过披风，朝李怀恩的怀里一塞，然后就抬头看天，一个眼色都不给他。

李怀恩看着手里月白色的披风，帽檐上还有一圈洁白的兔毛，披风上绣满了盛开的梅花。素白的底衬着火红色的梅花，煞是好看。

可是他越看，脸就皱得越紧。如此女气的衣裳！把这个递给皇上，他会被弄死吗？

“李怀恩！”皇上终于是失去了耐性，扬高了声音喊了一句。

李怀恩不再犹豫，猛地一咬牙，抱着披风便快步冲了进去。

“皇上，有姝容华的披风，奴才没敢让人回去拿衣裳，生怕惊扰到谁。太后那边的寿宴，人多口杂。”李怀恩跪在地上行了个大礼，好容易才想起这个借口来，只希望皇上高抬贵手。

齐钰听了他的解释，不由得冷哼了一声，却是猛地抽过李怀恩怀里的披风。将披风裹在身上，帽子戴在头上，把披风拉紧了，尽量不让怀里的沈妩露出来。不过那个披风虽大，却也挤不下两个人，只能勉强遮住沈妩的头脸和腿，腰的地方却完全露出来了，只要长眼的人都能看出来皇上怀里抱着一个只穿了中衣的人。

“都一个时辰过去了，太后那边也该散席了。若是有心人，估摸着都已经发现朕和姝容华都不在场。啧，反正都能猜到，也无须遮掩。快让龙辇过来，回龙乾宫！”皇上抱着沈妩大步出了御花园，声音里带着几分不耐，那些人都是吃饱了撑的，整日都把目光放在他睡了哪个女人身上，当真是惹人心烦。

外头候着的宫人，早就分成了两列跪在门口迎接他，连头都不敢抬。皇上不是刚满足过吗？为何又是一副全天下都欠了他的模样！欠抽的神经病！

明音听完之后，不由得皱了皱眉头。姝容华，瞧您睡得香呢，作死了吧？和皇上没控制好，这擦枪走火得也太厉害了，让旁人发现了，等着戳您脊梁骨呢！

沈妩直接被做晕的，根本没有时间来想这一层。她和皇上在太后的寿宴上双双失踪，而且时辰还挺长，不用说就有不少人会胡思乱想。再加上皇上的性子摆在这里，他不准备掩藏什么，于是沈妩注定要名声大噪，往妖妃惑主的道路上越走越远了！

李怀恩更觉得头痛，皇上这样儿，不用说明日御史台定要指手画脚的。在那些史官的眼里，皇上这种不孝淫乱的行为简直就是丧心病狂啊！姝容华，醒醒吧，求虐皇上！

龙辇很快就到了，齐钰就这么抱着她上了轿辇。一旁的宫女顺带着递过来方才取的裘衣来，黑色的裘衣上绣着金色的腾龙，威仪万千，这才是皇上的东西。不过男人看都没看一眼，把裘衣往睡在怀里的沈妩身上一搭，便让人起轿了。

身后跟着的李怀恩，瞪圆了眼睛，有些难以置信。皇上的身上还穿着沈妩的披风，头上也戴着那有兔毛的帽子，男人脸上硬朗的线条配上这花哨的披风，瞧着有些怪异和滑稽。

李怀恩轻咳了一声，暗自琢磨着：皇上是不是喜欢女人的衣裳？要不改日待他恼火了，拿精致的罗裙或者珠钗佩环讨好他吧？若是可以的话，再加点胭脂水粉。

龙辇就这么抬到了龙乾宫，皇上总算还是心底有些顾忌，让人挑了些清幽的小路走。不过那些有心人岂是那般容易摆平的，各条路上几乎都守着人，这招摇的龙辇自是逃不过那些人的眼睛。

皇上回到龙乾宫的时候，只吩咐人在外面守着，便抱着沈妩直接往汤池那边走去。待走到汤池旁，齐钰才感到浑身开始冒汗。身上的披风已经粘在了身上，汗湿了一片，他两只手抱着沈妩，有些行动不便，不由得皱着眉头“啧”了一声。

头往后仰着，脖子伸长微微歪了一下，身上披着的披风总算是被他给弄掉了。他低头看了一眼沈妩，用手在她的腰上轻轻掐了一把。

“醒醒，该沐浴了！”男人的声音还算温柔，喊了两声，却不见怀里的人有动静。

“喂！沈氏阿妩！”齐钰的耐心似乎被磨光了，他不由得冷声喊了一句，语调里带着几分低气压。

男人特地低下头来，凑近她的耳边喊出这句话来。无奈怀里的女子只是轻轻蠕动了几下，又找了个更加舒适的位置，继续睡，眼皮都没有睁一下。

这次皇上脸上的神色彻底阴沉了下来，汤池旁的地面虽然不是很冷，但是依然很硬。他就这样抱着她猛地跳进了汤池里，水花四溅。两人身上皆穿了一件衣裳，此刻早已湿透了。

沈妩的半边身子已经浸在温泉水里，喷出来的热水，不少都涌进了口鼻之中，弄得她满头满脸都是水迹，瞧起来极其狼狈。这回她总算是醒了，她刚睁开眼睛，轻轻“嗯”了一声，还不待她开口，皇上已经松开两只手，她失去了支撑，整个人一下子摔坐到水里。因为她根本没想到皇上会如此做，便呛了好几口水，脸憋得通红，手脚慌乱地拍打着水面，好容易才慢慢站起来。

沈妩刚站直，就险些再次摔回去，她的两条腿不停地在打战。意识稍微清醒了点儿，浑身的酸痛感就立刻侵袭而来。她的脸色逐渐变得苍白，下意识地抬起头，只见皇上已经背靠着池壁，慢慢地坐了下来，脸上带着几分惬意的神色。

沈妩银牙暗咬，瞧着他这一副悠哉的模样，而自己却要遭受这样的罪，简直太丧尽天良了。怒从胆边生，她一下子撩起水，直接往皇上的脸上泼过去。

男人轻闭着眼眸，正泡得舒服之时，遭到她的猛然袭击，眼睛陡然睁开，眼神犀利。他专注地盯着沈妩看，两人的目光相遇，彼此对峙着。

皇上目前心情好，看样子是不准备和她一般计较，便冷哼了一声，偏过头继续闭上眼眸养神。哪知他这种高高在上的姿态，彻底惹恼了沈妩。

“啪！”的一声，沈妩再次不怕死地捧起水来泼了过去。这回男人终于是有了反应，他扭过头来正视着沈妩，忽然猛地抬起了一条胳膊，抬脚往前跨了一大步，便凑到了沈妩的面前。

沈妩看着突然窜到面前的男人，微微愣了一下，下意识地准备后退。哪知她的脚还没抬起来，腰已经被男人的手固定住。她一抬头便对上了男人那双微冷的眼眸，还不待她反应过来，皇上的另一只手已经猛地按住了她的胸口，然后猛地一按，她整个人便呈一种后仰的姿态，然后被活生生地按进了水里。

温热的水一下子涌进了口鼻，不用说她就被迫喝了几口水下肚，异常痛苦。一连被灌了几口，男人才把她从水里拖了出来。沈妩已经是一副奄奄一息的模样，早就没了方才挑衅时的耀武扬威。

“赶紧沐浴完了，就去休息，没几个时辰就要天亮了！”男人看着她这副模样，终是心底不忍，慢慢带着她走到池边，让她靠着池壁。

沈妩喘息了片刻，才总算是缓过神来，她脸上露出几分痛苦的神色，偏过头有些不满地看向皇上，低声道：“皇上就不能让让嫔妾吗？嫔妾毕竟是一介女流之辈，手无缚鸡之力。方才及笄之年，正是该有人怜香惜玉的。”

她的语气里带着几分委屈，眼光也充斥着几分忧郁，嗓音故意放得柔柔的，像是撒娇一样。

齐钰偏过头看了她一眼，一时没忍住，不禁丢了个白眼给她。眼神上下打量了她一番，才冷声道：“朕一直怜惜你，上回在太后那边，朕还向着你。结果你是如何回报朕的？用一桌子菜直接快把朕弄死了，最毒妇人心。朕可不敢怜惜你！”

男人完全不吃她这一套，扭过头去不再理会她。沈妩轻哼了一声，脸上方才露出的委屈神色，也消失得干干净净，而是低着头专心地梳理着头上的青丝。

“皇上这话说出去，也不怕别人笑话。明明是你最毒男人心才对，嫔妾那般辛苦伺候您，您却把容华的位份先给了旁人，这叫付出多余所得。”沈妩刚经历一场情事，也知道皇上此刻心情不算差，所以说话的时候便少了几分顾忌，半真半假的语气倒是让人难以忽视。

皇上轻轻蹙了蹙眉头，却是冷哼了一声，没再理会她。

两人泡了一会子，皇上便先从汤池里出来了，他拿起一旁贵妃椅上放的锦布，一点点将身体擦干净。然后便听见池子外头传了一阵“啪啪”的水声，果然是沈妩手脚并用地从池子里头爬了出来。

她的腿还是抖得厉害，皇上瞧着她瑟瑟发抖的模样，眼睛不由得轻轻眯了起来，最终抓过贵妃椅上另一条干的锦布，一扬手便往沈妩那边扔过去，恰好盖到了她的头上。

沈妩缩了缩脖子，腿一动就痛得很，最终自暴自弃地往地上一坐，完全不顾自己赤身裸体，此刻什么形象都不顾了。伸手把头上的锦布拿了下来，轻轻对着皇上的方向扬了扬手。

“皇上，嫔妾浑身都痛，完全动不了。起不来也没法子擦身体！”沈妩就这样晃着手里的锦帕，抬起头一脸痛苦地看着他。

男人也未身着寸缕，就这样双手交叉放在胸口前，看着她在那里撒娇。面上的神色丝毫未见波澜，沈妩瞪大了眼睛看向他，似乎根本不准备妥协一般。

最终皇上长叹了一口气，慢慢地走到她面前，弯下腰伸手捞起她抱在怀里，顺带着把锦布也拿了过来，替她轻轻地擦拭着湿漉漉的青丝。

“沈氏阿妩，朕为了你可是破例最多。这回朕亲自替你擦身子，说出去都没人信，你祖坟应该冒青烟了！”皇上难得心情甚好地调侃了她一句，待她的身体擦干后，便用锦布裹着她，直接抱紧了往外走。

内室里早已整齐地放好了两人的里衣，沈妩匆匆套上，便滚进了锦被里，闭着眼睛准备歇息。

两人皆是倒头就睡，精力早已在御花园里用完了。

026

晋升修仪

第二日沈妩醒过来的时候，首先便感到眼睛酸涩得厉害，喉咙也是发干发涩。显然昨晚纵情过度，眼泪也流多了，声音也喊大了，才导致这般痛苦。她抬了抬手臂，似乎想要伸个懒腰。哪知刚一动，浑身上下几乎都传来难耐的酸痛感。

“嗯！”她没忍住轻轻地呻吟了一声，秀气的眉头也紧紧蹙起，还是一根手指都不想动。

沈妩小心翼翼地扭过头，看了看屋子四周的摆设，才反应过来，这里是龙乾宫的内殿。她又慢慢地瞥了一眼殿门处，只见刺眼的阳光已经投射进来，估摸着时辰不算早了。

她正努力地让自己清醒，便听见外殿传来脚步声，她一直关注着，直到身穿黑色龙袍的男人走进来时，她不由得怔了一下。

“皇上怎么没去上朝？”她慢慢地开口，嗓子里极其干涩，发出的声音也异常难听。

男人慢慢地走到她的床边，从一旁端起一杯茶来，轻轻扶着她坐起，喂她喝了几口。

“也不瞧瞧这都什么时辰了，朕早就和那些半死不活的朝臣们会过面了，已经下朝了。你可真能睡！”男人轻轻地说了一句，将茶喂着她喝完，便拍了拍手，把候在殿外的宫女招了进来。

沈妩任由明音带着人替她穿衣裳，不过听得皇上这番话之后，脸上的神色立刻充满了惊讶，不由得低声问道：“那太后那边请安的事儿呢？”

她细细一琢磨，也料想到昨晚那么长时间不见人影，估摸着肯定是要风言风语一阵的。这会子肯定是误了请安的时辰，真不知太后那些人心里头如何想。

“朕派人替你告了假，就你昨晚动不了那样子，今儿肯定起不来床。何必巴巴地凑过去，被人围观，难道你希望被人骂？”男人就坐在内室的花梨木椅上，这伺候沈妩的宫女，除了明音和明心二人，皆是龙乾宫的，所以此刻皇上的状态也十分放松，直接跷着二郎腿。

沈妩轻笑了一下，哪有人喜欢被骂的。

她坐到铜镜前，因为明语待在锦颜殿里，所以这回是明心帮她梳的头。大方而精致的元宝髻，上面只插了两支玉簪固定住，不用去寿康宫和那些妃嫔斗艳，沈妩便省了心思，倒是弄得比往日素淡些。

齐钰一直坐在旁边，从她穿衣裳开始，就紧紧地盯着瞧，直到沈妩收拾利索了，他还手撑着下巴，一脸深思的模样。

“皇上，瞧了那么久作甚？无非都是女人打扮的一些琐碎事儿罢了！”沈妩转过身来，轻轻地唤了他一声，脸上露出几分笑意。

男人回过神来，冲着她勾了勾嘴角，然后轻轻扬高了语调道：“李怀恩，进来宣旨！”

沈妩一听他说宣旨，不由得扭过头去认真地看了他一眼。男人脸上的笑意是她所熟悉的，前世若是要奖赏她的时候，都会露出这样的表情，带着些许亲近的味道。她的心里不由得松了一口气，想来昨晚舍命陪皇上做，此刻要犒劳她，也不是亏本买卖！

她慢慢地站起身走了几步，李怀恩便捧着圣旨进来了。只见他展开圣旨，轻咳了一声才道：“奉天承运，皇帝诏曰：姝容华沈氏阿妩，秀外慧中，温婉可人，实乃朕之心头所好。懂朕心，明朕意，实属难得。特封为从二品修仪，钦此！”

沈妩跪在地上，一时有些怔愣，竟是忘了接圣旨。从二品之中修仪、修媛、修容正好排在最后三名。她是修仪，沈婉是修媛，沈娇是修容。她这个进宫不到半年的人，却一下子就把入宫好几年的两位姐姐踩在脚下，当真是足够嚣张。

一旁的皇上轻眯着眼睛，目光就一直没有离开过沈妩的脸，显然是在仔细地观察她脸上的神色。沈妩回过神之后，只觉得手心里不停地冒汗，却没有去接旨。头一回对于升位的圣旨，这般反感。

“姝修仪，接旨吧！”李怀恩满脸堆着笑意，轻声提醒了一句。

依他所见，皇上这圣旨写得是一次比一次露骨直白。上回说沈妩当为后宫表率，这回就直接说她是皇上心头所好。完全就把姝修仪捧成了皇上肚子里的蛔虫，什么都知道！

沈妩轻轻地吸了一口气，慢慢地起身，弯腰恭敬地接过圣旨。她慢慢地转过头，恰好对上皇上一双冷厉的眼眸，心里悄悄地叹了一口气。

皇上如此三级跳升了她的位份，不说沈王妃那些人，就连她自己，都觉得说不过去。入宫四个月而已，她直接从一介王府庶女，快速地跳成了从二品修仪，而且是将沈王府极其看重的嫡女长姐踩在了脚下。

她昨儿晚上向皇上抱怨，也不过是一时口快，哪知她会从正四品直接跳到从二品。而且还恰好踩在她俩的头上，皇上这分明就是故意的。

“嫔妾谢皇上恩典。”沈妩又转过身，冲着皇上慢慢俯下身，轻轻行了一礼。

皇上轻轻笑开了，亲自站起身搀扶着她起来，柔声道：“爱嫔这是什么话，朕还等着你再多给朕一些惊喜，到时候这爱嫔的称谓也好变成爱妃啊！”

男人慢慢低下头，嘴唇凑近她的耳边，声音却是不高不低。内殿里侍立的几个宫人皆听得一清二楚，只是皇上这姿势暧昧，话语里更是暗示意味十足，难免让人心生猜测。恐怕姝修仪的未来，是一片坦途，皇上竟然会如此器重她！

沈妩低着头，并不说话，只是轻轻地笑了笑。实则她脸上的笑意十分僵硬，眼眸里也尽是讥诮。

上辈子，她耗费了五年，才得了从二品的资格。这一次，她竟然只用了四个月。

大秦的后宫之中，虽说是盘根错杂，各家几乎都会往后宫之中送姑娘进来选秀。不过沈王府可谓极其引人注目，因为别家至多两位姑娘，兴许不受宠了才会送新的进来。

可是当初沈王府把沈妩和沈韵推进来的时候，沈娇占着妃位，沈婉占着婕妤又有身孕傍身，完全没必要再把庶女推进宫，偏偏沈王府硬是这么做了。沈家这种举动，落在旁人的眼里就是另一幅光景。沈家对第一世家，明显就是势在必得。

沈妩知道皇上对于沈王府这种急功近利的做法，虽然一直表现得无所谓，实则心底犹如扎了一根刺般，迟早是要拔除的。前世的时候，皇上拔了沈婉和沈韵，并没有牵连沈妩。但是这次，皇上竟然如此高升她的位份，看样子是想借她的手，来铲除后宫里别的姓沈的人了。

“来，为了庆祝爱嫔得升高位，今儿朕陪你一整日！”齐钰一把拉住她的手腕，煞有介事地说道，声音始终都是温润的语调，像是要把人的心融化了一般。

沈妩慢慢地抬起头，一脸面无表情地看着他。皇上原本期盼着她脸上会是兴高采烈的神情，结果一瞧她这副半死不活的模样，当场脸也板住了，两人互相嫌弃地看了一眼，便都扭过头去。

沈妩在心底啐了一口：皇上，您真行！为了迷惑敌人，连美男计这种没节操的东西都用上了，混账！下回祝您秒射！

皇上则是一遍又一遍地在心底反复念道：作死的沈妩，看什么看，再看就抠了你的眼珠！

候在殿内的宫人们，实在是搞不懂二人之间这僵硬的气氛是哪里来的。李怀恩不由得垮着一张脸，瞧瞧咽了咽口水，心里早就琢磨开了：怎么回事儿！皇上方才不是还把姝修仪夸得跟蛔虫似的吗？怎么说翻脸就翻脸！

明音在心底长叹了一口气：新主子，旧主子，都是主子！新主子，旧主子，都是神经病！两病相遇，必然会病得更加严重！

“那嫔妾就恭敬不如从命了。”沈妩轻咳了一声，好容易才调整好状态，轻轻弯下腰行了一礼，柔顺地应承了下来。

皇上也一改方才的冷脸，轻轻地点了点头。拉着她到了外殿，桌上早已就摆好了早膳。沈妩轻轻挑了挑眉头，皇上竟是特地等她一起用。看样子这回当真要对她下狠手了。

两人用完早膳，皇上直接拉着她的手，要去逛御花园。

“爱嫔昨儿晚上对花圃里所种植的花，可是一窍不通，当真说不过去。为了下回能对答如流，还是一起去瞧瞧吧！”皇上脸上带着笑意，明明只是提议而已，语气里却透着不容置疑，显然不给她反驳的机会。

皇上当真一直拉着她的手在前面走，龙辇就跟在后头。不少来往的宫人都瞧见了，驻足行礼的时候，那眼神都有意无意地往他二人紧紧握在一起的手上瞟。

沈妩被升位的圣旨也早就传遍了后宫，此刻再瞧见这一幕，众人就更加肯定姝修仪是真的得皇上宠爱，是他的心头好。

待到了御花园，宫人在后面远远地跟着，倒是只有他二人在前头走。

“爱嫔还记得朕昨儿晚上所说的话吗？沈氏阿妩不需要朕怜香惜玉，因为你心狠。从你入宫开始，就一直战无不胜！这位份也是你该得的，朕真希望你一直胜下去！”皇上拉着她停在了一个花圃旁，里面种植着牡丹，此刻正是盛放的时节，无比的惹人眼，不愧是天香国色。

皇上说这番话的时候，语气森冷而严肃，像是在向她摊牌一般。只是他脸上的笑意却是如沐春风，顺手从花圃里折下一朵牡丹，轻柔地插入她的发间，歪着头仔细端详着，脸上的笑意更甚。

在外人看来，明明就是一副恩爱浪漫的场景。沈妩面上的神色微微一冷，立马又恢复过来，嘴角带着几分笑意。

“皇上这话才着实好笑，嫔妾只不过是性子张扬了些，哪里心狠？至少进宫之后，嫔妾从不曾主动害人，又何来心狠一说？”沈妩的脸上也摆满了笑意，只是藏在衣袖里的手却是死死地握紧了。

皇上看着她脸上硬挤出的笑容，脸上的神色渐渐变得严肃起来，摸着下巴沉思了一下，慢慢地抬起手，拍了拍她的肩膀。然后前倾着身体靠近她，嘴巴轻贴着她的耳垂。

“朕所谓的心狠，在后宫里，是个好品质！爱嫔，被朕这么夸过的，只有你一个！”男人非常严肃而认真地告诉她，然后抬起脸，依然是深沉的表情，似乎是想让她相信一般。

沈妩看向他，动了动嘴唇，却是一个字都没说出来，不过心底已经念叨出来了：去你妈蛋，有多远滚多远！

心狠的确是好品质，到时候可以帮皇上斗死自家姐妹，留她一人孤军奋战。说不准到时候皇上厌倦了这种恶毒女人，一脚踢开，她只有受辱的份了！

齐钰见她不说话，有些无趣地耸了耸肩，拉着她继续往前走。漫步在石桥上，沈妩偏过头看着波光粼粼的湖面，心头不由得涌上几分尴尬。

昨儿晚上最后，她就是在这里活生生地被做晕过去的！禽兽！

“臣妾见过皇上！”一道清雅的行礼问候声，将沈妩的神志拉了回来。

她慢慢一转头，就对上了庄妃探寻的目光。沈妩连忙俯身行礼，湖心亭里还有两三个妃嫔，此刻都急匆匆地走过来冲着皇上行礼。

不巧的是，沈娇和沈婉都在其中。沈妩看着她俩对自己行礼的时候，心里可谓忧喜参半。

“起身吧，朕就是陪着阿妩来逛逛。平日里没有空闲，这回总算是得了闲，还真是巧遇！”齐钰勾了勾唇角，笑得一脸温和。

但是他这话一出口，却是无人敢接话。沈妩早已气绿了一张脸，皇上您可真能扯！听听这话，九五之尊特地陪着一个修仪来逛御花园。皇上，这还是人说的话吗！您这样的性子，谁敢让您陪啊！

对面几个妃嫔，包括一向自持力甚高的庄妃，脸上的神色都变得极其僵硬。对自己的妃嫔说巧遇，皇上您真的没病吗？

“来来来，有缘千里来相会，大家一处坐坐！朕也许久未见到你们了！”齐钰边说边往里走，摆足了主人家的姿态，临走还不忘拉着沈妩的手。

沈妩轻轻挣了挣，男人握住她手的力道越发加大，显然不给她挣开。几个人坐在湖心亭内，可谓尴尬异常。

“婉修媛的身子还好吗？”落座之后，皇上先对着沈婉表示了他亲切的问候。

沈婉对于皇上一开始就对她表示关心，稍微有些受宠若惊，连忙站起身，轻轻点着头，柔声道：“嫔妾很好，多亏了庄姐姐和娇姐姐的照顾！”

庄妃的面上依然是得体大方的笑容，而沈娇对于上回皇上不给她脸面的事儿，实在是印象太过于深刻，此时见到皇上，心里还是禁不住忐忑不安，她始终低着头，显然很怕和皇上对视。

皇上轻轻地点了点头，脸上难得露出了几分淡淡的笑意，不再像往日那般嘲讽：“辛苦两位了，待会儿朕都有赏。不过婉修媛也该把这称谓改一改了，现在娇修容的位份可是比你低，你也该叫她妹妹才对！”

男人的语气虽然十分轻柔，但是说出来的话却让人不敢大意。他的话音刚落，沈娇整个人就不由得抖了一下，却是一句话不敢说，连头都没抬一下。沈婉脸上的笑意也僵住了，她干笑了两声，却是不敢忤逆皇上的意思，轻轻地点头算是应承下来。

“后宫许久未传出喜讯了，婉妹妹这胎自是金贵的，所以臣妾想着让太医院派个太医来，每日早晚都来一回瞧着，免得出了什么差错！”一旁的庄妃见气氛有些尴尬，不由得轻声开口解围。

她边说边拿起桌上的茶壶，替皇上倒了一杯茶，顿时茶香四溢。

皇上摆了摆手，脸上的神色带着几分无所谓，低声道：“婉修媛是交给你了，一切就由你来操办便是了！”

沈妩一只手被男人紧紧握住，另一只手抬起撑着下巴，扭过头去看着亭子外面的风光，一副对他们的谈话兴致缺缺的模样。

“今儿早上，听太后说姝妹妹身子不大好，这下可好了？”庄妃轻笑着将话题引向了沈妩的身上，语气里带着几分担忧。

沈妩这才扭过脸来，嘴角轻轻扬起，回以一个同样柔和的笑意，低声道：“多谢姐姐关心，已经大好了。明儿早上定能去请安的！”

这么一来一回地说了几句之后，气氛便再次陷入了冷寂之中。即使八面玲珑如庄妃，此刻也憋不出话来。

“好了，朕和姝修仪还要在这里坐坐，几位就先回去吧！特别是婉修媛，不能出来太久！”皇上却是优哉游哉地看了一眼外头的风光，兴许是觉得这几人待在面前碍眼，便直接开口下了逐客令。

那几人自是不敢再多留，纷纷起身行了一礼，便相携出了湖心亭。

待几人的身影消失，沈妩才察觉到皇上仍然拉着她的手，不由得再次使劲儿挣了挣，哪知九五之尊依然不肯松开。

“皇上，她们都走了，您也不用委曲求全地拉着嫔妾的手来做戏了！”沈妩偏过头紧盯着他瞧，哪知男人根本不为所动，只专心地低头观察着茶杯里的水。

此刻听到她有些气恼的声音和话语，视线才从茶盏移到了她的身上，眼睛轻轻眯起，里面透着几分不满，冷声道：“爱嫔这是什么话，你觉得朕需要做戏吗？”

男人的眉头轻轻蹙起，显然因为沈妩的话带着几分不高兴。对待后宫的妃嫔，他哪回不是想怎样就怎样？不喜欢就是不喜欢，该打就打，该踩就踩。在前朝受了她们父兄的气了，回来自然也撒气。可怜见他一片赤诚之心，这个女人竟然不懂！一点都不解风情！

“那皇上为何一定要拉着嫔妾的手，都已经出汗了。皇上平日里不是最喜干净的吗？”沈妩轻拧着眉头，一脸的不解，轻轻晃了晃两人握在一起的手。

果然掌心贴着掌心，手指碰着手指，经她这么一晃悠，立刻便能感到一片汗意涔涔。

皇上自然也感觉到了，轻轻地“啧”了一声，黏糊糊的自然十分难受。可是他又着实不想松手，便上下打量了她一下，低声问道：“你锦帕放哪儿了？”

沈妩一时反应不过来，不是在讲牵手的问题吗？怎么忽然就扯到锦帕了。

男人瞧见她发呆的模样，脸上露出几分不耐的神色，似乎不愿再与她多费唇舌，直接抬起另一只手伸向沈妩的衣襟里，四处摸索着。

沈妩的身子自然往后缩了一下，怎么开始摸她胸了？她也连忙抬起另一只手，按住了男人在她胸口处乱摸的手，脸上带着几分难以置信。

这是要作甚，白日宣淫吗？

“你没带帕子来？”男人抬起头，与她对视着，脸上的神色十分严肃而正经，丝毫没有要调戏她的意思。

“没，不是，带了。在衣袖里！”沈妩被他这样认真的目光注视着，竟是一时结巴了，脑子有些转不过来。

皇上的眼神十分明亮，纯黑色的瞳仁似乎要将与他对视的人吸走似的，让人移不开眼。

沈妩乖乖地抬起没被他握住的左手，往他的面前递了递，露出纤细而白皙的手腕。齐钰丝毫没有犹豫，直接抬起右手伸进她的衣袖里，从中抽出了锦帕。

他拿着锦帕，轻轻托着沈妩的右手，然后慢慢地擦着她掌心的汗渍。直到她一整只右手全部擦了一遍，皇上才轻轻地松了一口气。然后他又慢慢地擦了几下自己的手掌，整个过程都十分安静，两个人皆未开口，只是专注地盯着他擦手的动作。男人的长长的睫毛垂下，落下扇形的阴影。偶尔抬眸望向她的时候，沈妩总会产生几分错觉，流光溢彩，仿佛是遥远的星空，瞧一眼便被吸了进去，无法自拔。

待两个人的手掌都擦过一遍之后，他便再次握紧了她的右手。

“朕只是想要拉着你的手而已。”男人从一开始的用手掌包住她的柔荑，变成了十指相扣。

沈妩听得他的话，整个人一怔，连忙转过头看向他。她便伸长了脖子慢慢地靠近他的脸，像是要看出些什么来。无奈男人脸上的神色十分平静，丝毫看不出任何端倪。

皇上抬手按在她的脸上，将她推远了些。一句话也不说，便拉着她往外面走。

两人的手紧紧相扣，所以她也亦步亦趋地跟着他。齐钰的脸上露出几分深思的神情，他还记得很小的时候，他的母妃对他说过，喜欢一个人，就要牵手、拥抱，来慢慢体会这种珍视人的感觉。

他不知道什么是喜欢，因为从小到大喜欢的东西，几乎都被他给弄坏了。况且这后宫的女人，他很少牵手或者拥抱，大多数是直接敷衍了事。身体的结合，要比牵手和拥抱来得更加亲密，不过真正能让他注意的，寥寥无几。

今儿早上对沈妩那样的册封，的确是存了旁的心思。他要打击沈王府在后宫的势力，这个主意是不会改变的。在御花园里遇到庄妃她们，牵起沈妩的手，也不过是一时兴起。只是他没想到一旦牵起她的手了，忽然觉得手感不错，就不想放手了。

脑子里自然而然地想起母妃生前对他所说的话，所以待沈妩提醒他出手汗了，他也只是拿了锦帕擦干，并没有要放手的意思。他忽然好想试一试牵手的感觉，恰好这个人是沈妩，聪明、果决、心狠手辣的女人，感觉还不坏！

他这么想着，脸上的神色就慢慢变得柔和了，嘴角轻轻扬起一个细小的弧度，显然心情都变得好起来了。

不过，先前心底计划好的要利用沈妩当先锋，一步步蚕食沈家在后宫的势力，这个想法他还是不准备改变。

沈妩跟着皇上的脚步往前走，也只能瞧见他的后脑，根本猜不出他心中所想。倒是自己先琢磨开了，前世沈家也是进宫了四位姑娘，正是现如今的状态，不过最后只留了她和沈娇。

沈婉是因为孩子没保住，皇上降了她的位份，从此不闻不问，她犹如被打入了冷宫一般。沈韵则是一直未受宠，直接被皇上点为女官，最终还是没逃过后宫势力之争，沦丧为弃子，最终被撵回了沈王府。

两人各怀心思回了龙乾宫，皇上说话算数，硬是抽出空来陪了她一日。案桌上的奏折都没怎么批阅，李怀恩瞧着两人一直牵着手，甚至连用晚膳的时候，皇上都很少松开，不由得瞪直了眼睛。

这两人从起床之后，就一直闹。先前还是互相嫌弃的模样，这会子又好的能穿一条裤子似的。让他们这些宫人，当真猜都没法猜他二人的心思。

倒是用完晚膳之后，皇上让沈妩先去内殿休息，他则留在外殿批阅奏折。听到他这么安排之后，殿内侍候的宫人，几乎一大半都在心中啧啧称奇：姝修仪的地位，竟然超过了奏折！皇上，您已经往只爱美色不爱江山的道路，一去不复返了啊！

沈妩没有多说什么，皇上决定的事儿，自然是不会改变的。她昨晚上被折腾的快成狗了，自然没心情留下来红袖添香了。只是行了一礼，便转身进了内殿。

李怀恩看着沈妩娇弱的背影，再扭头看了看翻阅奏折的九五之尊，心底长叹了一口气：真希望这俩主子少作死，这样他也可以分点心思来感受这个世界的善意！

027

整治许衿

皇上批阅奏折到很晚，直到子时才算是结束，匆匆洗了一下，便走进了内殿。沈妩已经平躺着熟睡了，她脸上的表情十分平静，没有平日里对着妃嫔的张扬跋扈，也没有对着他的那种娇媚。

齐钰仔细端详了片刻，瞧着她无害的模样，不由得心头一软。他有些奇怪自己为何会心情忽然变好，却也没有深究。恰好沈妩的左手露在锦被外面，他钻进自己的被窝里，伸出右手自然地握住她的，便闭上眼睛准备休息。

不过片刻工夫，他便睡熟了。内殿里一片寂静，两人的手十分自然地搭在一起。李怀恩靠在殿门外，侧耳听了听，见里头没有动静了，才算是舒了一口气。总算是消停了！

第二日一早，倒是沈妩先醒了。她昨晚上睡得好，所以没耗费多长时间，脑袋里就清醒了过来。

轻轻动了动手指，却发现自己的左手被人握住了，男人手上的温度源源不断地传了过来，她也没有动，而是小心翼翼地动着手指。慢慢地在他的手上摸索着，从掌心到虎口，偏硬的茧子是男人常年练剑时留下来的。再到指节，最后她将五根手指慢慢插入他的指缝中，形成一个十指相扣的姿势。

熟睡的人似乎有被她弄醒的预兆，英气的眉头轻轻挑起，脸上的不耐烦也越发明显。

沈妩连忙松开手，耐心地等着他恢复平静之后，又大着胆子去玩儿他的手。最终皇上还是被她弄醒了，原本便是警觉之人，只是昨儿晚上熬得太晚，有些不想起罢了。

“别闹！再让朕睡会儿。”男人翻了个身，背对着她，偏生两只紧握的手却没有松开，像是已经习惯了一般，他这般睡着也不觉得难受。

沈妩听着他模模糊糊的语调，不由得轻笑出声。难得皇上像个撒娇的孩子一般，而且还没冲着她发起床气，依皇上那话，真是祖坟冒青烟了！

似乎是被她的笑声弄得心情不爽了，齐钰又翻了身，面朝着沈妩，然后一条腿从锦被里伸了出来，毫不客气地搭到了她的腰肢上，颇有几分夹紧不让她动弹的趋势。

两人挨得很近，这样脸对脸头靠头的姿势，沈妩一下子就看到了他眼眶下的阴影。很显然是昨儿晚上熬得久了，她轻叹了一声，终是心底不忍，便也跟着闭起了眼睛，不再闹他。毕竟皇上昨儿是拿着陪她一整日为借口，才把批阅奏折挪到了晚上。

不到半个时辰，李怀恩那边就开始提醒了。齐钰被沈妩闹过一回，根本就处于浅眠之中，这回一有了动静，便立刻睁开眼睛来。

睡得太少，导致他的头有些痛。身体不舒服，更是让皇上一大早刚睁眼，就已经处于狂暴的边缘。他迷迷糊糊地抓起沈妩的左手，往嘴边送，毫不客气地咬了一下她的手指。

沈妩正瞪大了眼睛，瞧他这副想起又起不来的狼狈样，根本没料到皇上会直接咬她，一时疼得吸了一口气。

似乎是察觉到她的手指往后缩了一下，皇上便松开口放过了她的手。

“进来！”男人总算是恢复了些神志，轻轻扬高了声音冲着殿外喊了一句，便坐起身慢慢地下床。

沈妩也不再睡，其实每回妃嫔受宠，若是能与皇上一直到第二日，那么这早起的梳洗，是由妃嫔来伺候的。不过沈妩进宫后，好像只侍候过他两三次梳洗。其余的每一次齐钰离开的时候，她几乎都还沉浸在梦乡之中，这回总算是有了机会表现一下，她自然不会放过。

直到用冷水洗过脸之后，皇上的眼睛里才算是有了些神采。待送走了皇上，沈妩才开始挑选自己的衣裳首饰。昨日她并没有去寿康宫请安，一整天都和皇上腻在一起，所以后宫里的流言，根本没机会传到她的耳朵里。

不过此刻只有她一个主子在，况且待会儿还要去寿康宫斗法，她便让明音将流言说些给她听听。

“修仪，奴婢说了，您可莫恼！就当她们是红眼病犯了！”明音首先给她做心理建设，脸上带着几分担忧的神色。

沈妩轻轻地挥了挥手，一脸的满不在乎。虽说流言这东西三人成虎，不过她早就抛开了脸面，面子里子都不稀罕，这些流言自然伤不到她。

“总之传的是一些不好听的，说您上不得台面，是小妇养的庶女。御花园之事虽未挑明，不过也到处在传。”明音斟酌着语气，只挑了几句说给她听。

沈妩点了点头，随手指了一支玉簪，脸上的神情不变。不过从她紧抿着红唇来看，便知她心情不是很好。流言这东西，就喜欢把亲密的人牵扯进来，说她就够了，竟把元侧妃也带上了。

曾经许家的嫡女，也是小妇吗？沈妩轻轻勾了唇角，露出几分冷笑，真不知太后和许衿听到这些流言，是该哭还是该笑。

当沈妩带着明心和明音到寿康宫的时候，果然见到在外等候的妃嫔们，三三两两凑在一处，兴致勃勃地议论着什么。脸上的神色各不相同，但是鄙夷、轻蔑却是最常见的。

一见到沈妩的身影之后，不少人都纷纷收敛了，走到属于自己的位置上。毕竟沈妩的手段，这在场的妃嫔，几乎都见识过。姝修仪掌掴人的时候，可是从来不分场合不给对手留脸面的。

沈妩现在是从二品，在整个后宫中看来，她的位份都算是高的。她没有一丝一毫的犹豫或者谦让，直接走到了沈娇的前面，成功地让沈娇后退了一步。众人虽都扭过头去，不过余光皆注视着这边的情况。

好在从二品的位份上，还有几个比沈妩高，不过皆不得宠。且无论是谁站在沈妩的身边，都会成为她的陪衬。

许衿和斐安茹站在沈妩对面的那条队伍里面，两人相邻而站。曾经并排的三人，因为沈妩的高升，而呈现一条颇长的斜线。现如今的姝修仪，距离她们太过遥远！再配上沈妩此刻清幽而略显高傲的神色，简直就是遥不可及。

不待众人适应过来，穆姑姑已经走出殿来，让她们进去请安。

众人行了礼，得了太后的回应，皆坐到了身后的椅子上。刚过完五十大寿的太后，看着脸上并没有预期的笑意和欣喜，相反还有些愁云惨淡。

寿宴当晚，传出来皇上不顾她的贺寿，跑到御花园和妃嫔偷欢。任谁的面上都挂不住，心底更加不会舒服。

太后眼睛一抬，便瞧见沈妩的身影，离她的主位真是又近了。那道艳丽的倩影，就像一根刺一样，哽在她心头难以拔除！

“哀家先给姝修仪道喜了！”太后轻咳了一声，便冷声开口了。虽说是道喜的话，只是语气里却是冷冰冰的一片，带着几分不情愿。

沈妩手里端着杯茶盏，轻抿了一口。听到太后这话，不由得转过头去，慢慢地对上她的眼眸，紧接着抿唇一笑，扬高了声音道：“嫔妾谢太后，同喜同喜！”

太后原本就没准备她能说出好话来，狗嘴里吐不出象牙来嘛。哪知道沈妩竟是这般没羞没臊的，何来同喜一说？姝修仪晋位，几乎整个后宫的女人都是悲伤异常！

“不知哀家寿宴那晚，姝修仪人去哪儿了？派了好些太监宫女都没找到你人！”太后没有跟她计较同喜一说，而是直接将话题引向了别处。

沈妩轻轻挑了挑眉头，她能感觉到，当太后这话一说出来，大殿里大半人的眼神都投注过来，似乎在等着看她如何解释一般。

“哦？嫔妾还以为大家都知晓呢！方才嫔妾在来的路上，还听到有几位妹妹小声嘀咕呢！说得像煞有介事的样子，难道太后不知？”她将手中的茶盏放到了桌上，脸上露出一副惊讶的神色，显然是没料到太后竟然不知晓。

众人看着她瞪大了眼睛，脸上竟是无辜和认真的神色，不由得心头一堵。无论何时，姝修仪脸上的表情，总能把人的心底勾出三分恼意来。这些龌龊事儿还不都是她做的，此刻装什么天真无邪！

“哀家要听你说，究竟是去哪儿了，也好让哀家心里有个数！”太后深吸了一口气，好容易才压下心头的不爽，轻声催促了几句。

沈妩这回不再兜圈子，脸上露出几分狡黠的笑意，口气里带着些许的得意和无所谓：“其实也没去哪儿，皇上在哪里，嫔妾自然就在哪里！”

她刚说完，就轻轻低着头，抬起双手慢慢地拍了拍双颊。似乎是害羞了，脸上的笑意带着几分腼腆。

众人被她这句话一堵，几乎都不再说话了。此刻看着她带着一副纯良的笑意，心头只觉得被插了一把刀。

姝修仪的脸，比什么变得都快。该打人的时候，绝不手软。该气人的时候，也绝不放过。

“你！沈氏阿妩！”太后终究还是怒了，气白了一张脸。她猛地拍了一下椅把，抬起食指有些颤抖地指向她。

沈妩看着她被气得浑身发抖，整个人已经失态了。心头便涌上几抹快意，老妖婆，上回的账还没算呢！这回慢慢来，气不死你也先让你丢了颜面！

殿内的气氛有些紧张，因着太后忽然拍了这么一巴掌，几乎所有人的眼光都投射了过去。太后的面色被气得发白，眼神阴冷地看向沈妩，似乎随时准备把她四分五裂一般。

沈妩依然坐在椅子上，脸上的神色不变，甚至还端起小桌上的茶盏，轻抿了一口，嘴角露出几分惬意的笑容，丝毫不为太后的动怒而惊慌。

“太后，您还是莫要动怒，免得为了这等着捕风捉影的小事儿，弄坏了自己的身子。如若您不信嫔妾方才所说的话，可以派人或者亲自去问问皇上，嫔妾所说的是否属实。一切自然就能真相大白了！”沈妩慢慢地偏过头，对上了太后的眼眸，脸上的表情毫不畏惧。

相比于已经站起身、满脸阴沉表情的太后，沈妩则显得镇定多了。

太后紧抿着嘴唇看向她，两人的目光相交，把心中的不满和对彼此的愤恨，丝毫没有隐藏地表达了出来。

最终还是太后妥协了，她慢慢地坐回了凤椅上。沈妧都把话说到这种地步，太后也只能作罢，她不可能真的去问皇上。

今日的请安注定又是不欢而散，太后轻轻闭着眼眸，靠在椅背上。脑仁疼得厉害，她现在只要看见沈妧那张脸，心里头就像是卡了一根刺一般，难受异常。

沈妧则是扭着纤腰，摇曳生姿地走出了寿康宫的大门。前后的妃嫔们，自然都注意到这位新上位的姝修仪，却都是悄悄地退避三舍。谁都不敢随意招惹她。

沈妧一路走到了台阶下，却没有着急上轿，而是停在那里，像是在等什么人一般。

许衿就在她身后不远的地方，瞧见她停了脚步，心里头不由得一怔。心里难免猜测，步伐却不慢。

"远妹妹，本嫔特地等你呢！"沈妧回转过身看到她的身影，脸上自然而然地露出了几抹笑意，声音温润语调柔和，就像是最亲密的姐妹对话一般。

许衿看着沈妧难得地露出这样的好脸色，心里却涌起几分不安。正如斐安茹曾经说的，许衿一直带着虚假而伪善的笑意和态度，在这后宫之中生存着。沈妧与她恰恰相反，张扬跋扈到近乎为所欲为。可是此刻，沈妧的脸上也带了一层善意的面具，这让许衿心里十分不舒服。

仿佛沈妧光明正大地设计了一个陷阱，并且十分大方地告诉她，最后许衿却不能反抗，只能自己跳下去，等着糟糕的结果。

"不知姝修仪找嫔妾有何事儿？"许衿回过神来，脸上勉强挤出了几抹笑意，声音压得有些低。慢慢俯下身冲着她行了一礼，态度也十分谦卑。

沈妧瞧着她低头俯身行礼的模样，心里顿时舒畅了不少，脸上的笑意越发明显。从衣袖里抽出锦帕，轻轻捂着红唇笑出声来。

银铃般愉快的笑声传到了许衿的耳朵里，像是无数根刺一般，深深地扎进她的身体里，难受异常。

"远妹妹不愧是第一世家教养出来的嫡姑娘，这礼行得真是有模有样，本嫔心里高兴！走，太后身子不好的时候，一直没见到你，心里头怪想的，跟着本嫔去锦颜殿坐坐！"沈妧故意把语调抬高了些，她边说边凑近了许衿的身旁，一把拉住她的手，就往轿辇上坐。

从二品妃嫔所配的轿辇，自然是位置宽敞舒适，倒是正好够二人坐的。沈妧拉着她坐到了一起，却是没有抬手让起轿，像是刚想起什么似的，懊恼地抬手拍了拍额头。

"瞧我这性子，后宫里规定，下位者的一切用度都不允许超过上位者。妹妹还是坐回自己的轿辇吧，免得待会儿被人瞧见了，又要乱嚼舌根子，妹妹不好做人了！"沈妧的语气里尽是自责，但是脸上的神色却是丝毫看不出愧疚之意。

倒是嘴角始终上扬着，脸上一副笑意吟吟的模样，落在许衿的眼中，这表情真是要多欠抽就有多欠抽。

不错，沈妩就是故意的！

明音站在轿辇的旁边，听到沈妩如此一本正经地说着，心里头不由得啧啧称奇。姝修仪贵人多忘事啊，当初她和皇上头一回见面，可就狗胆包天坐上了龙辇，日后更是把龙辇当成自己的轿子了，从来不跟皇上客气。此刻却这般对待许衿，节操碎了一地，不忍直视啊！

许衿盯着她的眼睛瞧了片刻，沈妩脸上得意的笑容丝毫没有遮掩。不少还未离开的妃嫔们，也都注意到她们这边的动静，此刻皆候在那里，像是在等着看许衿如何应付。

许衿深吸了一口气，一转身便下了轿。她别无选择！

沈妩坐在轿辇上，一副高高在上的神情，脸上的表情渐冷。她看着许衿略显僵硬的背影，心里头闪过几分快感。嘴角慢慢扬起，这才是刚开始而已。太后那把老骨头太硬，若是想炖汤喝，就得慢慢地熬。

而许衿则不同，如果太后是老母鸡，许衿就是小鸡仔了！此时不欺负她，更待何时！

“明语。”沈妩抬手，冲着明语招了招手，微微弯身凑近她轻声叮嘱了几句，才让人起轿。

明语得了沈妩的吩咐，喜滋滋地小跑着跟上了许衿的步伐，待走到了许衿的轿辇旁，她特意扬高了声音叮嘱着两个抬轿子的小太监：“姝修仪说了，一定要跟紧了前面的轿辇去锦颜殿，若是丢了或者慢了，到时候一律打断你们的狗腿！”

明语的声音十分娇脆，但是这番恐吓的话被她说出来之后，却没有多少的气势，只让人心头更加不舒坦。整个一狗仗人势的模样！若是明语的年纪再大些，估摸着就直接化身为凶神恶煞的老嬷嬷了。

两个轿辇一前一后到了锦颜殿，兰卉早就带人等在外头了。沈妩身上的打扮焕然一新，从二品规格的衣裳钗环自然更加繁复秀丽，沈妩素来喜欢娇艳的，此刻这么一瞧，颇有几分衣锦还乡的意思。

兰卉瞧见沈妩精神奕奕的模样，心里头才算是松了一口气。掐指一算，她有两个晚上没瞧见姝修仪了，昨日一整天都陪着皇上，真不知道是怎样的受难日。

她一边想着，一边快走了几步上前，明音自然后退了一步，让兰卉搀扶着沈妩走进内殿。许衿跟在沈妩的身后，接受宫人们的行礼。

待看到两边的宫人，竟对着沈妩都行着跪拜的大礼时，许衿的脚步明显一顿。心里头忽然变得紧张起来，后宫之中，虽说主子的权威是至高无上的，不过往往她们这些新入宫不久的妃嫔，根基不深，对待底下的宫人要恩威并施方是良策。

可是沈妩的宫中，所有的宫人都像是犯了十恶不赦的罪责一般，跪在地上冲着她摇尾乞怜吗？

因着沈妩在锦颜殿的绝对权力，她在许衿心目中的形象再次变得难搞了几分。

“上茶。”沈妩轻轻挥了挥手，让一旁的小宫女倒茶，她则坐到了主位上。

许衿带着两个宫女也跟着进来了，沈妩抬眼扫了一下，脸上露出几分不快的神色。

“远妹妹，本嫔有话跟你说，不知你身后这两个，可否先退下去？”沈妩的口气还算和善，一副有商有量的模样。

许衿站在殿内，脸上露出几分尴尬的神色。她是当真后悔来这锦颜殿了，其实沈妩在她的印象中，有时候跟疯狗差不多！逮谁咬谁！

“修仪勿怪，嫔妾身边这两个宫女笨手笨脚的，生怕她们出去了惹出祸端来。况且她二人皆是嫔妾的心腹之人，修仪若有什么话，放心说出来便是，不必困扰！”许衿冲着她俯身行礼，脸上带着几分试探的神色，语气也是极其小心谨慎，生怕把沈妩体内的暴躁脾气勾出来，到时候她只有吃不了兜着走的份儿！

沈妩手撑着下巴，一脸为难地看着她，半晌才长叹了一口气，低声道：“原来是这样啊，那还真是遗憾！”

许衿听得她这一声叹息，心底不由得“咯噔”了一下，顿时没了底，下意识地抬起头看过去。沈妩脸上的表情已经收敛了起来，她根本看不出任何端倪。

“来，远妹妹过来喝茶。这可是皇上亲自赏赐的君山银针，你来尝尝。”沈妩冲着她招了招手，脸上的神色缓和了些，似乎方才对于许衿的忤逆已经揭过去不在乎了一般。

许衿自是不敢怠慢，连忙提起裙摆，快步走到沈妩身旁。待得到沈妩点头，她才坐到了沈妩相邻的椅子上。

二人中间隔着一张花梨木桌，上面放着两杯热茶，此刻淡淡的茶香萦绕在鼻尖处。沈妩对着她示意了一下，便先端起茶盏，轻抿了一口，脸上露出几分惬意的神色。

许衿也揭开茶盖，顿时茶香四溢。君山银针素有金镶玉的美名，茶香气清高，味醇甘爽，汤黄澄高。冲泡过后，芽竖悬汤中冲升水面，徐徐下沉，再升再沉，三起三落，蔚成趣观。许衿先仔细瞧了一眼茶叶沉浮的景观，才端起来抿了一口，顿时茶香满口。

“素闻许家教导姑娘，乃是请遍名士，不止琴棋书画，就连这品茗识香也极其精通。这壶茶如何，不如妹妹说给我听听？”沈妩轻轻抬起食指，慢慢地瞧了瞧茶盏的边缘，脸上带着几分期待的神色。

提起茶道，许衿周身就流露出几分自信的意味，她轻咳了一声，开始娓娓道来。从这君山银针的来历、产地，再到如何制作，甚至是进贡之时的注意事项，都一一讲解清楚，可谓十分周全。

沈妩听她讲得头头是道，脸上的笑意也越发明媚。耐心地等着她说完最后一个字，又举起一旁的茶壶，亲自替她斟满了茶盏。眼瞧着许衿因为口渴又饮下一杯，她才轻轻笑出声来。挥了挥手，让人把大殿的门关上。

“远妹妹不愧是太后看中的人，当真是学富五车，让那些老夫子都甘拜下风。你这么了解茶，又品过无数次，不知你有没有尝出这茶里有毒呢？”沈妩的身体慢慢向前倾，渐渐靠近她的脸，说话时呼出来的气息都喷吐在许衿的脸上。

两人的脸靠得极近，沈妩的呼吸是温热的，但是当那股气息传到许衿的脸上时，她只觉得浑身冰冷，牙齿都抑制不住地打战，像是听到了什么噩耗一般。

“远容华！”沈妩的声音刻意扬高，许衿带来的那两个宫女也听到了，一下子便慌了神，皆惊慌失措地尖叫出声。站在原地踌躇着，似乎想要上前来帮助许衿一般。

沈妩的脸一下子冷了下来，她猛地偏转过头看向那两人，冷声道：“把她二人的嘴给本嫔堵住了，再敢发出一点儿声音，就割了舌头拿去喂鱼！”

沈妩警告的话语掷地有声，她的话音刚落，那两人就都闭上了嘴巴。殿内似乎还回响着沈妩方才尖厉的声音，众人的心里都跟着一颤，姝修仪这是要杀人泄愤吗！

明语却是不管那么多，她兴冲冲地走过来，也不知从哪里摸出来的麻布，就往那二人的嘴里面塞。

“姝修仪莫要戏耍嫔妾，嫔妾胆子最小了，禁不得吓！在侯府的时候，父母兄长就皆会笑我！”许衿苍白着一张脸，就连嘴唇都失了血色，显然被吓得不轻。

她的脸上努力挤出一抹笑意，却是僵硬无比。声音里也带着几分示弱，像是在妥协一般。

沈妩听了她的话，像是听到了什么笑话一般，竟是朗声笑了出来。她慢慢靠回椅背上，脸上带着几分调侃的笑意，讥诮地说道：“远妹妹说什么，你胆小？不不不，怎么可能胆小呢？上回让人陷害我的事儿，怎么就忘了呢？这样大的光辉事迹，你怎么能不铭记在心呢！”

沈妩一字一顿，语气森冷，三个连续的问句，让许衿的心底越发惊慌。像是一个牢笼般，将她死死地困在笼子里，无论她怎么逃，都无法出去。

“嫔妾，没有——”许衿忽然觉得嘴唇发干，不由得伸出舌头慢慢地舔了舔，底气不足地准备反驳。

“远妹妹，你真不应该忘记的。因为我会时时刻刻都关注着你，让你彻夜难眠，今儿只不过是刚开始罢了！你若是乖一点听话一点，我自然不会紧咬着你不放。不过你若是再生出那种不自量力的心思来，许衿你听着，我沈妩一定踏着你的尸体上位！”沈妩并不给她解释的机会，直接开口堵住了她未说完的话。

这一番恐吓意味十足的话语，再配上沈妩脸上清冷的笑意，可想而知震慑的效果极佳。

许衿有些惊魂未定，她发觉喉咙也变干了。拼命地咽口水，似乎这样便可以减少心底的恐惧一般。

“你不说话，本嫔就当你是谨记在心了。最后给你一点教训，就当是让你长脸了！”沈妩说完这句话，便忽然站起身，居高临下地看着她。

许衿下意识地往后仰着身子，瞪大了一双眼眸，看着沈妩就像看到了什么妖魔鬼怪一般，脸上满是惊恐的神色。

“按住她！”沈妩没有理会她此刻的惶恐，而是对着站在一旁的明心和明音冷声吩咐了一句。

明音二人立刻走上前来，还不待许衿反抗，便一人一边按住了许衿的肩膀，并且抓住了她一只手，向身后扭着，然后猛地一使力，便把许衿按到了桌上，侧脸抵在桌面上，狼狈至极。

沈妩看着她，像是待宰的羔羊一般，上身瘫软在桌上，心头顿时舒坦了不少。她直接抄起桌上的茶壶，轻轻扬起，对准了许衿的侧脸浇了下去。

“哗哗”的水声，在碰到许衿那张细嫩的脸蛋时，又产生了另一种声响。浓郁的茶香在殿内飘散，温热的茶水混合着许衿的泪水，很快便沾湿了她的发髻衣衫，又顺着桌面流到了地上。即使心底满是屈辱，许衿却是硬咬着牙，一声未吭。

沈妩手里拿着茶壶，带着一种漠然的目光看向许衿，脸上并没有预想中那样的欢欣笑容。待一整壶茶水都浇完之后，她才罢手。从衣袖里掏出锦帕，慢慢地将手指上不小心沾染的茶水擦净。

“许衿，你心里定是记恨我的。不过我觉得完全没必要，因为比起你先前陷害我的那种计谋，我的回礼实在算轻的了！你以后若是想挑战我的底线，尽管耍花招，但是只要被我识破了，记住我的手段一向是简单而粗暴的！”沈妩慢慢地挥了挥手，明音二人便退了下去。

许衿的腿一软，直接滑了下来，摔坐到地上。脸上、发髻上是湿的，此刻正滴滴答答地有水珠落下，就连先前精致的妆容，此刻都花了一团，异常狼狈。

她的目光有些飘忽，显然是遭受打击过大。如果说之前沈妩都是掌掴得罪她的人，也只能说是沈妩手下留情了。这回总算是见识到她的手段了。

“对了，茶水有些烫，回去之后请太医瞧瞧吧！免得毁了容，全身上下你也就这张脸勉强能瞧瞧看了，虽然长得依然不如本嫔好！”沈妩转过身往内室走，似乎想起了什么一般，又回过头来，冷声叮嘱了几句。

许衿呆坐在地上，双颊被茶水烫得微微泛红，神志有些不清醒，但是沈妩先前的一句句话，却全部印在脑子里。

明音她们几个也不再理会许衿，跟着沈妩进了内室。先前那两个许衿带来的宫女，才敢走过来，拉扯着许衿站起来，搀扶着她往外走。

许衿的模样十分凄惨，看上一眼便知道她在锦颜殿吃亏了。像是被大雨刚淋过一般，整个人就好比落汤鸡，失魂落魄地上了轿辇，回自己的宫殿。

来往的宫人自然都发现了她这副惨状，有几个胆子大的，轿辇还没走过去，就已经凑在一处嘀嘀咕咕地咬耳朵了。

远容华在姝修仪的地盘上，被虐得死惨死惨的！简直就像是从地狱里爬出来的僵尸一般，铁青着一张脸，面无表情。唯一的区别，就是她不咬人！

沈妩踢掉了脚上的绣鞋，直接躺倒在绣床上。人就是这样，欺软怕硬。若是前世，或许她想都不敢想，自己会变得如此凶残。这辈子原本便一心要快意人生，所以只需跟着皇上学几招，这潇洒的范儿就来了。

什么时候也去找个人，来练练脚踩脸的感受。

“远容华也快到霁月殿了吧？”沈妩轻轻蹙起眉头，脸上露出几分深思的神色。

一旁的明心连忙上前了一步，低声回复道：“霁月殿离锦颜殿有些远，恐怕还得过会子才能到。”

沈妩听到她所说的话之后，竟是一下子从床上坐起，脸上带着几分幸灾乐祸的笑意。

“哎哟，那远容华可真的要倒霉了。可惜了，本嫔竟然看不到她倒霉的模样，真遗憾！”沈妩一伸手将锦被抱在怀里，脸上露出几分惋惜的神色，转而又被几抹笑意取代。

内室候着的几个宫人，一瞧她这副模样，都悄悄地低下了头，在心底默默地替远容华点了一根蜡烛。

明音是知道内情的人，面对沈妩越来越像皇上的这种手段，她已经预见到那悲惨的未来。

坐在轿辇上的许衿，仍然是一副麻木的模样，只是她这种状态没有维持多久，脸上就流露出几抹痛苦的神色。她的肚子好痛！好想上茅房！

许衿此刻也顾不得自己这副悲惨的模样，连忙抬起头看了看周围的环境，距离霁月殿还有一段路程。可是她的肚子实在是痛得受不了，脸色“唰”的一下子变得惨白，下意识地咬住下唇。由于力道过猛，嘴唇都被她咬出血来了，口腔里充斥着淡淡的铁锈味，可惜肚子的疼痛却丝毫不能缓解。

她连忙用手捂住肚子，弯下腰来，此刻早已顾不得教引嬷嬷原先教的坐姿了。肚子里像是有两股气在对撞一般，冷热交替谁都不让谁。

“咕噜咕噜”最后肚子竟是发出了这种声响，跟在周围的宫女太监都听得一清二楚，纷纷侧目。瞧着她这副痛苦的模样，心里暗道坏了。

“快些走，赶紧先回霁月殿。你去请太医！”一个大宫女吓得手一抖，反应过来后连忙吩咐抬轿子的太监，又随手指了个小宫女让她去请人。

这个大宫女方才也跟着许衿进了锦颜殿，她忽然想起许衿在喝茶之后，姝修仪所说的那番话。当时情况危急，话题被绕开了，现如今瞧着许衿这副痛苦的模样，难不成姝修仪当真下毒了？

她也不敢再多想，连忙招呼人赶紧抬着许衿往霁月殿赶。刚到了殿门口，轿子还没停稳，许衿就一下子跳了下来，提起裙摆就往内殿冲，那飞奔的背影简直如乡村野妇一般，哪里还有平日的端庄矜持！

许衿将所有的宫人都撵了出去，她自己一人留在殿内，解决肚子痛的事儿。即使殿门关着，不过片刻之后，外面的宫人还是能闻见一股子臭味，再加上里面传来奇怪的声响。众人心里头便都有数了，姝修仪真够狠的！

太医背着药箱匆匆进殿的时候，脚刚迈进去就被熏出来了。殿内正在焚香，只是味道太冲，让人一时难以接受。

“远容华并没有着凉，而是误食了泻药。日后还得多多注意！”那个太医也是资格老的，并不深究这泻药哪里来的，只说误食导致的。

只是还不待他说完，许衿的肚子再次传来响动，然后就听见了一道放屁声。

整个大殿都陷入了一片诡异的安静之中，一时尴尬异常。许衿的脸色惨白，她也顾不得礼仪，连忙让人送太医出去，连方子都让人回太医院开，她这里实在是待不了旁的人。待太医走后，她继续关门解决。

不得不说，沈妩这泻药下得分量十足，许衿只是喝了两杯茶水而已，却足足拉了一下午。完全脱水，浑身无力，就像是在生死边缘徘徊着一般。

远容华受到这种非人的待遇，自然是没过片刻，便传遍了后宫。众人知道之后，不由得咋舌。这姝修仪也太狠了，竟就这般对待许衿。

消息传到寿康宫的时候，太后正躺在榻上闭目养神，待春风说完之后，她猛地睁开了眼眸，直接将榻中央小桌上的茶盏摔了出去。她用力拍了一下桌面，脸上的神色异常难看。

“蠢货！成事不足败事有余的东西！这回又被沈妩给耍了，她何时能长点儿记性！”太后直接扯着嗓子叫骂开了，只是由于过于激动，竟是连连咳嗽起来，脸色也被憋得通红。

候在一旁的许嬷嬷连忙上前来，伸手拍着她的后背替她顺气，心中叹息连连。这沈妩就像是许家死敌一般，专门挡道，太后和许衿都在她手里吃过亏。

“太后，您消消气，为了她不值得。”许嬷嬷伸手倒了杯茶，伺候着太后喝了大半杯，语气轻柔地劝慰着。

太后摆了摆手，阻断了她未说完的话语，脸上的气愤还是显而易见，她冷声道：“你也不用劝哀家了，每回都是那么几句话。沈妩现如今是吃准了位份高，衿儿不敢反抗她。跟沈妩相比，衿儿还是太嫩，明明是一般大的姑娘家，怎么差距就这么大？”

太后脸上懊恼和不甘的神色显而易见，牙齿咬得紧紧的，似乎要将沈妩生吞活剥了一般。她眉头紧蹙，暗自想着沈妩进宫之后的表现，才惊觉这不过刚及笄的丫头，竟是一点儿弯路都没走。

从寿康宫里得到遇上皇上的机会，然后就是一片坦途，飞速地上位，并且对待旁人的刁难，也都逐一化险为夷。连庄妃那样浸淫后宫多年的妃嫔，都要处处小心谨慎，夹紧尾巴做人，只这个初出茅庐的沈妩，却是一副初生牛犊不怕虎的架势，一路过关斩将，将后宫里不少妃嫔的脸面都打了，就连她这个太后都不曾放在眼里。

许嬷嬷见太后眉头紧锁，显然是陷入了深思之中，她不由得问了一句：“远容华这回是吃大亏了，太后要不要帮她一把，把脸面挣回来？”

许嬷嬷脸上的神色带着几分试探，太后虽恼了许衿，可毕竟都姓许，打断了骨头连着筋，哪能真的放任不管。

太后的眉头皱得更紧了，显然她也在考虑这个问题，只是最终她却摆了摆手。

“她这回算是丢大人了，闹肚子闹得整个后宫都知晓的，她当真是头一个。面子这东西不是哀家想帮她，她就能找回来的。日后哀家若是老了爬不动了，这后宫里头，跟沈妩斗法若是败了，她能找谁哭去，一切还得靠她自己争！”太后说了几句便停下了话头，但是脸上坚定的神色，已经显示了她的决心。

“可是，这姝修仪的手段太过极端，远容华毕竟是许家出来的姑娘，哪里见过这种架势的羞辱，恐怕会想不开消沉下去。”许嬷嬷有些担忧地说出口，成了后宫笑柄这种事儿，可不是一般人能承受得住的。

更何况许衿从小就心高气傲，心里遭受的打击可想而知。

“这回哀家铁了心不帮她，她就是太过高姿态，才会变成这副光景。俗话说得好，吃一堑长一智。上回那个香囊的事儿，把哀家害得这样惨还让沈妩逃脱了，哀家都没找她算账！再说她到皇上那里伺候，高姿态有用吗？正好趁此机会磨炼一番，让她知道有时候要放下身段，才能得到自己想要的！”太后翻了身背对着她，明显不想再继续这个话题。

许衿一时沦为后宫耻笑的对象，太后没有帮她出头，皇上根本不理会。锦颜殿则成了众妃嫔眼中的禁地，那些位份低的妃嫔，生怕哪日也被沈妩拉过去，然后狼狈至极地出来。

028

和亲人选

龙乾宫内，齐钰坐在案桌前，认真地批阅着桌上的奏折。当他展开一本新的奏折，眼神扫过上面的内容时，英气的眉头不由得皱紧了。

“李怀恩，匈奴的使臣是不是快到了？”男人放下手中的狼豪，轻轻捏了捏左肩，脸上露出几分疲态。

李怀恩细细想了一下，才低声回道：“后日就到了，宫里头的设宴物什都准备好了，接待也由礼部负责。”

齐钰听了他的话，眉头轻轻挑起，再次低下头看着奏折。过了片刻，才道：“匈奴要找人和亲，把消息传出去，让母后、庄妃和瑞妃推出个人选来。”

李怀恩整个人一愣，下意识地抬起头，便瞧见皇上一脸兴味的神色。他连忙低声应承了下来，俯身行礼退了出去。

匈奴和大秦一向水火不容，几乎每年都要打仗。因为常年战争，连和亲这种事儿都省了。不过现如今的单于年老多病，眼看着便是多事之秋，偏生这个老单于的儿子众多，有实力抢夺单于之位的人，也有好几个。匈奴怕内乱之时，老冤家大秦会趁机攻打他们，遂先行派使臣来，准备建立美好盟约。

为了表示诚意，连和亲这种事儿都提出来了，像是要建立长久的友好关系一般。

齐钰抽出一张宣纸，提起笔就写下了“匈奴”二字。蛮夷之地，民风凶悍。对于弱不禁风的大秦女子来说，谁嫁谁倒霉！

当消息传到后宫之时，众人心里都不好受。皇上这意思，肯定不会让公主出嫁和亲了，只会从世家或者官员府上的姑娘们挑选。而且日后匈奴便到了，时间紧迫，真不知是哪个倒霉的姑娘被选上了。

太后三人连忙开始着手查探哪家的姑娘还未出嫁，晚膳之前就把名单送来了。三人显然没有商量，只把自己心中的人选递了上来。皇上看着面前的三个名字，脸上露出几分讥诮的笑意。这三人写的都是对方势力那边的姑娘，其中有一个齐钰还有些印象，是上回被他随性画圈后剔除出去的人。

“李怀恩，告诉她们三人，这些姑娘都不合格。规矩礼仪不过关，还是在宫中挑选吧！不是还有一批秀女，朕没宠幸过又没安排女官的职位吗？就从她们中挑选！”齐钰将那三人呈上来的名单直接揉了揉，扔到了李怀恩的脚边，声音清冷地吩咐道，不带一丝犹豫。

皇上的话音刚落，李怀恩就被惊到了。那批秀女其实也没几个了，大多数被分配了宫中的差使，剩下的几个都是当初皇上有些瞧得上，并且让他留下牌子的。其中就有沈王府的沈韵，还有崔家的双胞胎。许家倒是可以高枕无忧了，这回的选秀只送了许衿一人入宫。

当皇上的吩咐传到太后三人的耳朵里之后，自是有人欢喜有人愁。庄妃看着纸上被她写下的几个人名字，当真是左右为难。怎么挑似乎都离不开世家的姑娘，而且沈王府和崔家的势力还属于中坚力量。

最后实在决定不下，她便派人把沈家留在宫中的四位姑娘全部请过来了。兰陵宫一下子来了这么四位容貌有几分相像的姑娘，倒是热闹了不少。

这还是她们头一回姐妹重聚，四人聚到一起，自然是摆足了姐妹情深的架势。进了内殿也没有争抢，直接以年龄的长幼入座。沈妩脸上带着几分柔和的笑意，丝毫不介意原本她该坐的第一个位置被沈娇抢了，倒是心安理得地坐到了第三个位置。

坐在一旁的沈韵还有些搞不清楚状况，不明白为何要召见她。只是见到自家姐妹了，脸上的笑意如何都挡不住。

“废话不多说了，这回皇上要把未侍寝的秀女嫁到匈奴去，分明就是冲着世家来的。这里总共就几位姑娘，许家那边没有，新贵那里也只剩下两位无足轻重的，倒是世家这边有三位。待会儿我写给皇上的名字，肯定是新贵这边的，不过先给你们提个醒儿，太后和瑞妃那边就不一定了！”庄妃直接将写着五个姑娘名字的宣纸朝小桌上一拍，沈娇四人传递着看了看，脸上的表情各异。

沈韵嘴角弯起的弧度早就消失了，她拿着宣纸看的时候，手都在发抖。来来回回就总共五个人的名字，兴许是女人心底的第六感作祟，她好像已经看到那个出塞和亲的人会是她。

沈妩的眉头紧皱，她的食指轻轻敲击着桌面，脸上的神色也十分难看。

殿内一时之间陷入了诡异的安静之中，方才进殿之前，那股子姐妹相见的寒暄气息早就不见了。

过了半晌，沈娇低低的声音传来，打破了这份尴尬的沉默：“兴许是庄姐姐多虑了呢，这名单里好歹还有五个人，不一定就是五妹！再者说去匈奴也应该做王后的，就算轮到五妹了，也不用太担心。”

沈娇这段话也不知道是安慰居多，还是想打击沈韵。总之她说完之后，沈婉和沈妩就不由得白了她一眼，就连一旁的庄妃都忍不住抬手掐了她一把。

“怎么说话呢？总之这个情况必须先得告诉你们姐妹几个。若是沈王府能走动一下，也是好的。就怕太后和瑞妃写出来的名单是同一个人，待会儿本宫还要找崔家姐妹俩说说，就不留你们了！”庄妃轻叹了一口气，见四个人都是沉默，便找来小宫女送她们出去。

送给匈奴和亲的女人，随便从哪个低阶官员府上找位姑娘就成了。偏生皇上要从后宫的秀女中挑选，这不是没事儿找抽吗！自然皇上的真正用意，也没几个人能琢磨透。

沈娇姐妹四人出了兰陵宫，沈韵的精神有些恍惚，眼神也变得缥缈起来，显然是被吓到了。

沈婉一回头瞧见她这副失魂落魄的模样，脸上露出几分无奈的神色。她冲着沈妩使了个眼色，一旁的沈娇也停了下来，姐妹三个一时都顿住了脚步，皆扭头看向沈韵，脸上的神色带着几分严肃。

“找个地方坐坐吧，我这肚子不能颠簸，不如就去奇华殿吧？”沈婉还是心有不忍，便轻声提议道。

“成。”其他三人都点头同意了，四人乘着轿辇到了奇华殿。

“庄妃先找我说这个和亲的事儿，是不是代表我去的可能最大？”沈韵坐在内殿的椅子上，脸上的神色还是一片苍白，心里头难免胡思乱想。

她的问题一出来，殿内的气氛就寂静了一下，一时竟是无人开口回答她。

“别胡思乱想了，五妹，你应该往好的地方想。匈奴那边民风淳朴，没有我们大秦人肚子里的这种弯弯绕绕，你若是去了还是做王后，一定能镇住那些人。”沈娇轻轻扬高了语调，有些笨拙地安慰她。

人总是有些奇怪，虽说是同父异母姐妹，在府上斗得都快急眼了，可是当有其中一人将要落得极其糟糕的下场，心里头还是会不忍。不过若是今儿有可能出塞和亲的是沈妩的话，说不定沈娇直接撒手不管。毕竟沈韵一直处于弱势，也不曾让她们产生防备的心理。

沈娇这番安慰明显是弄巧成拙了，沈韵毕竟还小，一下子便红了眼眶，低声抽泣道：“听说匈奴现在的单于都已经快不行了，属于一只脚踏进棺材的，我嫁过去当王后又如何，还不是要陪葬的！”

沈韵越说越觉得委屈，哭得也越发伤心。她比沈妩还小，年华正好却要嫁去蛮夷之地，而且还是嫁给一个糟老头儿。俗话说一朵鲜花插牛粪上，她还得有牛粪插啊！

沈妩看她哭得伤心，不由得长叹了一口气。沈婉连忙吩咐小宫女端茶倒水上来，并让人递了杯热茶给沈韵，喝几口压惊。

“莫哭了，匈奴那边没有王后陪葬一说。如若真的是你，这般年轻嫁过去，等到老单于死了，新单于继位的时候，你一般就会成为新单于的王后。”沈妩掏出衣袖里的锦帕，轻轻替她擦着眼泪，温声说着。

沈妩的话音刚落，沈韵就不哭了，她抬起一双泛红的眼眸，傻愣愣地看向沈妩，一副难以置信的模样。

“好女不侍二夫，我不要去！”沈韵说完这句话，双手捂住脸，哭得更加伤心。完全是哭号了，声音凄厉，如丧考妣。

沈韵此刻显然是失了理智，不管不顾的模样，带了几分决然。好像是皇上只要宣布是她去和亲，她就立刻自杀一般。

沈妩三人对视了一下，脸上都露出几分无奈的神色。最终还是沈婉听得烦了，不由得轻轻扬高了语调，呵斥道：“这岂是你我能改变的？即使真的和亲的人就是你，也别没出息地想要去死。还记得上回斐安茹的下场吗？你可没有斐老夫人和斐夫人替你求情，你的姨娘还在沈王府里等着你的好消息，莫让她白发人送黑发人。”

沈婉有了身孕，气性比较大，此刻说话就没什么遮拦。沈娇就坐在她旁边，听得她如此说，难免想起自己亲娘的手段，脸上露出几分尴尬的神色。

四人讨论了片刻，也没想出什么好法子，便都散了，只能等着看皇上究竟把谁定为和亲人选。

第二日一早，皇上早朝的时候，就直接宣布了和亲的人选为沈王府五姑娘——沈韵。

沈王爷自是不同意的，这沈韵也是王府耗费许多心力培养出来的，如果真的嫁去了匈奴，那不等于白送一个过去，而且他还得不到任何好处。不少和沈王爷交好的大臣，也都站出来替沈韵求情。理由也无非都是一些，沈韵年纪还小，不堪当此重任。

齐钰坐在龙椅上，瞧着底下大臣说得慷慨激昂，面红耳赤。让他颇有几分把人家一天仙似的姑娘推进了火坑的感觉，可惜他一点罪恶感都没有。

直等到这一帮老臣说完了，他才轻轻地笑出声，脸上也露出了几分欢快的笑意。底下看着他的大臣，一瞧见他脸上这副笑意，浑身就打了个战，手脚开始变得冰凉。皇上又要犯浑了！

“先说你们几个，朕是让沈王爷家的姑娘去和亲，又不是让你们家娘们儿去！成啊，朕可以让沈家五姑娘不去，你们谁家出个娘们儿来，跟着匈奴的使臣去啊？”齐钰的上身慢慢放松，轻轻地往龙椅上一靠，脸上露出几分冷笑。

顿时朝堂上面，鸦雀无声。方才还说得唾沫横飞的大臣们，都低头敛目地站着，像是犯了错的孩子一般。

沈王爷平日里的玩世不恭也收敛得干干净净，此刻弯着腰站在朝堂内，只觉得周身都不舒服。

“朕让你们说的时候，你们不说。朕不让你们说的时候，一个个倒是屁声震天！既然自己家的姑娘舍不得，就一边待着去！”齐钰的话音刚落，他就猛地抬手拍了一下桌面。

殿内不少大臣都惊了一下，暗想着皇上这暴躁脾气又来了。

“再说沈王爷，你家统共六个姑娘，把四个都塞进宫了。全大秦少有啊，既然你塞进来了，肯定是为了向朕表达你的忠心啊，朕焉有不用之理？不过这数量的确有些多了，正好就把五姑娘送去和亲。和亲之事，乃是帮助我大秦与匈奴交好的重要联系，是为了我大秦的未来做出贡献。沈王爷，你是想忤逆朕吗？”齐钰冷哼了一声，他曲起食指轻轻地敲击着龙案，语气里带着十足的警告意味。

“臣不敢！”沈王爷即使色胆包天，他也没有胆子和皇上抗衡，只有弯腰行礼应承了下来。

“好，就这么愉快地决定了！李怀恩，即刻拟旨。沈家五姑娘沈韵乖巧伶俐，现封为和善公主，待匈奴使臣离京之时，随之嫁去匈奴！”齐钰猛地扬高了语调，一锤定音。

众大臣听得皇上如此坚决的语气，全部跪下头磕地，高声唱喏道：“吾皇万岁万岁万万岁！”

悠长的唱喏声回响在大殿之内，齐钰的脸上却露出几分嘲讽的笑意。

跪在大臣中间的沈王爷，身上已经冒出了一层薄薄的冷汗。皇上虽喜怒无常，不过每做一件事儿，都有他的道理。这回的和亲，是拿沈王府开刀，再加上方才皇上那几句话的提点，他已经猜出皇上对于沈家接二连三送人入宫，显然是心存不满。正好顺着和亲这事儿，把沈韵弄出去敲打沈家。

圣旨下来的当日，沈韵跪在储秀宫的殿内，只觉得天旋地转，心里冰凉一片。兜兜转转最后这去和亲的还是她！

“沈小主，接旨哪！”来传旨的是个小太监，他拿捏着嗓子念完后，才发觉沈韵跪在地上一动不动，像是傻了一般。

“小主，接旨了！”一旁跪着的刑姑姑不由得也跟着提醒了一句，无奈沈韵像是被人施了定身术一般。

“小主！”刑姑姑无法，只好大着胆子推了她一下。

沈韵才回过神来，颤巍巍地把那道圣旨接过来，眼泪一下子便流了出来。公主有个屁用，真正的公主是不会到匈奴那种地方去受苦受难的，只有她这种公主心丫鬟命的可怜人才会去！

沈妩得知后，轻叹了一口气，脸上并无多少惊讶的神色，她早就料到了皇上会对沈韵出手。只是没想到，竟是把她送去这么远的地方，连圣旨都下了，就证明没有任何回旋的余地。

“明语，你过来，去储秀宫瞧瞧沈小主。告诉她，我这个四姐姐会帮她一把，也只能是替她争取最大的利益，和亲这事儿是定死了！”沈妩冲着明语招了招手，压低了嗓音吩咐她。

明语听得仔细，秀气的眉头却慢慢蹙起，直到沈妩说完了，她还保持着凑近的姿势，似乎在想些别的。

沈妩瞧见她这副心不在焉的模样，不由得好笑，便抬手轻轻拍了她一巴掌，柔声道：“想什么呢，这么入神！”

明语有些不好意思地抬手挠了挠头，往后退了两步，她下意识地看了一眼明音。见对方丢了个白眼给她，不由得吐了吐舌头。

“修仪，奴婢斗胆问一句，这回你不会再像上次那样坑奴婢了吧？虽说沈小主是您的亲妹妹，而且脾性也比皇上柔和多了，但是她现在肯定是悲痛欲绝，如果您再坑她，真的是太不地道了！”明语最终还是大着胆子，将心中的疑惑说了出来，脸上带着几分讨好的笑意，似乎生怕沈妩恼了一般。

明语的话音刚落，明音就在心底嗤笑了一下，瞧这智商，对她抱有希望都是一种罪孽！

沈妩整个人愣了一下，脸上露出几分哭笑不得的表情。这明语当真是个活宝！

“本嫔和五妹的关系很好，不像和皇上那样死掐的。所以我自然不会戏耍她，快去吧，免得她想不开做出什么蠢事儿来！”沈妩抬手抚了抚额头，却还是耐心地解释了几句。

明语这才放心地点了点头，脸上的笑意更浓。她就在众人嫌弃的目光之中退出了内殿，心里还委屈得很。她也是出于无奈，一朝被蛇咬，十年怕井绳。同样的一朝被沈妩坑，从此日日夜夜都怕坑！

“明音，明心，准备一下，要去龙乾宫了。”沈妩看着明语的背影消失在殿外，才挥了挥手，轻轻扬高了语调吩咐着。

沈妩从椅子上站起，坐到铜镜前，兰卉带着几个小宫女替她整理妆容。明心则急匆匆地往御膳房跑，主子真是太势利了，每回有求于皇上的时候，才会让御膳房做吃食拿去讨皇上的欢心。

明音站在沈妩的身旁，替她将珠钗插好，心底暗自琢磨开了：姝修仪这种没诚意的讨好，皇上能答应吗？不过以皇上对沈妩一次又一次地破例，肯定会答应的吧！

待明心将食盒拿回来之后，沈妩就乘着轿辇往龙乾宫去。

皇上下朝不久，正坐在案桌上批阅着奏折。听到李怀恩通传姝修仪来了，他的眉头不由得轻轻蹙起。

男人将手中的狼豪放了下来，手托腮异常严肃地看向李怀恩，冷声道："去瞅瞅她有没有带东西来，没带的话就直接撵走。来龙乾宫求见朕，怎么能不带礼？"

皇上后面的声音压得有些低，像是纯粹在发牢骚一般。

"得嘞，奴才请她进来！"李怀恩没有再听他啰唆，直接冲着他行了一礼，便小跑着出去请人了。

他发现最近和皇上沟通，真的是越来越困难了！直接说让人进来会死吗？非要搞那么多弯弯绕绕。奴才心好累啊！

齐钰还没说完，就瞧见李怀恩一溜烟跑了出去，脸上的神色阴沉了下来，泄愤似的将桌上的奏折合起来，扔到了一边。

"嫔妾见过皇上。"沈妩带着明音和明心二人进来，她先俯下身，慢慢地行了一礼。

男人冷哼了一声，一脸心情不爽的模样，却还是挥手让她起身。

沈妩淡笑着往前走了几步，慢慢地跪坐到了他的身旁，柔声问了一句："嫔妾可是打扰了皇上批阅奏折？"

齐钰偏过头看向她，脸上带着几分严肃和阴沉，慢慢地点了点头，慎重地道："是，你来了，朕不得不停下来。"

沈妩听得他这么说，脸上的笑意越发明显，甚至都轻轻笑出声来。

"能使皇上停下批阅奏折，真是嫔妾的荣幸。嫔妾幼时，先生教习写字的时候，嫔妾想偷懒了，就总盼望着家里面来亲戚，这样那一整日嫔妾就都不用去先生那里了。"沈妩掏出锦帕，轻轻捂住红唇，笑得一脸嫣然。

齐钰听她东拉西扯地讲到儿时的事儿，待听完了，才反应过来沈妩是在取笑他，不由得暗咬着银牙，冷声道："你是在嘲讽朕吗？"

沈妩听他这么问，脸上的笑意渐渐收敛了起来，眼睛慢慢地瞪大，露出几分无辜的神色。

"皇上说什么呢，嫔妾怎么敢嘲讽您。只不过是想起一些儿时趣事，讲给您听听想着赔罪罢了！"沈妩下意识地挥了挥锦帕，扭过头冲着身后的明音瞧了一眼。

明音立刻朝前迈了几步，将食盒提了过来，慢慢揭开盖子，一股子红枣的甜香便蹿了出来。

皇上瞥了一眼食盒里摆放好看的枣糕，脸上闪过一丝审视的表情，挥了挥手，低声吩咐道：“你们都出去，朕和姝修仪有话要说！”

李怀恩悄悄看了一眼那食盒，不过是一盒枣糕罢了。皇上怎么瞧见枣糕，就知道姝修仪有话要对他说。他又盯着那坐在一起的二人瞧了一眼，悄悄在心中下了定论：肯定是两人狼狈为奸久了，不用明说都能传达彼此的心思！

待殿内的宫人都退了下去，只余他二人时，沈妩便用绣帕托着一块枣糕，往皇上的嘴边送。

齐钰犹豫了一下，看着沈妩近在眼前的那张笑脸，低声警告了一句：“如果再有奇奇怪怪的味道，朕就把你扔出去！”

沈妩脸上的笑意不变，将枣糕又凑近了几分。皇上慢慢地张开嘴巴，试探性地咬了一口。枣糕刚出锅不久，口感甚佳，软糯异常。男人脸上的神色也缓和了下来，带着几分满足的意味。

他就着沈妩的手，将一块枣糕吃完了。最后还伸出舌头舔了舔嘴唇，也不知是有意还是无意，他的舌头竟然舔到了沈妩的指尖。

沈妩一下子愣住了，男人舌头舔过的地方，带着几分异样的触感。倒是往常洁癖成性的齐钰，一脸无所谓地扭过头去，像是没发生一般。

“有什么事儿就说吧，朕现在心情好。你提的要求若是不苛刻，兴许朕就大发慈悲地同意了！”皇上转过身子，和她面对面坐着，脸上的神情和缓，像是被喂饱了的猫咪一般。

沈妩轻咳了一声，不知道她为何会有这样的想法。皇上可是出了名的难缠恶鬼在世，可不是什么温驯的小猫咪。她这么想着，脑子里便又冷静了下来。

“关于沈小主和亲之事。”她没有拐弯抹角，直接提到和亲上面，语气里带着几分试探，像是在找法子和皇上说清楚一般。

男人一听她提起这个，眉头便下意识地皱了起来，却没有打断。而是手撑着下巴，好整以暇地看着她，显然在等她继续说。

“其实和亲这事儿，也不一定非要嫁给现任单于。”沈妩轻咳了一声，在心底将思路渐渐理清楚，才继续说道。

二人在内殿说了好久，经由沈妩开头，皇上便知她的心思，索性也不隐瞒。从书架里将匈奴最近的皇室成员列表抽了出来，让沈妩自己挑。

“这几个都是非常有实力竞争单于之位的，你这个做姐姐的，一向慧眼如炬，不如就替她挑一个做夫君！”男人手抱着双臂站在书架旁，将那册子直接扔到了沈妩的脚边，他斜斜地靠在书架上，脸上的神色清幽，语气里也带着几分漫不经心。

那册子和沈妩的脚趾几乎贴在一起，她只要一伸手就能够到。但是她却迟迟没有动手，这样机密的事情，皇上就这么随随便便扔给她？无论怎么想，都觉得不可能！生怕他是在试探自己，所以不敢轻举妄动。

“哼！”皇上瞧见她半晌没有动作，不出得冷哼了一声。他慢慢地走到沈妩的旁边，一下子坐了下来，手拿着册子晃了晃。

“怎么，沈氏阿妩，你怕了？”他边说边低下头，慢慢凑近她。四目相对，沈妩看到他眼中的戏谑。

“这种机会可不多，你真的不要替沈韵挑挑？”皇上再次侧过头，认真地问了一遍，语气里带着几分蛊惑。

那本蓝皮面的册子，就在沈妩的眼前晃着。纸张分开的时候，她甚至能看见里面所写的字。

“好吧，你不挑，注定沈韵还是要嫁给糟老头子！”皇上双手往后撑着，近乎仰躺在地面上，看向沈妩的眼神里带着几分可惜。

男人的手一扬，似乎要将那册子扔出去，沈妩的眼神一直跟着他的手，此刻总算是有了动作，一把抓住他的手腕。

“嫔妾没说不挑，不过嫔妾必须得和皇上把话说清楚了。这个可是皇上您心甘情愿地让嫔妾挑的，不存在戏弄的意思，日后也不会因为这个来找嫔妾算账，更不会后悔！”沈妩的脸色慢慢变得严肃起来，她瞪大了眼眸，一眨不眨地看向他，似乎要得到他的肯定一般。

齐钰被她这股子认真给逗笑了，竟是扬起头朗声笑了出来。等到笑够了，才慢慢地坐直了身体，抬手捏了捏她柔软的耳垂，扬高了语调道：“爱嫔，朕就是喜欢你这种聪慧啊！放眼整个后宫，警觉性有这么高的，真是少之又少。朕以后怎么会反悔呢，她嫁谁都一样，反正都是要灭掉匈奴的！反悔个屁！”

男人说到最后的时候，脸上的神色逐渐变得幽冷。语气也十分严肃，显然是下定了决心。

沈妩没有接话，只是翻开册子，仔细地查看着。心思却有些神游，据她所知，匈奴和大秦水火不容，几乎每年都要打仗，前世直到她死了，皇上也没有实现灭掉匈奴这样的宏图壮志。相反匈奴一直盘踞在大秦的周围，即使没有大秦这般人民富足，却也有草原民众的自由飒爽。

“就这个吧！”忽然沈妩看到了一个比较熟悉的名字，她毫不犹豫地指了上去，脸上带着几分坚定。

齐钰勾着头凑过来看，待瞧清楚上面的字时，整个人微微一怔。转而有些惊讶地问了一遍：“你确定？”

沈妩想都没想，便直接点了点头，脸上的神色严肃，丝毫看不出嬉闹的表情。

皇上又凑上去看了看，脸几乎都贴到了纸张上。最终见沈妩不改变心意了，才坐直了身体，有些奇怪地说道："这旁边对每一位匈奴皇室成员都解释得很清楚，你竟然还替沈韵选这个人。依朕瞧，你们姐妹之间应该是有深仇大恨的吧？"

男人盯着上面的注解看了两遍，还是觉得沈妧对沈韵一定是极其痛恨的，要不怎么为她选了个脑子不灵光的蠢货呢！

听得皇上这番话，沈妧连忙摇了摇头，低声道："在几位姐妹之中，嫔妾与沈小主的关系最要好，不存在皇上所说的深仇大恨！"

齐钰还是一脸的难以置信，始终盯着她瞧，最终抬手指了指册子上的人名，低声道："那你给朕解释一下，为何挑这个傻蛋！"